Enquête sur la mort d'une vierge folle

Du même auteur

Fleur de papier, conte pour enfants, Sherbrooke, Éditions Paulines, 1971.

Les Noces d'eau, roman, Montréal, Éditions Québec/Amérique, 1995.

Fleur-Ange ou les poètes n'ont pas de fils, roman, Montréal, Éditions Québec/Amérique, 1995.

SYLVAIN MEUNIER

Enquête sur la mort d'une vierge folle

roman

ÉDITIONS QUÉBEC/AMÉRIQUE

425, RUE SAINT-JEAN-BAPTISTE, MONTRÉAL (QUÉBEC) H2Y 2Z7 (514) 393-1450

Données de catalogage avant publication (Canada)

Meunier, Sylvain

  Enquête sur la mort d'une vierge folle

  ISBN 2-89037-909-4

  1. Titre.

PS8576.E9E56 1997   C843'.54   C97-940196-8
PS9576.E9E56 1997
PQ3919.2.M48E56 1997

Les Éditions Québec/Amérique bénéficient du programme de subvention
globale du Conseil des Arts du Canada.

Dépôt légal : 2ᵉ trimestre 1997
Bibliothèque nationale du Québec
Bibliothèque nationale du Canada

Couverture : Gianni Caccia
Mise en pages : PAGEXPRESS

Car les petites filles rendent fou.
Amélie Nothomb *(le Sabotage amoureux)*

*À mon avis, [...], la chasteté n'est rien
d'autre que de l'ignorance, état fort peu respectable.*
Virginia Woolf *(Une société)*

Ça n'fait rien, il y'a des flics bien singuliers...
Georges Brassens *(L'épave)*

PROLOGUE

La balle roula en douceur sur le gazon gris, sembla courber sa trajectoire, revint finalement vers la coupe et disparut. L'homme leva les bras au ciel, le garçon s'étira sur le divan et décida encore une fois de fermer la télé, mais n'en fit rien. Il ne jouait pas au golf et n'y connaissait rien.

Seulement voilà, c'était samedi après-midi, c'était juillet et c'était sa seizième année qui s'écoulait telle de l'eau d'un robinet mal ajusté. Comme pour fuir sa propre chaleur, l'air s'engouffrait dans les fenêtres à guillotine ; les amples rideaux soyeux, dont sa mère était si fière, se gonflaient, mais ce vent restait sans effet, et le bruissement des feuilles des arbres ressemblait à une plainte assoiffée.

Il finit par éteindre la télé et regarda un moment la naine blanche, au centre de l'écran, ultime résidu de l'image, mourir avec une exaspérante lenteur. Il eut l'idée d'aller se rafraîchir par un tour de vélo, mais il avait essayé plus tôt et était revenu avec l'impression d'avoir tout juste élargi les contours de son ennui. D'une rue à l'autre, il n'avait rencontré personne qu'il connût, d'abord parce

9

qu'il n'y avait à peu près personne dans les rues, mais surtout parce qu'il ne connaissait à peu près personne, point!

Et puis sa mère reviendrait bientôt avec l'épicerie et il faudrait l'aider à décharger et à ranger; déjà qu'il s'était soustrait à la corvée de l'accompagner au supermarché... (il avait préféré mijoter à la maison, même si le supermarché annonçait en grosses lettres de neige : *It's cool inside**!; c'était que sa mère, dans un magasin, se transformait en chipie et, franchement, elle lui faisait honte! Les préjugés contre les Juifs étaient déjà assez collants sans qu'il faille les confirmer en disputant chaque cent!)

Que ça peut être désespérant, à quinze ans, d'en être réduit à avoir hâte de recommencer l'école! Et quand l'école recommencerait, il s'ennuierait encore! Il pourrait au moins jouer au billard, raconter des aventures inventées, faire des choses inavouables dans les toilettes, avec les initiés. Il était tout seul, mais il rougit; le doux malaise...

Sa respiration s'interrompit! Il venait de reconnaître ses petits pas sur le ciment du trottoir. Et le malaise devint trouble; le trouble, affolement; l'affolement, presque douleur! Le mal! Le mal revenait! Le mal aimé, le mal voulu et rejeté et voulu de nouveau...

«N'y va pas! pensa-t-il. N'ouvre pas. Cours à la salle de bain, asperge-toi d'eau froide, vite!» Cela aurait pu marcher. Il n'avait jamais essayé, mais il avait appris le truc d'un camarade catholique, qui le tenait lui-même de son confesseur. Le diable n'aimerait pas l'eau froide... Malheureusement, il ne croyait pas au diable. Ce n'est pas parce

---

* C'est frais à l'intérieur.

qu'on est Juif qu'on est croyant! Il n'était même pas circoncis! («Alors, tu n'es pas vraiment un Juif! lui avait dit un cousin. – T'en fais pas, avait enchaîné un oncle espiègle, s'ils nous lancent encore une persécution aux fesses, c'est pas un gramme de peau qui va les arrêter, si ça peut te rassurer!»)

Pourtant, quand le mal lui venait, il avait grande envie de croire au diable. Il lui semblait qu'il lui eût été plus facile de lutter contre un ennemi personnalisé. Comme il voyait les choses, il devait combattre avec lui-même et, à la fin, il ne savait jamais s'il avait perdu ou gagné!

Le mal savait, lui, par où le prendre. Il lui était arrivé de penser que c'était encore parce qu'il n'était pas circoncis. Depuis le temps que les Juifs se dénudent le gland, peut-être bien qu'il s'est créé une sorte d'atavisme! Peut-être qu'un gland juif s'affole quand il se réveille à l'adolescence et se trouve enveloppé! Il avait même essayé de vivre comme un circoncis en se ramenant le prépuce sur la verge. Cela s'était avéré insupportable : ou bien il avait l'impression de s'arracher une couche de peau à chaque pas, ou bien, au contraire, la caresse de son caleçon se faisait si douce qu'il se retrouvait avec une érection d'obélisque qu'il devait dissimuler en marchant le fessier repoussé vers l'arrière.

«N'ouvre pas! se répétait-il. Sauve-toi dans la salle de bain! Ta mère va bientôt arriver, de toute manière!»

Mais il savait que le mal était là, qu'il se présentait aujourd'hui sous les traits d'une fillette, qu'elle l'attendait, qu'elle allait peut-être sonner. Il quitta le salon, tourna immédiatement à droite, ouvrit la porte intérieure, puis l'autre. Une masse de lumière torride s'engouffra dans la maison. Il regarda la rue, les maisons de briques à quatre logements, avec leurs parterres fleuris. Hormis une voiture déjà passée, c'était le désert! La voix des arbres s'imposa à ses oreilles, l'envahit tout entier, et c'était encore la voix du mal! Le trouble était en lui pour y rester. Il n'aurait pas su dire si c'était bon ou mauvais, agréable ou souffrant, mais c'était fort, intense, et cela le portait.

Il baissa les yeux. Elle était assise sur les marches, avec à la main une craie de cire rouge et un bout de papier sale. Ses cheveux lisses pendaient sur ses épaules frêles et blanches. Elle tourna vers lui son visage souriant; elle avait l'air d'une petite Chinoise qu'un dessinateur eût oublié de colorier; même les yeux bridés y étaient, riant aussi derrière ses lunettes rondes et épaisses.

« *Do you love me*?* »

Il détestait cette question qui le transformait en salaud. Il fit oui de la tête... comme si un garçon de quinze ans pouvait aimer une fillette qui n'en avait pas la moitié! Pourtant, la réciproque semblait tellement vraie! Un jour, elle était passée, assise sur son tricycle. Lui était assis sur les marches, mais c'est sa bicyclette Raleigh rouge à trois vitesses, couchée dans le carré de gazon, qui avait attiré son attention. Elle s'était exclamée, en appuyant comiquement sur les deux *b* de la phrase : « *Oh! You have a big bicycle**!* » Elle avait délaissé son propre véhicule et tournait autour de l'autre en le touchant du bout des doigts.

« *Do you want to make a tour***?* » lui avait-il proposé dans son anglais déficient, parce que les vacances

---

*   M'aimes-tu?
**   Oh! Tu as une grosse bicyclette!
*** Est-ce que tu veux faire un tour?

commençaient et qu'il n'avait déjà rien à faire. Elle avait hésité, pas certaine d'avoir bien compris, puis accepté. Il avait dressé la bicyclette et, tout en tenant d'une main le guidon, s'était penché pour entourer sa taille de son bras libre. Elle l'avait spontanément pris par le cou, tremblante mais confiante à la fois, et c'était pendant qu'il la soulevait pour la déposer sur la selle que le mal était venu pour la première fois, comme un polichinelle néfaste qui eût attendu depuis toujours une sorte de baiser pour surgir en lui. La taille malléable, la finesse des bras, la caresse des cheveux, la palpitation charnelle, l'odeur, tout y était!

Il l'avait promenée quelques minutes sur le trottoir, marchant comme s'il voulait porter loin de lui un péché dont il n'arrivait déjà plus à se défaire.

Elle était revenue les jours suivants et, très étrangement, elle s'était désintéressée de la bicyclette pour lui demander s'il voulait bien devenir son *boyfriend**. Enfin, il l'avait fait entrer, comme elle entrait maintenant. Il n'avait jamais eu besoin d'insister, elle était attirée, peut-être par le même mal que lui, toutes proportions gardées, sauf que lui, il savait.

Et la voilà dans sa chambre. Elle devient ce qu'il y a de plus beau dans cette chambre moche, que n'améliorent pas les quelques affiches de vedettes que sa mère lui a trouvées (les Beatles, Petula Clark, Robert de Montigny...).

Ils ont déjà leur rituel. Elle commence par se coller le nez sur la vitre de son aquarium rempli à capacité de guppys. «*What a beautiful tail**!*» s'exclame-t-elle en

---

*   Petit ami.
** Quelle magnifique queue!

suivant de son doigt gracile un mâle qui possède effectivement plus de queue que de corps, véritable oriflamme aux ailerons chatoyants. Il sera probablement mort demain. Il recueille des cadavres chaque matin ; il ne prend pas soin de ses poissons. C'est sa mère qui lui en a fait cadeau de peur qu'il ne s'ennuie.

Elle vient le rejoindre sur le lit.

« *Do you love me?* » demande-t-elle encore. Mais oui. Il l'amène à lui et la couvre de baisers, l'étreint chaudement. Elle parle constamment. Il ne comprend pas très bien ce qu'elle dit, mais *boyfriend* est le mot-clé. Elle porte un t-shirt blanc et un short fleuri. Elle est propre. Ses ongles sont clairs et poncés, son nez tout rose en dedans.

Couchée sur le dos, elle n'a plus de ventre, rien qu'un nombril comme un bouton de fleurette. Elle se laisse toucher, riant toujours. Il caresse ses côtes tellement apparentes, cage dérisoire pour contenir une vie qui bat si fort, il lèche les baies roses qui deviendront un jour des seins, et cela la fait rire encore. Elle est une fleur de chair, une rose pâle et palpitante, dépourvue d'épines, offerte à ses sens.

Après des jours de lutte contre le mal, il avait fini par lui enlever son short, puis sa petite culotte, et découvert son petit œuf de chair, avec sa fente bien sage. Elle l'avait encore laissé faire.

Il n'en avait pas fallu beaucoup plus pour qu'il lui montre son pénis, dur à craquer. Elle l'avait regardé avec de grands yeux amusés, derrière ses lunettes, curieuse mais pas étonnée.

Aujourd'hui, il veut faire un pas de plus. Vers quoi ? Il frotte son organe contre le sien. Il maintient sa tête contre sa poitrine en lui soufflant des «*I love you!*» à satiété. Ce n'est pas qu'elle cherche à se dégager, c'est qu'elle voudrait regarder et que lui ne veut pas. Mais déjà il ressent cette tension familière et le chaud relâchement qui la suit. Elle émet un son de surprise et regarde enfin son pubis tout enduit de liquide blanc, tandis qu'il range sa verge déjà molle dans son pantalon, avec la précipitation d'un coupable, comme pour enfouir l'irréparable dans le silence du passé.

Il prend un mouchoir de papier et essuie cette petite chose qui n'a rien perdu de son innocence. Comment cela peut-il être si bon et si mal, si beau et si laid? Il nettoie le couvre-lit pendant qu'elle remet sa culotte. Elle ne parle plus. Elle garde pourtant un sourire, l'air de lui demander s'il est content d'elle. C'est un bien gros silence, alors le pas martial de sa mère qui monte les marches produit l'effet d'un coup de tonnerre.

Affolement! Il entraîne la petite vers la porte de la cave, descend dangereusement vite l'escalier en colimaçon et la fait sortir par le garage.

«*Kiss me! Kiss me*!*»

Il l'embrasse bien fort.

«*Go! Go! And don't tell your mother... very important**!*»

Sa mère à lui l'appelle à grands cris.

— Mais qu'est-ce que tu faisais dans la cave, mon petit Filou?

— Oh! rien, je nettoyais ma bicyclette.

— Mais il fait si beau dehors!

---

*   Embrasse-moi! Embrasse-moi!

** Va! Va! Et ne le dis pas à ta mère... très important!

— C'est moins chaud dans la cave.

— Tu es sûr que tu te sens bien ?

— Mais oui, pourquoi ?

Et pour montrer qu'il tient la grande forme, il se hâte vers la voiture et décharge les sacs bruns à une vitesse record.

La petite est assise sur le bord du trottoir, deux maisons plus loin, revenue à sa craie de cire ; elle le regarde s'affairer et sourit toujours. Il se jure de ne plus jamais la revoir. Il ne veut pas faire l'autre pas. Mais ce qu'il veut, ce qu'il ne veut pas...

CHAPITRE I

Julie Juillet avait deux raisons d'entrer à reculons chez *Bon-Bec-Beignes*.

D'abord les beignes ! Elle en traînait déjà un autour de la taille dont elle n'était pas fière (même si Philo prétendait que le *poids-santé* avait son charme : allons donc !) et puis elle ne raffolait pas de ces pâtisseries grasses et sucrées : si Julie Juillet accusait un modeste excès de graisse, ce n'était pas qu'elle fût gourmande, mais qu'elle se contentait pour tout exercice d'une session plus ou moins mensuelle de karaté – ceinture bleue, tout de même ! – sans oublier ses échanges avec Philo, bien sûr.

Et, surtout, elle n'avait tout simplement pas envie de croiser des flics qui, notoirement, fréquentaient cet établissement sans prétention. Elle préférait garder ses distances avec les collègues, sa vie étant suffisamment meublée pour ne pas désirer s'encombrer de relations superficielles.

Elle y entra pourtant, car elle connaissait bien le risque qu'elle eût couru en se penchant avec un estomac vide sur un cadavre frais. Il lui fallait aussi, de toute urgence, un grand café !

Philo l'avait laissée vers minuit, merveilleusement épuisée mais incapable de s'endormir, anxieuse de dessiner, et elle avait rempli des planches jusqu'aux premières lueurs. La soirée avait été des plus satisfaisantes. Après des semaines d'efforts, interrompus, il va sans dire, Philo avait enfin réussi à forcer la barrière de son anus ; il n'était pas allé bien loin, mais on pouvait sans exagération parler de sodomie. Les efforts de Philo n'étaient pas en cause dans la lenteur des progrès : c'était la douleur qu'il fallait apprendre à contenir, cette douleur qu'elle désirait pourtant, sans laquelle elle ne trouvait pas le plaisir. Elle aurait voulu se rendre au bout de la douleur sans se blesser, une quête pour le moins complexe, mais elle savait bien qu'elle était mal faite. Philo ne comprenait guère où elle voulait en venir, et ce n'est pas sans réticence qu'il avait accepté de *fouler mom'ba*, expression fort imagée du créole vulgaire qu'utilisait son père pour se moquer, et dont la traduction littérale serait : tasser le beurre d'arachide! Julie trouvait l'expression juteuse à souhait.

De toute façon, grâce à cette percée, notamment, les aventures éponymes de Carma Vida, son espionne nymphomane, allaient prendre un second élan, et encore plus de piquant, et dans quelques mois son éditeur recevrait le nouveau chef-d'œuvre qu'il réclamait, à moins que l'enquête qui commençait ne s'étirât indûment.

Justement, Philo se trouvait chez *Bon-Bec-Beignes* – apparemment en grande forme, lui que rien ne semblait jamais fatiguer, sinon l'attente – attablé avec son partenaire de patrouille et deux autres policiers. On savait sûrement où se rendait Julie Juillet, puisqu'elle n'enquêtait jamais que sur des crimes à caractère sexuel, et que personne ne voyait pour quelle raison, sinon le cadavre découvert le matin même, elle se serait trouvée dans une beignerie avant neuf heures du matin, les lunettes à peine posées sur son nez retroussé, en imperméable kaki et en jean bleu, avec son célèbre sac de toile en bandoulière! Philo lui adressa un petit clin de son œil droit, celui qu'elle préférait et qu'elle appelait son œil triste, clin d'œil auquel elle se garda

18

de répondre et qui lui fit plutôt détourner la tête pour saluer du doigt les autres flics. Sa relation avec Philo était plus secrète que les secrets d'État imaginaires, défendus à la pointe de ses mamelons charnus, par la non moins imaginaire Carma Vida !

Elle s'abstint donc de toute mondanité et se dirigea vers le comptoir d'où elle revint bientôt avec, dans une main, un gobelet d'un demi-litre de café fermé d'un couvercle en plastique et, dans l'autre, deux beignes enduits de glaçage à l'érable, grossièrement enveloppés dans une serviette en papier. Elle avait bien écouté la petite voix de la sagesse qui lui avait suggéré de choisir plutôt des beignes à l'ancienne au blé entier, mais n'en avait pas tenu compte : « Faut pas mêler les genres, sainte-poche ! » se disait-elle.

Elle réussit à engouffrer un premier beigne (il y a plus d'air que de pâte, là-dedans !) entre la sortie et sa voiture et but trois longues gorgées de café avant de démarrer. Elle entama le second tout de suite, car le café, excessivement chaud, lui brûlait les tripes. Qu'importe : l'effet réveil n'en fut que plus percutant.

Elle eût mis moins de dix minutes à parcourir le chemin, si sa Honda Civic, qui ne payait pas de mine, n'avait été interceptée par un collègue sous prétexte qu'elle roulait dans la voie réservée aux autobus. Il en faisait le tour, le regard sévère et incrédule, déjà prêt à l'envoyer à la fourrière, et Julie Juillet, la langue empêtrée dans la pâte de beignet, avait dû s'identifier et expliquer, carte à l'appui, qu'elle était en mission.

— C'est donc ça, le fameux char ! siffla l'agent.

La voiture de Julie Juillet était aussi connue dans la capitale que celle du lieutenant Columbo à Los Angeles, mais en bien plus mauvais état! L'agent lui expliqua finalement comment se rendre rue Gilles-Poirier.

Elle dut encore tricher avec la loi en effectuant un virage illégal à l'intersection Clément-IV et Alberta pour emprunter Gilles-Poirier en sens interdit. Le soleil poursuivait bravement l'ascension du ciel frisquet. Heureusement, la petite rue était fermée par des voitures de police, et cette fois on l'avait reconnue. Elle immobilisa son véhicule au milieu de la chaussée et descendit. D'autres voitures de police bloquaient l'entrée d'un stationnement dans lequel avait été retrouvée la victime. Un long ruban jaune délimitait un polygone interdit.

C'était le genre de quartier où l'on ne se surprend pas de trouver un cadavre. Gilles-Poirier était une rue secondaire qui rejoignait la rue de l'Alberta entre deux vieux bâtiments de quatre étages, usines ou entrepôts désaffectés. Vers le nord, on ne voyait que des stationnements et d'autres vieilles bâtisses aux fenêtres placardées. Peut-être que plus haut encore, on retrouvait un peu de vitalité urbaine. Pourtant, en face, de l'autre côté de la rue de l'Alberta, survivait une magnifique succursale de la bibliothèque municipale, édifice à colonnes dans le goût du début du siècle, mal entretenu mais encore plein d'une dignité surannée. Par-delà les toits, toujours vers la rivière, le clocher d'une église dressait, contre les avanies du délabrement urbain, la fierté de son imperturbable flèche.

— C'est ici que j'ai grandi.

Julie Juillet ramena son regard droit devant elle et reconnut celui qui venait de parler. C'était Léveillé, un constable qui n'avait du flic que l'uniforme. La cinquantaine proéminente de par la bedaine et les moustaches grises, il aurait pu, avec un jean troué et des fleurs dans les cheveux, passer pour un hippie accroché à son dernier voyage.

— Quand j'étais petit, continua-t-il avec dans la voix un écho qui montrait que cela ne datait pas d'hier, il y avait de la vie ici. À dix ans, je vendais des «taille-dé» aux ouvriers qui sortaient en masse de cette usine à cinq heures.

L'usine en question se trouvait dans leur dos, vidée, à vendre.

— Des «taille-dé»? demanda Julie. Qu'est-ce que c'était?

— Des macarons avec une ficelle pour les accrocher à un bouton de chemise. On appelait ça comme ça. C'était beige avec une petite fleur bleue dans le milieu. On avait une boîte en fer-blanc pour ramasser l'argent.

— Vous vendiez ça pourquoi?

— Je ne m'en souviens pas. Ça devait être pour les morts, parce que c'était en novembre, il me semble.

— «*Tag day!*», s'exclama la jeune femme. Le jour des macarons! Est-ce que ce n'est pas une campagne de financement pour les anciens combattants?

— Je pense que c'est ça... C'est bien pour dire... mais une fois, des *bums* m'avaient volé ma boîte. Mes parents avaient appelé la police. Ils étaient venus... et c'est là que j'ai décidé que j'allais faire un policier!

— Et vous l'avez regretté?

— Sais pas... En tout cas, j'aimerais pas être à la place des petits qui passent en bicycle dans cette rue. C'est mort... Oh! c'était pas riche dans le temps non plus, mais c'était...

— Digne?

— Oui, c'est ça, digne! Il y avait des bandits, des ivrognes, des *bums*, mais quand un petit gars se faisait voler sa boîte de «taille-dé», la police se dérangeait. On t'a déjà appelée, toi, pour un petit gars qui s'était fait voler une poignée de «trente sous»?

— Non.

— C'est vrai que t'es une spécialiste... Mais ça ne m'est jamais arrivé non plus note... Quand on vient par ici, c'est pour un cadavre. Avant, c'était comme une petite ville à part. Le gros du monde travaillait aux bateaux, aux entrepôts, aux usines... Des usines de sucre! Sens-tu?

Julie Juillet huma : elle reconnut une odeur de cacao tiède.

— C'est la Jersey, la dernière usine ouverte. Le chocolat ne se vend plus. L'usine marche au tiers de sa capacité. Son tour approche.

— Je sais : ils font le chocolat aux États-Unis, maintenant.

— Oui, mais c'est pas seulement ça. Je te le dis : ici, c'était comme une petite ville, mais la grosse ville l'a mangée, et elle a laissé rien que les os.

«Constable Léveillé, pensa Julie Juillet, vous êtes philosophe, ou poète, ou les deux! Vous devriez écrire des livres!»

Mais elle se retint. Malgré cet accès de nostalgie, le constable avait l'air bien dans sa peau. Elle était sûre qu'il baisait à son goût, et quand on baise bien, croyait-elle, on n'a pas besoin d'écrire des livres, ni d'en dessiner.

— La victime, demanda plutôt Julie Juillet en s'avançant vers l'entrée de stationnement, elle était d'ici?

— Non : elle habite plus au nord, dans Bleumont, mais elle travaille ici.

— Travaillait...

— Oui, bien sûr...

— Elle faisait quoi?

— Professeur.

— Professeur! Où est l'école?

— Là-dedans.

Julie Juillet écarquilla les yeux. Ce que Léveillé lui avait montré d'un mouvement de menton, c'était l'édifice attenant au stationnement, véritable monument de désolation, avec ses briques aux joints évidés, ses ferrures pendantes et ses ouvertures muselées.

— C'est une toute petite école, dans des locaux loués. Elle était professeur et directrice en même temps...

— Ah bon! On regardera ça après. Où est-elle?

— Dans la voiture, là.

Julie Juillet prit une bonne respiration, histoire de s'assurer que le café et les beignes étaient bien engagés dans son système digestif, mais voilà que cette odeur de chocolat tiède lui donnait une vague nausée.

«Fais une femme de toi, sainte-poche!» s'exhorta-t-elle.

La voiture coréenne, bon marché, blanche et propre, avait pourtant un drôle d'air.

— C'est la peinture, expliqua Léveillé, comme s'il lisait dans ses pensées. On en a appliqué une nouvelle couche en vitesse, sans enlever la peinture originale. Et ça ne fait pas longtemps : je connais ça.

La portière côté chauffeur était ouverte et une jambe pendait, la droite, les orteils pointant vers un soulier plat, noir, renversé sur le sol. Le bas opaque paraissait intact : si lutte il y avait eu, elle avait été brève.

Avant d'approcher davantage, la détective balaya la scène du regard. La voiture était stationnée l'arrière contre une clôture en treillis, défoncée à plusieurs endroits, au-delà de laquelle on voyait encore nettement des rails de chemin de fer que les mauvaises herbes, ramenées à la vie par le soleil fragile de cette fin d'avril, s'appliquaient année après année à ensevelir. Tout près de la voiture, d'ailleurs, la clôture offrait à un agresseur quelconque une échancrure idéale pour s'enfuir, et peut-être même, à la faveur d'un soir sombre, une cache pour surprendre la victime. Il y avait bien un lampadaire à l'entrée du stationnement, mais fonctionnait-il? Et même, dans l'affirmative, suffisait-il?

La base de la clôture était jonchée de détritus et Julie Juillet nota la présence de condoms fantomatiques, dont quelques-uns toujours suspendus aux branchailles, fruits pourris de jouissances médiocres ou fleurs fanées d'amours mal écloses... Elle leva la tête. À sa droite, l'édifice faisait un « L » et bouchait la vue. De l'autre côté de l'ancienne voie ferrée, il y avait une maison abandonnée. Il fallait prolonger une diagonale pour apercevoir, entre des murs aveugles, sourds et muets, quelques signes d'une vie urbaine capable de fournir un témoin.

— Admettons que c'est le genre d'endroit qu'une femme honnête évite après le coucher du soleil...

— Ouais... mais c'est moins dangereux qu'on pense : les bandits se tiennent là où ils trouvent des « clients » !

— D'après vous, c'est arrivé quand?

— À l'œil, comme ça, je dirais hier soir.

— Alors, il y avait au moins un bandit dans le coin hier soir... à moins que le corps ait été transporté.

— Ça m'étonnerait. Juge par toi-même.

Il fallait y aller. Léveillé l'arrêta de la main :

— Tu permets que je te prévienne : c'est assez impressionnant, dit-il d'un ton varlopé par l'expérience.

Julie Juillet s'approcha à pas retenus de la voiture et fut relativement soulagée : la seconde jambe était là, repliée à l'intérieur, coincée entre un tapis «sauve-pantalon» et la pédale d'embrayage ; elle avait un instant appréhendé un massacre manière «scie mécanique». Le bas de cette jambe-là était déchiré au mollet, et la peau de même, en une large blessure qui avait à peine saigné. La victime avait probablement eu la présence d'esprit d'essayer de ressortir de l'autre côté de la voiture en se poussant avec sa jambe gauche.

Une couverture rouge cachait le reste du corps.

— Vous voulez voir le reste ? demanda une jeune policière aux cheveux pâles et aux yeux de biche, qui se tenait en faction près de la voiture.

— Il le faut bien !

Avec une douce minutie, et sans toucher le corps, elle retira la couverture, opération plus complexe qu'on ne l'eût cru étant donné l'étroitesse de l'habitacle. Une fois la policière complètement retirée, Julie Juillet eut une vue d'ensemble.

Les fesses s'imposaient d'emblée au regard. En fait, c'était l'esprit qui dessinait des fesses ; l'œil, lui, n'apercevait que des étendues de chairs pâles qui évoquaient des calottes glaciaires. La mort avait emporté les rondeurs, et le postérieur, déjà imposant, s'était comme affaissé jusqu'à en perdre son apparence humaine. La perspective engendrée par la position du corps ajoutait à l'effet grossissant.

La victime portait un imperméable foncé par-dessus une jupe grise, qui avaient été relevés sur le haut du corps. La petite culotte, sans fantaisie, avait été baissée brutalement, ainsi qu'en témoignaient deux éraflures en haut de la cuisse gauche, marquée par la cellulite. Dans la fourche à peine ouverte, on distinguait les premiers détails du sexe, les poils en particulier, et un peu plus haut, dans son halo brunâtre, l'anus tel qu'il eût apparu dans un manuel d'anatomie.

Julie Juillet enregistrait chaque détail : il y avait longtemps qu'elle ne se sentait plus coupable d'utiliser dans sa carrière parallèle de dessinatrice des scènes glanées dans les enquêtes, et même – pourquoi se le serait-elle caché ? – ce transfert automatique dans le monde du dessin lui permettait de supporter une réalité objectivement déprimante. « T'es folle ! » lui disait souvent Philo avec son indispensable tendresse, et elle lui donnait raison.

Elle s'attarda encore un moment à scruter les fesses. Cela ne sautait pas aux yeux, mais elles étaient maculées d'une substance claire et séchée. Julie Juillet prit dans sa poche le canif suisse qui lui servait de porte-clés, en sortit la lame et, après avoir ajusté ses lunettes sur le bout de son nez, gratta légèrement. Quelques flocons se détachèrent.

— Est-ce que c'est bien ce que je pense ? demanda Léveillé.

— Le laboratoire devra le confirmer, mais je peux vous assurer tout de suite qu'il s'agit bien de sperme.

« Et je connais ça... » mais elle préféra garder cette dernière remarque pour une autre occasion.

— Ce qui est étrange, c'est qu'il n'y ait pas de coulisses, comme si l'auteur de cette éjaculation avait pris la peine d'étendre son produit avec la main...

— ... savent plus quoi inventer comme maniaques... échappa Léveillé en haussant les épaules.

— Ouais... en tout cas, je ne pense pas qu'elle ait été violée.

Jusque-là, Julie Juillet avait évité de regarder la tête. Elle supportait mal le face à face avec les victimes, surtout

CHAPITRE I

quand elles avaient encore les yeux ouverts, trouvait difficile
de concilier cette image où la présence se confond avec
l'inexistence, difficile de passer outre à l'expression de la
souffrance, l'ultime expérience de vie de l'être mort par
violence. Elle ne voyait pas le visage de cette victime-là, elle
ne voyait qu'une chevelure abondante et frisée, marbrée
de gris, ébouriffée, avec, sur l'os occipital, une sinistre
couronne mortuaire faite de sang coagulé.

Julie Juillet, qui s'était avancée dans la voiture, s'en
retira et en fit le tour. La policière de faction, ayant deviné
ses intentions, se précipita pour lui ouvrir la portière de
droite. Julie Juillet se pencha dans l'ouverture et, pour la
première fois, ses beignes à l'érable tentèrent une sortie.
Elle ravala. La victime avait les yeux fermés, pourtant, mais
la bouche, elle, était ouverte et entre les lèvres meurtries
sortait la tige du levier de vitesse. Sur la gaine de caoutchouc, la blancheur d'une dent, maintenue en place par
du sang séché, ajoutait la touche de perfection macabre.
Les yeux étaient plissés, montrant que la victime avait bien
ressenti le dernier coup qu'on lui avait porté avant de
perdre conscience pour toujours.

Une main immobile cherchait, encore et à jamais en
vain, à agripper quelque chose sur le tableau de bord,
quelque chose qui ne s'y trouvait pas, qui ne s'y était peut-
être jamais trouvé, mais elle continuait de chercher parce
que le coude s'était coincé dans le cendrier ouvert, lequel
ne contenait qu'une vieille enveloppe de chocolat Crunchie
et quelques pièces de monnaie. La victime ne fumait pas,
du moins dans sa voiture. Était-ce bien la sienne? Léveillé
confirma. L'autre main avait atteint la portière droite, mais
s'était arrêtée, pour toujours, avant de trouver quoi que ce
soit d'utile à faire. Les bras, comme les jambes, avaient

27

du volume ; la victime devait être forte, moins grasse du haut que du bas, et elle eût peut-être bien sauvé sa vie si on l'avait attaquée de face.

Julie Juillet fit à nouveau le tour de la voiture, revint du côté du volant, examina la carrosserie et donna raison à Léveillé : il y avait une couche de peinture de trop. Elle décela des ombres dans la blancheur et, comme un expert en art antique découvrant un palimpseste, laissa ses doigts suivre une écriture cursive et malhabile qui disait : « Cécile la pute », comme ça, sans ponctuation.

— Cécile la pute ! répéta-t-elle, songeuse.

— Je vois ! constata Léveillé. Je ne voyais pas tantôt, mais maintenant, ça saute aux yeux.

— Question d'angle, ou de lumière.

— C'est pour ça, la peinture ; elle voulait cacher le... gratt... grav...

— Graffiti...

Il y avait une tache de sang juste au-dessus de la portière, une tache brossée dans laquelle on devinait bien la trace des cheveux. On pouvait facilement imaginer comment les choses s'étaient déroulées. La victime s'apprê-tait à prendre place au volant. Elle avait jeté sa serviette en cuir brun, modèle artisanal, sur le siège arrière – elle s'y trouvait toujours, apparemment intacte –, s'était penchée pour entrer, quand l'agresseur, probablement un homme seul, s'était jeté dans son dos et l'avait frappée une première fois à la tête ; ensuite, il l'avait poussée à l'intérieur et l'avait frappée encore. La nature de l'arme et le nombre de coups allaient être déterminés par l'autopsie. La victime n'avait pas immédiatement perdu conscience et avait tenté de résister, mais sa position ne lui offrait aucune prise. L'intro-duction du levier de vitesse dans la bouche était peut-être accidentelle, peut-être pas, mais cela avait fixé le dénouement de cette fausse lutte. C'était seulement après que l'agresseur avait dénudé le bas du corps pour l'enduire de sperme.

— Avait-elle un sac à main?

— On n'en a pas trouvé. Il a peut-être été volé.

— Ce serait étonnant...

Julie Juillet sortit de la poche de son trench son calepin en cuir vert avec porte-mine en or – cadeau d'anniversaire de Philo, le seul qu'il lui eût jamais offert –, griffonna un moment, puis délaissa la voiture et son macabre contenu pour examiner le sol, à la recherche de quelque trace. Le pavé sec n'avait rien retenu. Il y avait un bon mètre entre l'arrière de la voiture et la clôture, assez d'espace pour que l'agresseur s'y fût caché. Effectivement, l'herbe avait été foulée, mais elle avait repris suffisamment sa forme pour rendre cet indice inutilisable. À supposer que le coupable se fût enfui par l'échancrure de la clôture, il eût pu y perdre un morceau de tissu, mais il n'y avait rien.

— Ça va pas être facile, comme enquête, hein? dit Léveillé. Il n'y a pas d'indice.

— On dirait bien que non...

— Si tu veux mon avis, ce salaud risque de recommencer.

— Je ne pense pas.

— Ah non? Mais ça prend un maudit maniaque pour faire ça à une femme!

— Pas si sûr.

Julie Juillet continuait d'examiner la base de la clôture.

— Tous ces condoms, c'est incroyable!

— C'est un petit coin tranquille, ici. Après dix heures, la rue de l'Alberta, c'est un vrai bordel à ciel ouvert...

— Quelques amoureux aussi, peut-être, non?

— Si tu veux mon avis, faudrait être bien mal pris pour amener sa blonde dans un endroit pareil!

— Quoi qu'il en soit, je vais vous demander de prélever toutes ces reliques et de les envoyer au labo.

— Tu penses que...

— ... on verra bien! Qui est-ce qui a trouvé le corps?

— Le concierge, en faisant sa ronde matinale. Il nous attend en dedans.

— Allons-y. S'il vous plaît, apportez la serviette.

Julie Juillet se dirigea vers la sortie du stationnement, précédée de Léveillé qui, de ses deux mains gantées, tenait la serviette comme un plateau de service. Aux voitures de police s'étaient ajoutées celles de la presse.

— Ils n'ont pas été très rapides, pour une fois, remarqua la détective.

— C'est qu'il n'y a pas de voisins pour appeler, et on a demandé aux autres de ne communiquer avec personne.

— Les autres?

— Les profs et la secrétaire. On a décidé de renvoyer les jeunes à mesure qu'ils arrivaient. Ça n'a pas été facile. C'est sûrement eux qui ont averti les journalistes.

Justement, une jeune femme blonde s'avançait vers Julie Juillet, un micro à la main, suivie d'un *caméraman* à casquette renversée.

— Lieutenant Juillet, un mot pour *Télé24heures*!

— Salut, Chantal! dit Julie Juillet en plaçant sa main devant l'objectif de la caméra. Pouvez-vous braquer ça ailleurs? ajouta-t-elle à l'intention du *caméraman* qui chiquait comme un *coach* de base-ball.

L'homme interrogea la journaliste d'un œil jaune comme un fond de verre de bière oublié la veille, et elle lui

CHAPITRE I

fit signe d'obtempérer et de s'intéresser plutôt à la victime. Julie Juillet connaissait Chantal Mignonnet depuis l'adolescence et c'était la seule amitié féminine qu'elle cultivait, à l'aide entre autres d'échanges de service. Chantal faisait partie du club très sélect de ceux qui savaient que le lieutenant Julie Juillet, détective bien et mal connue à la fois, et Carma Vida, signataire énigmatique des aventures de l'espionne du même nom, ne formaient qu'une seule et même personne, et que l'une comme l'autre refusaient systématiquement que leur visage commun fût révélé au public.

— Il s'agit d'un crime sadique?

— Plutôt, oui.

— Vous avez des indices?

— Aucun.

La journaliste se rangea pour laisser passer les policiers, en attendant qu'on l'autorise à s'approcher du cadavre. Elle savait qu'il était inutile d'insister, que le lieutenant ne dirait pas un mot de plus.

Julie Juillet et Léveillé longèrent l'édifice en direction de la rue de l'Alberta. Les cols bleus n'étaient pas encore passés par là pour le grand ménage du printemps (passeraient-ils jamais?) et le sable jeté tout l'hiver sur les trottoirs glacés craquait sous les lourdes semelles noires de l'agent – Julie Juillet portait des chaussures de sport. Elle nota encore l'état déplorable de l'édifice, mais ce dernier avait une tout autre allure sur sa façade. La maçonnerie avait été refaite jusqu'au deuxième étage. L'entrée, aux murs recouverts de stuc beige, s'enfonçait entre un casse-croûte, *Chez Mimi*,

« repas complets, hamburger et club sandwich », et une pharmacie, *Fuk Truong*, « chèques du B.S. acceptés ».

À l'intérieur, le rez-de-chaussée offrait l'apparence d'un édifice commercial ordinaire : des cloisons beiges fraîchement construites et des portes vitrées dont la plupart, cependant, donnaient sur des locaux vides.

Un petit homme dans la cinquantaine, avec un nez tout rond et des lunettes d'acier, accueillit les policiers.

— M. Guimond, le concierge... le lieutenant Juillet, présenta Léveillé.

Julie Juillet tendit une main qu'elle sentit toute petite dans celle du concierge, large et musclée, rugueuse sans rudesse, une main qui devait bien travailler, juste et précise dans ses gestes, une main avec une belle intelligence de main. L'homme devait être agréable au lit, pour autant que la partenaire n'accordât pas trop d'importance à la grâce physique.

— M. Guimond, continua Léveillé, vit ici même avec son épouse et sa fille, dans un logement, au deuxième.

— C'est vous qui avez trouvé la victime ?

— Oui, répondit l'homme en exhalant un soupir qui parut sincèrement triste à Julie Juillet. Tous les matins, vers sept heures, je vais faire un tour dans le stationnement. C'est parce que, voyez-vous, il y en a qui amènent ici des filles qu'ils ont ramassées sur le trottoir. La nuit, je n'y peux rien, mais le matin – parce qu'il y en a qui commencent leurs journées par des drôles de déjeuners, je vous le jure ! – quand ils me voient arriver, ils vont ailleurs. Évidemment, en faisant réparer la barrière et en posant un cadenas, on réglerait le problème ; ça fait deux ans que je le demande, mais les propriétaires n'ont pas d'argent, ou bien ils préfèrent investir dans la façade, c'est plus vendeur. Je les comprends, notez bien : il faut qu'ils louent si je veux toucher mon petit salaire, mais à l'école, eux, ils se plaignent. En tout cas... Quand j'ai vu son auto, j'ai compris que quelque chose allait de travers. Elle arrivait toujours à sept heures et demie. J'ai vu la jambe qui pendait... le cœur m'a manqué. Je me suis quand même approché, des fois qu'elle aurait été vivante, mais quand j'ai vu comment il l'avait arrangée, j'ai été sûr que je ne pouvais plus rien faire pour elle.

L'homme avait la larme à l'œil.

— Vous connaissiez bien la victime ?

— C'est-à-dire que c'était une de nos premières locataires, il y a trois ans. Pas elle vraiment, plutôt le C.A.N.C., mais c'était elle la patronne de l'école.

— Le C.A.N.C... ?

— Le *Conseil des académies non confessionnelles*. Quand j'ai été engagé, cet édifice était quasiment abandonné. C'est une ancienne usine qui avait été louée comme entrepôt. Les nouveaux propriétaires l'ont achetée pour la transformer en immeuble à bureaux, en spéculant sur la relance du quartier. Le C.A.N.C. cherchait un endroit pour installer une petite école pour des décrocheurs. Alors évidemment, ils ont obtenu des propriétaires les meilleures conditions possibles, parce qu'un service public, c'est un locataire fiable et ça rend le financement plus facile auprès des banques. C'est comme ça que Cécile est arrivée ici avec son petit monde.

— Cécile Matzef, précisa Léveillé.

— Matzef ?

— Oui. C'est un nom russe, apparemment celui de son mari...

— ... son ex-mari, corrigea le concierge.

— On l'a prévenu ?

— On n'a pas encore trouvé ses coordonnées.

— Ça risque de prendre du temps, expliqua encore M. Guimond. Je pense qu'ils ne se parlaient plus depuis des années. Leur mariage n'a pas duré bien longtemps, mais elle a gardé son nom parce qu'elle n'aimait pas le sien.

— C'était quoi?

— Il me semble qu'elle me l'a déjà dit, mais je ne me le rappelle pas. Il doit y avoir quelqu'un qui le sait, en haut.

— Quel genre de personne était-ce?

— Dévouée, très dévouée. Elle consacrait toute sa vie à son école.

— Ça fonctionnait?

— Oh! moi, je ne suis que le concierge.

— Vous semblez pourtant bien la connaître.

— Avec le temps... Elle avait souvent besoin de moi pour toutes sortes de petits services, mais ce n'était pas elle, mon patron. Quand les affaires marchaient à son goût, elle était de bonne compagnie, comme on dit. C'est sûr que ce ne sera plus pareil, sans elle.

— J'ai l'impression, à vous entendre, qu'elle n'était pas toujours facile à vivre.

— Comme je vous le dis, moi, je ne suis que le concierge. En haut, ils pourront vous en dire plus.

— Allons-y donc.

M. Guimond prit les devants. Ils avancèrent dans le couloir flanqué de bureaux vides jusqu'à une lourde porte coupe-feu. Au-delà de cette porte, c'était comme un autre monde. On entrait dans la partie non rénovée de l'immeuble. Un escalier abîmé en béton nu, avec une rampe de fer, grimpait vers des étages aux allures de ruines de guerre ou descendait vers un sous-sol menaçant.

— Je le sais, ce n'est pas fini, dit M. Guimond, comme s'il avait quelque responsabilité là-dedans.

— Mais, s'inquiéta Julie Juillet, est-ce que ce n'est pas supposé être une école ?

— Le local de l'école est au troisième. Il faut savoir le chemin. Vous allez voir, ce n'est pas « si pire ».

— Cette porte mène dehors ? demanda Julie Juillet en désignant du menton une porte couverte d'acier.

— Oui. Elle donne sur Gilles-Poirier. Vous êtes passés devant tantôt. Elle ne s'ouvre pas de l'extérieur, sinon on n'aurait pas le contrôle et les clochards viendraient se cacher dans l'immeuble. C'est pas qu'ils dérangent, mais ils pissent à terre et ça sent fort...

— Est-ce que Mme Matzef aurait pu sortir par ici ? coupa gentiment Julie Juillet.

— Elle sort... sortait toujours par ici, surtout quand elle restait tard ; c'est plus court. Elle jetait un coup d'œil pour s'assurer qu'il n'y avait personne dans la rue et elle filait au stationnement.

Il fallait faire attention en montant l'escalier, car l'arête des marches était brisée à plusieurs endroits. La détective apprit que Cécile Matzef harcelait le C.A.N.C. pour que ce dernier oblige les propriétaires à faire les réparations. Parvenus au troisième niveau, ils passèrent une autre porte coupe-feu, puis une autre encore et se retrouvèrent dans une sorte de vestibule, dont la brique et le béton avaient été peints en blanc, et décorés de quelques graffiti. Certains, tels que : « *Greek never die, they just multiply** » « *Blak Power !* », ou « *Déhor les naigres* », témoignaient des origines variées de la clientèle et du peu de cas qu'elle faisait de l'orthographe, et d'autres, comme « *L'école c'est comme les toilette, tu t'assi pis tu force* », illustraient l'ampleur de la tâche à accomplir.

---

* Les Grecs ne meurent jamais, ils ne font que se multiplier.

— J'essaie de les effacer à mesure, mais des fois, ils sont trop vite pour moi, les «p'tits crisses», s'excusa le concierge, dont ce devait être le seul écart de langage.

Sur une dernière porte, blanche elle aussi, avec une petite fenêtre rectangulaire grillagée, un écriteau annonçait : *École Le Petit Chemin.*

— Eh bien! Il faut vraiment le savoir! s'exclama Julie Juillet.

— Cécile aimait que ce soit comme ça. Elle disait que, de cette manière, il ne venait que du monde qui avait vraiment affaire. C'est pas tous des anges, les jeunes de cette école, vous pouvez me croire.

Julie Juillet le croyait volontiers. M. Guimond ouvrit la porte et ils entrèrent dans les locaux de l'école. Effectivement, ce n'était pas «si pire», pour reprendre l'expression du concierge. Il fallait bien sûr commencer par un coude-à-coude dans un couloir ridiculement étroit, rétréci encore par des casiers dressés le long des murs, mais ceux-ci interrompaient leur alignement pour laisser place, à gauche, à des portes qui donnaient sur des petites pièces vitrées qui servaient de bureaux et, à droite, sur une autre, restée ouverte, par laquelle on voyait une salle plus grande avec des pupitres, des chaises, un tableau blanc qui affichait encore, en couleurs de stylo-feutre, les éléments fondamentaux d'une leçon de grammaire. Sur la porte même, une affiche donnait la liste suivante :

Matériel obligatoire :
crayon à mine
stylo bleu
feuilles mobiles
cahier d'exercices
manuel

Le couloir s'allongeait sur une dizaine de mètres. Il y avait une autre salle de classe, consacrée celle-là aux mathématiques, à en juger par la liste du matériel obligatoire ; cette pièce était ouverte aussi, comme si on ne s'était pas fait à l'idée que l'école allait demeurer fermée quelques jours. À gauche, avant une grande salle commune, il y avait un bureau plus grand, avec une table, des fauteuils, un four à micro-ondes. Tout le personnel était réuni dans la salle commune. Les cloisons des bureaux et des salles de classe étaient faites de panneaux de plâtre blanc, mais les murs eux-mêmes, qui donnaient tous sur l'extérieur, n'avaient pas été recouverts ; on s'était contenté de peindre la brique. L'ensemble avait une allure vaguement *loft* et de nombreuses plantes vertes apportaient un peu de vie. Tout cela faisait sage et propre, mais ce devait être une autre ambiance, pensa la détective, quand ce local se remplissait d'adolescents perturbés.

Le personnel comptait, en plus de la victime, cinq membres, et ils étaient tous assis ensemble, silencieux, à une grande table genre réfectoire. Un agent était assis à une autre table et tuait le temps en rêvant à des choses qui ne regardaient que lui. Julie Juillet mit quelques secondes à classer son monde, trois hommes et deux femmes.

Celui qui fumait attira d'abord son attention, probablement parce que cet acte violait une règle affichée partout au moyen du pictogramme bien connu. Sans les lunettes, il aurait pu faire un sosie acceptable de Joseph Staline, avec ses moustaches fournies, sa chevelure abondante et son air sombre.

À côté de lui, un homme plus grand, plus maigre, l'air plus vieux, dessinait au crayon une forme animale sur une feuille blanche. Le troisième homme était au bout de la table; il avait les bras sur la poitrine et fixait un point quelconque dans le vide en se caressant la barbe de la main droite. Il était à demi chauve, avec des frisons sur les oreilles, et portait des lunettes qui avaient glissé jusqu'au milieu de son nez, ce qui donnait l'impression qu'il ne voulait parler à personne.

Les deux femmes occupaient le même coin de table. L'une n'était visible que de dos. Elle avait des cheveux noirs et lisses qui s'arrêtaient sagement aux épaules et une taille bien campée, un peu pleine mais susceptible de provoquer encore les désirs.

L'autre était un être ingrat, fragile, avec de grands yeux sans intelligence qui, dans la pâleur défaite de son visage, évoquaient la détresse d'une biche mal fichue poursuivie par des chiens sans pitié.

Ce fut par elle que Julie Juillet décida de commencer parce qu'elle avait parfois des accès de férocité avec les brailleuses, les « sans-colonne », les « chiffonnes », les « paillassonnes », comme elle les appelait, selon l'humeur du jour ; elle savait que plus elle retarderait le moment de l'affronter, plus elle aurait envie de la déchiqueter.

Les cinq tournèrent la tête vers les arrivants.

— Bonjour ! Je suis le lieutenant Juillet, chargée de l'enquête. Je conçois que vous êtes encore sous le choc, mais il faut que je m'entretienne avec chacun de vous individuellement. Ce n'est qu'une formalité, mais toute information peut être utile pour trouver le coupable. Votre entière collaboration est essentielle. Madame, si vous voulez bien me suivre...

La biche mal fichue roula des yeux épouvantés et on aurait pu croire un moment qu'elle allait s'évanouir, mais les autres ne semblèrent pas du tout s'en émouvoir, le fumeur eut même l'air franchement agacé. Elle parvint néanmoins à se lever et à suivre la policière, qui avait indiqué son intention d'utiliser la première pièce près de l'entrée.

Julie Juillet s'installa derrière le bureau, comme si elle était chez elle, et invita sèchement l'autre à s'asseoir sur une chaise de cuisine que Léveillé avait apportée.

Obéissant à un signe de la détective, ce dernier les laissa seules. Julie Juillet sortit son calepin avec le porte-mine en or et griffonna tout de suite quelques traits. (L'or lisse n'offrait pas une prise idéale, mais ce petit luxe contrastait avec sa tenue peu soignée et déroutait les gens, et puis c'était un cadeau qui avait coûté cher à Philo, pourtant économe à l'extrême.) Elle ne prenait que très peu de notes, généralement les chiffres ou les dates ; son calepin était en fait rempli de dessins et, avant même de poser la première question, elle avait terminé un portrait sommaire de la biche mal fichue. Outre les yeux énormes comme des planètes vides sur le point de quitter leur orbite, outre le front en ventre de ballon (avec deux petites antennes de plus, elle décrochait un rôle à vie dans *Star Trek*), l'impression de déséquilibre que dégageait ce visage osseux venait d'un opération chirurgicale pratiquée à la bouche (probablement pour rectifier un bec-de-lièvre), qui avait laissé de légères cicatrices et une tension inhabituelle entre l'aile gauche du nez et la lèvre supérieure. L'ensemble n'était pas foncièrement répugnant et sa propriétaire aurait pu en user avec élégance, si elle n'avait pas été tellement ravagée par le cancer des complexes.

Seule avec elle, Julie Juillet constata que sa première impression se confirmait : en plein le genre «victime désignée» – qu'elle abhorrait! – et c'est pourquoi elle prit délibérément beaucoup de temps avant de parler, tellement que, à la première question, la biche faillit s'étouffer dans sa réponse. Il ne s'agissait pourtant que de confirmer son identité : Aubusson, Thérèse, vingt-cinq ans, orthopédagogue, célibataire, domiciliée à Pontbriand. Pontbriand est une banlieue dortoir, donc :

— Vous habitez encore avec vos parents?

— Oui. J'étais supposée déménager au mois de juin, mais avec ce qui vient d'arriver, je ne sais pas si...

— Qu'est-ce que ça change?

— Peut-être que l'école va fermer...

— Pourquoi? Vous ne pensez pas qu'on puisse remplacer Mme Matzef?

— Oui... peut-être... mais je ne sais pas si moi, je vais rester...

Et puis, comme il fallait s'y attendre, elle se mit à pleurer à gros sanglots morveux et il ne fut plus possible d'en rien tirer pendant cinq bonnes minutes.

— Excusez-moi...

— ... mais je comprends, voyons, répondit Julie Juillet avec une indifférence qui n'avait rien pour remonter l'autre. Depuis quand travaillez-vous ici?

— J'ai commencé quelques semaines après l'ouverture; c'est ma troisième année.

— Vous connaissiez Mme Matzef avant?

— Non. Je venais de finir mes études et je ne trouvais pas d'emploi. J'ai vu une annonce dans le journal qui invitait les décrocheurs à retourner à l'école. Ma mère m'a dit : «Prends donc une chance, offre tes services!» Ça s'est

adonné qu'ils venaient juste de recevoir la permission
d'engager un autre professeur.

— Une orthopédagogue?

— Pas vraiment, mais Cécile ne s'occupait pas tellement des catégories.

— Alors, pourquoi vous a-t-elle engagée?

— Elle a eu confiance. Ils m'ont demandé si j'avais la
télévision...

— Qui, ils?

— Il y avait aussi Jose (elle prononçait «haussé»)...

— Jose-Maria Valdemosa? dit Julie Juillet en jetant un
œil dans son calepin.

— Oui. Il était avec elle pour ouvrir l'école...

— ... et ils ont voulu savoir si vous aviez la télévision!

— Bien oui... Dans ce temps-là, je n'étais pas chez mes
parents, je venais de louer un petit appartement et je n'avais
pas d'argent. Quand j'ai répondu que je n'en avais pas, ils
se sont mis à rire et ont dit que j'étais la personne qu'il
fallait parce qu'ils étaient contre la télévision.

— Si je comprends bien, vous avez été engagée comme
professeur parce que vous n'aviez pas de télévision!

— Ce n'était pas la seule raison... je leur avais fait
bonne impression, je suppose.

Et elle se remit à pleurer. Julie Juillet renonça à lui
demander pourquoi elle était retournée chez ses parents,
parce qu'elle aurait répondu n'importe quoi sauf la vérité :
une insécurité morbide...

— Et vos rapports avec Mme Matzef?

— Oh! Très bons. Je lui dois beaucoup. C'est elle qui
m'a appris le métier...

«Bon. Voilà que ça recommence! pensa Julie Juillet
pendant que Thérèse Aubusson fondait à nouveau en
larmes. Je vais y passer la journée. Finissons-en.»

— Est-ce que vous voyez quelqu'un qui aurait eu intérêt à se débarrasser de Mme Matzef?

— Quoi? Vous pensez que c'est quelqu'un qui a fait ça par... je veux dire... que c'est pas un maniaque?

— Écoutez, mademoiselle, nous menons une enquête, n'est-ce pas? Alors répondez, s'il vous plaît.

— Non, bien sûr que non! Cécile ne s'entendait pas aussi bien avec tout le monde, mais de là à...

— Et avec qui ne s'entendait-elle pas?

— Avec les autres...

— Quels autres?

— Tous les autres, sauf Jose, peut-être... mais je ne veux pas dire que...

— Je comprends. Vous avez travaillé, hier?

— Bien oui!

— À quelle heure avez-vous quitté l'école?

— À cinq heures.

— Cinq heures! C'est tard, non?

— C'était mon soir.

— Votre soir?

— Oui. On a chacun notre soir pour rester.

— Pour quoi faire?

— Ça dépend. Parfois, il y a des élèves en retenue, d'autres fois, c'est pour aider Cécile à remplir des dossiers, d'autres fois, on fait nos corrections, on répond au téléphone...

— Il y avait des élèves en retenue, hier?

— Il y avait Nancy Thibault. Elle devait rester jusqu'à cinq heures, mais elle est partie un peu avant quatre heures en envoyant promener Cécile...

— Nancy Thibault? Elle avait un problème avec Mme Matzef?

— C'est une longue histoire.

— Comment votre patronne a-t-elle réagi ?

— Oh ! Elle n'était pas contente du tout ! Mais elle est restée plus calme que d'habitude, maintenant que j'y pense ; elle a dit, en parlant de Nancy : « Son temps achève ! »

— Avez-vous une idée de ce à quoi elle pouvait précisément penser en disant cela ?

— Non.

— Le problème avec cette Nancy... tout le monde est au courant ?

— Oh oui ! On discutait chaque problème avant de prendre une décision.

— Parfait. (Julie Juillet décida de demander à quelqu'un d'autre de le lui raconter.) Quand vous êtes partie, votre patronne est restée ?

— Oui. Ça lui arrivait souvent. Elle travaillait très fort.

— Vous êtes donc probablement la dernière personne à l'avoir vue vivante, sans compter l'assassin, évidemment.

Pour toute réponse, Julie Juillet entendit un long gémissement, suivi de sanglots pitoyables.

— Bon, ça ira pour tout de suite, mademoiselle. Je vous invite à rentrer chez vous et à vous reposer. Évidemment, je dois vous demander de rester à la disposition de la police, au cas où j'aurais d'autres questions.

— Je n'ai pas été très utile, je le sais...

— Mais non, voyons...

Julie Juillet lui indiquait la porte de la main et Thérèse Aubusson finit par comprendre qu'elle devait se lever et sortir sans autre formalité. Peut-être s'attendait-elle à ce qu'on prélève ses empreintes digitales ou quelque chose comme ça. Léveillé se tenait devant la porte et la détective lui fit signe d'entrer.

— Elle a l'air plutôt émotive, celle-là !

— Un peu trop à mon goût ! S'il vous plaît, faites entrer M. Valdemosa et en attendant, si vous pouviez mettre la main sur les coordonnées d'une étudiante, Nancy Thibault, et même me l'amener, ce serait bien. Ça m'éviterait un déplacement.

— Tu ne songes pas à interroger tous les étudiants ?

— Je n'y tiens pas du tout. En dernier recours, peut-être. Je pense qu'il y a peu de chances qu'une personne en autorité du genre de la victime suscite des fantasmes sexuels chez un jeune homme, en tout cas pas au point de passer à l'acte, mais on ne sait jamais. Et puis j'ai oublié de demander au concierge s'il a une idée de l'heure à laquelle Mᵐᵉ Matzef a quitté son bureau. Vous pouvez vous en charger ?

— Bien sûr.

— Autre chose : le bureau devrait maintenant être en mesure de nous renseigner sur les antécédents de la victime, si elle en a. Appelez donc Pouliot pour lui pousser un peu dans le dos.

— Avec plaisir !

Quelques instants plus tard, Jose-Maria Valdemosa s'assit à la place qu'occupait Thérèse Aubusson, que Julie Juillet revit, passant dans le couloir en direction de la sortie, un imperméable bleu sans grâce sur le dos et un mouchoir sur le nez. C'était un bel homme, grand, dans la quarantaine avancée, les cheveux poivre et sel abondants et le teint ambré gratiné d'une barbe de quelques jours. Il avait le regard doux de celui qui n'attend plus qu'une chose de la vie : qu'elle mette une extrême lenteur à passer. « Il ne baise pas plus qu'une fois par année, déduisit la détective, sans doute durant la pleine lune qui suit l'équinoxe du printemps! Dommage...»

— Je peux vous dire tout de suite ce que j'ai fait hier, attaqua-t-il sans attendre qu'on lui pose une question. J'ai passé la journée à la maison, cloué au lit par mon arthrite. J'étais seul jusqu'à quatre heures, quand ma femme est rentrée avec ma fille – elle a dix ans. À cinq heures, je suis parti avec elles pour un rendez-vous que j'avais à cinq heures trente avec mon acupuncteur, le docteur Kim Chung. Son bureau pourra vous confirmer que je l'ai quitté à six heures quinze.

Il avait dit tout cela sur le ton tranquille d'un fataliste endurci, avec un accent très accrocheur, anglais en surface, espagnol en profondeur – mais c'était peut-être son nom qui donnait l'impression qu'il y avait de l'espagnol dans son parler!

— Vous n'avez pas eu à attendre, chez votre acupuncteur?

— On n'attend jamais. Après le traitement, nous sommes rentrés et je me suis couché. Ce matin, je me sentais mieux.

— Et maintenant?

— Maintenant... je ne sais pas. Je pense que j'ai de la difficulté à croire que c'est vraiment arrivé. Mais je ne m'en fais pas, d'ici une semaine ou deux, cela va ressortir en arthrite.

— Vraiment?

— Sûr. C'est mon karma! Les émotions, je les vis physiquement. (Là, sans aucun doute, dans le *s* de «physiquement», il y avait un sifflement espagnol.) J'ai probablement été une brute épouvantable, un tortionnaire même, dans une autre vie...

— Vous êtes Latino-Américain?

— Moi? Pas du tout. Je suis Espagnol, *pura lana**! De Minorque. Vous connaissez Minorque?

— Pas vraiment... Je suppose que ce n'est pas très loin de Majorque...

— Juste. Majorque est la plus grande île de l'archipel des Baléares, à l'est de l'Espagne; Minorque est plus petite, comme son nom l'indique, et c'est un petit paradis.

— Et vous qui souffrez d'arthrite, vous vous êtes installé dans notre pays humide et froid!

— Ça doit faire aussi partie de mon karma. J'ai quitté Minorque pour aller étudier aux États-Unis, au Colorado. C'est là que j'ai rencontré ma femme, qui est Espagnole aussi – faut le faire, hein! – et de là, à l'occasion du Festival du folklore, on est venus ici. J'ai trouvé un job au C.A.N.C., on a eu la petite, et ainsi de suite...

— Si je vous ai bien compris, votre arthrite, c'est comme une réaction à des événements extérieurs?

— Quelque chose comme ça, oui...

— Alors, dites-moi, pourquoi étiez-vous malade hier?

— Vous soupçonnez tout le monde? Comme dans les romans policiers?

— Non. Ce n'est pas du tout ma méthode. J'essaie seulement de faire l'historique des derniers jours.

— En tout cas, il me semble que vous n'avez pas l'impression qu'elle a été tuée par un désaxé sexuel...

— Monsieur Valdemosa, ce que je pense ou ne pense

---

* Pure laine.

pas, je ne vous le dirai pas. Est-ce que vous avez peur qu'on vous soupçonne?

— Non, mais je ne veux pas d'ennuis.

— Pourquoi étiez-vous malade, hier, selon vous? Si c'était pour des raisons personnelles, je n'insisterai pas.

Jose-Maria Valdemosa fixa le vide durant quelques secondes et Julie Juillet le laissa faire, se plaisant à le contempler, cherchant quel rôle elle pourrait lui donner dans une aventure de Carma Vida, la bien nommée. Elle imaginait son héroïne travaillant à réveiller les ardeurs de ce beau grand corps perclus. Elle réussirait, bien sûr, en laissant ses ongles de feu titiller la racine du sexe tandis que ses mamelons exacerbés s'offriraient à ses lèvres...

— C'est à cause du retour de Nancy Thibault et de toute l'histoire qui l'a précédé, se décida-t-il finalement à dire...

— Vous pouvez me la raconter?

— Si vous voulez, mais, franchement, je suis sûr qu'il n'y a aucun rapport...

— Dites toujours, je m'occuperai de faire les rapports, s'il y en a.

— Bon : Nancy Thibault est ce qu'on appelle ici une « tête de cochon ». Elle n'est pas la seule, évidemment, avec le genre de clientèle que nous avons, mais c'est un beau cas.

— Qu'est-ce qu'elle a fait?

— Au départ, je ne me souviens plus. Il faudrait regarder dans le dossier, un retard, peut-être. En tout cas, elle s'est retrouvée en retenue. Elle s'est sauvée. On l'a suspendue pour une journée. Elle devait revenir avec sa mère le lendemain. Elle est revenue trois jours plus tard : la mère ne pouvait pas s'absenter de son travail. Elle aurait dû nous prévenir ; on se serait arrangé. Notre règlement exige que les élèves préviennent quand ils sont absents. Alors quand Nancy est revenue, Cécile a considéré que les deux jours après la suspension d'une journée étaient des absences non motivées. Elle a donc encore ajouté des retenues, et ça faisait quelque chose comme trente heures.

— Trente !

— Peut-être même plus, nos règlements ne prévoient pas de maximum ! À ce moment-là, Nancy s'est fâchée et a foutu le camp en traitant Cécile de folle. Cécile a décidé de la renvoyer, mais la mère a porté plainte au C.A.N.C. Cécile n'est pas tellement aimée dans la boîte, alors on en a profité pour la mettre au pas. Finalement, on a eu une réunion un soir avec un agent de milieu, un psycho-éducateur, un travailleur social, et on a trouvé un arrangement. Mais Cécile ne s'est pas sentie appuyée et moi qui la connais, je savais que le bouchon n'allait pas tarder à sauter de nouveau, et c'est arrivé. La mère a encore porté plainte et il semble qu'elle ait trouvé des oreilles sympathiques, puisqu'on nous a imposé de reprendre la petite, avec injonction à Cécile de ne plus intervenir. Elle a bien été obligée de plier, mais la situation est devenue invivable ; j'ai commencé à me sentir de plus en plus mal et hier, par hasard, j'ai fait une grosse crise.

— ... mais vous ne croyez pas au hasard, n'est-ce pas ?

— Pas du tout. J'en suis même à me demander si mes symptômes ne deviennent pas prémonitoires. Ce serait effrayant !

— Je le conçois. Mais dites-moi, est-ce que le mot harcèlement décrirait convenablement l'attitude de Mme Matzef envers la dénommée Nancy ?

— Harcèlement... Vous savez, Cécile était une vierge...

— ... au sens astrologique ?

— L'autre sens existe encore ?

Julie Juillet sourit.

— C'est une question qui mérite réflexion, mais je ne connais rien à l'astrologie et, cette fois, je vous demande de faire vous-même le rapport.

— Eh bien, les vierges, celles du sexe féminin encore plus, sont des personnes qu'il faut éviter de contrarier. Cécile avait beaucoup de difficultés à vivre avec le sentiment qu'on ne lui donnait pas entièrement raison.

— Mais harcelait-elle, oui ou non ?

— Elle n'aurait pas provoqué l'enfant, mais c'est sûr qu'elle la gardait dans sa ligne de tir. Par contre, si la petite avait montré... comment dire...

— ... un sincère repentir ?

Jose-Maria Valdemosa eut à son tour un sourire qui se métamorphosa cependant vite en soupir.

— Oui... un sincère repentir... nous avons tous été catholiques, n'est-ce pas ? ... et la voilà morte... Mais toujours est-il que si la petite avait montré du repentir, Cécile aurait tout fait pour elle. C'était une personne très généreuse... mais une vierge !

— Passons sur l'astrologie : vous avez fondé cette école avec Cécile Matzef. Pourquoi était-elle directrice, plutôt que vous ? Et ne me dites pas que c'est votre karma !

— Mais si, justement, c'est mon karma ! Avant, je travaillais avec des autistiques. Vous connaissez ? Très intéressant, mais épuisant, à cause des crises. Quand j'ai entendu parler qu'on voulait ouvrir une école pour des décrocheurs, je me suis proposé. Je ne vous cache pas que j'espérais obtenir la charge, mais Cécile Matzef la voulait aussi. Au départ, on devait s'occuper alternativement de la direction, d'une année à l'autre. J'aurais volontiers commencé, mais disons que j'ai senti que j'étais mieux de ne pas me mettre en travers de ses plans si je voulais avoir une vie vivable... À la manière dont elle a pris les choses en mains, il est vite devenu évident que je devais oublier mon tour, et c'était aussi bien, parce que ma santé ne s'est pas améliorée, au contraire. Finalement, les choses se sont arrangées pas si mal... et si ce n'est pas un karma, ça y ressemble drôlement!

— Vous vous entendiez bien avec elle?

— Oui. Je pense qu'elle m'aimait bien. On n'était pas toujours d'accord, mais disons que je sentais quand elle était réceptive et quand elle ne l'était pas...

— Et que faisiez-vous quand elle ne l'était pas?

— Rien! Surtout rien! C'est-à-dire ce qu'elle voulait.

— C'est presque de la soumission...

— Peut-être bien! Il s'agit en fait de savoir quand ça vaut la peine de se battre. C'est la seule façon de vivre avec les vierges... et avec la vie en général. Je sais de quoi je parle, ma femme est une vierge aussi, ainsi que ma fille...

— Ah bon! Je vais commencer à croire que vous avez effectivement un karma difficile à porter.

— Ce n'est pas si difficile. Chez moi, j'ai une pièce absolument vide où je me retire pour méditer. Il ne m'en faut pas plus.

— Et vous n'avez toujours pas de téléviseur?

— Non... mais comment savez-vous... Thérèse, évidemment... Non, je n'ai toujours pas de télé...

— Mais ici, vous ne pouvez pas méditer, quand même!

— Non, par contre, j'ai mes ordinateurs!

— Vous faites de l'informatique?

— Je l'enseigne et j'adore ça! Non! Ça n'a rien d'étonnant. Il n'y a rien de plus zen que l'informatique.

— Vraiment?

— Absolument. Vous êtes devant une machine parfaitement neutre, imperturbable, qui dépend entièrement des commandes que vous lui donnez. Vous pouvez vous énerver, vous plaindre, la supplier, la menacer, elle s'en fout! Vous ne pouvez rien faire d'autre que vous concentrer et essayer de comprendre comment elle fonctionne, comment vous devez lui parler, et si vous savez, elle fait des merveilles!

— Cécile Matzef connaissait-elle l'informatique?

— Elle ne connaissait même pas la touche d'envoi! Les vierges ont peur des ordinateurs, contrairement à ce qu'on pourrait penser du fait qu'elles aiment tellement l'ordre et le contrôle. L'ordinateur obéit au doigt et à l'œil, bien sûr – pas vraiment à l'œil, mais ça viendra, vous savez? –, mais il se fiche de vous; vous le contrôlez totalement et, en même temps, pas du tout! Il faut que vous vous soumettiez à sa manière de fonctionner et vous ne pouvez pas lui demander une poussière de plus que ce qu'il peut faire. Pour une vierge, c'est un monstre! Surtout qu'en plus ça travaille, ça travaille pour vous, et ça paraît à peine! Les vierges veulent que le travail paraisse, elles veulent voir chaque étape, pour pouvoir vous dire qu'elles aimeraient mieux que ce soit comme ceci ou comme cela. Elles n'ont au fond aucun sens pratique et pour elles le résultat est essentiel, mais sans valeur s'il n'y a pas de travail. Comprenez-vous?

— Pas sûre...

— Écoutez. Si vous proposez à une vierge une manière d'arriver plus vite et avec moins de travail à un résultat quelconque, elle va résister jusqu'à la limite du raisonnable et pour toujours, dans sa tête, vous allez passer pour un paresseux! S'il n'y avait toujours eu que des vierges ici-bas, on n'aurait jamais inventé la roue! Mais quels beaux billots on aurait pour tirer nos pierres! De véritables œuvres d'art! Et les pierres, alors! (Afin d'illustrer son propos, il forma un cercle avec son pouce et son index et plissa les lèvres comme pour donner un baiser.)

— En somme, elle avait de la difficulté à distinguer l'essentiel de l'accessoire..

— Et comment! Vous allez voir, quand vous allez visiter son bureau, à quel point Cécile aimait tout mettre sur papier. C'est fou ce qu'elle accumulait comme notes sur tout et rien, et toujours écrites à la main, avec une écriture de moine. Prenez le calendrier! Il y a des agendas électroniques ou des calendriers en papier faits pour inscrire les rendez-vous, n'est-ce pas? Rien ne faisait son affaire; alors au début de chaque année, on passait un avant-midi, au moins! à dessiner sur du bristol le calendrier des dix mois de l'année scolaire, avec une notation spéciale pour chaque événement et, dans la réserve, vous trouverez tous les calendriers des années passées, parce qu'on ne jette rien. Finalement, c'est ce qui l'aura perdue...

— Les calendriers?

— Non, mais cette manie d'accumuler du travail. C'est à cause de cette manie qu'elle partait tard et que ce fou a pu l'attraper.

— Maintenant qu'elle n'est plus, avez-vous l'intention d'occuper son poste?

— Jamais de la vie! Vous pouvez chercher un mobile ailleurs.

— Ce n'est pas le motif de ma question...

— De toute façon, je vous assure que cela ne m'intéresse plus du tout. La seule chose qui compte, pour moi, c'est ma fille...

— ... et votre femme?

— C'est différent : ma femme, c'est moi qui compte pour elle... Non, je ne prendrais pas la place de Cécile pour tout l'or du monde et même, je vais me chercher un *job* ailleurs.

— Ah bon! Pourquoi?

— Cécile avait bien des défauts, mais elle n'avait peur de personne, du moins, si elle craignait quelqu'un, elle ne le montrait pas, et elle faisait marcher la boutique.

— Vous voyez qui aurait pu avoir envie de la faire disparaître?

— Oh! pratiquement tous ceux qui la connaissent ont eu envie de la tuer à un moment ou l'autre, mais si elle a quand même survécu jusqu'à hier, c'est que ce n'était pas si sérieux. Écoutez, l'avantage financier de son poste, comme dit Vic, équivaut, après impôts, à tout juste trois dollars cinquante par jour ouvrable. Vous tueriez quelqu'un pour ça?

— Mais il y a le reste...

— Le reste, ce ne sont que des désavantages. Il faut se battre contre tout : les parents, les fonctionnaires, les jeunes parfois... Non, pour vouloir ce poste, il faut être inconscient, ou carrément fou...

— Diriez-vous que vous avez perdu une amie?

— Oui. Vous savez, quand on a ouvert cette école, on n'avait même pas un pupitre! Au C.A.N.C., ils se foutaient complètement de nous.

— Alors pourquoi l'ont-ils ouverte, cette école?

— La mode! La mode était à la récupération des décrocheurs. Alors ils ont fait ça pour se vanter qu'ils suivaient le courant, mais sans l'intention de s'en occuper vraiment. Fallait voir le trou dans lequel ils ont essayé de nous caser au début : un haut de taudis... ici, c'est le grand luxe, en comparaison. Mais Cécile ne les a pas laissés en paix une seconde, et puis on est allés se chercher une clientèle... on a travaillé très fort... Ça crée des liens...

— Je comprends. Je vais vous libérer, maintenant, monsieur Valdemosa. Je vous prie de rester disponible, au cas où nous aurions besoin de vous... Soyez sûr que je ferai tout en mon pouvoir pour trouver le coupable.

— Oh! vous savez, je crois qu'on paie toujours pour ses actes, dans cette vie ou dans une autre, alors si vous ne le retrouvez pas, ne vous en faites pas trop.

— Vous avez peut-être raison, mais c'est dans cette vie que je reçois mon salaire... Soignez-vous bien, monsieur Valdemosa.

Il se leva avec une lenteur de vieille personne et allait passer la porte quand Julie Juillet, sur un ton coquin, lui posa une dernière question :

— Dites-moi, monsieur Valdemosa, vous n'êtes pas obligé de répondre, mais que dessiniez-vous quand je suis arrivée dans la grande salle?

— Pourquoi voulez-vous savoir cela?

— Curiosité personnelle : je dessine aussi.

— Eh bien... un cheval!

Sans réprimer un sourire puéril, il déplia devant la détective une feuille blanche parcourue d'une douzaine de traits de crayon lestes qui ne se croisaient jamais et formaient, en effet, un cheval au galop.

— Intéressant, commenta Julie Juillet.

— Oui, j'avance, mais il y a trop de traits. J'aimerais arriver à montrer un cheval complet avec cinq ou six traits, pas plus, qu'il n'y ait pas le moindre détail, mais qu'il ne manque rien en même temps. C'est une question de concentration, et de patience. C'est encore le meilleur moyen de se libérer l'esprit et de combattre l'arthrite. Et vous, qu'est-ce que vous dessinez?

— Des bandes dessinées.

— Vraiment. Quel genre?

— Comme on dit dans les romans policiers, monsieur Valdemosa, c'est moi qui pose les questions. Au revoir.

Elle lui tendit la main, ce qu'elle ne faisait pas de coutume, et il lui tendit la sienne non sans perplexité.

— Qu'est-ce que tu lui as fait? demanda Léveillé en entrant dans le bureau.

— Rien; c'est son arthrite.

— En tout cas, il semblait en meilleure forme en entrant.

— C'est bien possible. Vous croyez en la réincarnation?

— Moi? Je n'ai jamais pensé à ça... en fait je ne sais pas si j'en aurais envie... De toute façon, qu'est-ce que ça donnerait d'y croire si on ne peut pas se rappeler nos autres vies?

— En effet. Du nouveau?

— Oui. D'abord, Nancy Thibault était chez elle, comme si elle nous attendait. Elle était restée au lit ce matin et elle a appris par une camarade que l'école était fermée; on dirait bien que les jeunes ont vaguement deviné la cause de la fermeture, même si on les a refoulés à mesure qu'ils arrivaient.

— Ils ne sont pas stupides, les jeunes, quand même : si la directrice n'était pas là pour faire ce travail elle-même, il était facile de conclure qu'elle était impliquée. Et on ne déplace pas toute cette police pour un incident sans importance...

— C'est sûr... Je l'ai envoyé chercher ; elle devrait être ici dans une trentaine de minutes. Pour ce qui est de l'heure à laquelle Mme Matzef a quitté son bureau, personne n'est en mesure de le dire. Le concierge vient normalement passer un coup de balai vers les six heures mais hier, il n'est passé qu'à huit heures, parce qu'il devait conduire sa fille à l'Université. Il croit se souvenir que les lumières étaient encore allumées quand il est revenu en voiture, vers six heures trente.

— Il n'utilise pas le stationnement ?

— Non, il a droit à un garage intérieur, de l'autre côté de la bâtisse. Pour ce qui est des antécédents de la victime, il y a du matériel. La police venait souvent ici : menaces de la part d'élèves, rien de très récent cependant, mais on pourra fouiller, des vols, aussi, des bagarres, des individus louches qui rôdaient... Je savais que cette école était connue au poste, mais je ne pensais jamais qu'elle l'était à ce point-là. C'est à peine croyable que moi-même, je n'y sois jamais venu. Et à propos du vandalisme sur son auto : c'est arrivé il y a deux semaines. C'est seulement avant-hier qu'elle a fait cacher ça, parce qu'elle avait engagé une bataille contre ses patrons pour se faire payer une peinture complète, vu que c'est arrivé ici, pendant son travail.

— On n'a pas trouvé de coupable, je suppose ?

— Hélas non ! Mais c'était pas fini : elle a porté plainte contre la police !

— La police ! Pourquoi ?

— Parce que la police n'a pas, selon elle, pris les moyens pour trouver le coupable.

— Mais, si je comprends bien, elle se serait promenée durant presque deux semaines avec une voiture marquée «Cécile la pute»!

— Faut croire... à moins qu'elle ait pris l'autobus en attendant.

— En tout cas, si je me fie à ce que j'ai appris sur elle, elle n'a pas dû apprécier l'expérience du tout! Vous pouvez demander à M. Damiano de venir.

Vincenzo «Vic» Damiano entra lentement, bien portant, plutôt court, vêtu d'une chemise à manches courtes qui lui donnait l'air d'un jardinier en congé. Nul besoin de connaître son nom pour deviner son origine italienne: cela se voyait à son teint et à la couleur de ses cheveux, même si Julie Juillet trouvait encore qu'il ressemblait à Staline («le petit père des peuples» avait -il donc une bouille d'Italien?). Il tenait une tasse dans une main et une cigarette dans l'autre.

— J'ai fait du café, sergent «Juliet». Vous en voulez? proposa-t-il dans son français beaucoup plus accentué que celui de son prédécesseur; sa voix étouffée donnait l'impression qu'il pesait ses mots.

— Mon nom est Juillet, et mon grade, lieutenant. Merci pour le café, mais je viens d'en boire deux tasses.

— Excusez-moi. Ça ne vous dérange pas que je fume?

— Pas du tout.

C'était faux: malgré qu'elle fumât parfois elle-même, la fumée lui fatiguait les yeux et l'odeur du tabac, quand elle n'en avait pas envie, l'écœurait, mais elle aimait analyser les fumeurs dans la pratique de leur vice. Lui, il fumait posément, par longues bouffées qu'il relâchait avec méthode, comme s'il cherchait à décrypter quelque augure dans les volutes bleutées, ou plus encore comme s'il cherchait à fabriquer un écran entre lui et son interlocutrice.

— Monsieur Damiano, vous êtes le seul fumeur de la boîte, d'après ce que je peux voir. Ces affiches, sur les murs, c'est sérieux?

— Oh oui! Cécile n'endurait pas la fumée.

— Problèmes de santé?

— Mais non. Quand je l'ai connue, elle fumait elle-même, mais elle était comme ça, c'était tout l'un ou tout l'autre...

— Où l'avez-vous connue?

— À la *Thompson High School*. Elle enseignait le français comme langue seconde, et moi, les maths, en anglais.

— Vous vous entendiez bien?

— Moi, madame, je m'entends avec tout le monde!

— Pas Mme Matzef?

— Elle a... avait, oui, un caractère, *you see what I mean**?*, spécial.

— Difficile?

— Ça dépend... mais elle était gauche...

— Gauche!?

— Oui, communiste ou socialiste...

— De gauche, elle était de gauche!

— C'est pas ce que j'ai dit? *Anyway...*** Thompson est une école de l'ouest, avec une mentalité très *business*. Mettons que ça faisait un mélange explosif, parce que c'était

---

* Vous voyez ce que je veux dire?
** De toute façon...

pas le genre de femme à laisser ses opinions dans, comment on dit? la «salle de robe»? Non, le vestiaire...

— Et vous? Cela ne vous dérangeait pas?

— Moi, madame Gillet...

— Juillet, comme le mois...

— ... excusez-moi... moi, je ne fais jamais de politique...

— Je vois. Mais est-ce pour retrouver Cécile Matzef que vous êtes venu travailler dans cette petite école?

— *Are you kidding**? C'est plus compliqué. À cause des problèmes politiques, justement, voyez-vous, l'école Thompson a perdu un tiers, minimum! de sa clientèle.

— Quels problèmes politiques?

— La révolution! Il y en a qui ont peur de la révolution, alors ils quittent le pays. C'est stupide, mais c'est comme ça! *Anyway,* j'ai perdu ma place, moi aussi, et j'ai trouvé une *job* comme Cécile, dans une autre école un peu comme le *Petit Chemin* et... disons que j'ai eu des difficultés et qu'on a voulu que je parte. Cécile faisait une grande bataille depuis deux ans pour avoir un prof de plus dans son école, alors ils en ont profité pour me caser ici.

— Quel genre de difficultés avez-vous eues?

— Je suis sûr que vous ne voulez pas connaître toute l'histoire. Disons que j'avais été placé là pour faire du ménage et que certaines personnes ne voulaient pas que je regarde en dessous des tapis, *see what I mean*?

— Non. Quel genre de ménage?

Il aspira une bouffée un peu plus courte, et grimaça, comme s'il trouvait extrêmement déplaisant de devoir s'expliquer davantage.

---

* Vous plaisantez?

— Écoutez. Savez-vous ce que c'est, un ratio?

— Oui.

— Eh bien, le ratio, il est de un prof pour dix-sept élèves. Ici, avec soixante élèves et cinq profs, c'était un pour douze, donc plus que normalement, parce que Cécile était obstinée. Maintenant, imaginez-vous une école grande comme ici... avec cent vingt z'étudiants?

— Inconcevable...

— ... pourtant, dans l'autre école, quand je suis arrivé, il y en avait cent vingt-six inscrits! Et c'était pas plus grand!

— Où les mettait-on?

— Nulle part! Les trois quarts étaient des fantômes!

— Des fantômes?

— Oui : on ne les voyait jamais.

— Des faux?

— Oh! le jeune existait pour vrai, même si des fois il avait vingt ans passés, mais il venait à l'école cinq fois par année. L'école touchait sa subvention et avait quatre profs de plus! Moi, j'avais le mandat d'éliminer les fantômes, mais rien d'écrit, *of course**! !

— Et vous avez réussi?

— J'ai essayé, mais les profs, si on peut les appeler comme ça, parce qu'ils ne faisaient rien, *anyway*, les profs qui allaient perdre leur job m'ont donné toutes sortes de misères et comme tout le monde ou presque là-dedans était Antillais, ils m'ont accusé d'être raciste, et pensez-vous que mes patrons ont mis leurs culottes pour me défendre?

— Non?

— *You wish***!*

---

* Cela va de soi.
** Vous pouvez toujours rêver!

Il avait laissé depuis un moment son mégot se noyer dans le restant de son café. Il sortit une nouvelle cigarette de son paquet, baissa la voix et jeta un œil de côté, comme pour s'assurer que personne d'autre ne les écoutait, ce qui était pourtant évident.

— Ce que Cécile a jamais compris, madame la «lieutanante», c'est que dans notre métier, c'est pas ta compétence, ni ton travail, ni les résultats, ni les objectifs qui comptent... tout ça, c'est de la *bullshit**, ce qui compte, *it is'nt who you are, it is who you know***!

— Alors en venant ici, vous vous êtes trouvé à subir une rétrogration.

— Un instant! Ne pensez jamais que je voulais prendre la place de Cécile...

— ... mais le ferez-vous, si on vous le demande?

— Je vais voir.

Julie Juillet eut la conviction que c'était tout vu. Elle fit encore semblant de prendre des notes pour dessiner le visage de son bonhomme. Staline était fou; pas lui! Sa moustache, c'était de la dissimulation. Elle le sentait dans le pli des yeux, dans ce tout petit effort que doivent imposer à leurs paupières ceux qui veulent paraître. Elle croyait à son histoire dans l'autre école, parce que la frustration suintait dans sa voix. Mais il avait accepté une mission de nettoyage, ce qu'il n'aurait pas fait sans un minimum d'ambition. Il ajouta :

— J'ai ma femme et deux enfants, moi, et je suis très heureux. Si vous pensez que je tuerais quelqu'un pour un paquet de troubles et...

---

* Bouillie pour les chats.
** Ce n'est pas qui tu es, c'est qui tu connais.

— ... trois dollars cinquante par jour...

— ... exactement.

Elle le remercia et fit amener le dernier homme de l'équipe : Alain Gauthier.

La quarantaine avancée, chauve, barbu, lunettes, velours côtelé : si Carma Vida avait eu à dessiner un prof en vingt secondes, c'est à ça qu'il aurait ressemblé, et quatre-vingts pour cent des gens auraient dit : c'est un prof!! Il n'avait l'air ni triste ni heureux.

— Je ne vous cacherai pas qu'entre elle et moi, c'était devenu une guerre ouverte, répondit-il aux premières questions.

— Pourquoi?

— Parce que c'était une hystérique et que j'ai la tête dure. La plus belle ironie, c'est que c'est elle qui m'a demandé de venir. Elle m'avait entrevu dans une réunion où j'avais gueulé à propos du nouveau programme de français. Elle appréciait ceux qui sont capables de gueuler... à condition que ce ne soit pas contre elle.

— Quelle était la source de votre conflit?

— Les sources, plutôt... À peu près tout. Moi, je conçois le travail en équipe comme une étroite collaboration entre des professionnels autonomes, voyez-vous, et non pas comme une soumission aveugle de louveteaux à leur cheftaine. Je veux bien rester après les heures pour garder des élèves en retenue, mais je n'ai de permission à demander à personne quand je dois partir, et ce qui se passe dans ma classe, dans le respect de l'éthique professionnelle, cela ne regarde que moi. On n'avait pas travaillé un an ensemble qu'elle avait déjà décidé de se débarrasser de moi. Mais je ne suis pas du genre à me laisser faire. Pour venir dans cette école, j'ai dû en abandonner une autre où je n'étais pas si mal, après tout.

— Vous ne vouliez pas y retourner ?

— Dans notre système, qui va à la chasse perd sa place. Je pourrais me retrouver à peu près n'importe où si je devais quitter le *Petit Chemin* en catastrophe.

— Mais cette guerre, avec elle, cela se menait avec quelle sorte d'armes ?

— L'écriture, et comme je suis prof de français, je me débrouille assez bien... Quand j'ai su qu'elle écrivait des lettres à tout le monde pour se plaindre de moi, j'ai décidé de faire la même chose.

— Elle se plaignait de quoi ?

— De tout. Elle m'épiait. Si j'avais le malheur de hausser la voix avec un élève, elle le notait ; si je mettais la main sur l'épaule d'une fille, elle le notait aussi ; je suis sûr qu'elle entrait dans ma classe quand je n'y étais pas pour vérifier s'il n'y avait pas de vieilles corrections qui traînaient sur mon bureau...

— Vous croyez qu'elle avait quelque chance d'atteindre ses objectifs ?

— Oui et non. Vous savez ce que sont des instances intermédiaires, je suppose. Bien sûr, elle n'aurait jamais pu trouver quoi que ce soit de vraiment compromettant, mais on n'aime pas être dérangé quand on a le cul bien au chaud, si vous voyez ce que je veux dire, et à la longue, les ronds-de-cuir auraient fini comme toujours par opter pour la solution la moins fatigante, celle qui leur aurait permis de retrouver le confort et la tranquillité. En même temps, elle les a tellement embêtés avec toutes sortes de niaiseries que je pense que c'est sa propre tête qui commençait à leur donner le goût d'aiguiser la guillotine.

— Pour vous, objectivement, sa mort règle bien des choses.

— Objectivement, oui. Mais je suis quand même triste. C'est une fin absurde pour une histoire absurde. Voyez-vous, cette femme était une hystérique, bon, mais avec seulement quelques degrés de moins, on parlerait plutôt d'une femme entière, passionnée. Elle a fait beaucoup de bien. Rien qu'un exemple : le petit Louis-Pierre, quand je l'ai vu pour la première fois dans ma classe, j'ai remarqué qu'il avait énormément de peine à écrire convenablement parce qu'il n'arrivait pas à bien tenir son crayon, et pour cause! il avait les doigts tout croches. J'en ai parlé à Cécile. Elle l'a entrepris. Elle a passé des heures avec lui. Vous savez pourquoi il avait les doigts tout croches? Parce que sa mère, entre autres sévices, quand elle le trouvait trop agité même si elle l'avait bien fouetté avec du fil électrique, du fil avec une fiche au bout, s'entend, elle lui collait les mains sur le comptoir de la cuisine et frappait dessus avec le rouleau à pâte! Ah! elle était peut-être folle, la Cécile, mais il se fait pire, je vous jure! Finalement, c'est encore Cécile qui a organisé sa fuite du «foyer familial», en pleine nuit, et l'admission du gamin dans un centre d'accueil. À m'écouter, comme ça, vous avez peut-être l'impression qu'on était payés pour se disputer entre nous, mais je vous assure qu'il y a tout un travail à faire. Alors, même si c'est vrai que, par grands bouts, j'aurais eu envie de l'étrangler de mes propres mains, sa mort ne me réjouit pas du tout. C'est injuste pour elle de finir comme ça, victime d'un malade. Je vous jure que j'aurais fait la paix n'importe quand si elle avait compris qu'il y a des limites. C'est tellement absurde ! Elle m'a appelé dans mon ancienne école parce qu'elle n'aimait pas le prof qu'on voulait lui envoyer, mais elle ne me connaissait pas vraiment. On était tellement différents. Elle, c'était une croyante ; tout y passait, les chamans, l'homéopathie, la numérologie ; j'apprendrais qu'elle buvait son urine que je ne serais pas surpris. Moi, je suis sceptique autant qu'on peut l'être. Pauvre Cécile...

— Monsieur Gauthier, si on vous offrait de prendre le poste de Mme Matzef, est-ce que vous accepteriez ?

— On ne me l'offrira pas.

— Parce que vous étiez en conflit avec elle ?

— Surtout depuis l'affaire de Nancy Thibault.

— Pourquoi donc ?

— Je pense que Cécile avait pris Nancy en grippe et qu'elle était prête à tout pour s'en débarrasser, et je l'ai dit ; je l'ai dit à la mère et j'ai aussi informé les autorités.

— On vous a écouté ?

— Bien sûr que non, mais le pavé était lancé et Cécile tombait sur les nerfs de bien du monde.

— Vous l'avez fait sincèrement ?

— Sans aucun doute. Je ne dis pas que je l'aurais fait dans des circonstances normales, mais quand Nancy a été réadmise, la première fois, Cécile nous a clairement dit qu'elle ne lui passerait pas la moindre vétille. Moi, j'ai essayé de lui rappeler que notre rôle était de garder les jeunes à l'école, pas de nous en débarrasser. Si elle avait eu un bazooka à sa disposition à ce moment-là, on aurait ramassé mes restes à la pelle !

— Mais en quoi cela vous rend-il inapte à occuper un poste de direction ?

— De «semi-direction», pour être précis... C'est qu'il règne dans notre Conseil scolaire une sorte d'*omertà*. On peut parler, bien sûr, mais à voix basse, dans l'oreille des initiés, et rien ne doit jamais faire de bruit...

— Mais si, tout de même, on vous offrait ce poste, le prendriez-vous?

— Cela me tenterait beaucoup... faudrait voir. Par contre, écoutez... je n'ai pas la prétention de vous apprendre votre métier, mais toutes nos petites histoires sont... trop petites, justement, pour justifier un tel crime!

— Sans doute avez-vous raison, mais pour arriver à la même conclusion, il faut bien que je les connaisse un peu, vos petites histoires!

— Je comprends. Quoi qu'il en soit, j'espère que vous attraperez le coupable le plus vite possible parce que d'ici là, ce sera difficile de travailler normalement. Je pense que je n'en reviendrai jamais comme c'est absurde! Cécile, qui se battait comme une lionne soit pour améliorer les locaux, soit pour qu'on déménage carrément... elle se demandait souvent, tout haut, s'ils attendaient un viol ou un meurtre pour bouger. Peut-être bien qu'en effet on va finir par déménager à cause d'un meurtre et d'un viol, sauf que c'est elle-même, la victime. Non, tout bien réfléchi, je n'en veux pas, de son poste; je ne donnerai pas ma vie pour permettre à des huiles du Conseil de se péter les bretelles en attendant que je crève à l'ouvrage...

— Qui vous a dit qu'elle avait été violée?

— Euh... personne, en fait, mais elle était déshabillée, non? Alors, on peut supposer que...

— On ne peut que supposer, en effet, pour le moment. Merci, monsieur Gauthier! trancha Julie Juillet qui ne tenait pas à suivre plus avant son interlocuteur dans l'exploration de ses états d'âme.

D'ailleurs, des éclats de voix parvenus du couloir brisaient la frêle intimité du petit bureau.

— « Enweille »... *Let's go !* Où c'est qu'elle est, ta détective ? J'ai pas rien que ça à faire, moé, « estie »...

C'était une voix qui avait pris son tonus dans les ruelles, celle d'une jeune fille qui avait fumé sa première cigarette à dix ans, à douze son premier joint, et avait bousillé sa virginité à quatorze. Elle apparut dans l'embrasure de la porte, avec un Léveillé bouillant comme décor de fond, qu'elle écartait de l'avant-bras sans ménagement.

— Lâche-moé donc, le chien. Chus capable marcher « t'seule ».

Jolie ! Petit visage, nez droit et fin, yeux vivement noirs, mais pâle et cernée, comme si elle avait vécu quelques années en sus de son âge. Ses cheveux étaient longs, clairs et lisses, et formaient sur son front un toupet opaque qui trahissait son jeune âge bien plus qu'il ne dissimulait ses humeurs, lesquelles, de toute évidence, eussent gagné à l'être. Elle portait un blouson de cuir noir à franges, un jean de la même couleur, bien serré, qui lui faisait une fesse de gymnaste, et des chaussures genre militaire, que les jeunes appelaient « doc's » et qui constituaient, dans le métro, les objets de prédilection du taxage.

Julie Juillet fut séduite d'emblée, mais elle avait un contrôle parfait sur ce qu'elle nommait sans complexe son petit côté « aux deux » ! Philo lui avait demandé, une fois, si, à force de s'appliquer à dessiner des femelles langoureuses, et pour être seulement capable de le faire ! elle n'avait pas quelque penchant... ? « Ah ! Et si j'étais un homme, il faudrait bien que je dessine des hommes, non ? » Il avait concédé le point, mais elle l'avait refusé, parce qu'elle savait qu'elle avait déjà penché, effectivement, et, à Philo, elle pouvait le dire, elle aimait bien pencher encore à l'occasion, rien que pour le vertige. Mais si les corps de femme l'attiraient, elle ne voyait pas très bien comment elle aurait pu en user, ce qui était paradoxal chez une auteure reconnue pour son imagination.

Bon. La petite était restée dans la porte, la regardant songer, et le silence imperturbable de la détective semblait l'avoir prise de court, car elle ne savait plus trop comment disposer d'elle-même ni de sa fausse colère. Julie Juillet fit signe à Léveillé de s'éclipser et il obtempéra en mimant, dans le dos de la jeune fille, le geste de l'étrangler de ses mains.

— Assieds-toi, dit-elle en passant spontanément au tutoiement, approche qu'elle évitait toujours en service, et s'en voulant un peu de céder ainsi à ce travers de la communication qui veut que les adultes soient par droit naturel autorisés à tutoyer les jeunes, mais elle se pardonna en pensant que l'entrée en matière de la petite n'était pas un modèle de convenance.

Après un moment d'hésitation, la petite claqua trois pas, tira la chaise comme si cette dernière avait manifesté l'intention de s'enfuir et lui tomba dessus en se croisant, dans le même mouvement, les bras et les jambes. Aussitôt installée, elle opposa à la policière un regard buté.

— P'is ? Que c'est tu veux savoir ? demanda-t-elle enfin en réaction au silence prolongé par lequel Julie Juillet répondait à son attitude.

— Qu'est-ce que tu as à me dire ?

— J'ai rien à dire, moé, « chriss », éclata l'adolescente. C'était rien qu'une maudite folle! Une malade! Une chienne! Toujours « ben » pas de ma faute si quelqu'un s'est tanné...

— Tu la détestais tant que cela?

— Tant que cela! Oui! répéta-t-elle, narguant la policière dont le parler lui semblait incongrûment châtié. Elle m'a assez *faite* chier, merci! Mais j'ai rien *faite*, OK? Essayez pas de me mettre de quoi su'l'dos! J'ai rien à faire dans ça.

— Mais je le sais bien... Ce n'est pas de la mort de Mᵐᵉ Matzef, dont je voudrais que tu me parles.

— Ben! De quoi, d'abord?

— Du vandalisme sur sa voiture.

La petite haussa le sourcil, fit la lippe, serra davantage les bras sur sa poitrine, avant de répliquer :

— Quel vandalisme?

— Ne joue pas à l'innocente avec moi, Nancy, cela ne te mènera nulle part. Je ne veux pas t'embêter. Comprends bien que j'ai une enquête à mener et que je n'ai pas le temps de m'occuper de toi, mais cela m'aiderait de savoir tout de suite qui a barbouillé sa voiture de peinture...

— « Ben » c'est pas moi, OK? C'est tout ce que je peux te dire.

— Non. Tu peux aussi me dire qui l'a fait.

— Mais comment je le saurais, « estie »!

Julie Juillet la fixa dans les yeux un long moment sans parler, puis :

— Je sais que tu le sais, c'est tout. On y mettra le temps qu'il faudra, mais je vais finir par le savoir aussi. Moi, c'est mon travail. Faire ça ou autre chose, tu sais... mais toi, tu risques de trouver le temps bien long.

— Quand même que tu me garderais en dedans toute la «nuitte», «chriss», je pourrais rien te dire, je le sais pas! C'est pas dur à comprendre, sacrement!

Elle se leva avec la claire intention de quitter les lieux.

— Doucement! lança Julie Juillet. Je peux te faire garder en cellule aussi longtemps que l'enquête ne sera pas terminée. Penses-y bien; tu pourrais t'ennuyer!

Ce n'était pas tout à fait vrai, mais Nancy Thibault la crut sur parole et elle se rassit sèchement.

— Qui est-ce?

— De toute façon, qu'est-ce ça peut bien faire, «chriss»? 'Est morte! Pis ç'a rien à voir...

— C'est justement ce dont je veux être certaine, que ça n'a rien à voir. Je t'assure qu'en ce qui concerne strictement l'auto, il n'y aura aucune poursuite.

— C'est pas moi, je vous l'ai dit!

Le ton avait changé avec l'emploi de la deuxième personne du pluriel.

— C'est...? relança simplement la détective, profitant de l'accalmie...

Nancy Thibault se tut, dodelina, regarda au plafond, à terre, se grignota un bout d'ongle pour se retenir de pleurer, prit une grande respiration et lâcha enfin :

— C'est mon «tchum»!

— Bon. Tu vas te sentir mieux, maintenant.

— Il voulait me venger. C'est pas moi qui lui ai demandé, mais je l'ai pas retenu non plus... Vous êtes sûre que vous l'arrêterez pas?

— Si cela n'a rien à voir avec le meurtre, comme tu dis, qu'est-ce que cela donnerait? Juste au cas, cependant, tu me donnes ses coordonnées. Après l'enquête, on oublie tout ça, juré! Ce n'est pas que ce ne soit pas grave, votre geste, note bien... Tu te rends compte où ça peut mener, la vengeance?

L'adolescente ne l'écoutait plus, trop occupée à retenir ses larmes, des larmes qui menaçaient la digue de sa dérisoire fierté. Julie Juillet fut émue... tant de passion déjà, et de frayeur aussi. Elle ne connaissait rien du «tchum» en question et elle l'imaginait un peu plus vieux, en âge de conduire une voiture, et la petite lui prodiguait sans doute mille caresses, lui faisait l'amour sans protection peut-être, en échange de projets de voyage et de mariage, mais il l'aimait au moins assez pour commettre des bêtises. «Les adolescents sont tellement encombrants, pensa-t-elle, que pour s'en débarrasser, on les précipite au plus tôt dans la vie d'adulte.» Et elle connaissait mieux que personne le prix à payer pour une enfance consommée avant terme, un prix comme ceux des agences de crédit : une petite peine comptant, une petite peine tout le temps!

Elle la congédia gentiment et la petite partit sans faire d'esclandre. Julie Juillet abandonna péniblement sa chaise. D'être restée assise un long moment avait accentué les séquelles douloureuses de ses ébats de la veille. Il lui restait à rencontrer Louise Sirois, la secrétaire. Elle avait eu son quota d'interrogatoires formels et elle décida d'aller chercher elle-même la secrétaire dans la grande salle pour l'amener dans le bureau principal.

Louise Sirois était plutôt mignonne; pas très grande, elle aurait pu facilement devenir grasse en relâchant rien qu'un peu son alimentation, mais on sentait que son besoin de garder le contrôle de sa destinée était plus fort que la passion du chocolat, qui la tenaillait sans doute, et plus fort sûrement que les fantasmes indéfinis qui venaient de temps à autre, pas trop souvent, réveiller des désirs qu'elle croyait avoir assouvis une fois pour toutes dans les premières années d'un mariage ordinaire. Elle était retournée sur le marché du travail quand ses enfants avaient commencé l'école et que la solitude était devenue une misère quotidienne. C'était un cheminement on ne peut plus banal et elle s'en trouvait fort aise. Elle n'aspirait à rien d'autre que la banalité tranquille, et pourtant il lui arrivait d'en être insatisfaite. Le meurtre de Cécile Matzef venait de confirmer le risque qu'on courait à sortir des entiers battus et la confortait dans son choix de vie.

Le bureau était dans un ordre si impeccable qu'on avait l'impression que la victime avait anticipé sa mort. La mélamine, blanche de propreté, aurait sans doute senti le citron frais si on s'y était collé le nez.

— C'était toujours comme ça, répondit la secrétaire à une remarque de Julie Juillet.

— Elle faisait le ménage chaque soir avant de partir?

— Elle ne faisait jamais le ménage : elle ne salissait pas!

— Qu'est-ce que vous pensez de cette affaire?

— Moi, madame, je ne suis pas payée pour penser; on me l'a assez entré dans la tête. De toute façon, que voudriez-vous que je pense? Ça me semble évident!

— Madame Sirois, tout ce qu'il y a d'évident, pour moi, c'est qu'on a voulu nous amener à croire à des évidences!

Louise Sirois porta la main à sa bouche entrouverte : ses petits yeux noirs un rien bridés, sans doute d'ascendance amérindienne, brillèrent comme des perles.

— Voyons donc! Vous pensez vraiment que c'est...

— Un meurtre prémédité, oui.

La secrétaire baissa les yeux pour contrôler son étonnement. Pourquoi Julie Juillet s'était-elle ainsi ouverte à cette petite bonne femme en robe claire? Elle aurait eu bien du mal à l'expliquer, et pourtant cela lui avait semblé la chose à faire; elle se fiait entièrement à son instinct.

— Mais vous gardez cela pour vous, s'il vous plaît.

— Vous pouvez être tranquille : je suis remarquablement bien entraînée à rester discrète.

— Par Mme Matzef? Parlez-moi donc un peu d'elle, et de vous.

— Au premier abord, c'était une personne extrêmement chaleureuse, joviale. Je me cherchais un emploi qui me laisserait un peu de temps libre (je fais trois jours par semaine) et pas trop ennuyeux. Quand j'ai accepté ce poste, j'avais l'impression d'avoir trouvé l'idéal.

— Ce n'était pas le cas?

— Oui, mais si vous avez déjà travaillé pour une perfectionniste, vous allez me comprendre. Cela, encore, c'était supportable. Le plus dur, c'est qu'elle était constamment en chicane avec tout le monde, et c'est moi qui dactylographiais les lettres de plaintes, donc je savais tout, alors elle ne voulait pas que je me lie aux autres et elle m'en empêchait surtout en me tenant occupée au maximum. Vous savez ce qu'on dit, ici? *Shit goes down**! Je sais bien qu'un travail est un travail, mais je suis comme tout le monde, quand j'ai l'impression de faire des niaiseries, je ne me sens pas très utile.

— Quel genre de niaiserie?

— Du classement, la plupart du temps, des statistiques. Ce classeur, continua Louise Sirois en montrant un meuble

---

* La merde circule vers le bas.

gris haut comme un homme, il est plein à craquer de tout ce que vous pouvez imaginer comme rapports sur les étudiants. Pourtant, depuis que l'école est ouverte, il n'est pas passé deux cents étudiants ici, et voyez ce qu'on a accumulé!

Julie Juillet ouvrit le tiroir du milieu. Il était effectivement plein de dossiers beiges étiquetés en couleur.

— Les teintes de bleu, expliqua Louise Sirois, sont réservées aux filles, et les teintes de rouge aux garçons...

— Ce ne serait pas le contraire?

— Non. Cécile voulait changer le monde. Les étiquettes les plus foncées représentent les élèves arrivés cette année, les plus pâles, ceux qui ont quitté l'école. Je refais les étiquettes deux fois par année.

— Je ne vois pas le dossier de Nancy Thibault.

— Celui-là, Cécile le gardait avec elle depuis que la mère avait porté plainte.

— Pourquoi?

— Pour être sûre que personne n'y touche. On ne vous a pas dit qu'elle était paranoïaque? C'était quelqu'un de vraiment spécial; aucun contrôle de ses émotions, excessive en tout.

— Et dans ce classeur-ci? demanda la détective en tirant sur la poignée d'un tiroir qui refusa de s'ouvrir.

— Celui-là contient toutes les autres affaires de l'école, mais je n'en ai pas la clé. Cécile la gardait dans sa serviette.

— Personne d'autre ne l'avait?

— Personne.

— J'ai récupéré sa serviette.

Julie Juillet enfila ses gants, détacha la boucle de la serviette et en déplia le rabat. Celle-ci était de confection artisanale, en cuir épais, avec une poignée et deux mous-

74

quetons de cuivre pour attacher une bandoulière. L'intérieur était séparé en trois compartiments par des cloisons en carton rigide. Les clés se trouvaient cependant dans une pochette appliquée à l'intérieur du rabat, avec une fermeture éclair. La détective allait les prendre quand Louise Sirois lui demanda :

— Avez-vous déjà fouillé la serviette ?

— Non. Pourquoi ?

— Je peux regarder ?

— Bien sûr, mais ne touchez pas !

La secrétaire se pencha tandis que la détective élargissait l'ouverture de la serviette. Le compartiment du centre était occupé par un unique dossier, épais de trois centimètres, dont quelques feuilles débordaient qui avaient été froissées par la fermeture du rabat.

— C'est le dossier de Nancy Thibault, constata la détective en lisant l'étiquette.

— Oui. Mais ce qui m'étonne, ce sont ces feuilles qui dépassent. Je connais Cécile comme si je l'avais tricotée, et je vous assure qu'elle n'aurait jamais refermé sa serviette avec une feuille qui dépasse même d'un poil.

— Elle était peut-être particulièrement énervée en partant, hier.

— Même s'il y avait eu le feu, elle aurait pris le temps de corder les feuilles.

— Alors, on peut en déduire que quelqu'un a fouillé dans cette serviette. Peut-être pour prendre une feuille dans le dossier...

— L'agenda ! s'exclama la secrétaire. Où est son agenda personnel ? C'était un gros agenda produit par un musée. Elle ne s'en séparait jamais !

«On n'a pas fini d'entendre chialer s'il fait encore mauvais en fin de semaine!» pensa Julie Juillet en engageant sa Honda dans la longue courbe qui lui permettait de se détacher, sur l'air affolant de *La Reine de la nuit*, de Mozart, du flot continu des voitures quittant la ville par l'autoroute.

Cette courbe l'excitait et elle la prenait sans compromis, histoire de sentir ses hanches se cambrer contre la force centrifuge, tandis que la perspective chavirait et que la silhouette sans tête ni jambes du mont Bertrand passait de gauche à droite, s'allongeait enfin droit devant elle, comme si la route allait pénétrer quelque part dans les plis de ce corps alangui, marbré de granit rose, encore grisonnant de l'hiver achevé.

Le ciel s'était abaissé juste à l'heure où s'ébranlait le grand exode du vendredi après-midi. Julie Juillet ne savait pas ce qu'annonçait la météo; de toute manière, elle consacrerait les prochains jours à l'enquête et le temps (celui qu'il faisait, non celui qui passait) était un facteur négligeable.

Après avoir cassé la croûte de frites et de viande hachée *Chez Mimi*, le restaurant aménagé au rez-de-chaussée de l'immeuble de l'école, elle avait passé la première moitié de l'après-midi à inventorier, avec l'aide éclairée de Louise Sirois, le contenu des classeurs, sans trop savoir ce qu'elle y cherchait et, cela va de soi, sans rien trouver, surtout pas l'agenda de la victime, lequel d'ailleurs n'était intéressant que dans la mesure où, justement, il était introuvable.

La victime souffrait d'une telle manie de la conserva-tion qu'il était quasiment possible de reconstituer la vie de l'école minute par minute durant les trois années écoulées depuis son ouverture. Il était vrai aussi qu'elle se plaignait beaucoup, et souvent avec raison : le quartier n'était vrai-ment pas recommandable, sinon à qui voulait marchander quelque gratification libidineuse. Le Conseil lui répondait toujours par des promesses vagues et des excuses bud-gétaires.

D'autres fois, elle déraillait complètement ; un jour qu'on avait trouvé un insecte mort dans un coin, elle avait mis le cadavre dans une enveloppe et l'avait expédié, par courrier interne, au directeur des services aux élèves. Elle avait ainsi obtenu une pleine caisse de pièges à cafards, mais on n'en avait jamais attrapé le moindre, et l'anecdote avait contribué à tendre davantage ses relations avec Alain Gauthier qui, dès le départ, avait essayé de lui faire comprendre que le cadavre en question n'était pas celui d'une "coquerelle", mais plutôt d'un coléoptère quel-conque égaré et mort de faim. Gauthier avait aggravé son cas en entraînant Valdemosa, habituellement soumis, à se moquer gentiment d'elle en fredonnant *La Cucaracha* à tout propos. Louise Sirois aimait bien Gauthier : « Pour une fois qu'elle rencontrait quelqu'un qui refusait de se coucher à plat ventre devant elle ! »

La rue que Julie Juillet habitait grimpait le flanc doux de la montagne. Elle y roulait toujours avec une prudente lenteur. Elle tourna dans son allée et stationna sous l'abri d'auto. Elle possédait un modeste *bungalow* cubique avec

78

une ouverture ronde sur le devant, dans le goût moderne des années soixante, quand on s'imaginait que les maisons du futur allaient ressembler à des soucoupes volantes. Elle trouvait sa maison laide, mais elle ne la regardait que quand elle ne pouvait faire autrement. Elle l'avait choisie pour la tranquillité et la proximité de la montagne, où elle allait souvent combattre les pannes d'inspiration, à coups de pied dans les feuilles ou dans la neige. D'autre part, l'aluminium exigeait peu d'entretien ; elle ne faisait rien elle-même, sauf l'ordinaire, et se réservait pour le jardin, où elle plantait des fleurs afin d'y décharger chaque printemps son trop-plein de sève. Elle plantait en mai (donc bientôt !), sarclait une ou deux fois en juillet, puis laissait son œuvre et celle de la nature se confondre jusqu'aux premières neiges.

Elle entra aussi vite que le lui permettait le processus de neutralisation du système d'alarme. Elle jeta son imperméable sur un crochet du vestibule et passa dans la grande pièce où se joignaient le salon, la salle à manger, la salle de travail et la cuisine : c'est elle-même qui avait fait abattre les cloisons. Il y avait, dans l'autre moitié de la maison, trois chambres dont une servait de débarras, une autre de salle de télévision et la plus grande, de chambre ! Le téléviseur devait se trouver dans une pièce à part pour ne pas devenir un concurrent dangereux à son travail de dessinatrice. Le sous-sol n'était pas aménagé, sauf pour la seconde salle de bain, et contenait des appareils de gymnastique qu'il lui arrivait encore d'utiliser.

Comme elle le faisait toujours en priorité, elle se dirigea vers la cage octogonale qui occupait le coin extrême de la pièce. Ses deux lapines naines, Carma la noire et Vida la blanche (elle avait de la suite dans les idées), manifestaient leur joie de son arrivée en appuyant leurs pattes de devant sur les barreaux et en agitant frénétiquement leur petit nez rose. Elle n'était pas dupe de leur comédie : elles voulaient surtout de la nourriture, mais Julie faisait semblant de croire en leur besoin d'affection, et elles d'en redemander. La maîtresse leur apportait confort et sécurité, les chéries la payaient par leur présence. Carma Vida dessinait mal avec une maison vide autour d'elle, et Julie trouvait les chiens bêtes, les chats sans cœur. Les lapines n'étaient ni brillantes ni chevaleresques, mais elles ne faisaient de mal à personne, se laissaient câliner jusqu'à provoquer des orgasmes d'électricité statique, et menaient ensemble la plus tranquille des existences, superbement indifférentes à l'absence de mâle.

Elles étaient amputées de leurs griffes et Julie pouvait, quand elle portait une de ses aubes blanches, les laisser se faufiler dans les recoins intimes de son anatomie, et les petites garces semblaient tout connaître de sa géographie érogène. Julie, qui, à ces moments-là, s'identifiait à Carma Vida, l'héroïne, s'allongeait et se laissait jouir des caresses pas toujours prévisibles des lapines du même nom. Elles finissaient par se trouver un refuge chaud, touffu, odorant et circonscrit (le choix était plutôt limité) où elles s'assoupissaient, laissant leur maîtresse se pénétrer de leur douceur, redevenir une petite fille assouvie de tendresse et leur raconter une histoire, toujours la même.

Mais pour l'heure, il fallait vider le répondeur. Il n'y avait que deux messages. Le premier lui annonçait qu'elle avait gagné une fin de semaine pour deux au luxueux centre «nature et santé» *Les Écorces célestes*, au cœur de la forêt boréale, et lui donnait un numéro de téléphone pour confirmer son prix. L'autre était beaucoup plus utile :

c'était Pouliot qui lui annonçait qu'elle avait deviné juste et que le sperme de l'un des condoms recueillis sur les lieux du crime correspondait bien à celui qu'on avait trouvé sur le corps de la victime, compte tenu de la très mince marge d'erreur de toute analyse génétique.

Elle pouvait donc écarter définitivement l'hypothèse du crime purement «sado-sexuel», les maniaques, dans son livre à elle, ne portant pas de condom. Bien sûr, le crime aurait pu être commis par un habitué du lieu qui y aurait laissé la relique incriminante quelques jours auparavant, à la faveur d'une galipette bon marché, mais une telle hypothèse pouvait être tenue pour négligeable. Non, ce sperme démontrait bien plus une intention qu'un dérèglement de la libido, et il démontrait surtout que l'assassin ne s'attendait pas à être soupçonné.

Le téléphone sonna. C'était Philo. La veille, ils s'étaient quittés en convenant de se retrouver le soir même et, finissant son quart, il voulait vérifier qu'il était toujours invité.

— Mais oui, lui affirma-t-elle d'un ton rieur, mais je ne te garantis pas que je serai de la meilleure compagnie. Tu sais ce que c'est quand j'ai une enquête en tête.

Était-ce son métier de flic qui l'incitait à une stricte pudeur au téléphone? Ce qu'elle voulait dire, en réalité, c'est qu'il y avait peu de chance qu'elle se sentît encline à poursuivre la démarche érotique entreprise la veille.

— Je comprends, répondit Philo, mais tu t'imagines quoi? Que je ne pense qu'à ça? C'est juste que je n'ai pas envie de rester seul.

— Tu as eu des nouvelles?

— Pas vraiment, justement...

— Amène-toi vite, je nous prépare un bon petit souper.

Elle raccrocha. En cinq minutes, elle était nue sous la douche tiède, savonnant hâtivement ses chairs trop ballottantes à son goût. Elle revint dans la grande pièce vêtue d'une aube blanche, le seul vêtement qu'elle portait à l'intérieur, et même dans le jardin en été, sous lequel elle allait nue, caressée à chaque mouvement, suavement vulnérable, et cette vulnérabilité choisie lui donnait une sensation de force, de domination de la peur, de pleine possession d'elle-même, en plus d'être drôlement pratique quand il lui arrivait de recevoir un homme! Pourtant, ainsi qu'elle l'avait dit à Philo, elle n'avait pas, ce soir-là, la tête à l'érotisme, et lui pas plus, probablement, mais ils avaient atteint très vite ce stade de leur relation où il n'était plus nécessaire de passer à l'acte pour jouir de leur complicité sensuelle.

Elle s'affaira ensuite à préparer le repas, ce qui n'était pas tellement compliqué. D'abord, il fallait placer dans le lave-vaisselle la vaisselle souillée de la veille et juger s'il était opportun de démarrer la machine (non). Puis elle ouvrit le garde-manger et constata avec satisfaction qu'il s'y trouvait bien une grosse boîte de ravioli. Elle prit l'ouvre-boîte manuel et, après six tours de main, les ravioli se précipitèrent en bloc dans le plat de pyrex; elle les étendit avec le dos d'une cuiller. Elle prit ensuite dans le congélateur du frigo la boîte ronde et verte de parmesan râpé et saupoudra généreusement. Elle humidifia la surface de quelques larmes d'huile d'olive extra-vierge (et chaque fois elle souriait en lisant cette dénomination sur la bouteille : on est vierge ou on ne l'est pas, non?) et elle acheva son œuvre avec des pincées géométriquement réparties de basilic séché. Ne restait qu'à laisser chauffer tranquillement au four et à porter la boîte vide dans la poubelle extérieure, parce que Philo se pâmait pour ses ravioli, et elle se payait le petit luxe de lui cacher l'origine roturière de cette merveille gastronomique.

Elle prépara ensuite la salade, qu'elle achetait en sachets, déjà lavée et coupée. Elle n'avait qu'à l'arroser d'eau glacée pour lui redonner un peu de croquant. Elle choisit une vinaigrette crémeuse aux concombres, pour changer de la tomate, et en versa la quantité voulue dans la petite saucière rose et verte qu'elle avait achetée dans une vente-débarras.

Elle descendit ensuite au sous-sol et choisit, dans le cellier réfrigéré, une bouteille de valpolicella qu'elle connaissait comme une valeur sûre, remonta, l'ouvrit et s'en versa tout de suite un grand verre. Elle en but une première gorgée, qu'elle garda en bouche jusqu'à retrouver avec satisfaction la saveur attendue, celle d'un raisin martyrisé, puis ensorcelé, dont l'âme attendait depuis... quatre ans, vérifia-t-elle, dans l'enfermement de la bouteille, la joie de s'épanouir à nouveau, tel un bon génie, dans le monde vivant. Le vin lui donnait des leçons de courage. Elle le choisissait en fonction de ses goûts personnels, puisque Philo n'en buvait jamais, ni aucun alcool ni café, et il avait la fumée en horreur.

Elle dressait les couverts sur la table de verre aux pattes d'acier quand Philo sonna à la porte. Il n'avait jamais été question de lui remettre une clé et, sans qu'ils l'eussent jamais énoncé clairement, c'était probablement une manière de consacrer le caractère temporaire de leur relation. Dans le même esprit, Julie n'avait jamais mis les pieds chez Philo; il faut dire qu'il y avait une autre femme chez lui, absente de corps, mais pleinement présente d'esprit.

Les voisins, petits-bourgeois peinards, s'étaient inquiétés, et s'inquiétaient peut-être encore, mais cela ne paraissait plus dans leurs regards, de voir arriver dans leur rue ce grand Noir un rien dégingandé, au crâne rasé et aux bras démesurément longs, dans sa Chevrolet chevrotante qui pétait et rotait sans la moindre gêne (mais qui semblait quand même une Cadillac à côté de la Honda lépreuse de Julie Juillet). Lesdits voisins eussent sans doute été rassurés si Julie Juillet avait laissé savoir que le monsieur menait depuis bientôt dix ans une carrière irréprochable d'agent de police de la Communauté urbaine de la capitale, mais elle ne leur parlait jamais, et ils n'eussent jamais su qu'elle-même était policière sans l'affichage obligatoire des listes électorales.

Philo jeta son blouson élimé sur un des deux fauteuils-sacs qui constituaient l'essentiel de l'ameublement de salon de son amie. Il retira ses vieilles chaussures de sport et les poussa dans un coin, sans dire un mot. Son œil triste était plus triste que jamais. Julie lui apporta un monstrueux verre de jus de fruits glacé et sucré, qu'il vida avec une aisance qui la laissait toujours pantoise.

— Alors, les nouvelles?

Il soupira et laissa tomber sa tête en arrière.

— Tu n'as pas écouté la radio?

— Non. Plutôt oui, mais j'ai raté les nouvelles.

— Eh bien, les Américains n'interviendront pas.

— Pourquoi?

— Le président ne veut pas le leur demander parce qu'ainsi il violerait la constitution, qui interdit à un président de faire appel à des forces étrangères.

— Mais de quelle constitution ils parlent? s'indigna Julie. Ils ont foutu le président légitimement élu à la porte par la force!

— Je suis tout à fait d'accord avec toi...

— Et qu'est-ce qu'ils vont faire ?

— Imagine : trouver une solution négociée ! Tu te rends compte ? C'est comme si nous, les flics, au lieu d'arrêter les voleurs et les assassins, on négociait des conditions, une fois qu'ils se sont payé la traite au maximum, pour qu'ils aillent faire la grosse vie ailleurs !

— Juste. Note que, des fois, je me demande si ce n'est pas vers quelque chose du genre qu'on se dirige. Et Amélyne ?

— Rien. Enfin, pas vraiment rien... j'ai parlé avec un jeune avocat très proche du gouvernement en exil, exilé lui-même. D'après ce qu'il sait, il y a de bonnes chances qu'elle soit vivante ; il semble que tous les enseignants de l'école d'Amélyne aient pu se cacher la veille du coup d'État. En tout cas, on n'est au courant d'aucune disparition officielle dans ce groupe. Ce n'est pas une garantie, évidemment, mais au moins ça me laisse un espoir.

Philo était sans nouvelles d'Amélyne depuis un an et demi. Elle était retournée dans son pays presque trois ans auparavant, pour fonder une école dans un village perdu, mue par les espoirs suscités par le nouveau président. Il n'avait pas essayé de la retenir (de quel droit l'eût-il fait ?) et ne s'était pas décidé à l'accompagner. Peut-être irait-il la rejoindre un jour. Elle-même revenait régulièrement, pour recueillir des fonds, jusqu'à ce coup d'État, et ce fut comme une ligne de vie brusquement coupée... Depuis, il ne vivait que pour cette recherche, à distance, de l'être plus aimé que jamais, dans un pays qu'il découvrait par des lettres passées de main en main, par des ouï-dire, par des visites à une ambassade répudiée, par des rencontres d'exilés.

Né en France de parents exilés eux-mêmes, venus au pays alors que la demande d'enseignants spécialisés en mathématique dépassait largement l'offre, Philo avait grandi dans les épinettes du nord. Racisme? Philo riait quand on lui posait la question. «Oui, peut-être, mais à l'envers. Là-bas, j'étais le "chouchou"! Surtout que j'étais bon dans les sports.» Puis un jour, un conseiller lui avait fait voir qu'en ville on cherchait des policiers de couleur. Pourquoi pas? Les temps s'annonçaient durs : c'eût été bête de ne pas profiter de ce que les politiciens appelaient fièrement la discrimination positive. D'ailleurs, le métier l'attirait. Il avait cependant toujours été hors de question pour lui de jouer les nègres de service. Paradoxalement, c'est ce qui l'avait rapproché d'Amélyne.

Amélyne, elle, était arrivée sans transition, vers l'âge de dix ans. Elle avait dû vivre le choc des cultures, mais si elle ne s'était pas vraiment intégrée, du moins s'était-elle adaptée. Son père était pasteur et sa mère, femme de pasteur ; ils tenaient à l'instruction, même à celle de leurs filles, et elle était devenue travailleuse sociale. Philo l'avait rencontrée alors qu'elle œuvrait, «se dévouait» serait plus juste, dans un organisme communautaire. Elle aidait les jeunes immigrants à résister aux mirages de puissance et de fortune que faisaient miroiter les *gangs* de rue. Philo, lui, ne se sentait pas de vocation et se contentait d'effectuer consciencieusement ses tâches, partageant ses loisirs entre le sport et quelques amours circonstancielles. Certains trouvèrent naturel qu'ils s'aimassent, vu qu'ils étaient de la même origine, mais ceux-là n'avaient vu les choses qu'en surface, la surface de la peau : leur façon de vivre leur appartenance à une minorité visible les avait opposés bien plus qu'elle ne les avait rapprochés. La première fois qu'ils eurent à collaborer, l'incompréhension fut totale. Mais sans se consulter, chacun avait tenu à persister, mû sans doute par l'intérêt supérieur de la jeunesse en difficulté. Était-ce parce qu'ils avaient cherché à se comprendre qu'ils avaient fini par s'aimer ou bien parce qu'ils s'aimaient qu'ils avaient fini par se comprendre? Avant de rencontrer Julie, Philo passait des soirées entières à chercher la réponse à cette question.

— Et toi? Comment elle s'annonce, cette enquête? demanda-t-il pour faire diversion.

— Oh! on en parlera après manger, si tu veux.

— Ravioli? demanda-t-il en esquissant un petit sourire tendancieux.

— Quoi d'autre?

Il s'assit à table pendant qu'elle servait. Une demi-douzaine de bouchées pour elle, le reste pour lui.

— Le pain! Zut! J'ai oublié le pain!

Elle en gardait toujours au congélateur. Elle plaça une demi-baguette dans le four à micro-ondes et la ressortit soixante secondes plus tard, brûlante et molle, pour la poser sur la table dans un panier tressé, tandis que Philo mangeait lentement et silencieusement, mais sans interruption, avec cette ferveur respectueuse héritée d'ancêtres pauvres qu'il n'avait pas connus, pour lesquels une assiette pleine était un don précieux.

Julie, elle, picorait sa salade, coupait en deux ses ravioli et les avalait rarement sans l'aide d'une petite gorgée de vin, qu'elle gardait un moment en bouche, sans quitter Philo des yeux.

C'est en le regardant ainsi manger, dans une petite fête de flics, qu'elle avait eu envie de lui pour la première fois. Tout ce qu'elle aimait de lui se manifestait dans l'acte d'alimentation; la force d'abord, car le corps imposant exigeait la nourriture, puis la tendresse et la sensualité, car il y prenait un réel plaisir, puis l'abandon, car rien ne pouvait le distraire, puis la civilité, car il ne faisait pas le moindre bruit avec sa bouche ni avec les ustensiles, et enfin, surtout, cette lenteur idéale, pleine et consciente, cette lenteur intime et charnelle dont elle avait tout de suite rêvé pour elle, pour son propre corps. Oui, elle rêvait d'être dégustée, elle rêvait...

— Ah! fit-il, les mains sur son ventre invisible, quand l'assiette fut redevenue aussi étincelante qu'au sortir de l'armoire, il n'y a personne qui fait les ravioli comme toi! Moi, quand j'essaie, ça goûte toujours la conserve!

Julie esquissa un sourire énigmatique.

— Faut avoir le tour! répliqua-t-elle en savourant perfidement son bref mensonge.

— Mais toi, continua-t-il comme s'il se doutait de la supercherie, toi, tu n'as presque pas mangé! C'est l'enquête qui s'installe tranquillement dans ta tête, hein?

Oui. C'était vrai que l'enquête s'installait dans sa tête, comme il disait, mais elle aurait pu aussi répliquer qu'elle mangeait rarement beaucoup. Elle aurait pu encore répliquer que c'était tout autant lui qui avait envie de parler de cette enquête, pour occuper son esprit et le détourner d'Amélyne dont elle n'avait jamais vu que des photos : une vraie Noire, belle comme une sculpture d'ébène, Amélyne, ce fantôme qui traçait par son absence même les limites de leur singulière relation, Amélyne dont elle était parfois jalouse, et puis non, car elle n'aurait pas pu vivre cette sorte d'amour.

Elle avait repoussé tous les hommes qu'elle eût pu aimer dès qu'ils manifestaient la moindre intention de s'installer dans sa vie, parce qu'elle était à peu près frigide et qu'elle n'avait pas envie de le leur avouer, pour qu'ils se donnassent ensuite la mission de la guérir. Oh! elle désirait les hommes, leur peau, leurs fesses, leur fameuse «queue», mais elle n'en jouissait jamais. Son problème était simple mais insoluble : elle était séparée en deux. Il y avait celle qui baisait, et celle qui regardait l'autre baiser. Elle se voyait baiser dans sa tête et, en conséquence, sa tête était ailleurs, à l'extérieur de son corps, et ça, c'est pourri pour l'orgasme! Ce n'était pas de sa faute : c'était la vie qui l'avait frappée à la hache, juste une fois, la vie qui l'avait fendue et laissée vive, en deux morceaux. Il n'y avait que le retour à la douleur pour l'unifier, mais si la douleur lui procurait une sorte de paix morbide, elle était, pour elle comme pour la plupart, incompatible avec le plaisir.

Elle en prenait pourtant bien, du plaisir, avec Philo, plus qu'avec l'ensemble de tous les hommes qu'elle avait rencontrés dans sa vie. Au poste, s'ils avaient su, ils y seraient allés d'énormes plaisanteries sur l'organe des Noirs, mais cela n'avait strictement rien à voir : d'abord, de ce point de vue, Philo était un homme ordinaire. Le plaisir venait de cette lenteur, qui était bien souvent de la patience, qui faisait qu'à la longue sa tête se fatiguait et oubliait par bouts de se regarder faire, et aussi parce qu'il était de passage, qu'il attendait Amélyne et que soit il la retrouverait, soit il partirait à sa recherche. Sa fidélité s'exprimait dans le fait qu'il ne prenait jamais d'initiatives et qu'il était entendu qu'il ne la pénétrerait jamais, du moins par les voies naturelles, et que jamais il ne laisserait sa semence en elle. Mais combien de temps ce pacte pourrait-il durer? Elle s'attachait tranquillement, elle le savait bien, et lui aussi. Elle commençait à craindre qu'Amélyne tarde trop à se manifester, ou que sa mort soit tout simplement confirmée.

C'était elle, Julie, qui avait franchement pris les devants dans leur relation. C'était pour se documenter, avait-elle dit, mais il avait compris, depuis, qu'elle cherchait bien plus que des détails croustillants à ajouter à ses œuvres. Lui, il avait demandé pour qui elle le prenait. «Pour un homme en qui je peux avoir confiance!» avait-elle répondu, et c'était vrai, et ni l'un ni l'autre n'avaient été déçus. Lui n'avait pas l'impression de tromper Amélyne, elle ne craignait pas qu'il vînt fouiller dans ses affaires psychiques, cherchât à lui arracher les confidences qu'elle réservait à ses lapines.

— Je n'ai pas de piste, dit-elle pour en revenir à l'enquête, après qu'ils se furent écrasés dans les fauteuils avachis.

Elle avait son carnet à la main et le feuilletait, lui montrait ses croquis, donnait les détails.

— Je suis certaine, continuait-elle, que ce meurtre est relié à son travail, à ses démêlés avec ses supérieurs ou avec ses subordonnés. Cette bonne femme se faisait trop d'ennemis...

— Si elle s'en faisait à son travail, elle pouvait s'en faire ailleurs aussi!

— Probable... mais c'est sur les lieux de son travail qu'elle a été tuée, et on n'a pas retrouvé son agenda, subtilisé, je suppose, par le coupable, en tenant pour acquis qu'il s'agit d'un homme...

— Ça semble évident, avec ce sperme...

— Attention! Ce sperme n'a pas été produit sur place.

— Tu en es sûre?

— C'est une question de vraisemblance. Tu imagines
un gars rester caché, attendre sa victime, lui sauter dessus,
l'assommer avec un objet quelconque, la pousser dans la
voiture, lui écraser la tête sur le levier de vitesse puis, une
fois qu'elle est bien morte, plutôt que de détaler, prendre
le temps de lui tirer les culottes, baisser sa braguette, sortir
sa queue en érection, prendre le condom, déchirer le sachet,
enfiler le truc, se masturber, car elle n'a pas été violée, c'est
presque sûr, ou attendre que ça vienne tout seul, puis
enlever le condom, barbouiller les fesses de la victime et
jeter le restant dans les broussailles? Tu imagines ça? Pas
moi. L'assassin avait préparé ses outils à l'avance.

— Donc, ça pourrait bien être une femme!

— Théoriquement, oui, mais je suis sûr que c'est un
homme.

— Pourquoi?

— Parce que c'est des plans d'homme...

— Hé! Sexiste...

— Mais non... Ce ne sont pas tous les hommes qui
feraient ça, surtout pas toi, mon...

Elle n'acheva pas la phrase. Mon quoi? Elle n'avait
jamais trouvé un de ces petits surnoms d'amoureux qui
l'eût satisfaite, probablement parce que Philo ne lui appartenait pas, justement, et qu'il ne pouvait être son quoi que
ce soit. Mais il insista...

— Mon quoi?

— Mon cher collègue!

— Ça manque de chaleur...

— Mon ami...

— J'aime mieux...

— Mon ami de cul!

— Ho !

Il rigola. L'expression était juste, et en même temps très réductrice.

— Mais cesse de troubler ma pensée, Casanova, et écoute un peu. Tu sais que ma méthode est « métacognitive »...

— Tu m'as déjà expliqué ça...

— ... et ça fonctionne. Voici ce dont je suis certaine : cette femme a été tuée par un homme et le mobile est relié à son travail d'une manière ou d'une autre. Pourtant, aucune des personnes que j'ai interrogées aujourd'hui n'est impliquée, du moins consciemment, dans ce crime.

— Et pourquoi ?

Julie lui montra à nouveau les croquis du cadavre.

— Pauvre femme... dit Philo, consterné.

— Triste fin... renchérit Julie. Cécile Matzef, née Cécile Racicot, à Duntonville, dans le nord minier. Elle a épousé Youri Matzef à vingt et un ans pile, quand elle n'a plus eu besoin de la permission de ses parents. Elle a complètement rompu avec sa famille.

— Tiens ! Vous auriez pu vous comprendre là-dessus.

— Je sais. (Julie n'avait eu, elle non plus, aucun contact avec sa famille depuis sa majorité.)

— J'ai beaucoup de difficultés à comprendre qu'on puisse faire ça. C'est peut-être un des rares traits culturels que j'ai gardés, mais chez nous la famille, ça ne se défait jamais...

— Matzef est un universitaire d'origine russe. Ils ont divorcé cinq ans plus tard parce qu'elle le trouvait trop casanier, mais elle a gardé son nom, parce que Racicot, elle trouvait ça ridicule, et sans doute pour mieux marquer la coupure avec la famille.

— Mais pourquoi cette rupture ?

— Pour autant qu'on sache, parce que c'étaient des gens extraordinairement refermés sur eux-mêmes, très stricts, du genre à confiner les enfants dans une cour clôturée et à les coucher à sept heures, même en juillet. Elle leur aurait fait tellement de misère, selon ses propres dires, qu'ils l'ont finalement placée dans un couvent de la capitale et que, pour elle, ce fut une véritable délivrance. Après son divorce, elle est partie à l'aventure en Amérique du Sud puis, de retour, elle est entrée au service du C.A.N.C. comme professeur d'accueil – elle parlait couramment l'espagnol – et s'est finalement retrouvée en charge de l'école *Le Petit Chemin*. Tout ça, je le tiens de cette personne, précisa-t-elle en lui montrant le portrait de Louise Sirois, la secrétaire. Et voici Thérèse Aubusson.

— Hum... fit Philo... moins gâtée par la nature, celle-là.

— Insupportable ! Si les guenilles avaient des pattes, c'est à cela qu'elles ressembleraient. Cécile Matzef avait un besoin compulsif de contrôler : avec cette petite chose, elle était servie. Lui, c'est Vic Damiano. C'est un personnage plus trouble, mais c'est au pire un intrigant, et il n'irait pas se salir les mains dans un meurtre : il a une jeune famille. Côté baise, ce serait le genre «gâteau au chocolat»...

— C'est-à-dire ?

— N'importe quoi pourvu que ce soit sucré et qu'il y en ait beaucoup et souvent. Voici Jose-Maria Valdemosa.

— Un petit air profond, ce monsieur...

— Très juste. Il vit déjà dans un autre monde.

— Il cache peut-être son jeu !

— Non, je t'assure. Tu vois, pour devenir un assassin, il faut une bonne dose d'insatisfaction sexuelle, parce que l'insatisfaction sexuelle alimente le désir de compenser par la richesse ou le pouvoir, en tout cas, c'est ce que je pense. Mais pour être insatisfait sexuellement, encore faut-il avoir le goût de baiser ! Valdemosa, malheureusement pour lui, s'est vidé de sa libido.

— C'est peut-être ce qu'il veut qu'on croie.

— Tu peux te fier à moi, je sens ces choses-là comme un chien qui se fourre la truffe sous la queue d'un autre ! Quand quelqu'un se présente devant un flic après un meurtre, il ne s'attend pas à se faire évaluer son quotient psycho-sexuel, alors il est ouvert comme un grand livre.

— Lui ?

— Alain Gauthier. Il était en guerre ouverte avec la victime, ce qui est la première raison de le disculper. Il voulait qu'on lui donne raison sur Cécile Matzef et cela a très peu de chances de se produire maintenant qu'elle est morte.

— Alors tu as interrogé tout ce monde pour rien.

— On ne fait jamais rien pour rien.

— D'accord. La suite ?

— Demain matin, je vais visiter l'appartement de la victime.

Elle regarda Philo dans les yeux d'un air qui le surprit.

— Si tu venais avec moi ?

— Tu ne parles pas sérieusement ? Comment on expliquerait que j'arrive là avec toi ? Tu ne tiens plus au secret ?

— Plus que jamais, mais je pourrais demander à Pouliot de t'affecter à l'enquête.

— Pourquoi le ferait-il ?

— Je me charge de le convaincre, si tu es d'accord.

— Ça me fait un peu peur...

— Moi aussi, mais ce n'est pas désagréable, et puis ça va te tenir l'esprit occupé.

— Pourquoi pas! Ce sera différent de la patrouille. Et puis, travailler avec le lieutenant, que dis-je, le fameux lieutenant Julie Juillet, ce serait un privilège rare!

— Mais je te préviens : ce ne sera pas nécessairement facile.

— Sachez que je n'ai pas peur du travail!

— Ce n'est pas la quantité, c'est le genre.

— Je te connais et je sais que je dois m'attendre à... au... en fait, je ne sais justement pas à quoi m'attendre!

Julie rit de bon cœur, un coup, un seul, et s'arrêta net. Un étrange silence s'installa.

— Et en attendant, je rentre chez moi? reprit Philo, avant que ce temps mort ne devienne gênant.

Julie continua à réfléchir un moment.

— Je n'ai pas envie de te laisser partir.

— Tu ne voulais pas te concentrer sur l'enquête?

— Bah! Qu'est-ce que je peux faire durant la nuit? On s'y mettra demain. Tu n'as pas envie de rester?

— Je pense que c'est comme pour toi : je n'ai pas envie de te quitter.

S'ils avaient osé, ils auraient exprimé ce qu'ils avaient sur le cœur tous les deux en même temps : l'appréhension d'une fin prochaine...

— Oh! pas question de continuer ce qu'on a entrepris hier, d'abord parce qu'il faut que je me replace les fesses, et parce que de toute façon j'ai pas la tête...

— Oh! Moi non plus...

— Mais...

— Mais...? répéta-t-il, aguiché.

— ... si tu veux, je te fais des petits dessins!

— Hum... Ça peut être intéressant.

— Ce meurtre m'a donné une idée pour la prochaine aventure de Carma Vida. Des taupes dans le système d'éducation de la *Fédération boréale* (structure politique au service de laquelle se dévoue l'espionne aux lèvres fatales), qui en provoquent la décrépitude...

— Elles viennent d'où, ces taupes?

— Je ne le sais pas encore. Mais la belle Carma va les faire sortir de leur trou.

— Je n'en doute pas, et en utilisant son arme favorite...

— Bien sûr; elle aurait d'ailleurs besoin de s'entraîner un peu.

— De plus en plus intéressant...

— Ça te tente?

— Pas vraiment, mais pour l'art...

— Viens...

Julie prit un bloc de papier à dessin et un crayon et entraîna Philo dans la chambre dont une cloison entière était constituée de miroirs montés sur les portes coulissantes d'une garde-robe; le lit était disposé de manière à ne rien perdre de ce qui s'y passait. Elle ajusta l'éclairage à l'intensité idéale et demanda à Philo de s'étendre.

La lingerie intime de son ami n'avait plus de secrets pour elle et comme une prestidigitatrice experte, elle dégagea le sexe qui ne se fit pas prier pour opiner du gland. L'érection, jusque-là indécise, s'affirma sans retenue. Elle lui retira son pantalon en lui mordillant les cuisses qui faisaient deux pièces de viande magnifiques, tout en jetant des coups d'œil prolongés sur les bijoux de son ami, exposés dans toute leur splendeur.

Si la verge de Philo ne surprenait pas par ses dimensions, il fallait par contre lui reconnaître une rare qualité esthétique. À l'image de son propriétaire, elle se tenait bien droite et avait la couleur invitante d'un café à la crème que l'on devine sucré à point, les veines demeurant discrètes sous la peau soyeuse. Le prépuce se rangeait de lui-même sous un gland lisse comme une prune. C'était une verge de bébé dans des dimensions d'adulte, qui appelait la langue comme un dessert. Et, suprême qualité, elle devenait dure comme du bois. Conséquence de cette dureté, ce sexe ne pouvait mentir ; Philo se serait prêté aux demandes de Julie par complaisance qu'elle l'eût deviné tout de suite.

Elle fourra son nez dans les poils pubiens. Philo pratiquait une hygiène sans compromis, mais il y a, dans la fourche d'un homme, une odeur impossible à annihiler qui l'inspirait, non pas qu'elle la trouvât tellement agréable, mais parce qu'elle lui donnait l'impression de pénétrer une zone interlope, pleine d'ombre, de nuit, et grouillante d'une vie cachée, telle la paille vieillie d'une grange qu'elle avait fréquentée dans son enfance. Elle était pleinement consciente que cette zone ne se trouvait pas sous les couilles de Philo, qu'elle taquinait de sa langue, mais dans sa propre psyché.

Elle laissa ses lèvres remonter la verge par en dessous en la mordillant gentiment, jusqu'au gland. En le pressant fermement, elle arrivait à faire s'ouvrir le méat urinaire comme une petite bouche qu'elle essayait de pénétrer avec le bout de sa langue, tandis que ses doigts, à quelques centimètres de l'anus, massait la racine de l'érection.

Cet exercice faisait chavirer Philo, car la sensation qu'elle lui procurait était infiniment proche de la douleur et, pour en profiter, il fallait qu'il s'abandonne totalement à la confiance qu'il avait en la délicatesse de sa partenaire ; les premières fois, il ne pouvait s'empêcher de se redresser, ou de lui tenir la tête comme s'il craignait qu'il ne lui vînt l'idée de le mordre, ou il était secoué de rires brefs, mais maintenant il avait appris à se détendre complètement, à la laisser faire, à devenir son instrument et à en jouir. C'était une activité proche de la méditation qui le soulageait, sans le guérir, du mal d'absence.

Julie manœuvrait de manière à ne rien perdre de l'image de son propre visage, renvoyée par le miroir, son visage, sans lunettes, embelli par le flou de sa myopie, son visage qui se livrait avec le pénis enduit de salive à un lent corps à corps, tantôt l'effleurant, tantôt l'avalant. À intervalles réguliers, quand il lui semblait avoir trouvé un angle intéressant, elle s'arrêtait et esquissait vivement ce qu'elle venait de voir, mais sur le papier c'était le visage impeccable de Carma Vida qui apparaissait.

Et ils allaient ainsi jusqu'à tard dans la nuit, car Philo jouissait d'une capacité de rétention exceptionnelle.

CHAPITRE III

«*Nou pa kapab pran chans mete non ak adrès sou intènèt, paske konplis mesye yo toupatou nan tout peyi epi yo apiye panzouyis yo. Bri ap kouri gen nèg ak zam fann fwa ki simaye nan tout peyi a ap chache yon gwoup fanm metrès lekòl ak anpil infimiè ki sòti nan diaspora. Li sanble fanm sila yo te reyisi chape poul yo nan premie masak lan. Konsa, si moun w-ap chache-a toujou vivan, gen yon ti lespwa, paske li sanble panzouyis yo ta renmen mete men sou fanm sa yo – pa pou touye yo – men pou itilize yo nan negosyasyon. Piga mete twòp lespwa sou sa, paske panzouyis yo pa gen gwo kontwòl sou Atache...*»*

Suivaient d'autres explications et commentaires sur le chaos régnant dans le pays, qui semblait tellement différent de celui dont les belles histoires avaient bercé son enfance,

---

* Il serait dangereux d'identifier des personnes ou des lieux sur ce réseau : les suppôts des anciens maîtres sont partout dans le monde et ils appuient le régime illégal des usurpateurs, mais la rumeur circule dans tout le pays que des hommes armés cherchent activement un groupe de femmes qui proviennent de la diaspora, des institutrices et des infirmières surtout, qui auraient échappé aux premiers massacres. Si la personne que vous recherchez est vivante, il y a un peu d'espoir, car il semble que le gouvernement illégal aimerait retrouver ces femmes, non dans le but de les tuer, mais afin de les inclure dans les négociations. Ne vous faites pas trop d'illusions cependant, car la tête du régime contrôle très mal ses bras...

et ensuite des suggestions concernant d'autres contacts, une demande d'aide financière à la résistance, et cetera... Philo éteignit son ordinateur, s'enfonça dans sa chaise, se massa le visage. Il avait beaucoup perdu de son créole, mais il arrivait à le lire. C'étaient de loin les meilleures nouvelles depuis le coup d'État.

Amélyne était une femme vigoureuse et elle n'avait pas, comme on dit, les deux pieds dans la même bottine : elle pouvait tenir longtemps dans des conditions pénibles ; elle faisait partie de ce groupe de femmes, il en avait l'intime conviction. De toute façon, il refuserait de croire à sa mort tant qu'il n'aurait pas son cadavre entre les bras.

Mais morte ou vive, elle était si loin, dans l'espace comme dans le temps. Il ne lui avait plus parlé, n'avait rien lu d'elle depuis un an et demi, depuis le jour précis où quelques généraux et leurs troupes avaient pris d'assaut le palais présidentiel et embarqué le président élu dans un hélicoptère, tandis que des bandes armées partaient en chasse à travers le pays, déterminées à éliminer tous ses partisans, à tuer dans l'œuf l'espoir qu'il avait fait naître, et transformant l'amour de Philo en un fantôme dont le souvenir physique se liquéfiait inexorablement dans sa mémoire. Il ne voulait pas qu'elle mourût dans son esprit avant de mourir là-bas ; c'était cela qui lui faisait vraiment peur.

Et il y avait Julie, un mystère bien en chair, celui-là, avec ses compartiments tellement bien définis, avec son équilibre entre la tête et le cœur, entre le cœur et le corps, entre le corps et la tête, qui lui faisait pourtant faire des choses démentielles en regard de ce qu'il avait vécu avec Amélyne (mais c'était sans doute pour cela, justement, qu'il pouvait entretenir cette relation sans trop se sentir coupable, parce qu'elle était d'une tout autre nature). Julie lui avait appris à construire ses propres compartiments, mais on ne peut pratiquer cet art sans se transformer un peu, beaucoup ; que serait devenu Philoclès Villefranche quand il retrouverait Amélyne ? Et Amélyne, occupée à sauver sa peau et sans doute celle des autres, avait-elle encore un peu de place pour lui dans son cœur ? S'il l'avait suivie, à Pointe-Bourriques, petit village dans le nord, parmi les plus pauvres d'un pays parmi les plus pauvres... ils seraient peut-être morts ensemble, ou bien ils vivraient leur amour dans le maquis... Une chose était certaine, il saurait !

Il prit sa tasse de chocolat qui ne fumait plus, se leva et alla ouvrir la porte. Le journal l'attendait sur le seuil. Il revint, s'assit à la table de la cuisine et l'ouvrit tout de suite aux pages internationales. Il trouva dans une colonne marginale un paragraphe qui mentionnait que le président chassé serait reçu sous peu à l'Assemblée nationale française. Il songeait que c'était peut-être ainsi que les choses allaient se terminer, en s'amenuisant, tel un navire qui disparaît à l'horizon, quand le téléphone sonna. La bonne humeur de Julie souffla de l'air frais dans la moiteur de sa morosité.

— Ça marche ! lui annonça-t-elle. Je viens de laisser Pouliot. Tu vas recevoir un appel d'une minute à l'autre et l'ordre de te mettre à ma disposition !

— Comment tu as réussi ?

— Oh ! Ça n'a pas l'air de te faire particulièrement plaisir !

— Mais si, voyons ! Mais c'est le matin et la nuit a été courte, comme tu sais.

En réalité, il n'était pas si sûr que cela lui plaisait. Il allait passer maintenant beaucoup de temps avec Julie, et le danger était réel que ses sentiments à son égard évoluent.

— Comment j'ai procédé? Simple, je lui ai dit qu'à cause de la clientèle de l'école, j'avais absolument besoin d'un Noir!

— Tu n'as pas fait ça? Tu sais bien que c'est le genre de chose que je veux absolument éviter!

— Mais bien sûr que je le sais, je ne l'ai pas oublié non plus, et Pouliot le sait aussi, mais je l'ai convaincu que ce qu'il me fallait, c'était justement un Noir qui ne voulait pas, qui serait vierge dans ce type d'intervention...

— Ah bon! Si c'est pour ma virginité, évidemment...

— Allez! Fais pas cette tête, fallait bien trouver quelque chose, hein!

— Comment vois-tu la tête que j'ai au téléphone? Mais je comprends que tu as agi pour le mieux; je remettrai les points sur les *i* s'il veut en prendre l'habitude, c'est tout. Il n'a pas essayé de te refiler quelqu'un d'autre? Je ne suis pas le seul Noir qui...

— J'ai fait valoir que je te connaissais, et qu'on s'entendait plutôt bien en général.

— Alors là, tu as pris des risques, Julie Juillet!

— Bof! Pouliot a autant de flair qu'un chien de faïence. On n'aura qu'à continuer après comme si de rien n'était.

— Tu as sans doute raison. Alors, où devrai-je me présenter après que j'aurai reçu l'ordre de me mettre à votre service, patronne?

— Tu te prépares et tu m'attends.

— D'accord, mais on prend ma bagnole. J'ai beau être un flic coopératif, je tiens à ma peau. En uniforme?

— Ah non! Je t'en prie!

À cheval sur le boulevard Clément-IV, le quartier de Bleumont commençait à cinq minutes de voiture de l'école où travaillait Cécile Matzef. Une population de fortunes diverses y vivait dans une paix relative, ainsi qu'en une banlieue intérieure. La victime habitait un appartement aménagé dans un ancien couvent, ce qui n'était peut-être pas étranger à sa personnalité.

La transformation de l'édifice en copropriétés s'était faite dans les règles du bon goût et les éléments modernes se mariaient avec bonheur aux vieilles pierres. Les arbres en étaient encore aux boutons, mais on devinait que leur verte opulence habillerait bientôt le décor.

Julie Juillet repéra le nom de Cécile Matzef sur un tableau et sonna au numéro correspondant. Tout indiquait qu'elle vivait seule, mais peut-être avait-elle son petit secret! Constatant l'absence de réponse, elle appuya sur le bouton du concierge, qui apparut deux minutes plus tard derrière les portes vitrées. C'était un petit homme tout maigre aux cheveux gominés ramenés vers l'arrière, une cigarette vissée dans sa bouche lippue. Il ne demanda même pas à voir le mandat après que Julie Juillet lui eut montré sa plaque. Il avait appris par la radio la triste fin de Mme Matzef.

— Oh! C'est pas qu'elle était toujours facile à vivre, savez! raconta-t-il en montant à l'étage, d'une voie étouffée accompagnée par le tintement exaspérant de son énorme trousseau de clés. S'il y avait une lumière de brûlée dans le couloir, j'avais intérêt à me grouiller le cul, parce qu'elle pouvait aussi bien me téléphoner à six heures du matin! Tenez, elle avait déjà commencé à m'achaler parce que les fleurs sont pas encore plantées. Je lui ai expliqué que c'est trop tôt, mais suis pas sûr que je l'ai convaincue! Mais bon, c'était pas une mauvaise femme. Très, très tranquille! Et tant qu'on faisait pas de bruit autour ou qu'on laissait pas traîner les vidanges sur la galerie, c'était la voisine rêvée. Faut dire qu'elle était jamais là les fins de semaine...

— Elle allait où?

— Je l'sais-t'y, moi? Tout ce que j'ai, c'est quelques numéros d'urgence. Je vous les donnerai, si vous voulez.

Le couloir était clair et joliment décoré avec des motifs de fleurs bleues. Les portes était toutes pareilles, beiges avec un heurtoir en laiton brillant. Celle de la victime, la dernière au bout, ne se distinguait que par un bouquet d'épis de maïs multicolores qui y était accroché. Julie Juillet insista pour frapper, malgré les assurances du concierge qu'il ne pouvait y avoir personne, et elle fut surprise, en tirant le heurtoir, de constater qu'il actionnait une sonnette et retombait doucement à sa position initiale. Personne, en effet, ne répondit. Le concierge avait une clé dont il se servit en expliquant qu'il avait presque fallu l'arracher de force à la propriétaire. Julie Juillet ni Philo, qui ne disait mot, n'eurent de peine à le croire en constatant que la porte était fermée de l'intérieur non pas par une, mais bien par deux chaînes de sécurité, verrouillées, et pour lesquelles l'homme n'avait pas de clé.

— On défonce? interrogea Julie.

— J'aimerais mieux pas. J'ai ce qu'il faut en bas. Ce sera pas long.

En attendant, les deux policiers s'approchèrent d'une grande fenêtre au bout du couloir. Elle donnait sud-sud-est et on voyait la rivière au loin, précédée du quartier où le crime avait eu lieu, reconnaissable au clocher de l'église. On distinguait même le dernier étage de l'édifice qui abritait, si mal, *Le Petit Chemin*.

— C'est comme si elle ne voulait jamais perdre de vue son petit monde, réfléchit tout haut Julie Juillet.

Ils restèrent silencieux un moment. L'homme revint et attaqua avec une énorme pince les chaînes qui finirent par céder après une résistance louable.

L'intérieur était sombre, tous les rideaux et les stores étant tirés. L'appartement comptait quatre pièces. On entrait dans le salon, qui se prolongeait à gauche jusqu'à une petite salle à manger combinée à la cuisine du genre laboratoire. Il y avait une porte-fenêtre coulissante cachée par un store vertical. Quand Philo l'eut ouvert, la lumière entra généreusement et, comme on s'y attendait, le point de vue était le même que celui qu'ils avaient observé quelques minutes plus tôt dans le couloir.

La cuisine était d'une propreté à blesser les yeux ; tout brillait comme dans une annonce de poudre à récurer. Julie Juillet ouvrit la porte du réfrigérateur. Il contenait peu de choses, outre une panoplie de condiments exotiques dans les tablettes de la porte : un litre de lait presque vide, un morceau de fromage blanc, des raisins noirs dans un plat couvert de cellophane, quelques petits contenants de yogourt marqués « produit naturel », des pots de confiture artisanale, pas de viande, sans oublier la bouteille d'eau commerciale et les œufs. Intéressants, les œufs : il y en avait une demi-douzaine et chacun portait une date de péremption imprimée et un petit collant identifiant le producteur : *Ferme de la Poulette grise – œufs biologiques.* Julie Juillet en prit un et le montra à Philo.

— Ça existe, des œufs qui ne sont pas biologiques ? demanda-t-il.

— À part les œufs de Pâques, je ne pense pas.

Julie Juillet jeta ensuite un coup d'œil dans le congélateur : il s'y trouvait un morceau de poisson, mais surtout deux bouteilles de vodka polonaise aromatisée à l'herbe de bison, dont une entamée. Mme Matzef entretenait ses petits vices.

Il y avait aussi un garde-manger : riz basmati, huile d'olive extra-vierge (sourire de Julie Juillet), gélules de ginseng... et la plus grosse collection de gousses d'ail qu'on eût jamais trouvée dans une maison. Au fond, elle dénicha par contre quelques tablettes de chocolat belge : un petit en-cas, sans doute. Julie Juillet se rappela l'enveloppe de chocolat bon marché trouvée dans la voiture, et en même temps le relatif désordre qui y régnait, véritable caphar-naüm en comparaison de cet appartement.

On fit rapidement le tour du salon : meubles sans intérêt, chaîne stéréo ordinaire, pas de télé, un petit cabinet à boissons contenant surtout du vin, sur les murs quelques gravures représentant des paysages... La plupart du temps, Julie Juillet éprouvait une certaine gêne à entrer ainsi dans l'intimité d'une personne, même décédée, mais cette fois elle avait plutôt l'impression de visiter un appartement à vendre.

— S'il y a le moindre indice ici, remarqua-t-elle, il va nous sauter à la figure.

— Mme Matzef était extrêmement propre, répondit le concierge, qu'on avait oublié.

— En effet... mais si vous avez autre chose à faire, monsieur, allez-y, dit Julie Juillet. Au besoin, nous vous appellerons.

L'homme ne savait s'il devait sauter sur l'occasion ou bien rester par principe. Philo l'aida à se décider en lui faisant une moue approbatrice, comme il savait si bien en faire lorsqu'il devait assurer l'ordre dans un attroupe-ment. L'homme se retira et Philo referma la porte. Ils restèrent sans parler un moment, presque confus de se retrouver seuls en ce lieu étranger et affreusement silencieux.

— Est-ce que le téléphone ne devrait pas sonner? demanda Philo.

— Pourquoi?

— Dans un moment comme celui-ci, le téléphone sonne toujours...

— On verra bien... Allez, viens, il reste deux pièces...

— ... plus la salle de bain.

La salle de bain en question étincelait comme la cuisine. La victime n'utilisait que des produits naturels; la savonnette sentait l'olive (vierge, sans doute) et ressemblait à un morceau de sucre du pays.

Ils passèrent sans tarder dans la chambre à coucher. Un peu plus intéressante... Un lit d'eau, une table de chevet, un radio-réveil, un livre : *Les Maladies karmiques*. Julie Juillet s'attarda surtout à la commode, imposante et en bois naturel, parce qu'il y avait dessus des chaussettes, des sous-vêtements, des pantalons, des chandails, tout cela impeccablement plié et ordonné, comme si Cécile Matzef avait eu une valise à faire, et effectivement il y avait une petite valise par terre. Julie Juillet ouvrit un tiroir, le premier, et, en respirant l'odeur de lavande, elle constata sans surprise qu'il contenait de la lingerie, le tout également rangé comme si on attendait une inspection fouillée du général en chef.

L'autre pièce abritait une étagère chargée surtout de livres et un bureau. Julie Juillet s'y assit, tandis que Philo passait en revue l'étagère.

— Tiens, dit-il après quelques secondes. Qu'est-ce que tu penses de ça?

Il lui tendit une photo, montée dans un cadre bon marché, qui montrait cinq personnes debout côte à côte, soit trois femmes : Cécile Matzef, une petite brune avec des lunettes et une blonde «barbie», et deux hommes d'âge mur. C'était l'été et derrière eux miroitait l'eau bleue d'un étang. Une brise quelconque soulevait des mèches de cheveux et tout le monde semblait rire de bon cœur. Les sujets se voilaient le corps avec des serviettes de plage, qu'ils tenaient bien en place avec leurs mains, donnant à penser qu'ils étaient nus dessous.

— Il faudra identifier ces personnes, dit la policière. En tout cas, elle avait des relations à l'extérieur de son travail. C'est toujours ça de pris.

— En fouillant dans ses papiers, on trouvera sans doute des noms et des adresses...

— Oui, mais je pense que nous obtiendrons des réponses plus complètes en nous rendant à cet endroit, répondit Julie Juillet avec un clin d'œil, en remettant à son collègue et amant un dépliant publicitaire qu'elle avait pris sur une petite pile placée bien en vue, et bien en ordre, sur le bureau.

Philo lut à haute voix : *Le Verger d'Eden : centre naturiste familial.* Le dépliant, imprimé en vert sur blanc, montrait des enfants à la plage, des jeunes femmes jouant au badminton, une famille assise à une table à pique-nique, de vieilles personnes accroupies dans un potager, et tout ce monde flambant nu avec des petites bandes opaques pour occulter l'essentiel de leurs parties intimes. Outre quelques paragraphes décrivant les activités et les conditions d'admission du camp, il y avait un plan expliquant comment s'y rendre.

— Si ce qu'on dit dans ce papier est vrai, c'est ouvert depuis le 15 avril, précisa Julie Juillet.

— Je ne peux pas croire qu'ils se promènent tout nus dehors en cette saison !

— Je n'en sais rien, je suppose que même en été ils doivent s'habiller de temps en temps. On pourra toujours leur poser la question. De toute façon, nous allons nous annoncer, et je ne connais personne qui se présenterait à poil devant une paire de flics ! D'ailleurs, la valise et les vêtements, dans la chambre, c'est fort probablement le bagage de Cécile Matzef en prévision de la fin de semaine. Alors, une petite balade à la campagne, par un beau dimanche d'avril, c'est une agréable façon de mener une enquête, non ?

— C'est vous la patronne, madame.

Ils se remirent à leurs fouilles respectives. La détective s'attarda un moment sur d'autres dépliants, ceux-là en exemplaires uniques : tout y passait, de la numérologie au taï chi, à l'équilibrage des chacras, sans oublier la communication avec les entités, mais un seul l'étonna vraiment : *Boire son urine et mieux se porter.* « Est-ce qu'elle était folle à ce point ? Alain Gauthier la connaissait mieux encore qu'il ne le croyait » se dit-elle, se rappelant la remarque du professeur barbu.

— Tiens, intervint sans prévenir Philo, Mme Matzef et toi aviez un petit quelque chose en commun !

Julie Juillet se tourna et ne put s'empêcher de sourire : Philo lui montrait un album de bandes dessinées et elle n'eut pas besoin de lire pour en reconnaître le titre : *Sperminal,* par Carma Vida, une histoire ayant pour thème l'exploitation sexuelle des mineurs dans les souterrains du métro. Il y avait aussi *L'Imposition du missionnaire,* où elle démantèle un réseau de trafic d'influence dans les colonies, *Jus interdits,* le drame d'un guitariste qui en pince un peu trop pour une belle Andalouse, et même *Spécial peau lisse*, son premier, tellement rempli de maladresses, enfin *Le Mystère de Miss Terre*, dans lequel l'héroïne arrive à faire jouir un extraterrestre au gland lumineux. Il ne manquait que *Les Chevaliers du Saint-Prépuce*, aventure où elle se frotte aux héritiers des Templiers.

— Ouais, dit-elle. Je ne suis pas sûre que je doive m'enorgueillir...

— Je ne pensais pas que tu en avais produit autant ! Comment ça se fait que tu n'es pas millionnaire ?

— Parce que des lecteurs ou lectrices comme Cécile Matzef, qui achètent mes albums, c'est un club très sélect... et je viens de la perdre ! Tu te rends compte ! Comment aurait-elle pu imaginer que l'auteur de sa b.d. préférée pénétrerait un jour chez elle pour enquêter sur sa mort ?

En se frottant le nez, elle retourna au tiroir qu'elle était en train de fouiller. Il contenait des dossiers ordinaires, actes notariés, polices d'assurance et le reste. Un autre tiroir contenait des lettres. D'une section marquée école, elle sortit une chemise identifiée «Gauthier A.». Elle tira une feuille au hasard : c'était une photocopie d'une lettre adressée à Mme Isabelle de Castelneau, au C.A.N.C.

La présente a pour but de vous rappeler que je vous ai signalé à plusieurs reprises que l'attitude rebelle et les refus d'obtempérer de M. Alain Gauthier empoisonnent le climat de travail à l'école. Encore hier, M. Gauthier a refusé de se joindre au reste de l'équipe pour aller magasiner les livres que nous offrirons en prix aux élèves méritants, sous prétexte que ce serait une perte de temps de discuter chaque prix et qu'il préférait acheter seul ceux qui concernent sa matière. Cette attitude montre le peu de cas que M. Gauthier fait de la cohésion de notre équipe...

Julie Juillet rangea la lettre sans poursuivre la lecture et n'en chercha pas d'autres. Elle ferait apposer les scellés sur les portes de l'appartement et pourrait revenir au besoin pour une fouille détaillée. Quelque chose derrière les dossiers l'intéressait davantage : une cassette pour magnétoscope, sans aucune identification. Elle était peut-être vierge, mais le fait que Cécile Matzef ne possédait pas d'appareil rendait incongrue la présence de cet objet.

— Bof! objecta Philo, tout le monde peut avoir une cassette chez soi pour un million de raisons moins intéressantes les unes que les autres.

— Bien sûr, mais celle-ci était rangée au fond d'un tiroir. Tu possèdes un magnétoscope?

— Oui.

— Alors si tu veux, on va chez toi; je n'ai pas envie de regarder ça au poste, encore moins s'il n'y a rien dessus! Et puis de toute manière, il faut bien que je reprenne mon tacot.

Surpris par cette demande, Philo ne sut pas comment refuser : Julie n'avait jamais mis les pieds chez lui, et il trouvait que c'était parfait comme ça. Il habitait un trois-pièces et demie loué dans un immeuble ordinaire du nord-ouest de la ville et, en empruntant l'autoroute périphérique, ils y furent en une demi-heure.

Après les avertissements d'usage relatifs au désordre, il fit entrer Julie, la gorge ridiculement serrée. L'appartement n'était pas décoré. On sentait que les meubles avaient été disposés ainsi le premier jour et n'avaient pas bougé depuis. L'ensemble dégageait une impression de transit. Le magnétoscope et le téléviseur étaient montés sur une étagère suédoise blanche sur laquelle se trouvaient aussi quelques livres et une grande quantité de cassettes, ainsi qu'un lecteur laser et des disques.

— Avant de vous connaître, madame, dit-il mi-amusé, mi-nostalgique, je regardais beaucoup la télévision.

— Ne t'en fais pas, lui répondit Julie, devinant ses craintes secrètes, je ne resterai pas longtemps.

— Tu veux boire quelque chose? Je peux t'offrir du lait, avec ou sans chocolat, et une variété de jus de fruits.

Pour le mettre à l'aise, Julie accepta un punch tropical qu'elle entama à petites gorgées, en vérifiant du coin de l'œil s'il n'y avait pas un cerne autour du col de son verre. Elle trouva le jus terriblement sucré.

Quelques secondes plus tard, l'écran du téléviseur s'éclairait. Après un moment, on reconnut l'intérieur d'une minuscule pièce, une roulotte, de toute évidence, avec son lit en alcôve. L'éclairage était déficient, mais on discernait quand même l'essentiel. Hors champ, on entendait des rires de femmes : il y avait deux rires, un plutôt délicat, retenu, franchement poitrinaire, et l'autre, sonore comme les cloches d'une cathédrale.

«Ça marche! C'est bon!» dit une voix claire qu'on associait spontanément au petit rire, et dans laquelle on décelait un accent anglais.

«Vas-y!»

Cécile Matzef apparut, qu'on reconnut tout de suite à sa chevelure ébouriffée; c'était son rire qu'on entendait depuis le début et qu'elle n'arrivait toujours pas à retenir. Elle tenait d'une main, devant sa poitrine, une grande feuille de papier sur laquelle était écrit, en lettres fleuries : *Le jardin de Cécile.* Dans l'autre main, elle tenait un verre à vin à moitié plein dont le contenu tanguait joyeusement. Et tout d'un coup, elle jeta la feuille en l'air, révélant dans toute leur splendeur deux mamelles généreuses auxquelles la loi de la gravité conférait une forme d'aubergines. Cécile Matzef éclata de son rire tonitruant et se précipita hors du champ de la caméra comme une fillette qui vient de faire un mauvais coup. Il y eut un bref saut d'image, et sa voix mêlée de rire annonça :

« Le concombre ! »

Une autre femme apparut, plus délicate, plus jeune aussi, avec des cheveux lisses coupés sous les oreilles, et un profil vaguement oriental.

— Tu peux arrêter l'image ? demanda Julie Juillet.

— Oui, mais ça commençait à être intéressant, se plaignit Philo, pince-sans-rire.

L'image s'immobilisa. La détective prit son sac et en sortit la photo trouvée chez la victime.

— C'est elle ! dit-elle en désignant la jeune femme qui, sur la photo, se trouvait immédiatement à gauche de Cécile Matzef.

Elle devinait maintenant, en y regardant bien, que cette dernière la tenait par la taille.

— J'ai comme l'impression qu'elles étaient très amies, vraiment très amies... insinua Philo.

— J'ai l'impression aussi, confirma Julie Juillet. Relance donc le film.

Une pression du pouce sur la télécommande, et la femme reprit vie. Elle était tout aussi nue que l'autre, mais avait des seins nettement plus discrets. On voyait, au tremblement de ses lèvres, qu'elle se retenait de pouffer de rire. Elle tenait à la main un concombre bien en chair qu'elle approcha de la caméra, puis qu'elle porta à sa bouche pour le lécher en mimant la jouissance, et même le sucer du bout des lèvres en roulant des yeux.

«Quel talent! Tu perds des millions!» s'exclamait Cécile Matzef en s'esclaffant, tandis que sa complice promenait l'impassible cucurbitacée entre ses seins en faisant tourner sa langue sur ses lèvres. Elle disparut de l'écran par le bas, laissant sa main agiter le légume en signe d'adieu.

«La carotte!»

La voix de l'inconnue avait fait l'annonce, ce fut donc Cécile Matzef qui envahit l'écran. Elle se présenta de dos et marcha jusqu'au lit d'un pas ivre.

— Mais où est la carotte? s'inquiéta Philo.

Son inquiétude se révéla fondée. Arrivée au lit, la vedette se tourna, s'assit sur le rebord, écarta les jambes et l'on vit apparaître une touffe verte! En relevant le petit doigt comme une vieille Anglaise qui boit son thé, elle tira ce qui était bien du feuillage et extirpa de son organisme la carotte attendue, laquelle, il faut bien le dire, n'était pas gigantesque. Au lieu de quitter l'écran, elle pouffa et se tordit de rire sur le lit; l'image trembla; sa complice, morte de rire aussi, avait perdu le contrôle de la caméra.

Philo commanda spontanément une pause.

— Sainte-poche! Eh bien dis donc! Elle n'y allait pas avec le dos de la cuiller quand elle s'y mettait! commenta Julie.

— Holà! répliqua Philo, taquin. Tu n'es pas tellement placée pour porter des jugements sur ce genre d'affaires....

— Mais ce n'est pas du tout la même chose! rétorqua Julie, et Philo craignit un moment de l'avoir vraiment choquée.

— Je plaisantais...

— Non! en fait, tu as raison, c'est pareil. C'est sans doute que je n'ai jamais eu l'idée de me filmer... mais maintenant que je regarde ça, je me dis que c'est mieux de ne pas y penser. Et puis en dessinant, je peux embellir... Et puis remets donc en marche, des fois qu'on trouverait quelque chose d'utile!

Le film continuait sur sa lancée. Il y eut des haricots et des radis qui sortirent d'un peu partout, une tomate qu'elles dégustèrent ensemble, bouche à bouche, laissant le jus rose couler sur leurs chairs frémissantes, ensuite une longue séquence finale, où, cédant au désir qu'elles voulaient faire naître chez d'éventuels spectateurs, elles oublièrent les accessoires végétaux pour se prodiguer des caresses juteuses, couinant et roucoulant sans plus se soucier de la caméra, qui s'éteignit en pleine action.

Julie Juillet eut de la difficulté à dormir cette nuit-là. Son petit côté «aux deux» avait été fortement sollicité. Elle avait connu deux expériences homosexuelles. Comment s'appelait la première, déjà? Martine, bien sûr. C'était une petite bonne femme aux yeux bleus, un peu ronde elle aussi, avec des lunettes, elle aussi, sur son nez retroussé, elle aussi! mais saupoudré de minuscules taches de rousseur, égayé de deux ou trois boutons roses. Elle avait les cheveux courts et bouffants.

Elles étaient étendues sur le lit de Martine. La porte de la chambre était fermée. Le tourne-disque jouait à répétition les chansons naïves d'un certain Christophe... «Moi/je construis/des marionnet/tes/ avec/de la ficelle/et du papier/elles/sont jolies/les mignonnet/tes...» Elles avaient quatorze ans. Elles regardaient, troublées, la page du milieu d'un *Playboy* écorné et défraîchi que Julie avait acheté le jour même, pour trois fois le prix, à une consœur aînée. La fille de la photo était évidemment superbe, avec des seins qui s'imposaient.

« Les tiens sont comment? — Tu veux voir? — Montre. — Toi d'abord. — Ensemble... »

Avec mille hésitations, comme de fragiles biches fouillant le feuillage tendre tout en humant l'air pour débusquer l'odeur du loup, elles avaient entrepris de déboutonner chacune la blouse blanche de l'autre, la sage blouse de couvent, symbole d'une vertu en voie de disparition imminente, et ce ne fut que quand elles arrivèrent à se toucher les seins qu'elles furent certaines de leur complicité, certaines que l'autre n'allait pas reculer en criant au scandale ou, pire, en se moquant! Le reste s'était fait tout seul, la remontée de la main sous la jupe plissée, et le toucher fiévreux, à travers le slip, du noyau brûlant et humide, où fleurit tout d'un coup le plaisir, si soudain qu'il fait reculer telle une flamme qui jaillit.

« C'était peut-être un orgasme! » pensa-t-elle.

Sa deuxième expérience s'appelait Suzan. C'était une grande femme originaire d'Europe de l'Est, enfuie de son pays totalitaire parce que l'épanouissement, déjà difficile pour tout ce qui ne collait pas au pouvoir, y était impossible pour une lesbienne assumée. Elle exerçait sa profession de bibliothécaire à l'Université et avait une trentaine d'années quand Julie n'en avait que dix-huit. Julie s'était laissé draguer. Elle avait déjà ouvert ses cuisses à quelques jeunes hommes bien intentionnés, qui s'y étaient épuisés à l'amener là où ils croyaient qu'elle devait se rendre, et où elle leur avait fait croire qu'elle s'était rendue, avant de s'en éloigner sans tourner la tête. Elle se faisait lentement à l'idée qu'elle était frigide et se demandait si l'homosexualité ne serait pas un moindre mal, surtout que la chose devenait à la mode dans certains milieux.

Suzan avait le sein lourd et le mamelon large et brunâtre ; elle portait plus de poils que nécessaire, du fait, entre autres, qu'elle ne s'épilait jamais, et sa chatte dégageait une odeur de vécu que Julie accepta progressivement comme on accepte, et finit même par aimer, l'odeur de la terre, du fromage au lait cru, du varech... Suzan l'instruisit en profondeur dans la science et l'art des caresses, lui apprit à se servir de sa langue. Quand Carma Vida devait, au hasard de ses investigations, se frotter à une femme, l'auteure du même nom puisait naturellement dans ses souvenirs de Suzan ; ce qui pouvait sembler moins naturel, cependant, c'était qu'elle dût à la même science, transposée, sa merveilleuse capacité de faire jouir un homme autrement qu'en lui permettant de se vider les couilles dans son ventre ! Mystère de la vie !

Julie avait quitté Suzan comme une élève quitte son professeur à la fin de l'année. Passée la fascination de la découverte, elle s'était rendu compte que c'était le corps de l'homme qui l'attirait vraiment, que c'était de ce corps qu'elle voulait tirer sa jouissance, que c'était avec l'homme, ou les hommes, qu'elle avait un problème à résoudre, voire un compte à régler.

Philo passa la prendre à dix heures pile le lendemain. Le *Verger d'Eden* se trouvait au pied du mont Preston, au bord du lac du même nom, à soixante-dix minutes de route vers le sud-est, au cœur du plateau algonquien. Ils roulèrent sans presque parler. La voiture de Philo était équipée d'un lecteur laser et Julie, respectueuse des prérogatives du conducteur, dut subir ses goûts musicaux, lesquels se confinaient à la musique de danse américaine (mais qu'attendre d'autre d'un homme qui, à un moment de sa vie, avait été en droit d'espérer être recruté par la N.B.A*?).

Ils arrivèrent finalement devant une arche en bois rond assez haute pour laisser passer un camion, envahie par un lierre dont la base commençait à pousser de frileuses feuilles ; elle était fermée par une barrière en perches de bois. Le paysage tout autour, comme celui qu'ils avaient pu admirer le long de la route, offrait toutes les nuances possibles de gris et de brun, avec de parcimonieuses pincées de vert tendre. L'absence de feuillage aux arbres et la rareté des conifères permettaient de se faire une bonne idée du camp, dont le territoire descendait doucement jusqu'à un étang, séparé par des sentiers de terre battue en îlots dans lesquels des roulottes closes attendaient la venue de l'été. Plus loin, on apercevait le lac, dont les eaux hautes noyaient la base des premiers arbres. Ce qui sautait d'abord aux yeux, cependant, c'étaient une grange rouge visiblement transformée pour un usage humain et, plus près, une maison ancestrale en bois, toute blanche, d'où sortit allé-grement une petite dame portant une longue jupe à fleurs violettes et un châle de laine gris.

Le temps qu'elle parvienne à la barrière, Julie Juillet et Philo eurent le loisir de remarquer que le camp n'était pas

---

* National Basketball Association.

désert; ils aperçurent au moins trois personnes, toutes habillées, qui s'adonnaient à des travaux préparatoires. Le chemin d'entrée tournait brusquement et la policière en déduisit qu'un mois plus tard, le feuillage allait obstruer complètement la vue sur la vie du camp. Deux gros bergers belges, gris et poilus comme des diables, sortis de nulle part en clabaudant, s'étaient joints à la dame qui, tout en incitant les bêtes au calme, ouvrit la barrière et fit signe aux visiteurs de suivre le chemin jusqu'à la maison, où ils mirent pied à terre et attendirent qu'elle revienne.

— Vous êtes le lieutenant Juillet?

— En effet, madame, et voici le sergent Villefranche.

Philo sourit et tendit la main. Il n'était pas sergent, mais il trouva que cela lui allait bien.

— Je suis Berthe Sanschagrin, confirma la petite dame qui portait des lunettes à cercles d'or.

Elle avait des cheveux bruns tirant sur le roux, striés de gris, remontés en boule sur la tête. Avec son châle, elle faisait tout à fait «mère Nature», mais on l'imaginait davantage penchée sur un chaudron de confiture que toute nue sur une plage. Et pourtant c'était bien elle, la propriétaire conjointe du *Verger d'Eden inc.*, établissement connu dans tout le pays comme le «cinq étoiles» des camps de nudistes. Son conjoint avait dû se rendre d'urgence en ville pour faire réparer une pompe essentielle au fonctionnement des chalets de nécessité.

— Vous comprenez, dit la dame, il n'y a pas encore grand monde, mais dès les premiers jours de mai, la fin de semaine, le camp est rempli à soixante-quinze pour cent, et il y a tant de choses à préparer.

— Il ne fait pas encore très chaud, en mai... ne put s'empêcher de remarquer Philo.

— Soyez tranquilles! coupa Berthe Sanschagrin, habituée à ce genre de questions. Personne n'est tenu de se mettre
nu tant que les conditions climatiques ne le permettent pas,
comme vous le constatez d'ailleurs. Onil, mon conjoint,
va téléphoner en début d'après-midi au cas où il serait retenu
plus longtemps que prévu. Si vous avez besoin de lui...

— Ça ne devrait pas être nécessaire, la rassura Julie
Juillet.

— Donnez-vous donc la peine d'entrer, nous serons
plus à l'aise.

Si jamais on avait pu douter de l'identité de Berthe
Sanschagrin au premier abord, cela n'était plus permis
quand on entrait dans la maison. En effet, la première pièce
était un bureau comme on en trouve dans tous les terrains
de camping, sauf qu'au mur était accrochée une photo
laminée aux dimensions d'affiche montrant la propriétaire
dans son plus simple appareil, les cheveux défaits sur les
épaules, en compagnie d'un homme tout aussi nu qui était
sûrement Onil. Ils souriaient à pleines dents et tenaient
ensemble une spatule au-dessus d'un énorme gâteau, sur
lequel des fraises étaient disposées de manière à former le
chiffre vingt-cinq. Le fond de l'affiche était rempli de
signatures.

— Les campeurs nous ont offert cette affiche il y a deux
ans, à l'occasion du vingt-cinquième anniversaire du camp.

— Vingt-cinq ans!

— Eh oui! Il y a vingt-sept ans maintenant, nous avons
acheté cette vieille ferme pour une chanson. Ça n'a pas été
facile, je vous assure, de faire accepter aux gens d'ici qu'on
ouvrait un camp de nudistes, mais maintenant on est dans
tous les guides touristiques. J'approche la soixantaine, vous
savez...

— Vous ne les faites pas, dit gentiment Philo.

— Merci. Je le dois aux bienfaits du naturisme. Vivre nu, sans se cacher, est un antidote parfait contre le stress. Ajouté à une saine alimentation et de bonnes habitudes de vie, cela vous garde jeune aussi longtemps que la nature le permet! Mais nous vieillissons quand même... Installons-nous dans la cuisine.

Celle-ci était pittoresque. Pas de revêtement synthé-tique, pas de chrome; des murs en lattes et des armoires en pin décapé.

— Vous vivez à l'ancienne manière? demanda Philo.

— Pas vraiment.

Pour illustrer son propos, Berthe Sanschagrin se dirigea vers un coin, ouvrit des portes persiennes et découvrit un lave-vaisselle rutilant.

— On n'a pas le choix de rechercher les commodités, comme tout le monde. Que voulez-vous, nous avons maintenant plus de cent cinquante emplacements; ça nous tient occupés! Est-ce que je peux vous offrir quelque chose à boire? Un petit verre d'hydromel? Nous le faisons nous-mêmes, vous savez. Oh! ce n'est pas très fort, vous n'avez rien à craindre. Il est particulièrement bon, cette année...

Les policiers n'avaient rien dit, par conséquent ils eurent bientôt tous deux un petit gobelet devant eux qui contenait un liquide à la mousse ambrée. Julie Juillet en but une goutte et Philo y trempa les lèvres, par pure politesse, car il n'était pas question qu'il boive d'alcool.

— C'est bon! dit Julie Juillet. Ça goûte sucré et fermenté en même temps... et... on dirait de la pomme...

— J'y ai ajouté quelques pelures de pomme, cette année, et je trouve que ça fait toute la différence. Oh! mais comprenons-nous bien, nous n'en produisons que de petites quantités; il n'est pas question d'en vendre...

— Ne vous en faites pas, nous ne sommes ici que pour parler de Cécile Matzef; le reste, ce n'est pas notre rayon...

— Oui, bien sûr, pauvre Cécile. J'ai appris la nouvelle de la bouche d'un campeur, car nous ne lisons jamais les journaux et nous regardons très peu la télévision. C'est terrible.

— Aviez-vous vu Mme Matzef cette année?

— Bien sûr! Elle a sa roulotte ici en permanence depuis oh... six, sept ans. Elle arrivait dès l'ouverture et ne ratait pas une fin de semaine jusqu'à la fermeture, et, évidemment, elle ne nous quittait à peu près pas en juillet et août. Cette année, elle n'a pas fait d'exception; elle était ici la semaine dernière, et nous nous attendions à la retrouver vendredi soir, ou hier dans la journée...

— Qu'est-ce que les gens font, si tôt dans la saison?

— Vous savez, nos habitués sont installés en grande. Généralement, ils s'affairent à nettoyer leur terrain, travailler la terre, semer, planter. Cécile cultivait un potager...

— Oui, nous savons cela...

Il ne vint même pas à l'idée de Julie Juillet d'expliquer dans quelles surprenantes circonstances elle avait appris que Cécile Matzef s'adonnait à la culture maraîchère. Elle ouvrit son sac et en sortit la photo trouvée chez la victime.

— Madame Sanschagrin, pouvez-vous identifier les personnes apparaissant sur cette photo?

Berthe Sanschagrin l'examina un moment.

— Bien sûr! Cette photo a été prise l'été dernier, durant la première semaine d'août, sauf erreur.

— Diable! s'étonna Philo. Comment pouvez-vous être si précise?

— Oh! C'est facile; c'est moi-même qui l'ai prise!

— Ah bon!

— Voyez-vous, il est interdit de transporter des appareils photos, encore plus des ciné-caméras, dans les limites du domaine, afin de protéger l'intimité de notre monde. Si des campeurs veulent prendre des photos, ils doivent obligatoirement passer par nous.

— Ce règlement s'applique-t-il à l'intérieur des roulottes?

— En principe, oui, mais nous ne sommes pas dans un univers carcéral et nous connaissons nos gens; nous concentrons notre attention sur les nouveaux.

— Revenons à cette photo.

— D'accord. Au centre, c'est Cécile, évidemment. Juste à côté, c'est Debbie.

— Debbie?

— Oui, Debbie, ou Deborah Goldberg, la grande amie de Cécile. Si quelqu'un peut vous renseigner sur Cécile, c'est bien elle. Elle sera terriblement affectée...

— Est-elle enseignante?

— Non, infirmière, mais je ne saurais vous dire où.

— Elle est ici actuellement?

— Je ne l'ai pas vue. Elle est moins assidue que Cécile en début de saison, mais elle est tout de même venue la semaine dernière. Maintenant que j'y pense, elles n'ont pas fait grand-chose; c'est à peine si elles sont sorties de leurs roulottes. La blonde, c'est Ginette Simard. Vous la connaissez sans doute : elle anime une émission d'astrologie à la télé communautaire, sous le nom de Gigi Cymârr. À côté d'elle, c'est son conjoint, en tout cas ce l'était l'an dernier, mais Ginette est plutôt imprévisible de ce côté-là.

— Qui est-il, son conjoint?

— Rémy Trépanier. Il est comptable. C'est plutôt avec Ginette, je pense, que Cécile était amie ; elle la consultait souvent. L'autre homme, Paul Nobert, un journaliste de *L'Idée*, vous savez, le fameux journal. Lui aussi va être drôlement secoué : il y a un moment que je le soupçonne d'avoir des intentions à l'égard de Cécile, mais elle ne semblait pas intéressée... Ce n'était pas un drame, hein ! N'allez pas imaginer des choses. Notre clientèle a une façon plutôt... détendue d'aborder les choses de l'amour...

— Nous comprenons très bien, madame. Je suppose qu'il vous est possible de nous fournir les coordonnées de ces personnes : nous sommes bien conscients qu'il s'agit de renseignements privés, mais nous enquêtons sur un meurtre et nous avons les mandats nécessaires. Et bien sûr, nous aimerions visiter la roulotte de Mme Matzef.

Berthe Sanschagrin demanda à voir les papiers, par pure formalité, puis ils se rendirent à pied à la roulotte. Chemin faisant, Julie Juillet laissa Berthe Sanschagrin parler de la victime. C'était la campeuse idéale, joviale et active, et on ne lui connaissait que des amis dans le camp, même si elle ne fréquentait qu'un cercle assez restreint. Elle était par contre très exigeante pour les services ; il fallait que les sanitaires soient impeccables et les poubelles vidées régulièrement, sinon elle le faisait savoir, et franchement, son mari la trouvait un peu fatigante.

— Est-ce qu'elle parlait parfois de son travail ?

— Avec nous, en tout cas, jamais. Je sais qu'elle était directrice d'une école spéciale, c'est tout.

La roulotte de Cécile Matzef n'était plus toute neuve, mais elle semblait en bon état. C'était un modèle cubique en aluminium gondolé, crème avec des flancs caramel, monté sur des blocs de ciment de manière que les roues ne fissent qu'effleurer le sol ; une toile abritant une table à pique-nique complétait l'installation. À gauche, une clôture basse en bois rond délimitait un potager irrégulier déjà marqué de sillons.

— Voilà, c'est ici. Je vous laisse aller, si vous voulez bien : moi, juste de penser qu'elle ne viendra plus, ça me met toute à l'envers.

Elle avait les larmes aux yeux.

— Ah ! soupira-t-elle. Si tout le monde passait quelques semaines par année dans un camp comme le nôtre, ça n'arriverait plus, des horreurs pareilles... mais je sais bien que ce n'est pas possible.

— Vous n'avez pas une clé ?

— Ce n'est pas nécessaire. Personne ne verrouille, ici.

Aussitôt entrés, les deux policiers reconnurent le décor du film qu'ils avaient visionné la veille. Il y avait d'un côté le lit, de l'autre une table et des banquettes. Le centre était occupé par l'évier, la cuisinière et un petit réfrigérateur encastré. Il y avait une penderie et même un cabinet de toilette dans un coin fermé. Deux personnes pouvaient habiter là-dedans sans trop se marcher sur les pieds, peut-être quatre puisque la table se repliait et permettait de monter un lit d'appoint.

— C'est bien, commenta simplement Julie Juillet.

— Ouais... mais je n'aime pas cette sensation d'avoir la tête collée au plafond...

— Oh toi ! On sait bien...

— Quoi ? On sait bien ! J'ai le droit d'être grand et je ne suis pas tout seul...

Comme il fallait s'y attendre, tout brillait. Les tiroirs sous le lit contenaient des vêtements et de la literie... Dans la penderie, un imperméable, des chandails, un chapeau de paille, des bottes de caoutchouc. Sous la cuisinière, des casseroles, sous l'évier des produits de nettoyage...

Julie Juillet commençait à désespérer de rien trouver. Au-dessus du lit, suspendue au plafond, il y avait une petite armoire. En l'ouvrant, elle aperçut d'abord, épinglée à l'intérieur de la porte, une feuille de beau papier à l'en-tête de «Gigi Cymârr, d.n.», avec la photo de l'astrologue en filigrane, sa chevelure débordante, ses lèvres pulpeuses, ses yeux de biche.

— Tu sais ce que ça veut dire, «d.n.»?

— Pas la moindre idée! répondit Philo. «Divine Nana» peut-être?

— Ça m'étonnerait! «Dangereuse Nymphomane», tant qu'à y être!

— «Diseuse de Niaiseries»!

— Ce serait plutôt cela, oui...

Suivait un court texte écrit à la main dans une calligraphie originale qui rappelait vaguement les caractères gothiques. Après une étude approfondie de la carte du ciel de Cécile Matzef, Gigi Cymârr lui prédisait pour l'année en cours des succès remarquables dans toutes ses entreprises, matérielles, affectives ou spirituelles, et en plus une santé florissante. Elle lui enjoignait par contre de se méfier d'un homme barbu.

— Plus besoin de faire enquête! C'est le barbu, comment il s'appelle? dit Philo.

— Alain Gauthier!

— C'est ça. C'est lui qui l'a tuée!

— Si seulement c'était si simple, dit Julie Juillet en entreprenant de fouiller l'armoire. Celle-ci contenait quelques livres, dont *Le Pendule de Foucault*, avec une note sur la garde volante: «à Cécile de Jean Nobert». La date

indiquait que le cadeau avait été fait trois ans auparavant.
Les premières pages étaient bariolées de traits jaunes et
de notes au crayon; il y en avait de moins en moins par la
suite et plus du tout après le signet glissé au début du
troisième chapitre. «Lecture interrompue!» conclut Julie
Juillet. L'armoire contenait aussi du papier à lettre, mais
pas de lettres, des feuilles mobiles, quelques cahiers
d'écolier dont deux étaient remplis de l'écriture soignée de
Cécile Matzef; c'était un journal de jardinage dans lequel
l'évolution du potager était décrite avec une minutie de
naturaliste : semailles, plantations, premières fleurs,
premières récoltes; la dernière date était celle de la semaine
précédente : «retourné la terre – semé les pois mange-tout,
trente graines par deux tous les dix centimètres – prof. :
trois centimètres»

— C'est intéressant? ironisa Philo.

— Pas en soi, mais cela nous montre que Cécile Matzef
ne se sentait pas menacée, en tout cas pas suffisamment
pour modifier ses habitudes.

En replaçant les cahiers, elle mit la main sur une revue
brochée : *Bulletin du C.A.N.C.– N.C.A.C. Bulletin.*

— Curieux...

— Pourquoi est-ce curieux?

— Ça détonne. Je suis sûre que si on interrogeait les
gens, on verrait confirmer par tous qu'elle n'apportait
jamais quoi que ce soit qui concernait son travail. Et
personne, à l'école, ne m'a parlé de ce camp de nudistes.
Elle marquait une coupure très nette entre ces deux
mondes. Alors pourquoi gardait-elle ici ce bulletin de
nouvelles?

— C'est peut-être sans raison; elle aura fait une
exception, l'aura oublié...

— Oublié? Sûrement pas. Nous sommes chez une maniaque de l'ordre... et cette revue date de trois ans!

Quand elle entreprit de la feuilleter, la revue s'ouvrit toute seule aux pages centrales, comme si elle en avait l'habitude. Les deux pages ne contenaient qu'un seul reportage, soit une grande photo avec un titre en haut et une vignette en bas, en français et en anglais : « INAUGU-RATION DE L'ÉCOLE *LE PETIT CHEMIN* POUR DÉCROCHEURS ».

La vignette racontait la brève histoire de la fondation. La photo avait été prise à l'intérieur et montrait huit personnes souriantes. La détective reconnut sans peine Cécile Matzef, Thérèse Aubusson, Jose-Maria Valdemosa et Louise Sirois. Les autres lui étaient inconnues, mais leurs noms étaient donnés dans l'ordre habituel : Mme Isabelle de Castelneau, directrice régionale, M. Félix Mendelssohn, responsable des relations publiques, Mme Joan Flagerty, responsable des bâtiments, et M. Donald Elliott-Fitzgerald, directeur général du C.A.N.C. et président de l'Assemblée des conseillers.

Mais un seul de ces personnages intéressa d'emblée Julie Juillet : c'était Félix Mendelssohn, parce que son visage était entouré d'un léger trait de crayon, qu'un œil inattentif aurait pu ne pas apercevoir. L'homme était un peu plus petit que la moyenne même si, en observant ses pieds, on voyait bien qu'il s'était haussé sur ses orteils pour la photo, mais il avait une belle tête sous des cheveux abondants et impeccablement coiffés. Ce genre de photo manque toujours de netteté, mais, était-ce seulement du fait que sa tête était encerclée? Julie Juillet crut reconnaître quelque chose dans le regard de cet homme. Elle n'arrivait pas à le quitter des yeux. Une tension naquit dans son ventre et monta dans sa gorge ; elle serra les dents et elle eut l'impression de ne plus pouvoir respirer...

— Hé ! Ça va ? s'inquiéta Philo.

Elle s'imposa une profonde inspiration qui lui donna un début de nausée ; tout d'un coup, l'air de la roulotte lui sembla vicié. Elle referma vivement la revue. Elle ne voulait pas laisser croître davantage en elle cette impression qui brassait les sédiments de sa mémoire, alors qu'elle n'était pas en situation de se concentrer.

— Tu as reconnu quelqu'un ? interrogea Philo comme elle se levait avec l'évidente intention de sortir.

— Non... peut-être, une impression...

CHAPITRE IV

Julie Juillet commençait à manquer de sommeil. Elle s'arrêta à un *Café Sans Doute* devant lequel la providence avec laissé une place de stationnement libre. Pouliot pourrait attendre un peu. Elle commanda un double espresso qu'elle assassina méthodiquement en y engloutissant quatre sachets de sucre. Après deux gorgées, les lumières de l'aurore éclairèrent son esprit. La première pensée cohérente qui vit le jour fut qu'il lui faudrait absolument se taper une nuit complète sous peu, si elle entendait continuer cette enquête les yeux ouverts.

La veille, elle et Philo étaient revenus dans la capitale en fin d'après-midi. Ils s'étaient rendus tout de suite à l'adresse de Debbie Goldberg, un petit cottage jumelé dans le quartier cossu de Notre-Dame-des-Glaces, qui leur sembla bien au-dessus des moyens d'une infirmière dont on leur avait dit qu'elle vivait seule. Elle était absente; du moins n'avaient-ils pas obtenu de réponse, pas davantage quand ils y étaient retournés après avoir mangé un sandwich au *smoked-meat* dans un restaurant juif réputé du coin.

Sa tasse maintenant à moitié vide, elle demanda si elle pouvait téléphoner. Elle retrouva dans son carnet le numéro de Debbie Goldberg. Elle laissa sonner treize coups – un quatorzième l'eût renvoyé dans son état comateux – et elle raccrocha. Il n'était pas neuf heures, mais bien des gens sont déjà au travail à cette heure. Elle avait pourtant téléphoné deux fois la veille au soir, de chez elle, la deuxième fois à vingt-trois heures. Cela ne voulait évidemment rien dire mais...

Son esprit glissa et, comme la veille, elle oublia Debbie Goldberg pour se concentrer sur le visage de Félix Mendelssohn. Elle l'avait dessiné et redessiné jusqu'à trois heures du matin, afin de mieux définir cette impression morbide qu'elle avait tout de suite éprouvée en découvrant la photo ; cela avait été un exercice douloureux, comme si elle cherchait à appuyer la pointe de son crayon exactement là où cela lui faisait le plus mal. Douloureux, mais utile : son impression s'était confirmée, et seul le doute raisonnable quant à la possibilité que, croyant creuser sa mémoire, elle se fût en réalité construit une illusion, l'empêchait de conclure tout de suite.

Mais qu'est-ce que Pouliot lui voulait ? Il ne lui avait pas demandé de rappliquer au poste toute affaire cessante pour rien, du moins le lui souhaitait-elle... Elle vida son café.

Moins d'une demi-heure plus tard, elle passait les portes vitrées et entrait dans les bureaux peints dans ce vert maladif qu'elle avait en horreur.

— Tiens, de la grande visite ! s'exclama la policière de garde en la voyant entrer.

— Salut ! répondit-elle simplement sans s'attarder.

Il était vrai qu'elle venait au quartier général le moins souvent possible, moins encore que ne le justifiait son statut particulier de spécialiste sur appel.

— Salut, Julie ! cria Pouliot qui traversait le couloir un gobelet de carton à la main, précédé par sa bedaine s'harmonisant si bien à son crâne lisse et rond. Dans mon bureau... commanda-t-il. Tu peux te faire un café...

Julie Juillet ne détestait pas vraiment Pouliot, qui était un bon bougre de flic, seulement ses manières, et c'était déjà beaucoup; elle ne supportait pas, entre autres, celle de tutoyer tout le monde, elle-même en particulier, mais elle n'avait jamais réussi à le corriger. Il faut dire que tout le monde se tutoyait; il n'y avait qu'elle à résister; il faut dire aussi qu'il y a des nuances dans le tutoiement. Pour marquer le coup quand même, elle ne se dirigea pas vers ledit bureau, n'alla pas se préparer un café, décida plutôt de se refaire une beauté (avait-elle jamais été faite?) dans les toilettes. Elle avait une mine affreuse, mais elle se contenta de bien nettoyer ses lunettes et de se donner un coup de peigne. Elle ne gardait jamais le moindre produit de maquillage avec elle de toute façon. Elle régla sommairement quelques affaires viscérales et, jugeant que tout cela suffisait à illustrer le peu de cas qu'elle faisait des prétentions de son supérieur immédiat, elle se rendit enfin au bureau du capitaine.

Devant la porte, il n'y avait nul autre que son grand ami, l'agent Philoclès Villefranche, en uniforme impeccable.

— J'ai convoqué Villefranche aussi, puisque vous travaillez ensemble « sur » cette affaire, expliqua Pouliot.

Julie Juillet crut déceler un zeste de persiflage dans cette dernière remarque, mais elle n'en était pas sûre. Pouliot enchaîna avant même qu'ils aient eu le temps de s'asseoir :

— Est-ce que tu as trouvé une piste, Julie?

— Non, pas vraiment, mais laissez-moi un peu de temps. On déblaie le terrain...

— Je sais bien : je connais le métier, mais la pression va monter...

— Ah! Pourquoi donc?

— La population n'aime pas savoir qu'un maniaque se promène en liberté dans le pays; les petits journaux vont en faire leur beurre, les lignes ouvertes vont suivre, tu sais comment ça se passe...

— Ne vous ai-je pas expliqué que l'hypothèse du maniaque ne pouvait être retenue?

— Oui, mais tu vas peut-être bien changer d'idée, parce que...

Pouliot fit une pause pour rien, sinon pour profiter pleinement de ce rare moment où il savait des choses, lui...

— Parce que quoi? relança Julie Juillet en fermant un moment les yeux, montrant ainsi qu'elle se trouvait déjà au bord de l'exaspération.

Pouliot massa pensivement son deuxième menton et prit une bonne inspiration avant de répondre :

— Hier soir, entre huit et neuf heures, une dénom- mée Viviane Saintonge – irréprochable! – est sortie de sa villa de Potter's Falls – un petit village du plateau algonquien – où elle était revenue après un séjour en Floride, en compagnie de son mari, un artisan potier bien connu...

— Pour l'amour du ciel, épargnez-nous les détails!

— Bon! Donc elle sort de sa villa pour aller promener son chien, un golden retriever nommé Savate, dans le chemin de «gravelle»...

— On s'en fout!

— Mais je vous le dis comme elle l'a raconté aux agents de la Sûreté nationale! Toujours est-il que son chien trotte librement, renifle à gauche et à droite...

— Au fait, capitaine Pouliot!

— ... et tout d'un coup, il descend dans le fossé et se met à s'agiter en gémissant. Elle l'appelle, il n'obéit pas, elle s'approche...

— Et elle découvre un cadavre!

— Mais oui! Comment tu le sais? demanda Pouliot, tout déçu d'avoir raté l'effet qu'il croyait avoir si bien préparé.

— Qu'importe. C'est le cadavre d'une femme?

— Oui!

— Elle avait le bas du corps dénudé?

— Oui! Et du sperme sur les fesses, comme l'autre...

— Assommée?

— Ah non! Pas assommée, en tout cas à première vue, étranglée plutôt.

— On l'a identifiée?

— Non. Aucun papier.

— Je suppose qu'on a déjà enlevé le corps.

— Bien oui.

— On aurait dû m'aviser avant.

— Oui, mais tu sais, à la Sûreté nationale, ils ne sont pas toujours «vite vite» pour penser, et puis il semble que le corps se trouvait là depuis un moment. On recevra des renseignements complets dans les minutes qui viennent, et des photos aussi.

Julie Juillet s'abandonna au dossier de sa chaise et jeta un regard en coin à Philo qui, en bon complice, y perçut qu'elle n'avait pas la moindre envie de tuer le temps en si piètre compagnie.

— En attendant, suggéra-t-il tout d'un coup, nous devrions en profiter pour contrôler certaines identités.

— Bien sûr! enchaîna-t-elle. Nous n'avons pas une minute à perdre!

— Mon Dieu! Détendez-vous! bougonna Pouliot. Donnez-moi ce que vous avez et je mets un homme là-dessus, et on continue à placoter gentiment. On te voit si peu, ma belle Julie!

La belle Julie était déjà debout et trucidait Pouliot de son regard de feu.

— J'aime mieux le faire moi-même, c'est un peu plus compliqué que ça en a l'air.

— Bon, bon! Si tu y tiens, conclut le capitaine, piqué. D'ailleurs, c'est pas que je manque d'ouvrage non plus...

Il se mit à fouiller dans les papiers qui traînaient sur son bureau tandis que Julie Juillet et Philo quittaient la pièce. Quand ils furent disparus, il se laissa retomber sur sa chaise, regarda sa montre, prit une gorgée de café, se gratta la nuque et se dit : «Une chance que tout le monde n'est pas aussi aimable que toi, ma belle Julie, sinon comment est-ce qu'on ferait pour venir à bout de l'ouvrage?» Et il rit un coup, rien qu'un, satisfait de son ironie.

Le centre des données était à la fine pointe de l'informatique et le responsable, un gentil géant à la manière de Philo, mais blanc, avait trouvé là une échappatoire à un métier de flic qu'il avait mal choisi.

— Félix Mendelssohn? Pas besoin d'un ordinateur pour ça : c'est un grand compositeur, début du vingtième siècle, je crois...

— Non, dix-neuvième! corrigea Julie Juillet. Mais on savait déjà ça.

— Moi, je ne le savais pas, avoua honnêtement Philo...

— La *Marche nuptiale*, tu connais?

— Tu parles de... et il sifflota l'air indispensable des mariages traditionnels.

— C'est ça, confirma le responsable. C'est de lui?

— Je crois. Quoi qu'il en soit, il s'agit plutôt d'un Félix Mendelssohn bien vivant, qui est chargé des relations publiques au *Conseil des académies non confessionnelles.*

— Un autre genre de musique, les relations publiques... Avec un tel nom, s'il a eu affaire à nous, ne serait-ce que pour avoir craché sur le trottoir, on devrait le savoir tout de suite.

Le nom de Félix Mendelssohn était inexistant dans la banque de données.

— Si vous voulez, je fais une demande au gouvernement et je vous sors ses déclarations de revenus, son dossier médical, les assurances... Suffit d'avoir le mandat. Dans une affaire de meurtre, ça ne traîne pas.

— Non merci.

— C'est comme vous voulez. Vous gênez pas si vous avez besoin de moi. Il doit bien y avoir d'autres noms...

— Plus tard, peut-être...

— Debbie Goldberg? suggéra Philo.

— Bien sûr. Comment puis-je l'oublier? Ce serait plutôt sous Deborah, Deborah Goldberg.

L'ordinateur fit quelques suggestions, mais aucune ne pouvait être identifiée à l'amie de Cécile Matzef.

— En tout cas, j'espère qu'elle ne s'apprête pas à y entrer, dans votre machine!

— Que veux-tu dire? Penses-tu que c'est elle qui...? demanda Philo en levant un sourcil.

— Ça ne m'étonnerait pas du tout. Mais... oh! qu'il y a de ces jours où j'aimerais mieux me tromper, me tromper tout le temps! gémit-elle en faisant quelques pas pour chasser la tension.

— Je vous comprends, sympathisa l'informaticien. C'est pas drôle ce que vous faites; moi, la première fois que j'ai vu un cadavre, une fille battue et violée, j'ai été deux semaines sans dormir, à imaginer que j'attrapais le coupable pour lui ramoner le zizi avec un tire-bouchon !

Il aurait volontiers élaboré sur le sujet, mais une voix d'interphone lui coupa la parole pour demander au lieutenant Juillet de se présenter au bureau du capitaine Pouliot.

— Je te préviens, dit Pouliot avant même que Philo eût refermé la porte, c'est pas beau à voir.

Julie Juillet ignora totalement cette mise en garde et glissa vers elle la grande chemise brune que Pouliot avait devant lui. Elle passa vite sur les premières photos qui montraient, dans l'impitoyable lumière propre à la photographie judiciaire, le corps de la victime tel qu'on l'avait aperçu du chemin, étendu à plat ventre dans la pente du fossé, face contre terre, le bras gauche tendu vers le bas, lequel avait bloqué la descente, et l'autre replié sous le corps. Les jambes étaient légèrement écartées malgré la jupe baissée à mi-cuisses.

Ce que Julie Juillet voulait regarder avant tout, c'était le visage, pour vérifier la terrible justesse de ses appréhensions, et il lui apparut, de loin d'abord, dans une vue d'ensemble du cadavre allongé sur une civière, et puis en gros plan. Malgré les déformations, les yeux entrouverts dont on ne voyait quasiment que le blanc et la langue à moitié sortie, bleue, inerte, tombée, collée sur le menton par les sécrétions qu'avait dû expulser la victime pour échapper à l'asphyxie, malgré les herbes mortes prises dans les cheveux et les taches de terre sur la peau, Julie Juillet reconnut le visage rond et pâle, aux yeux légèrement bridés, de Debbie Goldberg.

— Sainte-poche de merde! fit-elle en rejetant les photos sur le bureau.

Elle porta la main à sa bouche, tourna la tête, ferma les yeux en forçant au point d'en avoir le front strié, et respira profondément. Ce n'était pas qu'elle avait le goût de vomir : elle en avait vu d'autres. C'était la peine.

Pour la première fois de sa carrière policière, elle était en présence du cadavre d'une victime qu'elle avait vue vivante auparavant, même s'il ne s'agissait que d'un film : elle en ressentait, passée la douleur, une sorte de rage. Elle la revit nue dans la petite roulotte, s'amusant comme une enfant qui découvre la saveur de l'interdit. Quel âge avait-elle? Entre cinq et dix ans de moins que Cécile Matzef; disons trente-cinq ans. On pouvait la tourner en ridicule, ou la mépriser, ou la maudire, mais cette incursion sans méchanceté dans le monde de la perversité s'était faite sous le signe de la joie de vivre, et, à cet égard, Julie Juillet l'enviait. Voilà pourtant qu'elle était morte, morte dans la terreur et la souffrance. Julie Juillet ne pouvait effacer de sa tête ce corps menu et rose, à jamais juvénile... Comment était-il possible de passer, en si peu de temps, de cela à ceci? Une autre photo montrait un profond sillon foncé dans le cou, qui rendait presque inutile l'autopsie; elle avait en effet été étranglée, avec quelque chose de mince.

— Alors? rompit Pouliot. Peux-tu encore écarter la possibilité qu'on ait affaire à un maniaque?

— Plus que jamais! répondit Julie Juillet au grand étonnement du capitaine.

— Voyons donc!

— Un maniaque, capitaine, ne s'attaquerait pas coup sur coup à deux victimes étroitement liées entre elles.

— Il y avait un lien entre ces deux femmes? Quelle sorte de lien?

— Elles étaient maîtresses.

— Maîtresses... d'école?

— Mais non! Lesbiennes, gaies, homosexuelles!

— Vraiment?

— Aucun doute possible. Cette jeune femme est Debbie Goldberg, l'amie intime de Cécile Matzef.

— Vous la connaissez?

— Pas personnellement, mais les deux fréquentaient le même camp naturiste.

— Mettons... fit Pouliot, songeur et décontenancé par cette révélation. N'empêche que c'est peut-être un maniaque qui en veut aux lesbiennes! Ou encore quelqu'un qui tourne autour de ce camp...

— Le *Verger d'Eden*.

— Connais pas...

— Même s'il avait un rapport avec le camp, il n'aurait pas davantage tué deux personnes si proches.

— Il ne les connaissait peut-être pas.

— Capitaine Pouliot, on ne peut pas être un bon enquêteur et croire au hasard en même temps.

— Je sais, je sais! répliqua le capitaine en se renfrognant.

Il aurait aimé avoir juste une fois le dessus sur Julie Juillet, juste une fois, pour se sentir moins bête.

— Faites-moi confiance, capitaine. Le type qui a commis ça, continua Julie Juillet en pointant le doigt vers les photos, croit actuellement qu'il peut dormir sur ses deux oreilles, mais il se trompe : je suis en chemin, je m'en viens!

— Quelle est ton idée?

— C'est trop tôt pour en parler.

«Déjà entendu ça! pensa Pouliot. Première chose qu'on va savoir, elle va nous amener un coupable.»

Le téléphone fit entendre son petit cri de robot agressé et son œil rouge se mit à clignoter. Pouliot répondit en ronchonnant.

— C'est que... geignit-il impatiemment. Bon, je vais le lui demander!

Il appuya sur le bouton d'attente.

— C'est pour toi, Julie. Une dénommée Chantal, une amie, paraît-il.

— Ça va, je la prends.

Julie Juillet aurait préféré parler dans un bureau fermé, mais elle n'avait pas envie de se lever. Comme il fallait s'y attendre, la découverte du second cadavre avait sonné la mobilisation générale dans les médias. Pouliot ne perdit pas un mot de la conversation, même pas les amabilités affectueuses du début. Il fut plus surpris d'entendre ceci :

— Il est évident que nous avons affaire à un maniaque, d'autant plus dangereux qu'à part la manière dont ils ont été commis, il est impossible d'établir un lien entre ces deux meurtres.

Chantal savait bien que son amie ne lui disait pas la vérité, mais elle ne chercha pas à lui tirer les vers du nez; elle était le seul représentant de la presse auquel parlerait Julie Juillet et, quand cette dernière aurait trouvé le coupable, c'est elle qui aurait la primeur! Julie raccrocha. Pouliot, plus ou moins revenu de sa surprise, demanda :

— C'était une amie ou bien une journaliste?

— Les deux...

— Cette Chantal, ce ne serait pas la Chantal Mignonnet, de *Télé24heures*?

— En plein dans le mille, capitaine!

— Il me semblait aussi que j'avais reconnu cette voix, dit Pouliot, fier de lui. Si jamais elle veut des détails, n'hésite pas à me l'envoyer; c'est de la belle petite femme, ça, monsieur!

Il appuya cette remarque d'un clin d'œil à Philo, qui resta impassible : ce dernier n'avait pas écouté, car il avait la tête ailleurs, bien loin dans une île du sud, dans un coin de jungle où il venait d'imaginer Amélyne égorgée, violée elle aussi, figée pour toujours dans sa souffrance.

— Ce n'est vraiment pas le moment, capitaine! gronda Julie Juillet.

Pouliot se racla la gorge et s'empressa de réorienter le dialogue.

— Tu lui as dit que tu croyais qu'on avait affaire à un maniaque. C'est une diversion, hein? Tu veux endormir la méfiance du tueur!

— Vous avez tout deviné. J'espère que le tueur est moins futé que vous; en tout cas, il n'a sûrement pas votre expérience, n'est-ce pas?

Revalorisé par cette remarque dont il n'avait pas perçu l'ironie, Pouliot renchérit :

— Tu peux compter sur nous pour garder les journalistes dans la bonne voie.

— Oh oui, s'il vous plaît! Je ne veux pas les avoir dans les jambes. Dites-leur que je ne suis pas parlable, que je suis au bord de la dépression, que je tâtonne dans la noirceur opaque du désarroi, n'importe quoi, je vous fais confiance.

— Sans problème, ma belle Julie! Je vais personnellement passer la commande au responsable des communications.

Julie Juillet ne l'écoutait plus; elle feuilletait le rapport sur l'assassinat de Debbie Goldberg.

— Je vais vous demander autre chose : il n'est pas mentionné dans le rapport qu'on ait trouvé un condom sur le lieu du crime. Appelez la Sûreté nationale et dites-leur de fouiller le coin; qu'ils ratissent large, car le condom, s'il y en a un, pourrait avoir été jeté plus loin. Un condom, dans un fossé de campagne, ça devrait se repérer facilement!

— Très bien.

Julie Juillet se leva.

— Tu nous quittes déjà.

— Ce n'est pas le temps de se traîner les pieds.

— Je comprends. Ce deuxième meurtre change les cartes.

— Oui... surtout que, si l'on en croit les premières constatations sur l'état du cadavre, les probabilités sont très fortes que ce deuxième meurtre soit en fait le premier!

— Oh! s'étonna Philo qui revenait de sa sinistre rêverie.

— Trois à six jours, dit le rapport. Trois jours, cela nous ramène à jeudi soir. C'est le moment du meurtre de Cécile Matzef. On pourrait toujours penser que Debbie Goldberg a été tuée juste avant, ou plus tard dans la nuit de jeudi à vendredi, mais ça ferait une grosse soirée pour un seul homme! On verra. Vous m'avisez dès que vous recevez le rapport d'autopsie, et je suppose qu'on a déjà fait parvenir un échantillon du sperme au laboratoire; je veux connaître le résultat de l'analyse sans délai.

— Moi, je veux bien, mais il faudrait que je sache où te joindre. On va te fournir un cellulaire.

Julie Juillet détestait cet appareil qui lui donnait l'impression de n'être jamais seule, mais elle n'avait guère le choix.

— Et il te faut une arme.

— Ah non! Non merci! Je m'en passe très bien.

— Excuse-moi, mais je te rappelle que c'est le règlement. Tu peux avoir ton idée, n'empêche que tu cours après quelqu'un de dangereux, n'est-ce pas?

Julie Juillet, pour une fois, n'avait pas d'argument à opposer à cela.

— Tu imagines, s'il arrivait un malheur? Comment on expliquerait que tu n'avais pas d'arme?

— Bon, ça va, vous avez raison... acquiesça la détective.

— Tu n'es pas obligée de t'en servir, mais garde-la avec toi.

— J'ai compris, capitaine!

— Tu as toujours besoin de Villefranche? s'enquit enfin Pouliot avec un à-propos qui frisait l'indécence.

— Plus que jamais! répondit Julie Juillet.

Philo esquissa un sourire équivoque et suivit sa collègue, sa patronne, sa maîtresse, il ne savait plus trop bien, mais il préférait se laisser mener plutôt que de retourner à son rôle habituel de patrouilleur : ça ressemblait à un congé, et il comprit tout d'un coup que c'était fort probablement ce qu'avait voulu Julie, lui procurer un congé!

Avant de sortir enfin de l'immeuble, ils durent passer au magasin d'équipement, afin de prendre le téléphone cellulaire et l'arme. Tout était prêt. L'arme, un revolver plus léger que celui que Philo portait à la ceinture, venait dans son étui. Julie Juillet voulut laisser l'étui, mais la préposée refusa de le garder.

— Tu en fais ce que tu veux, dit-elle, mais tu me rapportes l'étui avec le *gun* quand ce sera fini. Les menottes?

— L'agent Villefranche a les siennes; ça devrait suffire.

— Prends-en donc une paire, on ne sait jamais... Tu as de la place dans ton sac...

— Pour ça, oui...

Mais elle n'aimait justement pas tomber sur des outils de flic chaque fois qu'elle l'ouvrait, son sac! Quand elle traînait des menottes, elle avait un peu l'impression de les porter, et quant au revolver... On s'occupa du téléphone cellulaire.

— Les dispositions sont prises, annonça la préposée avec une indifférence exprimée par les claquements de sa langue sur la gomme qu'elle mâchait sans pudeur. Tous tes appels, que ce soit chez toi ou ici, seront acheminés à ce numéro.

Elle lui montra le numéro en question comme si c'était une merveille de la technique moderne, replia le combiné et le fit sauter dans sa main avant de le tendre à Julie Juillet, qui dut bien admettre en son for intérieur que c'était un gadget tout à fait mignon. Et fort efficace! À peine l'avait-elle attrapé qu'il se mit à pépier comme s'il exultait de se retrouver dans les mains de sa maîtresse. Julie Juillet resta interdite!

— Eh bien! réponds! s'exclama la préposée.

Julie Juillet déplia l'appareil comme si elle avait peur qu'il lui explose dans les mains et fit :

— Allo?

— Madame... euh... je veux dire sergent Juillet?

— Lieutenant... Lieutenant Julie Juillet.

— Oh! Excusez-moi, lieutenant.

— Ce n'est pas grave.

— C'est que je suis assez émue! Est-ce que vous vous souvenez de moi?

— Je reconnais votre voix, mais vous m'aideriez en vous identifiant.

— Excusez... Berthe Sanschagrin.

— Bien sûr! Bonjour, madame Sanschagrin.

— Oh! Excusez... Bonjour, vous aussi... c'est qu'on m'a passée d'une ligne à l'autre, vous comprenez, je ne savais plus très bien où j'étais rendue.

— Je comprends. Moi aussi, j'ai quelque misère à m'habituer. Mais qu'est-ce que je peux faire pour vous, madame Sanschagrin?

— Eh bien, pour être franche, je ne sais pas. C'est terrible, ce qui nous arrive!

— Il vous est arrivé quelque chose?

— À moi... à nous, je veux dire... à mon conjoint et moi, rien! Mais enfin! Vous êtes sûrement au courant, non?

— Pour Debbie Goldberg?

— Bien oui! Cette pauvre Debbie! On n'en revient pas! C'était fin comme une mouche, cette petite fille-là!

— Je n'en doute pas, madame. Malheureusement, la finesse n'est pas une protection...

— Je m'en rends bien compte. Cécile, c'était du bien bon monde aussi, finalement.

— Madame Sanschagrin, avez-vous quelque chose de précis à me dire? Je veux trouver le coupable et vous comprenez que le temps est précieux.

— Oui, je comprends... mais non, je n'ai rien à vous dire de précis. Je voulais juste vous demander... C'est que... C'était deux habituées, vous savez!

— Oui, je sais.

— Et Potter's Falls, c'est à moins de cinquante kilomètres d'ici !

Cela, Julie Juillet ne l'avait pas réalisé, mais elle mentit.

— Oui, je sais cela aussi.

— Mais vous rendez-vous compte comme c'est inquiétant ? Tout d'un coup que le meurtrier serait parmi nos campeurs ?

— Je ne le pense pas, madame.

— Ah non ! Vous savez qui c'est ?

— Si je le savais, vous pensez bien qu'il serait en détention.

— Mais alors ?

— Écoutez-moi bien. Vous m'avez dit que vous avez environ cent cinquante emplacements de camping, n'est-ce pas ?

— Cent cinquante-sept.

— Bon. Si je devais trouver un coupable parmi cent cinquante-sept personnes, ou même trois fois plus en comptant les familles, je le trouverais tout de suite !

— Vraiment ?

— Je ne vous dis pas que ce serait facile ! Je ne vous dis pas non plus qu'il est impossible que l'assassin soit l'un de vos campeurs, mais en choisissant ses victimes dans un environnement aussi restreint, un criminel prendrait d'énormes risques.

— Il pourrait penser, justement, que ce n'est pas ici que vous le chercherez.

— En effet, mais c'est le genre de stratégie qu'on rencontre plus souvent dans les romans que dans la réalité, croyez-moi.

— Alors c'est pire! Ce pourrait être quelqu'un de l'extérieur qui nous en veut. Vous savez, il y a des gens pour qui nous sommes des incarnations de Satan. Une fois, il y a eu une manifestation juste à l'entrée du camp et chaque voiture qui entrait se faisait asperger d'eau bénite. Mais c'est arrivé il y a plus de dix ans... Depuis, on est tranquilles.

— Rassurez-vous, madame Sanschagrin, ce serait un peu long de vous expliquer pourquoi, mais je suis persuadée que nous n'avons pas affaire à une sorte de fou qui se prendrait pour un justicier. Le fait qu'elles fréquentaient votre centre n'est pas le motif de la mort des victimes, on peut en être certain à presque cent pour cent.

— Vous me soulagez, lieutenant. On commençait à se demander si on ne devait pas fermer le camp. J'espère que vous allez vite le trouver, ce monstre, avant qu'il en tue une autre. Ici, l'atmosphère ne sera pas très joyeuse, et puis ce n'est pas le genre de publicité que nous apprécions.

— Je le conçois, madame, mais la saison commence à peine et j'ai bon espoir d'en avoir terminé bientôt. Maintenant je dois vous laisser. N'hésitez pas à m'appeler si vous entendez ou voyez quoi que ce soit qui vous semble étrange, surtout que j'imagine que vos campeurs vont vous parler abondamment des victimes...

— ... s'ils viennent!

Après quelques autres recommandations et salutations, Julie Juillet referma l'appareil.

Elle réfléchit un moment, puis dit :

— Il faut aussi un téléphone à l'agent Villefranche.

— C'est que...

— Arrangez-moi ça, s'il vous plaît, nous ne partirons pas sans. Et c'est à son numéro que vous passerez mes appels.

Ils avaient maintenant droit à une voiture de service, banalisée, heureusement, mais munie d'une sirène, de puissants clignotants dissimulés dans la calandre et d'un gyrophare amovible. Julie Juillet se serait passée de cela aussi, mais s'ils avaient à foncer quelque part, ils devaient être équipés ! Ils roulaient cependant à une modeste allure. Philo avait pensé qu'ils allaient se précipiter à Potter's Falls, histoire de trouver l'indice que les autres auraient négligé. Non : la Sûreté nationale, selon Julie Juillet, était qualifiée pour ce genre de boulot. Ils se rendaient plutôt au siège social du *Conseil des académies non confessionnelles*, où personne ne les attendait, lequel siège se trouvait dans l'ouest de la capitale, dans un quartier à flanc de colline, replet, peuplé de cottages rougeauds marbrés de vignes serpentines encore nues.

L'immeuble lui-même faisait très Nouvelle-Angleterre grâce à l'harmonisation plutôt réussie de la brique et des colonnes ioniques. Avec les vastes stationnements et les jardins plantés d'arbres immenses qui témoignaient de son âge, l'ensemble devait valoir une fortune. En descendant de voiture, les deux policiers furent délicieusement caressés par le calme qui régnait en ces lieux. On entendait distinctement les oiseaux. Tout était impeccablement propre ; les feuilles mortes oubliées par l'automne avaient été ramassées, pas un bout de papier ne traînait, pas un caca de chien, et si les pelouses n'avaient pas été ratissées, c'était sans doute parce que le sol était encore trop humide. Julie Juillet demanda à Philo de l'attendre : l'uniforme manquait quelque peu de discrétion et elle tenait à ce que la vie de cet immeuble ne fût pas perturbée par son intrusion.

L'entrée principale était précédée d'un escalier aux larges marches de granit rose. La dessinatrice qui ne la quittait jamais tout à fait leva la tête pour constater que la fameuse enflure de colonne, conçue dans la Grèce antique afin de déjouer la perspective, avait été respectée. Les portes en bois franc étaient massives comme celles d'une église.

Le hall au plancher de marbre et aux boiseries reluisantes était suffisamment vaste pour forcer les visiteurs à s'arrêter afin de s'orienter. À gauche, entre deux plaques de bronze gravées de noms sans doute prestigieux, le couple royal, sur un portrait géant, souriait de son sourire coincé. À droite, derrière un guichet, une femme sans âge, et sans forme, lui tournait le dos et tapait sur un clavier. Elle fit pivoter sa chaise quand elle sentit que la policière s'approchait et, dans un large sourire qui révéla de longues et grisâtres incisives, lui demanda :

— *Good morning! May I help you* ?*

— Est-ce que vous parlez français ? demanda Julie Juillet, qui comprenait et parlait fort bien l'anglais mais jamais sur commande.

— *Oui, je la parle, mais pas très «fluentement».*

« C'est le moins qu'on puisse dire ! » pensa Julie Juillet.

— Je voudrais rencontrer Monsieur... (elle tira son calepin de sa poche et le consulta en vitesse)... M. Elliott-Fitzgerald.

— *Oh! Mister Fitzgerald est pas ici depuis cinq semaines; il est dedans «l'hospital»,* répondit la réceptionniste sur un

---

* Bonjour! Puis-je vous aider?

ton où se mêlait la compassion pour le malade et la jouissance d'évincer si prestement la visiteuse.

— Bon. Dans ce cas, je voudrais m'entretenir avec Mme Isabelle de Castelneau.

— *Est-ce vous avez prise un appointement?*

— Non, mais je suis de la police.

— *Oh! I see*!*

Elle voyait en effet la carte et la fixait comme si Julie Juillet, qu'elle avait sans doute confondue avec une enseignante à cause de sa tenue un peu négligée, lui avait montré ses varices. Elle se tourna un peu plus, décrocha le combiné et poussa de son doigt décharné un bouton sur une console. Elle parla à voix si basse que pour la comprendre, il eût fallu que Julie Juillet se plaçât l'oreille dans l'orifice du guichet.

— *Madame « the » Castelneau va venir prendre vous dans une minute. Peut-être vous voulez l'attendre dans la cafétéria; vous juste allez droite avant.*

Passées les portes de ladite cafétéria, Julie Juillet fut assez étonnée de se trouver devant une fontaine dans laquelle une eau bleue gargouillait entre les pierres d'une savante rocaille. La salle pouvait contenir facilement cinq cents personnes et était généreusement éclairée par des fenêtres panoramiques qui donnaient sur les jardins arrière. Des groupes prenaient le thé çà et là en bavardant à voix feutrée. Une bonne odeur de biscuits chauds venait de la gauche où des femmes, coiffées de bonnets victoriens, s'affairaient, derrière des pyramides de théières individuelles en acier, à cuisiner le menu du jour.

« Là, tout n'est qu'ordre et beauté, luxe, calme et

---

* Je vois!

« Là, tout n'est qu'ordre et beauté, luxe, calme et volupté... » pensa Julie Juillet qui avait fait de Baudelaire le maître à penser de ses quinze ans. Il lui était difficile de croire que ce monde douillet et grassouillet était responsable de l'école plutôt rustique dont s'occupait Cécile Matzef, et responsable, par conséquent, des âmes estropiées qui la fréquentaient. Elle pensa même aux maharadjahs indiens dont la richesse est incommensurable dans un pays où les enfants meurent dans les rues. Alors qu'à quelques kilomètres à peine, c'était la guerre des tranchées contre la délinquance, ici, on sirotait civilement son thé et, pour être bien franche avec elle-même, elle se dit que cela la faisait chier !

La progression de sa révolte fut interrompue par une canonnade d'éclats de talons durs ; Julie Juillet se retourna : deux souliers noirs, comme elle croyait qu'il ne s'en portait plus ailleurs qu'au Carmel, venaient de s'immobiliser sec à un mètre d'elle. Son poing droit dans sa poche se détendit, car elle avait eu le réflexe d'adopter une position de défense. Elle leva les yeux.

— Bonjour, lieutenant Juillet : je suis Isabelle de Castelneau, dit une voix qui chantait plus haut que son naturel.

Julie Juillet ne répondit pas tout de suite et prit tout son temps pour détailler la dame, histoire de bien lui montrer qu'elle n'avait pas l'intention de se laisser mener. La bonne femme n'était d'ailleurs pas inintéressante, non qu'elle fût belle, loin de là, ni vraiment laide, simplement moche, mais moche ! Si ses talons, hauts de trois centimètres, claquaient si fort, c'était qu'ils profitaient de l'impulsion formidable d'une paire de mollets moulés pour soutenir un bahut ; d'ailleurs, elle était affligée d'un croupion qui évoquait cette pièce de mobilier. On passait du bassin à la poitrine par le plus court chemin, et de la façon dont elle était vêtue, on ne pouvait être sûr qu'elle avait des seins. Jupe grise au-dessous des genoux, ample chemise blanche, propre, il faut le dire, sous une veste innommable, bordeaux : pas vraiment disgracieux comme accoutrement, simplement moche, mais assez pour établir un nouveau standard !

La tête se caractérisait par deux choses : un nez et des lunettes. Son nez, pensa Julie Juillet, si elle arrivait à respirer par les oreilles, ferait un excellent outil de jardinage ! Quant aux lunettes, rondes et à la fine monture, elles mettaient en évidence des yeux de volaille. Une poule ! Julie Juillet vit tout d'un coup une poule sans plumes ! Elle avait même une protubérance adipeuse sous le menton pour ajouter à la ressemblance. Elle prit tout de suite son carnet pour tracer quelques courbes et noter dessous : *la femme de Platon !* Cela servirait.

— Excusez-moi, mais je viens tout juste de penser à quelque chose d'important. Rien qu'un instant, s'il vous plaît...

— Ah bon ! fit Isabelle de Castelneau en pinçant les lèvres et en glissant un œil méprisant sur la tenue décontractée de la visiteuse, et un autre plus envieux sur son porte-mine en or. Prenez tout votre temps, je vous en prie. Mais nous pouvons nous asseoir...

— Nous allons parler dans votre bureau, si cela ne vous dérange pas...

— C'est que...

— Je vous suis ! coupa Julie Juillet en rangeant son calepin.

Elles montèrent par l'ascenseur, lui aussi décoré de boiseries, avec une banquette à même le mur. Cela rappela à Julie Juillet une scène d'un film où un vieux Juif sympathique, dans le même genre d'ascenseur, s'interrogeait :

«Les gens d'ici travaillent-ils si fort qu'il leur faille s'asseoir dans l'ascenseur?»

— Oh! Nous travaillons bien plus que la plupart des gens ne le croient, répondit Isabelle de Castelneau.

Elle parlait comme une Française de l'Hexagone, mais sans qu'on pût déterminer la région d'où elle venait. Peut-être était-elle Belge ou Suisse... Elle continua :

— Ceci dit...

— Cela...

— Pardon?

— Cela dit; on ne dit pas ceci, mais cela dit.

— Vraiment...? Vous êtes sûre?

— Absolument.

Julie Juillet jouissait vivement! La Castelneau, comme elle avait décidé de l'appeler, s'affolait de ne plus savoir si elle devait s'offusquer ou se morfondre. Il fallut à la policière un effort de concentration pour se rappeler qu'elle était venue dans ce temple pour une très sérieuse enquête et non pour jouer les iconoclastes. Mais comme elle eût aimé décomposer pièce par pièce le fastueux orgueil de ce petit monde de prévaricateurs.

— Mais on dit toujours ceci...

— On fait toujours une faute!

— Quoi qu'il en soit, j'allais dire qu'il ne faut pas attacher trop de signification à la beauté de cet édifice. À l'origine, le C.A.N.C. était une institution destinée à une clientèle d'origine européenne qui n'avait pas les moyens d'étudier dans les écoles privées. Il a donc bénéficié de nombreuses et généreuses donations, dont cet immeuble, en bonne partie. Nous n'allons tout de même pas arracher ces boiseries seulement pour faire plus populaire !

— Bien sûr que non ; mais vous pourriez vendre pour vous installer dans des locaux plus modestes, non ?

— Vendre, vendre... Ce n'est pas si simple, vous savez !

Elles sortirent de l'ascenseur et progressèrent dans un couloir d'allure moins pompeuse. On entendait le cliquetis feutré des claviers, parfois les échos joyeux d'une réunion quelconque. Elles s'arrêtèrent devant une porte fermée :

Mrs. Isabelle de Castelneau
Directrice régionale
C.A.N.C.R.E

— Cancre ? ne put s'empêcher de chiner la détective.

— J'admets que c'est un peu bizarre. C'est que je suis directrice de la région est, mais le personnel est encore majoritairement anglophone et on n'a pas vu le problème. J'ai rempli une réquisition pour changer cet écriteau il y a déjà une bonne année... il faudrait que je fasse un rappel, mais j'ai tant de chats à fouetter, surtout avec cette terrible affaire. Le téléphone n'arrête pas de sonner ; nous devrons bien rouvrir le *Petit Chemin* un jour ou l'autre !

Le bureau se divisait en trois sections. D'abord une aire d'attente avec trois chaises, une section divisée par des parois amovibles réservée à la secrétaire, qui ne s'y trouvait pas, et le bureau proprement dit. Quelques diplômes accrochés aux murs, une photo d'un vieux couple sur la surface de travail, pas de mari, pas d'enfants, un buffet sur lequel était rangé un service à thé, les tasses renversées sur de la dentelle de papier.

— Bon, commença la Castelneau, en joignant ses mains par l'extrémité de ses doigts courts, potelés et fripés, venons-en au fait. Je présume que c'est le meurtre de Cécile Matzef qui vous amène. Il va sans dire que cela nous a causé un choc terrible ; c'est sûrement la première fois qu'un tel malheur frappe notre institution.

— Est-ce que certaines personnes ne se sentent pas un peu coupables ?

— Coupables ! Mais qui ? Et pourquoi donc ?

— Mme Matzef s'était plainte à maintes reprises que l'environnement du *Petit Chemin* ne convenait pas à une école.

— C'est exact. Croyez bien que nous en étions pleinement conscients ; la santé et la sécurité de nos étudiants et de notre personnel nous tient à cœur, mais Mme Matzef avait beaucoup de difficulté à comprendre que nous devons fonctionner avec des budgets qui rétrécissent sans cesse.

Julie Juillet imagina tout d'un coup que le *Petit Chemin* déménageait dans le luxueux siège du C.A.N.C. : elle voyait une joyeuse bande de voyous jurer et cracher juste sous le portrait de leurs Royales Majestés. La Castelneau continua :

— D'autre part, Mme Matzef, bien que fort compétente et extrêmement dévouée, avait une tendance à dramatiser qui servait mal les causes qu'elle voulait défendre ; cela l'entraînait dans des excès déplorables.

— Par exemple ?

— Lieutenant Juillet, maintenant que cette pauvre femme nous a quittés, en quoi est-ce utile de brasser le passé ? Il me semble évident que ce meurtre, ces meurtres, en fait, si l'on en croit la radio, n'ont rien à voir avec le travail…

— Dans le métier que je fais, madame, il n'existe pas d'évidences. J'aurais aimé rencontrer le grand patron, mais puisque, si j'ai bien compris, vous étiez la supérieure immédiate...

— Oubliez ce pauvre M. Elliott-Fitzgerald : il lutte actuellement contre un cancer avancé.

— Bon. Mme Joan Flagerty figure aussi sur ma liste.

— Mme Flagerty ! Mais que lui voulez-vous donc ? De toute manière, elle participe actuellement à un congrès, à Seattle.

— Décidément, la visite sera moins longue que je pensais ; reste Félix Mendelssohn.

— Alors là, aucun problème ! s'exclama la Castelneau avec un enthousiasme suspect. Il se fera un plaisir de vous recevoir, puisqu'il est responsable des relations publiques, du moins pour le moment. Le mandat de M. Elliott-Fitzgerald tire à sa fin et sa santé l'empêche évidemment d'envisager un renouvellement.

— M. Mendelssohn le remplacerait ?

— C'est une possibilité... Mais écoutez-moi bien, lieutenant : la réputation de nos académies n'est plus à faire...

— Il me semble avoir lu quelque part que vos résultats ne sont pas si brillants !

— Oh ! Ce sont des chiffres sans valeur, qui ne comparent pas des éléments comparables. Les parents choisissent nos écoles parce que les enfants y sont particulièrement bien encadrés...

— Ça ne m'apparaît pas évident dans le cas du *Petit Chemin* !

La Castelneau laissa échapper un sifflement d'impatience.

— Mais il s'agit d'une toute petite école, de fondation récente ! Il est normal que nous ayons des correctifs à apporter.

— Des correctifs de quel genre?

— Bon, je vais être franche avec vous...

— Vous ne l'étiez pas?

— C'est une façon de parler, voyons!

La Castelneau s'animait. Son ton, comme le veut la culture bureaucratique, ne montait pas, mais baissait à mesure que l'exaspération la gagnait, et Julie Juillet remarqua que sa mâchoire inférieure s'avançait comme celle d'une grenouille s'apprêtant à gober une mouche.

— Le remplacement de Mme Matzef à la tête du *Petit Chemin* n'était plus qu'une question de semaines.

— Vraiment! Mais ce remplacement, comme vous dites, n'allait quand même pas régler les problèmes de l'école!

— Non, bien sûr; cependant, dans un climat plus sain, nous aurions pu progresser à un rythme naturel. De toute manière, la situation était devenue impossible.

— Pourquoi?

— À cause d'une affaire avec une élève dont la mère a porté plainte, contre Cécile Matzef, pour harcèlement.

— Quel genre de harcèlement?

— Oh! vous savez, c'est assez confus, mais elle s'est rendue jusqu'au ministre. Bien sûr, nous avons défendu notre collègue, mais ce genre d'événement est extrêmement nuisible à une réputation. D'autre part, certains ne trouvaient pas désagréable de voir Mme Matzef avaler sa propre médecine.

— Dans quel sens?

— Elle avait déposé des plaintes contre à peu près tout le monde dans cet édifice; auprès de la municipalité, par exemple, pour des locaux insalubres; cette pauvre Mme Flagerty en a quasiment fait une attaque...

— Bref, vous avez sauté sur l'occasion pour vous en débarrasser.

— C'est une façon simpliste de voir les choses, mais encore une fois, lieutenant, qu'est-ce que cela a à voir ? Vous ne pensez tout de même pas que nous ayons tué Mme Matzef pour pouvoir la remplacer plus facilement ! Je vous répète que notre Conseil, depuis plus d'un siècle ! jouit d'une réputation enviable et vous pouvez être sûre que nous ne la laisserons pas ternir par des excès de zèle.

— Je ne suis pas certaine de bien vous comprendre.

— Alors écoutez bien. Les problèmes de criminalité chez les jeunes de la capitale sont très préoccupants et nous travaillons en étroite collaboration avec la direction de la police pour y trouver des solutions : je connais personnellement beaucoup de vos supérieurs. Il y a probablement un dangereux maniaque qui court les rues en ce moment, qui prépare peut-être un autre crime, et vous êtes ici en train de...

— De vous faire perdre votre temps, peut-être ?

— C'est vous qui l'avez dit...

— Ce n'est pas très grave ; mais si vous jugez votre temps si précieux, je ne vous conseille pas d'entreprendre des démarches pour influencer mon enquête : vous en perdriez davantage. Voyez-vous, votre réputation n'est plus à faire, mais la mienne non plus ! Et contrairement à ce que vous semblez croire, nul, parmi mes supérieurs, ne se permettrait d'intervenir, auprès de moi ni de personne, sauf dans le cas d'un manquement grave à l'éthique ou d'une faute professionnelle, ce qui n'arrivera pas.

La Castelneau était furieuse, mais elle réussit néanmoins à afficher un sourire qui devait lui torturer la racine des molaires. Julie Juillet pensa : « Si les frustrées étaient des motos, elle aurait *Harley-Davidson* tatoué sur les fesses ! » Elle prit son calepin et nota cette ligne.

— Jamais on ne m'a parlé sur ce ton, mademoiselle !

— Excusez-moi, mais je ne fais que présenter les choses telles qu'elles sont. Cela dit... je dois maintenant rencontrer M. Mendelssohn.

— Est-ce qu'il vous attend ?

— Je ne me suis pas annoncée, mais à l'heure qu'il est, il doit savoir que je suis entre vos murs ; n'est-il pas responsable des relations publiques ?

— En effet, mais permettez-moi d'insister : je ne vois pas...

— Il n'est pas essentiel que vous voyiez.

— Bon. Si vous le prenez sur ce ton... Je vous fais conduire à son bureau.

— Merci. Ça ira très bien, je vais le trouver moi-même.

Avant que la Castelneau eût esquissé une réplique qui lui eût au moins laissé la satisfaction du dernier mot, Julie Juillet n'était plus devant elle. La policière se dirigea droit vers l'ascenseur. Elle remarqua que, par un hasard frelaté, des têtes apparaissaient aux portes sur son passage. Elle commanda le cinquième et dernier étage. Elle savait qu'elle y trouverait le bureau de Félix Mendelssohn : elle l'avait repéré sur le tableau, à son arrivée.

On retrouvait à cet étage le luxe du rez-de-chaussée : moquette épaisse, haut plafond et, inévitablement, boiseries de chêne. Le bureau de Félix Mendelssohn était organisé comme celui de la Castelneau, mais en bien plus chic.

— Vous voulez rencontrer M. Mendelssohn ! répéta avec étonnement une secrétaire dans la jeune trentaine, aux formes allègres, avec une ample chevelure aux reflets roux, d'immenses yeux noirs et des lèvres qui devaient lui coûter une jolie somme en rouge.

Elle tentait d'expliquer que son patron ne l'avait prévenue d'aucune visite lorsque la porte du bureau s'ouvrit sur un homme de petite taille, parfaitement vêtu, parfaitement coiffé, parfaitement bronzé et qui souriait en montrant des dents parfaites ; c'est tout juste s'il portait quelques kilos en trop, et d'ailleurs cela ne le désavantageait pas tellement. Il posa ses yeux sur la détective.

Julie Juillet sentit son cœur trébucher : tout le trouble de la nuit précédente remonta d'un coup dans sa gorge, et malgré un violent effort de contrôle, elle ne fut pas certaine de ne rien laisser paraître. Oh oui ! Oh non ! Elle n'avait rien imaginé, c'était là, pour vrai ! Ce qu'elle appréhendait se trouvait bel et bien devant elle, dans ce regard. Elle avait déjà vu un tel regard, elle les avait tous vus, elle les verrait toujours tous, partout, la plupart du temps seule à les reconnaître, seule à redevenir une petite fille, seule avec les petits lapins qui dansent dans sa robe, avec la peur et la fascination, le désir de fuir et celui d'avancer, seule avec le plaisir entrevu et la douleur reçue. Même sur une mauvaise photo, elle l'avait reconnu, comme de loin une silhouette familière ; elle ne s'était pas trompée, elle ne se trompait jamais, elle s'était trompée une fois pour toutes.

« Un bel homme, sans aucun doute, mais un peu court ! » se dit-elle pour se ressaisir. Elle les préférait grands, mais elle concéda que Félix Mendelssohn était comestible, du moins pour les non-initiées, un bellâtre comme on en fabrique en série, un poupon gonflé.

— Laissez, Sonia. Je vais recevoir le lieutenant Juillet. Si vous voulez vous donner la peine d'entrer, lieutenant.

«On l'a prévenu, comme il fallait s'y attendre», se dit la détective. Il lui faisait signe de la main et dès qu'elle fut entrée, il referma silencieusement la porte. Julie Juillet s'approcha du bureau, simple et de bon goût, installé devant une large fenêtre par laquelle on contemplait le cadran sud-ouest de la ville, le pont des Iroquois, le grand échangeur de l'ouest indéfiniment inachevé, dont une voie tronquée se dirigeait en plein vers l'immeuble.

— C'est ce que je vois chaque matin en entrant; c'est vous dire que la crise des finances publiques, je ne peux faire autrement que de la prendre au sérieux!

«Il sait préparer son terrain!»

— Venez plutôt par ici, lieutenant, nous serons plus à l'aise.

Il l'invitait dans un coin où deux jolis fauteuils victoriens encadraient une élégante table basse.

«Évidemment! C'est commode, les petits coins; ça coince!» continua-t-elle à monologuer intérieurement.

— Prendriez-vous du café? Du thé, peut-être?

— Du thé, je veux bien! accepta Julie Juillet, qui avait ce goût dans la tête depuis son passage dans la cafétéria.

— J'en fais apporter tout de suite.

Il appuya sur un bouton et passa la commande à Sonia.

— Mais donnez-moi donc votre manteau!

Tandis qu'il accrochait l'imperméable sur un cintre, Julie Juillet eut un petit saut de surprise : son téléphone sonnait dans son sac. Elle prit l'appareil.

— Je vous laisse... proposa Félix Mendelssohn.

— Ce n'est pas nécessaire; j'en ai pour une minute. J'ai horreur de ces machins.

— Je vous comprends.

C'était Philo.

— *Salut, Julie. Ça va comme tu veux, là-dedans ?*

— Cela se passe plutôt bien. De votre côté, quoi de neuf ?

Comme elle entendait mal, elle s'approcha de la fenêtre.

— *Bon ! Je comprends que je te dérange.*

— Vous avez tout à fait raison, mais il ne faut pas tirer de conclusions hâtives. Par contre, si les choses s'étirent, n'hésitez pas à prendre des initiatives.

— *Justement, il y a un comptoir de croissants au coin et je commence à avoir un sérieux petit creux. Et puis attendre, comme ça, ce n'est pas très bon pour la couleur de mes idées !*

— Je crois en effet que c'est ce qu'il y a de mieux à faire.

— *Parfait. Tu viens m'y retrouver quand tu as fini, d'accord ?*

— Entendu. Par ailleurs, je pense que le bureau devrait être sous peu en mesure de vous fournir ces renseignements.

— *Renseignements ? Oh oui ! Je vois. Je m'en occupe. À tantôt !*

— Au revoir !

Julie Juillet rangea l'appareil et s'excusa auprès de son hôte, qui avait feint de placer quelques papiers sur son bureau tandis qu'elle parlait. On frappa à la porte. Sonia apportait un plateau avec deux fines tasses aux armoiries du C.A.N.C., une théière assortie ainsi que le crémier et le sucrier ; même les cuillers étaient de la famille. L'homme prit le plateau et le posa lui-même sur la table, versa un peu de thé dans la tasse qu'il avait placée devant son invitée.

— Il est assez fort ?

— C'est parfait.

Alors seulement il remplit la tasse.

— Lait ?

— Non merci. Rien.

— Ah ! Une vraie buveuse de thé !

Il n'ajouta rien au sien non plus et en but une petite
gorgée.

— Vous m'excuserez de ne pas avoir pris rendez-vous,
dit Julie Juillet, la bouche toute chaude.

— Oh ! mais je comprends très bien ; vous ne pouvez
vous permettre de perdre du temps. Tout au plus auriez-
vous eu intérêt à passer d'abord par moi ; je ne sais pas ce
que vous avez fait à cette pauvre Mme de Castelneau, mais
elle est dans tous ses états.

— Disons que nous avons eu quelque difficulté à nous
comprendre.

— À ce point ?

— Quelque difficulté au singulier...

— Oh ! Je vois... (Il ne voyait pas.) Je ne devrais sans
doute pas vous dire cela, vu le poste que j'occupe, mais,
honnêtement, les choses se passent parfois ainsi avec
Mme de Castelneau. C'est une personne compétente et
dévouée, mais plutôt... « vieille France » dans ses manières...

« Ça va bien ! pensa Julie Juillet. Il croit qu'il est en train
de me mettre dans sa poche. »

— Et puis, continua-t-il, vous comprenez que cette
horrible affaire nous affecte tous beaucoup. Personne n'a
l'habitude de ce genre de situation.

— Heureusement !

— En effet ! Je vous assure que nous allons tout faire
pour vous aider.

— Je n'en doute pas. Cette enquête est extrêmement difficile et rien ne garantit que j'en viendrai à bout. Il arrive que ce genre de meurtre ne soit jamais résolu.

— Vous avez des indices?

— Aucun. Pas d'empreintes, pas de traces, sauf le sperme...

— Le sperme?

« Il feint la surprise... À moins que le simple mot ne l'excite... »

— Oui. Il y en avait beaucoup sur la victime, sur les victimes, dois-je dire.

Félix Mendelssohn prit un air grave.

— C'est vrai; il y a deux victimes, maintenant. C'est la grosse nouvelle de la journée. Vous croyez qu'elles ont été tuées par le même homme?

— C'est à espérer! Nous serons bientôt fixés là-dessus grâce aux analyses génétiques faites sur le sperme, justement.

L'homme marqua un court silence qui n'échappa pas à Julie Juillet, révélant qu'il pesait bien ses mots et qu'il sentait la balance instable.

— C'est fascinant comme la science est partout, de nos jours. Mais ces analyses sont-elles vraiment, toujours, comment dire... probantes?

— Non, pas toujours, il y a une marge d'erreur, mais elle est très mince et ce serait un hasard extraordinaire que de trouver des empreintes génétiques identiques pour deux meurtriers ayant commis deux meurtres semblables à quelques heures d'intervalle, dans la même région!

— Je l'admets, dit-il en se posant l'index sur la tempe.

« Le coup du pitou piteux, je connais! »

— Hélas! Cela ne nous donnera pas le coupable, mais c'est évidemment plus facile d'en chercher un seul que deux. Si nous sommes en présence d'un nouveau tueur en série, il faut envisager la terrible perspective qu'il faille quelques meurtres de plus pour identifier notre homme.

— Mon Dieu! Mais c'est affreux! Allez-vous mettre la population en garde?

— Il le faudrait, mais en même temps, vous savez ce que c'est, un état de crise risquerait de susciter de nouvelles «vocations» meurtrières!

— Vous faites un métier bien compliqué, vous aussi.

— C'est la triste réalité. D'autre part, ce type de criminel est extrêmement émotif et il finit inévitablement par commettre des erreurs techniques. En attendant, nous essayons de connaître le mieux possible les victimes.

— Ah bon! Je suppose que c'est pour cette raison que vous êtes venue nous voir.

— Justement. Que pouvez-vous me dire de Cécile Matzef?

— D'abord, que je ne la connaissais pas personnellement. Nous n'avons jamais vraiment travaillé ensemble. D'ailleurs, normalement, mes contacts sont rares avec le personnel des écoles. Mais je n'ai pas toujours occupé ce poste; j'ai commencé comme enseignant et j'ai gravi les échelons, mais je n'ai pas croisé Mme Matzef sur ma route, jusqu'à ce qu'elle devienne professeur responsable au *Petit Chemin*. Comme je vous le disais, je n'aurais pas dû entrer en contact avec elle, mais Mme Matzef n'était pas une personne... normale, même si ce n'est pas le terme idéal...

— Rassurez-vous, on m'a amplement brossé le tableau de ses particularités.

— Il n'y avait pas encore un pupitre dans l'école qu'elle me harcelait presque tous les jours pour que j'envoie des communiqués aux journaux, à la radio, à la télé. Et ce n'était pas le genre à mettre des gants blancs. Pour elle, j'étais responsable des relations publiques, alors c'était à moi d'accomplir ce travail.

— N'avait-elle pas un peu raison?

— Bien sûr, mais je ne peux pas m'occuper personnellement de chacune de nos vingt-sept écoles primaires, de nos douze académies et de nos quatre écoles alternatives! Elle répondait à cela qu'on n'avait qu'à engager du personnel supplémentaire...

— D'après Mme de Castelneau, ses jours à la tête du *Petit Chemin* étaient comptés.

— C'est vrai. Je ne sais pas si on vous a parlé de l'affaire Nancy Thibault?

— Oui.

— Mme Matzef a été en quelque sorte prise à son propre jeu. Vous savez, chaque fois qu'il y avait un problème, elle incitait les parents à porter plainte à tous les niveaux, avec le résultat que le dossier du *Petit Chemin* occupe plus de place que ceux de toutes nos écoles réunis – j'exagère à peine! –, alors la mère de Nancy Thibault, quand elle a eu le sentiment que sa fille était traitée injustement, elle a su quoi faire, et elle l'a fait!

— Avait-elle raison de se plaindre, d'après vous?

— Maintenant que Mme Matzef n'est plus, je peux vous dire que oui. Attention! Ce n'est pas que la fille n'avait aucun tort! Mais tous ceux qui ont connu Cécile Matzef savaient que quand elle mettait une croix sur quelqu'un, c'était pour toujours, et l'inverse était aussi vrai, d'ailleurs.

— Comme dans la chanson de Desjardins !

— Plaît-il ?

— La chanson de Desjardins... «Quand j'aime une fois, j'aime pour toujours...»

— Tout juste ! Mais je ne connais pas ce Desjardins...

«Pas possible ! pensa Julie Juillet. Il se paie ma gueule ! Dans quel monde il vit ?»

— Vous l'avez sûrement entendu à la radio.

— J'écoute peu la radio, vous savez, et toujours en anglais, à cause des nouvelles internationales.

— Vous ne vous intéressez pas à la culture locale ?

— Mais bien sûr ! Leclerc, Vigneault, je connais très bien !

— Ah bon ! Si vous me permettez de quitter un peu le cadre formel, j'oserais vous dire que votre connaissance de la culture locale a besoin d'une sérieuse mise à jour !

— Vous croyez ? fit-il, dérouté par la tangente imprévisible que venait de prendre l'entretien.

Il se demandait si Julie Juillet était astucieuse ou incohérente, et elle le savait. Elle décida de laisser son instinct prendre les commandes, pour autant qu'il fît vite. Son interlocuteur était sur ses gardes, il fallait l'entraîner en dehors des pistes qu'il s'était balisées ; rien de mieux pour ce faire que de lui concéder l'avantage, il ne regarderait plus où il mettrait les pieds, et rien de mieux pour concéder l'avantage que de faire comme les chiens : montrer son derrière ! Elle fonça.

— Je vous donne une autre chance : connaissez-vous *Carma Vida*?

— Si je la connais ? Et comment ! triompha Félix Mendelssohn. Cela a causé tout un scandale quand une de nos bibliothécaires a eu la fâcheuse idée de mettre ça sur

les rayons! Mais est-ce qu'on peut appeler ça de la culture?
C'est dégoûtant!

— Vous trouvez? Ah... Mais c'est quand même bien
fait, non?

— Oui, si on ne tient pas compte du sujet, c'est très
bien fait, mais comment peut-on avoir l'idée de dessiner
des trucs comme ça? D'ailleurs, on ne connaît pas la
véritable identité de l'auteur. Pour ma part, je suis certain
qu'il ne s'agit même pas d'une femme...

— Alors là, vous vous trompez.

— Vous la connaissez?

— Savez-vous garder un secret?

— Dans mon métier, lieutenant, je ne fais que ça!

— Eh bien, c'est moi!

Félix Mendelssohn resta un moment les lèvres
entrouvertes dans une esquisse de sourire...

— Vous me faites marcher!

— Pas du tout, je vous assure. Je suis policière à temps
partiel et je consacre le reste de mon temps à dessiner les
aventures de *Carma Vida*.

Il ne voyait pas pourquoi elle lui aurait monté un si
énorme bateau, et il se demandait s'il devait s'étonner
davantage du fait d'être vraiment en présence de *Carma
Vida*, l'auteure, ou de celui qu'elle le lui avouât ainsi, tout
simplement, alors qu'il ne la connaissait que depuis
quelques minutes. Ou cette détective était une écervelée
consommée ou elle essayait de lui en passer une! Par
réflexe, il entreprit de protéger ses arrières (*Cover your ass**!
disait-il souvent, c'était la seule véritable devise du
système!) :

_____

* Protège ton cul!

— Vous savez, je ne suis pas connaisseur en
« comiques »...,

— ... bandes dessinées...

— ... bandes dessinées, oui, mais notre clientèle est
plutôt conservatrice...

— Oh! mais je suis tout à fait d'accord sur le fait que
mes œuvres n'ont pas leur place dans les écoles...

« Il laisse dévier la conversation, continua de penser
Julie Juillet. Reste dans cette voie et bientôt il ne se méfiera
plus du tout! »

Il demeura encore un moment à la regarder sans
pouvoir rien dire. Elle avait vu juste dès le départ : son point
faible était entre ses jambes. Il avait un peu vieilli, bien sûr,
mais il avait encore dans l'œil cette petite inclination que
Julie Juillet connaissait si bien. Les aventures de *Carma
Vida*, on pouvait être sûr qu'il avait fait plus que les
feuilleter, qu'il les avait lues et relues... et peut-être d'une
seule main, et, en ce moment même, il résistait à l'envie de
se demander si, quoique beaucoup moins jolie, le lieutenant
Julie Juillet ne possédait pas quelques-unes des fabuleuses
facultés de l'héroïne du sexe! En d'autres circonstances, nul
doute qu'il eût tenté une approche pour trouver la réponse
à cette question et l'étayer convenablement. Elle jugea bon
d'opérer un recul stratégique.

— Mais revenons aux choses sérieuses, dit Julie Juillet,
non sans modestie.

— Oui, bien sûr, répondit Félix Mendelssohn qui sembla soulagé de ce retour à la normale. Je crois vous avoir
tout dit. Tout le monde connaissait Cécile Matzef dans la
bâtisse, mais elle n'y venait que très rarement et je ne pense
pas qu'elle ait eu une seule amie ici. Je peux aussi ajouter
qu'il y a cinq ans, avant d'arriver au *Petit Chemin*, elle avait

pris deux mois de congé pour faire soigner des douleurs lombaires. Comme tout ce qu'elle touchait, dirait-on, cela avait été encore une histoire, car il s'agissait d'une thérapie par un jeûne de trois semaines dans un centre de médecine douce...

— Un jeûne de trois semaines! Et on appelle ça de la médecine douce!

— Il semble que oui. Mais le Conseil a refusé de lui accorder le bénéfice d'un congé de maladie, parce que ce type de thérapie n'est pas reconnu...

— Vous connaissez bien son dossier!

Félix Mendelssohn parut gêné par cette remarque.

— C'est que... je m'attendais à devoir répondre à quelques questions, alors j'ai revu son à dossier en fin de semaine.

— Hum! Pas très bon pour la vie de famille, ça!

— Je suis actuellement célibataire... et par ailleurs, je vais vous dire, et n'allez surtout pas tirer de conclusions, il est certain que cette tragédie va objectivement sauver du travail à bien du monde, ici. Mais il n'y a rien là qui vaille un meurtre, bien sûr, encore moins deux!

— Bien sûr.

— Pauvre elle. Avoir tant d'ambitions, d'idéal, parce que c'était une idéaliste, au fond... se battre avec à peu près tout ce qui a un brin de pouvoir, et finir comme ça, tout d'un coup... Ça donne froid dans le dos.

Il paraissait extrêmement troublé, tout à coup, trop. Il était sincère, pourtant, Julie Juillet aurait misé sa crédibilité là-dessus, mais cette bouffée d'émotion, qui lui humidifiait le regard et le forçait à placer sa main devant sa bouche, n'appartenait pas à un spécialiste des relations publiques, habitué à garder ses émotions bien à leur place. Elle profita de l'occasion:

— Avant de vous quitter, je voudrais vous montrer cette photo.

Elle tira de son sac la revue trouvée dans la roulotte de Cécile Matzef et l'ouvrit. Elle la lui tendit et il la prit. Son regard devint fixe, comme à la vue d'un phénomène extraordinaire, un spectre, par exemple. Il se massa le nez.

— C'était il y a trois ans, bientôt quatre. Qui aurait pu croire… ? Mais qu'est-ce que cette photo… ?

— Oh ! Deux fois rien, mais si vous regardez bien, vous allez voir qu'un léger trait de crayon entoure votre visage.

— Oui ! Je le vois bien.

— Cette revue a été trouvée chez Cécile Matzef.

— C'est un souvenir, évidemment.

— Bien sûr ; mais je m'étais demandé si, vu que votre visage est encerclé, il n'y avait pas quelque chose de particulier dans vos relations, sans rien imaginer de scabreux, comprenez-moi bien !

— Franchement, lieutenant, je ne sais pas quoi vous répondre. Mais vous devez admettre qu'il peut exister des tas d'explications insignifiantes…

— Oui, vous avez raison, mais ainsi que je vous le disais, je n'ai aucune piste, alors je fouine. Vous seriez surpris de découvrir comme, à renifler un peu partout de cette manière, on tombe parfois sur des os de bonne taille !

— Je n'en doute pas, mais ce n'est pas moi qui suis en mesure de vous fournir cet os. Je vais même vous dire, je ne crois pas avoir rencontré Cécile Matzef en personne depuis ce jour, ou alors je l'ai croisée une fois ou deux dans des congrès. Par contre, je lui ai souvent parlé au téléphone et chaque fois c'étaient des soucis de plus, donc vous pensez bien que je ne lui courais pas après !

— Je vous crois! Mais vous savez, un tueur à répétition peut choisir ses victimes soit au hasard, soit selon des critères rigoureux, comme il peut aussi prendre simplement celles qui sont à sa portée, et dans ce cas, le milieu de travail offre de nombreuses possibilités.

— Arrêtez! Vous me faites peur. Mais la nouvelle victime, cette Debbie...

Il s'arrêta pile, juste à temps. Julie Juillet était sûre qu'il allait donner le nom au complet, ce qui avait quelque chose de compromettant. Rien de déterminant par contre, car il pouvait fort bien avoir entendu le nom de Deborah Goldberg à la radio (mais Debbie? Moins probable.). De là à le retenir! Et pourquoi ce brusque coup de frein?

— C'est bien cela, n'est-ce pas? Deborah quelque chose, insista-t-il pour sortir Julie Juillet de l'état cataleptique dans lequel elle semblait tombée.

— Vous avez retenu ce nom!

— Le prénom, oui, mais c'était Steinberg, ou Greenberg...

— Goldberg...

— Voilà. Pauvre fille. Mais oui, on en a parlé à la pause de ce matin. Elle était Juive, vous comprenez, comme une partie non négligeable de notre personnel, dont votre serviteur. On se sent toujours un peu plus touché...

— C'est tout naturel.

— Toujours est-il que cette femme n'a, jusqu'à plus ample informé, aucun rapport avec le C.A.N.C.!

— Non, pour autant qu'on sache, aucun... mais c'était une bonne amie de Mme Matzef.

— Vraiment?

— Nous avons plusieurs témoignages qui le confirment. (Julie Juillet se tut brusquement, posa un doigt sur sa bouche.) Oh! J'en ai trop dit. Je vous prie de garder cette information pour vous, si vous voulez vraiment nous aider.

« Il faut qu'il me prenne pour une gourde, qu'il se demande ce que je fais dans la police », se disait, satisfaite, Julie Juillet.

— Vous pouvez être tranquille. Ainsi donc, je suppose que vous orienterez vos recherches du côté de la vie sociale des victimes.

— Oui. D'autre part, je n'ai pas fermé le dossier des collègues immédiats de Mme Matzef.

— Oh! Je serais extrêmement surpris que vous trouviez quoi que ce soit de ce côté.

— Il y a ce M. Gauthier. Il était en guerre ouverte avec Mme Matzef.

Félix Mendelssohn laissa échapper un petit rire et hocha la tête.

— Je vous assure que vous faites fausse route, M. Gauthier enseigne avec nous depuis des années... Bien entendu, il arrive, dans le métier que nous pratiquons, que des conflits de travail dégénèrent en ce que nous appelons des situations interpersonnelles délicates, mais, croyez-moi, nous trouvons le moyen de les régler avant que les gens ne s'entretuent!

— Je ne pensais pas nécessairement que M. Gauthier soit le coupable... Bon, je crois que j'ai pris assez de votre temps. Je n'ai pas besoin, avant de vous quitter, de vous expliquer l'importance de me communiquer tout détail qui vous viendrait à l'esprit et qui pourrait m'aider...

— Comptez sur moi. Tout le monde espère que ce dangereux malade sera sous les verrous le plus tôt possible.

Julie Juillet s'était levée.

— Cela a été un plaisir, malgré les circonstances, de faire votre connaissance, monsieur Mendelssohn.

— Un plaisir tout à fait partagé. Je vous promets de relire les aventures de *Carma Vida* d'un nouvel œil.

— Ce n'est pas nécessaire, voyons. Je sais bien que je ne peux pas plaire à tout le monde.

— Non, mais quand vos albums ont atterri sur mon bureau, c'était un problème qu'on m'apportait...

— Alors, vous me ferez part de vos nouvelles impressions, j'espère.

— Promis.

Julie Juillet tendit la main en passant la porte.

— Oh! Peut-être dois-je vous féliciter?

— Mais pourquoi donc?

— Il semble que vous serez bientôt promu!

— Ah! les nouvelles vont vite! Mais c'est loin d'être sûr. Nous verrons. Je ne suis pas seul en lice. C'est Mme de Castelneau qui vous a dit ça?

— Qui d'autre?

— Elle en sait plus que moi, semble-t-il. Il est vrai qu'elle a posé sa candidature elle aussi, mais j'ai bien peur que toute cette histoire du *Petit Chemin* lui soit fatale.

— C'est bon pour vous!

— Peut-être bien... mais je ne suis pas ambitieux au point de me réjouir d'un avantage si tragiquement obtenu, je vous l'assure.

— Mais on ne peut défaire ce qui a été fait, hélas! Au revoir!

Elle allait partir, mais se retourna encore.

— J'oubliais! Vous voulez bien me donner vos coordonnées, s'il vous plaît, juste au cas...

— Cela va de soi. J'habite au 1427, rue Mulroney…

— Mulroney! Mais c'est dans Notre-Dame-des-Glaces, ça!

— Oui; j'ai toujours habité ce quartier; et puis?

— Simple coïncidence : Deborah Goldberg aussi…

— Oh! Vraiment…? Mais c'est très peuplé, vous savez…

— Excusez-moi. Je pensais tout haut. Je ne voulais pas vous troubler. Simple coïncidence, je vous dis!

— D'accord.

Après avoir noté le reste des informations, Julie Juillet disparut prestement, non sans adresser un petit salut à Sonia, qui s'occupait à son clavier.

Félix Mendelssohn revint derrière son bureau et se laissa choir dans son fauteuil. Il se frotta les yeux du bout des doigts, prit quelques bonnes respirations et regarda un long moment le plafond. Il était satisfait de sa performance. Il aimait accomplir ce travail, qui consistait essentiellement à jouer avec les apparences; cela lui procurait un sentiment de sécurité, car il n'avait qu'à exercer son talent pour que la réalité semblât se plier à sa volonté. Il n'avait pas été un enseignant heureux et il était vite passé de l'autre côté, se soustrayant à jamais aux tourments provoqués, pas toujours volontairement, par une jeunesse de plus en plus insolente et dévergondée, qui le rabattait à chaque minute dans la «vraie réalité», celle qui est non négociable. Et voilà qu'il atteindrait sous peu la pointe de la pyramide! Ce n'était pas Gizèh, comme pyramide, soit, mais il n'en voulait pas plus. Il n'était d'ailleurs pas certain qu'il apprécierait ce nouveau poste autant que celui qu'il occupait ; il y aurait plus de travail, plus de responsabilités, mais par contre, quand on devenait directeur général et président de l'Assemblée des conseillers, c'était pratiquement pour la vie ! Plus qu'à se laisser porter jusqu'à la retraite en évitant la controverse ; gérer les réductions budgétaires en critiquant le gouvernement, y aller de temps à autre d'une belle profession de foi dans l'avenir de la jeunesse, attraper quelques bonnes idées au vol et toujours, toujours garder l'air souple, plein de bonne volonté, ne jamais heurter personne... ce qu'on lui avait appris, en somme.

La Castelneau devait en rager un coup ; de toute manière, elle ne valait rien pour cette fonction, elle aimait trop faire sentir son pouvoir. Mais attention, rien n'était décidé ! Le moindre faux pas pouvait avoir des conséquences épouvantables. Il lui fallait simplement continuer à effectuer son boulot comme il l'aimait, comme il venait de le faire avec cette policière, COMME SI DE RIEN N'ÉTAIT.

Quelle drôle de bonne femme ! Pas laide, à bien y penser ! Il n'avait jamais imaginé rencontrer un flic comme ça ! C'était étonnant, et inquiétant aussi ! Mais comment peut-on affecter un oiseau semblable à une affaire si grave ? Elle était peut-être efficace dans d'autres types de crimes. (Les restrictions budgétaires ! répondrait-il si c'était lui qui avait à justifier le choix de ce lieutenant Juillet.) Il avait eu l'impression à un moment qu'elle faisait exprès de paraître inconsistante pour le piéger. Il en avait ressenti quelque tension, mais rien qui ait paru, sans doute. D'ailleurs pourquoi ? Pourquoi cette tension ? Il ne faisait que son travail. « Je n'ai rien à cacher ! se répéta-t-il dix fois. Agir COMME SI DE RIEN N'ÉTAIT ! » Il relirait les aventures de *Carma Vida*, histoire de voir si le fait de connaître l'auteur ajouterait à l'effet, mais quant à lui transmettre ses impressions, il ne saurait en être question avant longtemps. Il se remémora quelques planches particulièrement affriolantes... Le mal le prit, le doux mal! C'était presque rassurant, dans les circonstances. Sonia? Pourquoi pas? «... COMME SI DE RIEN N'ÉTAIT!»

Il appuya sur le bouton de Sonia. Ah! le plaisir d'appuyer sur un bouton!

Sonia entra avec des feuilles à la main. Elle vit le bureau vide et resta perplexe un moment. Tout d'un coup, elle entendit le souffle de la porte qui se refermait et avant qu'elle eût le temps de se retourner, elle sentit des mains sur sa taille.

— Hi!

Cette expression de stupeur fut suivie du bruissement des feuilles échappées.

— Félix!

— Sonia!

— Vous m'avez «faite» peur! s'exclama-t-elle, peut-être vraiment fâchée...

— Je vous demande pardon. Mais vous êtes particulièrement attirante, ce matin.

— Oh non! Félix, vous m'aviez «promise»...

— Et ce nouveau parfum... irrésistible.

Il susurrait ces mots en respirant dans ses cheveux. Sa main se baladait maintenant sur son ventre, qui avait pris du volume depuis un an, mais qu'importait...

— Vous avez remarqué mon nouveau parfum!

— Mais bien sûr! Rien de ce qui vous arrive ne m'échappe.

— Oh! mais Félix..., roucoulait-elle en tentant de se dégager, on est juste lundi matin!

— Justement! Deux jours sans vous voir, c'est comme si j'avais été en prison.

— Franchement! s'exclama-t-elle en rigolant. Ce que vous pouvez inventer comme niaiseries!

— Laissez-moi encore respirer ce parfum! continuait-il tandis que son nez, dans l'embrun de ses cheveux, se frayait un chemin jusqu'à la chair de son cou. Je ferme les yeux et j'ai l'impression d'être sur une plage du sud.

— *And what else**? Vous m'aviez «promise»...

— J'étais fou, fou de penser pouvoir vous résister... Allez! Pourquoi se refuser le bonheur? Est-ce que j'ai été un partenaire si épouvantable?

— Mais non, vous savez bien que ce n'est pas ça...

— Mais...?

— ... Mais laissez-moi ramasser les feuilles! Vous devez signer vos lettres.

Elle se dégagea et mit un genou par terre, pencha le buste, sa poitrine se déploya. Sa croupe, surtout, prit sa pleine forme dans sa robe à taille basse. Elle lui présentait malgré elle son postérieur, qui s'élargissait avec le temps, lui aussi, mais il aimait les fesses et celles de Sonia demeuraient à l'intérieur des paramètres acceptables. Déjà gonflé, son sexe se banda en un arc dont il sentit la poussée jusque dans le tréfonds de son bassin. Il tomba à genoux, enfouit ses deux mains sous la jupe et la releva d'un geste implacable et doux à la fois. Il faillit éjaculer prématurément : Sonia portait des bas de nylon, des jarretelles et une culotte de satin! Le rêve!

Mais elle avait poussé un sifflement d'indignation, parce qu'elle ne voulait pas crier.

---

* Et quoi encore?

179

— *Oh! Félix, you're getting crazy*!*
— *Sorry, my dear! But you're so delectable**!*
—Oh! pas ici, Félix! protesta-t-elle en cherchant encore à se dégager, mais s'enfonçant davantage dans le bourbier des sens, puisqu'elle se retrouva sous lui et qu'elle sentit à son tour la fine odeur de son eau de toilette et son haleine chaude encore parfumée de thé.

— Et pourquoi pas, Sonia! Cette moquette doit bien servir à quelque chose.

Il avait glissé sa main dans sa culotte et lui caressait le bas du ventre juste à la naissance de l'aine, de telle manière que son pouce traçait de petits cercles sur le sommet de sa vulve. Il sentit la température monter et Sonia lutter sans force contre une détente qui la gagnait. Il posa ses lèvres sur un œil, puis sur l'autre, très superficiellement pour ne pas goûter son ombre à paupières, la forçant ainsi à les fermer, neutralisant les derniers bastions de sa résistance.

— *You're impossible...*
— Tu es irrésistible...

Ils roulèrent sur le côté. Leur respiration s'allongea. Sous son veston, elle caressait ses reins tandis qu'il s'affairait à lui baisser la culotte tout en lui massant les fesses et en la pressant contre lui. Elle l'aidait en se soulevant un peu. Elle eut bientôt la culotte aux genoux, alors il lui prit la main et la guida jusqu'à la boucle de son ceinturon qui fut vite défaite, puis le bouton, enfin la fermeture éclair, elle repoussa le caleçon, et la bitte surgit avec une telle vigueur que Sonia reçut dans la paume de sa main la chaude éclaboussure du liquide annonciateur. Elle repoussa le

---

*   Oh! Félix! Vous perdez la raison!
** Désolé, ma chère, mais vous êtes si appétissante!

pantalon vers le bas tout en revenant sur le dos. Il trouva assez vite son chemin dans l'encombrement des vêtements, et la pénétration se fit toute seule. Elle n'arrivait pas à ouvrir pleinement les cuisses, entravées par les vêtements, mais il ne pouvait plus attendre. Il s'enfonça donc seulement aux trois quarts. Il donna six ou sept poussées fébriles ; il était si dur qu'elle en ressentait l'effet contre son os pelvien. Il s'arrêta pour se retenir, mais, se rendant compte que c'était trop tard, il y alla de trois brèves et ultimes poussées qui firent geindre quelques coutures, il échappa son petit râle, elle sentit nettement le déversement onctueux et ce fut suffisant pour un court orgasme.

C'était toujours plutôt court, avec Félix ; heureusement qu'elle avait l'orgasme facile. Heureusement aussi qu'il se rattrapait en restant un bon moment en elle, en continuant de donner des poussées stériles, mais agréables parce qu'il mettait du temps à ramollir. Il se retira plus vite cette fois, passa sa main sous une fesse et appuya comme pour la soulever. Elle connaissait ce geste. Il voulait qu'elle se retourne. Il voulait la prendre par-derrière : c'était sa position préférée ; la vue et l'odeur, l'odeur surtout, l'excitait assez pour qu'il recommence et, alors, ce pouvait être long, très long.

Mais pas aujourd'hui. Ce n'était pas raisonnable. Elle se tourna dans le sens contraire qu'il lui demandait et enfonça la tête dans le creux de son épaule.

— C'est assez, Félix, c'est même déjà trop.

Il convint qu'elle avait raison et s'écarta, mais on n'en était pas encore à la moitié de la journée ! Il devrait traîner ce sentiment d'insatisfaction jusqu'au soir. Et que ferait-il, le soir ? Oh non ! Pas question d'aller au *Plurasex* ! Inviter Sonia chez lui était la solution la moins risquée, mais c'était plus difficile que de la sauter au bureau !

Julie Juillet avait retrouvé Philo en train de parcourir les pages de *L'Idée*, entre une tasse de chocolat vide et une assiette dans laquelle séchaient les miettes d'un croissant fourré au jambon et au fromage.

— Lectures profondes, aujourd'hui !

— Pas d'ironie, s'il vous plaît ! C'est peut-être un journal d'intello, ce que je ne suis pas, je l'admets, mais c'est la référence en matière internationale, en particulier grâce à Jean Nobert, un ami, tu t'en souviens, de Cécile Matzef et donc de Deborah Goldberg.

— Tu suis l'enquête, mine de rien !

— De loin ! je laisse ça aux professionnels. Je ne suis qu'un modeste agent de police et je m'en trouve très bien.

— Quel manque d'ambition ! répliqua Julie en caricaturant une réprimande.

— Pas du tout. Mes ambitions sont autres, et tu les connais, et c'est pour ça d'ailleurs que je lis *L'Idée*... à l'occasion.

— Des nouvelles ?

— D'après Jean Nobert, la situation évolue plus vite qu'on ne le croit. Même plein de trous, l'embargo fait très mal aux dirigeants, qui comptaient sur le pouvoir pour ramasser rapidement des fortunes avec toutes sortes de transactions. Ils se rendent compte qu'ils n'y arriveront pas, alors leur position de négociation est de moins en moins avantageuse. Ils pourraient quitter le pays contre une simple garantie d'impunité.

— C'est encourageant, mais frustrant en même temps.

— Mets-en! On est là à courir après un fêlé qui a tué deux femmes; on va l'attraper, le juger, le condamner, les gens vont souhaiter qu'il souffre, il va se faire casser la gueule en prison, tandis que ces assassins en uniforme, avec leurs milliers de morts, leurs tortures, leurs saloperies incroyables – il paraît qu'on a forcé un fils à violer sa mère, juste pour te donner une idée... – vont partir en V.I.P. pour un petit refuge peinard...

— Arrête! Vaut mieux ne pas y penser sinon, mon vieux Philo, qu'est-ce qu'on fait, hein? On fait comme eux?

— Non, bien sûr. Mais il reste que c'est pas juste. Ils ont peut-être tué Amélyne, tu te rends compte?

— Elle est vivante, Philo, j'en suis sûre.

— Comment peux-tu le savoir?

— Je le sens, c'est tout.

«PARCE QUE JE NE SUIS PAS CHANCEUSE!» aurait-elle dit si elle avait laissé monter en paroles le fond de sa pensée, mais c'était immoral d'associer la chance à la mort de l'être qu'aimait l'être qu'elle... le dernier mot de cette dernière phrase était resté en suspens même dans son esprit.

— À propos de Jean Nobert, Julie... est-ce que tu ne vas pas lui rendre une petite visite?

— Pourquoi?

— Ça me semble évident! Deborah Goldberg et Cécile Matzef se connaissaient parce qu'elles fréquentaient le *Verger d'Eden*. Jean Nobert les connaissait pour les mêmes raisons et, en plus, il semble qu'il avait un œil sur Cécile Matzef. À supposer qu'il ait découvert, s'il ne le savait déjà, que les deux victimes étaient engagées dans une relation lesbienne, il aurait pu ne pas le supporter! Tu as peut-être un mobile, là!

— Pour quelqu'un qui laisse ça aux professionnels, tu te débrouilles pas mal!

— Ce n'est pas sorcier... Tu vas me dire que c'est trop simple ?

— Non, mais Jean Nobert n'est pas le coupable. À propos, tu as eu des nouvelles de Pouliot ?

— Oui, j'oubliais ! Les analyses d'ADN sont aussi formelles qu'elles peuvent l'être : c'est le même homme qui a commis les deux meurtres.

— Bon. Ce n'est pas une surprise, mais ça élimine une possibilité.

— Par contre, on n'a pas trouvé de condom.

— Pas de condom ! Faudrait voir si on a bien cherché.

— Écoute, tu l'as dit toi-même, un condom dans un fossé de campagne... Et il ne l'a sûrement pas remis dans sa poche.

— Qui sait ? Mais tu as raison. Je revois les photos de Debbie Goldberg... il y avait plus de sperme que sur Cécile Matzef, et des coulisses aussi...

— Tu me laisses digérer, s'il te plaît, avant d'entrer dans les détails...

— Excuse-moi. D'ailleurs, je vais manger quelque chose aussi. Tu m'attends ?

— Peut-être bien, répondit-il avec un clin de son œil triste.

Elle revint trois minutes plus tard avec un muffin au son et aux raisins et un petit café (elle avait été tentée par les brisures de chocolat, mais : « Faut pas mêler les genres, sainte-poche ! »). Philo enchaîna :

— Et puis on a maintenant une fiche complète sur Deborah Goldberg. Elle était bien infirmière de formation. Elle ne pratiquait plus comme tel mais enseignait à l'*Institut national des soins infirmiers* les différentes thérapies alternatives: toucher thérapeutique, équilibrage des chacras, homéopathie, etc.

— Plaît-il? interrompit Julie Juillet, la bouche pleine.

— Homéopathie!

— J'ai compris! Sauf que je m'étonne qu'on enseigne ces affaires-là à l'Institut... chose! Il me semblait que c'était une boîte sérieuse, non?

— Ça devrait, c'est là que sont formées la plupart des infirmières...

— ... et des infirmiers!

— En tout cas, c'est ce que Pouliot m'a dit. En plus, il a pris l'initiative de contacter cet institut: Deborah Goldberg a donné ses cours lundi dernier, comme d'habitude. Le mardi, elle est toujours libre, mais elle rentre habituellement pour travailler dans son bureau; or, mardi dernier, on ne l'a pas vue. Ni mercredi, ni jeudi, ni vendredi elle ne s'est présentée à ses cours. On a téléphoné chez elle systématiquement sans jamais obtenir de réponse. On était prêt à appeler la police ce matin...

— ... mais c'est la police qui a appelé. Donc, elle a bel et bien été tuée avant Cécile Matzef...

— ... ce que confirme le rapport du médecin légiste. Cinq à huit jours, le décès, par strangulation, à l'aide d'une mince corde, probablement en fibre synthétique car on n'a pas trouvé de résidus dans la plaie. Elle non plus, elle n'a pas été violée. Oh! très important: Deborah Goldberg est arrivée morte à l'endroit où on l'a trouvée; en tout cas, c'est la version de la police locale. Il n'y a aucune trace de lutte et seul un début de rigidité cadavérique peut expliquer qu'elle n'ait pas roulé au fond du fossé.

— Ils ont sans doute raison. Elle avait de la famille?

— Ses parents sont décédés. Le cottage de Notre-Dame-des-Glaces, c'est son héritage. Elle a deux frères considérablement plus âgés, toujours vivants, l'un brasse des affaires – grosses – à New York, l'autre vit sa retraite à Miami. Celui de New York a été prévenu, il s'en vient, avec l'intention d'offrir une prime de cent mille dollars selon la formule habituelle.

— Cent mille!

— Oui, ma chère! Mais comme flic, tu n'auras pas le droit d'y toucher.

— Non... mais vu que je ne suis que partiellement flic, je pourrais peut-être en prendre cinquante!

— Tu peux toujours essayer! Sauf que d'abord, tu dois trouver le coupable.

— Oh! ce n'est pas un problème.

— Vraiment?

— Le coupable, je viens de le quitter!

— Sans blague! Qui c'est?

Julie Juillet ouvrit son sac et sortit la revue ouverte à la page de la photo.

— C'est lui, dit-elle en mettant le doigt sous le menton de Félix Mendelssohn!

— C'est lui, comme ça! persifla Philo.

— J'en suis absolument convaincue.

— Tu as une preuve?

— Pas la moindre.

— Un mobile?

— Pas pour le moment, mais c'est quelque chose qui a rapport au sexe.

— Allons donc! As-tu trouvé d'autres évidences? Je suppose que tu as aussi découvert qu'il ne s'agit pas de suicides!

— Pour moi, l'évidence est plus complexe : ce sont des crimes que le coupable a voulu faire passer pour sexuels, parce qu'il y voyait une façon de nous envoyer chercher ailleurs. Seulement voilà, pour étrangler une femme et se masturber ensuite sur son cadavre, il faut souffrir d'un sérieux dérèglement de la libido.

— Ça, je veux bien l'admettre, mais tu lui as fait sa psychanalyse ou quoi ?

— Tu sais, Philo, il y a des gens qui nous appellent, nous les flics, les chiens.

— Je me suis fait traiter assez souvent de chien, merci, de chien noir, en plus...

— On dit ça pour nous insulter, bien sûr, mais moi, je n'ai aucune honte à admettre qu'il y a un petit chien en moi. Et qu'est-ce qu'ils font, les chiens, quand ils se rencontrent ? Ils se reniflent le cul ! Et sainte-poche que ça leur semble intéressant ! Je pense que les humains pourraient faire pareil !

— Quand même !

— Hé ! Pourquoi penses-tu qu'on porte des culottes ? Pour ne pas montrer son zizi ou sa touffe ? Non. Pour ne pas se les faire sentir. C'est d'ailleurs pourquoi je n'ai jamais pris le nudisme au sérieux...

— Parce que les nudistes ne se reniflent pas le postérieur !

— Voilà ! Ils ne se mettent que partiellement à nu !

— Ouais... Je me demande si je dois éclater de rire ou crier au génie... Quoi qu'il en soit, tu ne vas quand même pas me dire que tu lui as fait baisser ses culottes pour analyser ses parfums intimes !

— Non, rassure-toi. De toute manière, il y a trop longtemps que nous avons perdu la connaissance des odeurs... Mais, petite parenthèse, je peux te dire que tu sens bon !

Philo tourna la tête à la fois pour cacher une bouffée de gêne et pour s'assurer que quelque client installé près d'eux n'était pas en train de suivre en catimini cette juteuse conversation, préjudiciable au prestige de son uniforme.

— Merci beaucoup ! Mais je préférerais aborder ce sujet dans d'autres circonstances.

— Je ne veux pas offenser ta pudeur, mais je suis sûre qu'en s'y appliquant, on pourrait arriver à retrouver une partie de cette connaissance qu'on a forcément déjà eue, comme espèce, je veux dire...

— ... mais ton coupable, Julie, ton coupable !

— D'accord, j'y reviens. Ça fait baisser ma tension de disserter un brin... Donc, si nous étions encore des animaux, l'assassin porterait sur lui l'odeur de son crime, celle de son agressivité, celle du sang, l'empreinte olfactive de la victime même serait imprégnée dans sa peau, ou sa fourrure, tandis que dans notre monde d'animaux civilisés, bien lavés, parfumés, revêtus de linge propre, l'assassin est quasiment invisible !

— Quasiment !

— Oui, parce qu'il reste les yeux, la voix, les manières, et il le sait, l'assassin, que cela peut le trahir...

— Tu l'as passé au détecteur de mensonges !

— JE SUIS un détecteur de mensonges !

— Oh ! Je ferais mieux d'être sur mes gardes !

— Inutile, je sais déjà que tu ne mens presque jamais...

— Presque ?

— ... sinon pour être gentil. Chez Félix Mendelssohn, j'ai senti, un : la libido déréglée, deux : la duplicité, et trois : cette impression que j'ai du mal à définir qu'il peut faire n'importe quoi pour obtenir ce qu'il cherche, y compris tuer, tuer à coups de marteau ou étrangler... Il faut le faire !

Tirer une balle, c'est facile, c'est l'arme qui effectue tout le travail, mais pour étrangler, il faut tirer, tirer fort! probablement en maintenant la victime contre soi jusqu'à ce que la mort survienne!

— Moi, je ne l'ai pas rencontré, ton type, mais à le voir sur cette photo, il m'a l'air assez ordinaire.

— Regarde bien ses yeux. Oblique, le regard. On sent qu'il pense à autre chose.

— Oui... bon... admettons, mais ce n'est pas exceptionnel de penser à autre chose durant une séance de photo!

— Je connais ce regard; plusieurs femmes le connaissent.

— Le regard qui déshabille?

— Tu l'as presque! Huit sur dix pour cette réponse! Mais c'est un regard qui va encore plus loin. C'est le regard du gars qui se payerait un voyage en Thaïlande juste pour le luxe de se faire une fillette, ou un petit gars, ou les deux. Et regarde ses mains.

— Elles tiennent les épaules de la fille devant lui...

— C'est Thérèse Aubusson.

— Pas tellement attirante, il me semble, à moins d'aimer le genre E.T.!

— Elle est pire en personne! Mais elle est délicate, fragile et stupide.

— Stupide? Mais elle doit avoir son diplôme, non?

— Conne, alors! Si, je t'assure, conne à s'enrager, mais conne faible, tu vois, plus dangereuse par ce qu'il lui manque que par ce qu'elle a. Or, notre homme l'a flairée. Il ne la trouve pas plus que nous jolie, mais elle n'est quand même pas répugnante...

— Non... ce sont ses yeux ahuris, et la bouche aussi...

— ... juste. Il ne se mettra pas en frais pour la séduire, mais il pose la patte dessus, et il se dit que, dans une période creuse, ce serait amusant de lui apprendre à effectuer une pipe convenable!

— Tu n'y vas pas un peu fort? Tout ce que tu as pour rattacher ce Félix Machin aux meurtres, c'est son visage encerclé sur une vieille photo...

— Deborah Goldberg a vu cette photo. C'est à son intention que Cécile Matzef a encerclé le visage de Mendelssohn.

— Comment peut-on en être sûrs?

— On ne peut pas, mais il n'y avait qu'elle qui entrait dans sa roulotte.

— Peut-être, mais elle a pu tout aussi bien apporter cette photo pour la montrer à ses amis, et peut-être quelqu'un connaissait-il Félix Chose, Jean Nobert, par exemple!

— C'est possible. Tu pourras même lui poser la question puisque tu vas aller le rencontrer.

— Jean Nobert! Tout seul?

— Tu es assez grand, non?

— Mais je ne suis pas enquêteur, moi.

— Simple visite de routine. Passe-moi le journal.

Julie Juillet l'ouvrit à la deuxième page et trouva le carré légal. Elle prit son cellulaire dans son sac, composa le numéro du journal et demanda Jean Nobert. Quatre répliques plus tard, elle rangeait l'appareil.

— Et voilà! Il t'attend à deux heures.

— Et qu'est-ce que je dois lui demander, au juste?

— Des généralités sur les deux victimes.

— Mais je n'ai pas ton sixième sens pour trouver ce que les gens cachent dans leurs caleçons!

— Aucune importance. Ça m'étonnerait qu'il ait quelque chose à nous cacher. Et puis, tant qu'à y être, après avoir parlé des victimes, rien ne t'interdit de jaser un peu de l'actualité internationale, n'est-ce pas ?

Philo sourit en hochant la tête.

— Lieutenant Julie Juillet, vous êtes un amour !

En signe d'acquiescement, elle ouvrit les mains à la manière d'un pape recevant l'ovation des fidèles, penchant la tête et baissant les yeux.

— Mais avant, tu me laisses au poste, que je récupère ma voiture.

— Ils ne seront peut-être pas d'accord...

— Bof ! Je prendrai un gyrophare amovible, au cas où, mais ne t'en fais pas, il n'arrivera rien.

— Où comptes-tu aller ?

— Je retourne au *Petit Chemin*; je vais peut-être trouver quelque chose pour coincer Félix Mendelssohn.

Le soir même, Félix Mendelssohn avait invité sa secrétaire dans une pizzeria de style californien. Il avait renoncé à l'idée de l'amener à son appartement. L'après-midi lui avait porté conseil. Il avait repassé dans sa mémoire chaque parole du lieutenant Julie Juillet : cette bonne femme était trop énigmatique pour être prise à la légère. Sonia, dont l'appétit surmontait tous les petits travers de l'existence, engouffrait une salade de laitue romaine noyée dans une vinaigrette crémeuse agrémentée de lardons et de croûtons, dont on attribue tout à fait gratuitement la paternité à César, avant d'attaquer la pâte mince et cassante garnie de tomates séchées et de fromage de chèvre. Elle avait d'abord rejeté l'offre d'accompagner ce repas d'un demi-litre de vin léger (un lundi, quand même!) mais s'était, comme d'habitude, laissé convaincre par son patron et «ex», mais encore occasionnel, amant.

— Sonia, confessa-t-il, il faut que nous parlions sérieusement. Je m'en veux de ce qui est arrivé ce matin; c'est vrai que j'avais promis de garder mes distances.

— Vous avez fait une rechute : c'est pas la fin du monde. Sauf qu'on n'avait pas de protection. Je vais finir par attraper quelque chose, moi.

— J'aimerais que l'on se tutoie.

— Mais pourquoi? Ça me dérange pas, moi, de vous dire vous! Et puis je vais être toute mélangée; tu au restaurant, vous au bureau... Mais là, je vous le dis, je n'entre plus dans votre bureau, ou alors il faut que la porte reste ouverte, et vous, assis!

— Comme vous voulez; mais vous n'avez pas à vous inquiéter, je suis parfaitement sain.

— Sûr?

— Oh oui! Je n'ai pas toujours été très sage, mais j'ai peur de la maladie, comme tout le monde.

— Tant mieux! Mais il faut aussi penser que je pourrais tomber enceinte, hein! Je suis une femme normale!

— Justement. C'est de tout ça que je voudrais vous parler.

— Quoi? Des bébés ou des maladies?

Félix Mendelssohn prit une bouchée de pizza qu'il mâcha lentement en regardant Sonia, dont les joues rondes prenaient encore plus d'envergure de par la gymnastique sensuelle de ses lèvres, qui exprimaient comme nulles autres la jouissance profonde de la mastication. Se rendant compte qu'il la fixait, elle redressa la tête en la penchant un brin de côté et ouvrit tout grand ses yeux déjà si grands, lesquels, il fallait le lui accorder, valaient le coup d'œil!

« Si elle n'était pas si... limitée, elle aurait pu faire une carrière à la télévision!» pensa-t-il.

— En tout cas, c'est dit, définitivement : le bureau, c'est fait pour travailler! dit-elle en avalant.

— Si vous le voulez bien, on va régler la question autrement.

Elle arrêta la fourchette à quatre centimètres de sa bouche ouverte pour l'accueillir; les grands yeux, cette fois, exprimaient la plus profonde perplexité.

— Un «transfert»? demanda-t-elle. Y a-t-il une ouverture?

— Pas pour le moment, mais vu qu'il va à l'encontre de la politique de la commission que des personnes mariées travaillent dans le même bureau...

— Il y a un mariage dans l'air! J'étais pas au courant! s'étonna Sonia en buvant une gorgée de vin.

— Ce n'est pas sûr, ça dépend... de vous!

— De moi?

Elle marqua un moment de silence, comme un ordinateur en train de balayer le contenu de son disque dur.

— Non, continua-t-elle. Vous savez des choses que je ne sais pas; je ne vois pas qui je pourrais aider à se marier.

— Je pense que vous me comprenez mal. Voyez-vous, ce qui est arrivé ce matin, ce n'est pas une rechute. Je sais que j'ai beaucoup à me faire pardonner, que j'ai joué avec vos sentiments. Quand on a cessé de se voir régulièrement, ça vous a fait du mal, et j'aurais dû prendre les grands moyens pour qu'on ne travaille plus ensemble, pour que la coupure soit définitive. Comment est-ce que j'ai pu

imaginer que j'allais arriver à garder mes distances ? Chaque
fois que vous passez ma porte, je nous revois roulant sur
le tapis ; je vous le dis très sincèrement : faire l'amour n'a
jamais été aussi excitant pour moi.

— Ouais... Plus excitant que quand vous allez voir vos
petites danseuses ?

— Oh ! Aucune comparaison possible ! D'ailleurs, c'est
fini, ce temps-là.

— Encore une promesse ?

— Non. Je n'ai rien promis à personne. Je suis sûr que
je n'irai plus parce que j'ai compris pourquoi j'y allais.

— Ça, tout le monde le sait, pourquoi un homme va
aux danseuses !

— Ne vous moquez pas, s'il vous plaît, c'est déjà assez
difficile pour moi de vous expliquer tout ça. J'allais aux
danseuses pour m'exciter, bien sûr, mais c'est la raison
superficielle ; en fait, je fuyais.

— Fuyais quoi ?

— La réalité.

— Le travail ?

— Non, Sonia. La réalité, c'est que j'ai changé, vieilli...

— Oh ! Pas tant que ça !

— Mais si, allez. Regardez ce gris, insista-t-il en
montrant sa tempe droite de la main.

— OK ! *But it's cute**!

— Peut-être, mais là n'est pas la question. J'ai vieilli
en dedans. Quand je vous ai connu, j'étais encore comme
en pleine jeunesse, je ne pensais qu'à jouir de la vie, et des
femmes, je l'avoue, sans payer le prix...

---

* Mais c'est tellement mignon !

— Vous ne voulez plus payer, vous venez juste de dire que vous n'iriez plus...

— Mais je ne parle pas d'argent, Sonia... je parle d'engagement! Je suis mûr pour changer de vie; maintenant, je veux rendre une femme heureuse...

— Quelle femme?

— Oh! Sonia, vous pourriez m'aider un peu... Mais non, vous avez raison, c'est à moi d'aller jusqu'au bout. Vous, Sonia!

— Quoi, moi...

— Cette femme, c'est vous!

Sonia se figea, puis posa ses ustensiles sans détacher de Félix Mendelssohn ses yeux qui atteignaient maintenant des dimensions planétaires, avala d'un coup ce qu'elle avait dans la bouche, ce qui lui permit de l'ouvrir et de la garder ainsi ouverte de longues secondes.

— Il ne s'agissait vraiment pas d'une rechute, ce matin, Sonia. C'est que vous êtes toujours là, dit-il en plaçant son index sur sa tempe, toujours là!

Sonia parvint enfin à reprendre son souffle.

— Vous voulez qu'on vive ensemble?

— Non. Enfin si! mais je veux surtout vous épouser!

— *Oh my god*!*

— Mais je ne vous demande pas une réponse immédiate! Vous avez tout le temps d'y penser. D'ailleurs, avant d'officialiser les choses, j'aimerais que la décision soit prise pour la succession de M. Elliott-Fitzgerald!

— *Oh my god!* reprit-elle en étirant chaque syllabe.

—Eh oui! Chérie! Si vous... si tu le veux, tu peux devenir l'épouse du directeur général du C.A.N.C.! Ça ne devrait pas faire une trop vilaine vie.

---

* Oh mon Dieu!

— Mais vous...

— Tu...

— Tu... *Sorry, I can't**! Vous êtes bien sûr!

— Je vais te faire un autre aveu. J'ai passé les cinq soirées de la semaine dernière au *Plurasex*!

— Oh! Mais vous venez juste de dire que...

— ... que je n'irais plus, oui, mais que j'y allais pour chasser de moi ton image. Le dernier soir, vendredi, j'y suis resté dix minutes. Je te jure, dès que la fille s'est approchée de l'isoloir, je me suis levé et je suis sorti en courant. Tu ne me croiras peut-être pas, mais j'ai vomi dans la première poubelle, comme un clochard. Plus capable, Sonia, je ne suis plus capable!

— Eh bien là, je ne sais vraiment pas quoi dire!

— Ne dis rien, murmura Félix Mendelssohn du bout des lèvres tout en lui prenant la main, ce n'est pas nécessaire. Nous avons encore du temps. Dessert?

— Oh non! Merci. Là, c'est moi qui «est» plus capable! Je pense que je vais marcher un peu.

— Quelle bonne idée!

— J'aimerais marcher seule, si ça ne vous choque pas, j'ai besoin de laisser tout ça se placer dans moi...

— Rien de ce que tu veux ne me choque... mais ce n'est peut-être pas prudent, avec ce maniaque qui rôde...

— Bah! Il fait encore clair.

Après avoir laissé un gros billet sur la table, il l'aida à passer son imper.

— Oh! Il y a une autre chose, sans rapport, mais... C'est à propos de cette policière qui est venue ce matin...

---

* Désolée, je ne peux pas!

— Eh! que j'ai trouvé qu'elle avait l'air... *sloppy**!

— Tu l'as remarqué aussi, hein! Je ne sais pas ce qu'elle cherche, mais elle a failli faire exploser la Castelneau.

— J'imagine aisément...

— Écoute, je ne pense pas que ça arrive, mais si jamais elle se mettait à demander à tout le monde où on était la semaine dernière – tu sais comment ils sont – enfin, je n'ai pas tellement envie de les envoyer au *Plurasex* vérifier auprès des danseuses que j'étais bien là. Personne n'est au courant de mes anciennes manies, enfin, pas si anciennes que ça, j'admets... Tu sais bien, toi, que ça ne m'a jamais empêché de bien faire mon travail, mais les commissaires sont tellement bornés... S'il fallait que ça vienne à leurs oreilles, on peut être sûr que c'en serait fini du poste de directeur général...

— Ce serait vraiment dommage...

— Justement. Je pensais que, si on me le demande, mais ça m'étonnerait beaucoup, je pourrais dire qu'on était ensemble.

Sonia fronça le sourcil un moment.

— Pourquoi pas? Je n'ai rien fait de toute la semaine dernière, *anyway***. Mais d'un autre côté, aussi, si ça se sait qu'on était ensemble...

— Je pense que nous aurions droit à la discrétion... et puis, de toute façon, rien ne nous interdit de nous fréquenter, surtout si tu acceptes ma proposition...

— *Oh my god!* répéta Sonia, la main sur le cœur.

---

* Négligée.
** De toute façon.

CHAPITRE V

Comme un poil dans la bouche quand on est sur le chemin de la volupté, Arthur Gessand comptait parmi les quelques éléments de l'existence que Julie Juillet s'appliquait à détester avec une créativité qui tenait de l'art. Elle n'aimait pas le bruit et il en faisait beaucoup ; elle n'aimait pas la bêtise et il la cultivait ; elle n'aimait pas la vénalité et c'était la plus infecte pute que la radio de la capitale eût engendrée. Qu'un meurtre soit un événement suffisamment grave pour imposer le devoir de réserve aux commentateurs, au moins par égard envers les proches de la victime, et surtout tant qu'on ne savait rien du meurtrier ni de ses mobiles, cela allait de soi pour tout le monde, mais pas pour ce roitelet des « lignes ouvertes » de fin d'après-midi, grâce à qui des dizaines de milliers de citoyens actifs, bien calés dans le siège de leur bagnole climatisée et immobilisée dans un bouchon, se consolaient de n'avoir pas vu passer une autre journée de leur vie en se convainquant d'être les cendrillons d'une société rongée par la corruption et l'incompétence.

Le sujet du jour, évidemment, était le meurtre de Deborah Goldberg. Combien faut-il de meurtres pour inventer un tueur en série ? Deux. Deux suffisent amplement, et pour Arthur Gessand, la situation était alarmante : aucune femme ne devait plus sortir de chez elle sans la compagnie d'un homme, à moins qu'elle ne soit attirée par ce genre de danger, parce qu'on a beau déplorer la violence,

tout le monde sait qu'il y a des femmes qui courent après...
Et cela continuait sur ce ton, et cela devenait même pire !

... au fond, sauf le respect que je dois aux victimes, je dirais qu'il y a une sorte de justice qu'une des deux soit un professeur, car ce sont eux, les professeurs, les premiers responsables de la dégradation de la société. Au lieu d'apprendre aux jeunes à devenir de bons citoyens du plus beau pays du monde, ils leur ont appris à critiquer, à revendiquer, à chercher le plaisir dans la drogue et le sexe...

Et on prend un autre appel ! Un voix d'homme en colère :

... les chiens laissent courir les bandits, c'est pas assez payant, z'aiment mieux donner des contraventions au monde qui travaille honnêtement toute la maudite journée. Je vais lui dire quoi faire, moi, au tueur, si y veut pas se faire « pogner » : y a rien qu'à laisser son « char » dans le garage !

— Je suis tout à fait d'accord avec vous, mon cher monsieur ; la police n'est plus là pour faire respecter la loi et l'ordre et protéger le monde ordinaire, mais pour lui arracher l'argent des poches au profit des gouvernements. C'est ...

... trop pour Julie Juillet. En se penchant pour changer de poste, elle donna sans le vouloir un coup de volant et sa Honda faillit se frotter contre l'aile d'une grosse et rutilante familiale qui la doublait en trombe.

« Ouf ! » pensa-t-elle, imaginant un homme furieux, fidèle auditeur d'Arthur Gessand, descendre de sa voiture pour constater qu'il venait de se faire abîmer la carrosserie justement par un flic, un flic de sexe féminin, de surcroît ; quelle histoire ! Et que serait-il resté de la pauvre Honda ?

Mais rien n'était arrivé et Jésus, par l'entremise de Jean-Sébastien Bach et de la radio d'État, vint répandre la joie du monde dans l'habitacle. Écouter Arthur Gessand était un pensum dont elle croyait s'être honnêtement acquittée et elle laissa l'autoroute en essayant de retrouver, en même temps que son exquise et anonyme banlieue, un peu de paix dans son âme. Pas facile. Malgré que le corps de Cécile Matzef fût nettement plus malmené, celui de Deborah Goldberg, qu'elle n'avait pourtant vu qu'en photo, l'avait davantage touchée. Cette fille avait joui d'une espèce de simplicité qui n'était pas, mais pas du tout, de l'innocence. Au contraire, elle avait, comment dire ? surmonté la culpabilité sexuelle. Et ce qu'il y avait de terrible, c'était que cette attitude illuminait son visage jusque dans la mort, malgré la langue, et que même dans l'expression de la souffrance, il gardait cette nuance de supériorité sur le monde qu'acquièrent ceux qui ont transgressé, se sont compromis, ou l'ont été. D'une certaine manière, Deborah Goldberg était sa sœur, sauf qu'elle avait joui, elle, en tout cas il y avait lieu de le croire.

Elle se disait tout cela, mais au fond, elle n'en savait rien, ce n'étaient que des impressions. Pas menteuses, pourtant, ses impressions ! et il y avait entre le vernis factice de Félix Mendelssohn et l'authenticité de Deborah Goldberg une antinomie parfaite. Elle conçut l'hypothèse qu'il l'avait tuée parce que la jeune femme s'était refusée à lui, mais la rejeta : il fallait plus que cela pour amener ce genre d'homme à tuer ; il fallait qu'il soit lui-même menacé. S'était-il compromis avec elle ? Avec Cécile Matzef ? Avec les deux ? Elle imagina un autre vidéo : Félix entre Cécile et Debbie... Mais non : Cécile Matzef était trop exigeante pour poursuivre une relation avec un homme tellement superficiel.

De sa dernière visite au *Petit Chemin*, elle avait appris peu de choses. Vic Damiano prétendait n'avoir absolument rien à dire sur Félix Mendelssohn et Julie Juillet en avait conclu qu'il prenait soin de ne pas diminuer ses chances d'assumer la succession, même s'il s'en défendait toujours avec l'argument des ridicules trois dollars cinquante par jour. En tout cas, il avait fait le compte! Jose-Maria Valdemosa assimilait Félix Mendelssohn à la caste des croqueurs de saucisses à cocktail et des buveurs de viniers, caste essentiellement parasitaire qu'il avait pour toujours chassée de ses préoccupations, convaincu que, si, dans cette vie, ils s'engraissaient comme des champignons sur l'écorce d'un arbre, dans leur vie suivante ils risquaient de se retrouver dans le beurre brûlant de la poêle!

Louise Sirois en avait plus à dire. «Oh! Mon dieu! Celui-là! Quand il est dans la même salle que moi, je m'arrange pour rester dans le coin opposé. C'est pas qu'il soit méchant, mais il *flirte* et moi, ça ne m'intéresse pas du tout. Il m'a fait des propositions pour que j'aille travailler au siège social, savez? Au point de vue financier, ç'aurait été intéressant, mais pensez, je voyais bien ce qu'il avait derrière la tête. Je ne sais pas si j'aurais dû, mais j'en ai parlé à Cécile. Oh! qu'elle ne l'a pas pris! Elle aurait voulu qu'on lui impose une réprimande officielle, mais comme il n'avait rien commis d'illégal, elle s'est encore une fois fait remettre à sa place. N'empêche que j'ai plus jamais eu de propositions! Elle était bien fatigante, notre pauvre Cécile, mais c'était pas le genre à laisser pourrir les problèmes; les points sur les *i*, elle les mettait, sauf que souvent, elle passait au travers du papier!»

Alain Gauthier fut plus catégorique : Félix Mendelssohn avait la réputation d'avoir couché avec à peu près tout ce que le personnel féminin du conseil comptait de corps présentables et coopératifs, et de là à attribuer son ascension dans la hiérarchie à son appétence ou à sa compétence sexuelles, ou aux deux, il n'y avait qu'un pas que tout le monde avait franchi depuis longtemps. La rumeur ajoutait même un détail anecdotique : la Castelneau le détestait à mort non seulement parce qu'il n'avait jamais daigné lui faire la moindre avance, mais plus encore parce qu'il s'était sauvé en courant quand elle avait osé prendre les devants.

C'était Thérèse Aubusson que Julie Juillet était surtout venue entendre. Elle s'efforça de refouler la férocité que lui inspirait le personnage et s'adressa à elle gentiment. Elle apprit qu'un mois et demi auparavant, Félix Mendelssohn l'avait convoquée, ou plutôt invitée dans son bureau. Il voulait seulement lui parler. Elle s'était présentée chez lui dans un état quasi comateux. Il lui avait alors expliqué, de façon informelle et strictement confidentielle, que Cécile Matzef risquait d'être bientôt démise de ses fonctions (Thérèse Aubusson avait eu, et avait toujours, toute la peine du monde à retenir ses larmes) et que, sans lui souhaiter ce malheur, il fallait quand même penser à la remplacer. Elle avait fini par comprendre qu'il la voyait plutôt bien dans ce rôle et que si elle posait sa candidature, elle pourrait compter sur son appui actif.

— Et qu'est-ce que vous lui avez répondu ? avait demandé Julie Juillet.

— Bien... que j'en discuterais avec ma mère !

« Oh ! Sainte-poche ! » avait soupiré intérieurement la détective.

— En avez-vous parlé à Cécile ?

— Non.

— Vous en êtes bien sûre ?

— J'y ai pensé, mais M. Mendelssohn avait été très clair et je n'avais le droit d'en parler à personne.

De toute façon, Julie Juillet n'était pas retournée au *Petit Chemin* pour trouver des éléments incriminants, mais pour tester la justesse de ses fameuses impressions, et on pouvait dire qu'elle avait été servie.

— Bon, je veux bien, accorda Philo qui l'avait rejointe chez elle. Félix Mendelssohn est un joyeux luron qui se sert de sa queue comme levier pour sa position sociale, et de sa position sociale pour se faire lever la queue!

— Comme c'est bien dit! Si je suis en panne de dialogue, je te fais signe!

— Mais, mais! tu n'es pas à l'escouade de la moralité, tu es à la criminelle, et baiser n'est pas un crime!... Heureusement!

— C'est lui, Philo, je te l'affirme.

On sonna à la porte. Philo se leva. Une jeune Asiatique en deçà de la vingtaine l'attendait avec un large sourire.

— C'est bien un numéro deux pour trois?

Philo paya, ferma la porte avec le pied et vint poser les sacs fumants sur la table.

— Pour trois! Tu as vraiment commandé pour trois?

— Mais oui : un pour toi, deux pour moi!

Tandis qu'ils défaisaient les sacs et disposaient les assiettes et les ustensiles en plastique, Julie Juillet continuait :

— C'est lui; je ne sais pas pourquoi il a fait ça, mais il l'a fait. Je suppose qu'il aurait pu tuer Deborah Goldberg pour une histoire de sexe qui aurait mal tourné, ou Cécile Matzef pour une intrigue de palais, mais je ne vois pas pourquoi il a tué les deux!

— Arrête-le donc! À force de le cuisiner, il finira peut-être par avouer ou au moins par lâcher un os que tu pourras gruger.

— Tu sais bien que ce n'est pas possible : je n'ai pas de motif pour l'arrêter, ni même de questions précises à lui poser.

— C'est bien ce que je te dis! trancha Philo en tranchant en même temps un *egg roll* dodu dégoulinant de sauce aux prunes.

Il mangea sans parler. Elle but un peu de vin blanc, mâchouilla la moitié d'un rouleau, grignota trois bouts de côtes, prit surtout du riz et des légumes, ce qui faisait en tout beaucoup moins que le tiers de la commande qui lui était théoriquement réservé, mais son hôte ne s'en formalisa pas et vida complaisamment chacun des plats.

Comme il s'essuyait minutieusement les lèvres, sous ses paupières alourdies par la satiété, elle lui demanda comment les choses s'était passées avec Jean Nobert.

— Je pense que je dois te donner raison, commença-t-il en se levant péniblement de table pour aller choir dans un fauteuil-sac : ce n'est pas lui, ou alors il m'a bien eu. C'est vrai que je n'ai pas ton don de double vue, mais il m'a paru vraiment atterré. En fait, il n'a jamais eu tellement de contacts avec Cécile en dehors du *Verger d'Eden*. Parfois, durant l'année, elle l'appelait pour lui demander de passer quelque chose dans *L'Idée*.

— Il le faisait.

— Pas toujours, mais il a déjà publié des travaux d'élèves, par exemple, et aussi un article sur le mauvais état de certaines écoles, une ou deux lettres d'opinion. Mais jamais, pour autant qu'il s'en souvienne, Cécile n'avait abordé des questions de travail au camping. Il ne se souvient pas non plus qu'elle lui ait montré une revue avec une photo. Soit dit en passant, il n'est jamais entré dans sa roulotte ; tous leurs rapports avaient lieu dehors ou dans les abris communs, ou dans la nature...

— Tu crois qu'ils ont... ?

— Je n'ai pas osé lui demander franchement s'il avait couché avec elle, mais j'ai l'impression que c'est arrivé quelques fois, juste comme ça. Lui, il aurait sans doute voulu que ça aille plus loin, mais je suppose qu'il y avait Debbie...

— ... justement, ses relations avec Debbie Goldberg, elles étaient comment ?

— Une femme agréable, toujours de bonne humeur, toujours prête à vous conseiller un traitement nouvel-âge pour le moindre bobo... Je n'ai pas osé davantage lui poser de questions directes au sujet d'elle et de Cécile, mais à sa manière de dire qu'elles étaient très proches, je pense qu'à tout le moins il se doutait de quelque chose. Le plus intéressant, c'est qu'il les a vues toutes les deux le dimanche qui a précédé les meurtres.

— Ah ! Et... ?

— Il a eu l'impression que Cécile avait pris un sérieux coup de vieux durant l'hiver ; elle n'avait pas l'air dans son assiette, parce que d'habitude, au moment des retrouvailles, elle lui sautait au cou. Il ne faisait pas très beau, faut dire, et lui ne s'était rendu au camping que pour vérifier l'état de sa propre roulotte. Deborah Goldberg, il ne l'a entrevue que quelques secondes dans la porte de la roulotte de Cécile Matzef ; elle ne semblait pas intéressée à entamer une conversation.

— En somme, il confirme ce que nous avait dit Berthe Sanschagrin.

— Oui. Écoute, Julie, je comprends que tu te fies à tes impressions, mais tu ne penses pas qu'en attendant de trouver une piste qui ait de l'allure et qui mène à ton « Monsieur Félix », on devrait chercher ailleurs ? Il y a peut-être un désaxé en liberté sur parole qui se promène, qui vit dans la région du camp, peut-être bien dans le camp même ! On peut imaginer ça, un maniaque qui ferait du nudisme pour se choisir des victimes.

— J'envisagerais plus volontiers une telle hypothèse si les meurtres avaient été commis en été, quand la saison bat son plein. De toute façon, la police locale doit mener son enquête aussi ; après tout, Deborah Goldberg a été retrouvée sur son territoire. Si elle lève une piste intéressante, on le saura, mais je serais très étonnée. Et puis je vais coincer Félix Mendelssohn avant qu'ils virent le pays à l'envers.

— Comment ?

— Je vais y réfléchir et justement, je ne veux pas te faire de peine, mais je vais bientôt te mettre à la porte.

— C'est comme tu veux : tu es la patronne et, en plus, tu es chez toi ! D'ailleurs, j'ai moi aussi à réfléchir.

— Je suppose, j'espère ! que tu as profité de l'occasion pour parler avec Jean Nobert de ce qui se passe là-bas. C'est un peu beaucoup pour ça que je t'ai délégué.

— On en a parlé, en effet. D'après lui, c'est une question de jours ! Les Américains, contrairement à ce qu'on a d'abord laissé croire, sont prêts à intervenir, mais ils veulent s'assurer de l'appui d'un certain nombre de pays, dont le nôtre.

— Une force internationale d'intervention ?

— Pas dans l'immédiat. Une fois les dirigeants usurpateurs partis, il serait étonnant que la répression perdure. Par contre, pour que la légitimité soit restaurée solidement, les pays amis enverraient du support financier, et surtout humain, pour installer des services fiables, santé, éducation... et police.

— Je vois...

— Oh! mais il n'y a rien de concret encore. C'est le sort d'Amélyne qui prend toute la place, tu le sais.

— Je te répète qu'elle est vivante.

— Et je te crois! C'est bien le pire! Mais tout d'un coup qu'elle ne s'intéresse plus à moi? Elle vit depuis des mois dans le maquis. Tu penses bien qu'elle a d'autres choses à faire que de ressasser des souvenirs romantiques. Et puis, il y a des hommes, sûrement, avec lesquels elle aura vécu des dangers, des émotions fortes dont on n'a pas idée de notre côté du monde. Qu'est-ce que je suis devenu, là-dedans, moi?

— Mais si toi, tu ne l'as pas oubliée...

— Ce n'est pas la même chose. Je n'ai que ça à faire, presque, ne pas l'oublier. Et encore, tu dis que je ne l'ai pas oubliée... il y a des moments où je n'en suis plus si sûr. Des fois, il faut que je regarde sa photo pour me la rappeler comme il faut, et cette photo, pire encore à penser! ce n'est peut-être plus exactement elle. Ça me fait peur, Julie, c'est comme quelque chose qui s'use tranquillement et je n'y peux rien, comme une petite vieillesse...

— Au fond, Tarzan, t'es rien qu'un grand poète!

— Peut-être bien! Et puis, je t'ai eue, toi, je t'ai encore, et... disons que tu es particulière. C'est pas tout le monde, qu'est-ce que je dis, c'est personne, il n'y a que toi pour aller si loin tout en gardant les choses à leur place.

— Merci pour le compliment, mais ce n'est pas que moi, c'est toi aussi. Ce qu'on fait ensemble, je peux le faire parce que je sais que tu sais et que tu acceptes que les choses restent à leur place.

«MAIS FERME DONC TA GRANDE GUEULE, JULIE JUILLET!» hurla-t-elle en son for intérieur. Elle se vit se lever tout d'un coup et prendre Philo par le cou, le serrer fort et lui dire tout d'une traite d'oublier cette maudite limite, lui murmurer dans l'oreille qu'elle ne pourrait plus se passer de sa grande carcasse chaude et tranquille, qu'elle voulait le garder pour elle et apprendre à lui préparer des vrais ravioli. Pas un muscle ne bougea, pas un mot ne sortit. «T'ES CONNE, JULIE JUILLET! SAINTE-POCHE QUE T'ES CONNE!»

Philo partit. Elle se rendit à la salle de bain, se déshabilla et, sans faire la pause miroir, entra dans la douche. L'eau brûlante ne fut d'aucun secours. Elle déboucha le tube de shampoing et se savonna vigoureusement la tête et le corps, les yeux fermés, faillit tomber. Elle ne rouvrit les yeux que pour remettre le bouchon strié et plat. Elle resta un moment à regarder le tube idiot dans sa main. Alors elle reconnut son malaise. «Non...non...» lui répétait une petite voix qu'elle n'écoutait jamais.

Elle s'assit, puis s'étendit au fond de la baignoire, referma les yeux tandis que l'eau lui pinçait le ventre et les seins. Elle se sentit devenir toute petite. Elle frotta le tube contre l'intérieur de ses cuisses jusqu'à s'enflammer la peau et, en évitant de se toucher pour ne pas sentir les poils qui lui eussent rappelé qu'elle n'était plus une fillette, elle se l'enfonça sans ménagement dans le vagin, et cria parce qu'elle se faisait mal. Ah! Cette douleur, cette douleur vivante et passée à la fois, cette douleur venue punir l'enfant trop curieuse, cette douleur irrémédiable!

Elle resta au fond de la baignoire jusqu'à ce que le refroidissement de l'eau la ramène à la réalité. Avait-elle dormi? Le tube était toujours en place et la douleur s'était défaite comme une étoile, passée de la naine blanche à la géante rouge, plus diffuse, plus chaude. L'eau refroidie la soulageait. Elle retira le tube dans l'angoisse de s'être blessée, d'être allée trop loin, dans cette angoisse aussi vissée en elle que la douleur, l'angoisse de la brisure.

Elle ne saignait pas. La moindre tache rouge au fond de la baignoire l'eût plongée dans une mortelle frayeur, elle qui n'était jamais, jamais menstruée.

« T'es jamais menstruée, toi? lui demandait parfois Philo.

— Jamais!» répondait-elle innocemment.

Il ne la croyait pas. Il supposait qu'elle s'arrangeait pour ne pas le rencontrer dans ses jours rouges. Elle n'avait jamais été menstruée, sinon une fois, à neuf ans, mais rien n'était moins sûr. «C'est psychologique!» avaient conclu trois médecins l'un à la suite de l'autre, mais il n'était pas question pour elle de consulter un psychiatre : pour se fouiller les tripes de l'âme, elle se débrouillait toute seule.

Avant de se sécher, elle ouvrit la pharmacie, toujours sans se regarder dans le miroir, prit un flacon et avala trois comprimés anti-inflammatoires. Elle se frotta ensuite sans pitié, passa une aube, se rendit dans la cuisine pour prendre un paquet de cigarettes dans le congélateur, puis au cabinet à boissons pour se verser un énorme scotch.

Il était tout juste vingt heures. La crise était passée. Elle s'assit à sa table à dessin. La première bouffée lui causa comme prévu un étourdissement béat. Elle fuma deux cigarettes coup sur coup, en ponctuant de courtes gorgées de scotch pour éviter que sa bouche ne s'empâtât, sans presque jamais quitter des yeux la feuille blanche.

Enfin prête, elle créa, peut-être bien pour la millième fois, le visage de Carma Vida, son nez, un nez bien présent à la narine palpitante, un nez qu'elle avait retouché des nuits durant afin qu'il cessât de ressembler à celui de Catherine Deneuve, un nez qui restait joli, même lorsqu'il allait se fourrer où il n'avait pas d'affaire, même quand il se comprimait contre un gland au bord de l'éclatement - un exercice qui faisait craquer même les plus éculés des James Bond –, et puis ses lèvres, ses lèvres qui appelaient la peau, ses lèvres à la fois fines et charnues sur lesquelles le rouge était un sacrilège. Que d'art pour imposer cette sensualité, pour faire naître le désir d'un bout de papier et de quelques traits de crayons, que de gommages et de reprises, que de recherches, avant de comprendre qu'il fallait toujours commencer par le nez et les lèvres... Et tout ça pour permettre à des adolescents de se masturber en catimini dans les toilettes familiales, et à des petits vieux aussi. Tous les libraires le confirmaient : son public allait de treize à soixante-treize ans, mais avec un profond creux dans le milieu! « Tant pis pour le milieu! » rétorquait Carma Vida.

Quand Carma Vida, le personnage, eut pris toute sa chair, Carma Vida, l'auteure, commença, sur la même page, le portrait de Félix Mendelssohn. Sa mémoire fonctionnait à merveille : beau visage méditerranéen, yeux sombres, perçants (persans?), mâchoire ferme, bouche saine, malgré que l'âge eût commencé de les sculpter. De bonnes épaules, un peu de maturité dans le ventre... Oui, les femmes - certaines femmes – devaient venir à lui sans détour, mais il lui en fallait beaucoup, probablement trop.

«Alors, ma belle Carma, qu'est-ce que tu en penses? Qu'est-ce qu'on lui fait?»

Le cœur de Félix Mendelssohn fait un petit saut, et son propriétaire s'en veut vivement. Pourquoi? Pourquoi ce stress? C'est le lieutenant Julie Juillet qui enquête sur le meurtre d'un professeur, et d'une autre femme qu'il ne connaît pas, c'est tout! Il n'a qu'à continuer son travail, toujours le même travail, répondre aux questions «COMME SI DE RIEN N'ÉTAIT!». Il est un expert en la matière, après tout.

— *... et je regarde,* dit-il en poursuivant son discours, *cette merveilleuse exposition que nous ont préparée nos élèves de septième* (il sait parfaitement bien qu'une part importante des marionnettes sont l'œuvre d'élèves des années précédentes, et qu'une part plus importante encore a été achevée en catastrophe par les professeurs d'art eux-mêmes, mais il lui suffit de ne pas y penser), *et je me dis que l'acte d'enseigner, malgré toutes les difficultés de nos sociétés en mutation, garde tout son sens, et ce qui doit toujours nous motiver, ce sont les visages de ces élèves qui exultent la joie d'apprendre et de créer...*

Julie Juillet observe les élèves assis dans les rangées du fond. Certains rigolent en sourdine tout en mâchant de la gomme, d'autres regardent le plancher en attendant que ça passe, au moins trois ont franchement bâillé, quelques-uns, tout de même, semblent écouter, mais aucun, elle parierait là-dessus, ne connaît le sens du verbe exulter!

La maigre assistance applaudit. «Ah! Ce Félix! dit tout près une voix de vieille dame. Qu'est-ce qu'il parle bien!» La voix déborde d'ironie.

— Lieutenant Juillet ! Quelle surprise !

Félix Mendelssohn, avec un sourire d'animateur de quiz payant, lui tend la main.

— J'ai téléphoné ce matin à votre bureau et votre secrétaire m'a dit que je vous trouverais ici, mais je me rends compte que ce n'est ni l'endroit ni le moment appropriés pour...

— Mais non, voyons, Vous avez très bien fait ! objecte-t-il en lui prenant délicatement le coude. Je vous ai assurée de ma collaboration et je suis bien content de constater que vous m'avez pris au mot.

— C'est qu'il faudrait que je vous parle en privé, et ce peut être assez long.

— Mais il n'y a aucun problème ! Si vous pouvez me laisser une petite demi-heure, je me libère et je suis à vous.

— Non, monsieur Mendelssohn, j'ai l'impression de vous brusquer et ça me gêne énormément. Ce n'est pas si urgent, et j'ai moi-même d'autres choses à voir : d'ailleurs, à bien y penser, ce serait mieux si je vous voyais à la fin de la journée.

— Ah bon ! Vous êtes sûre ? Je ne voudrais pas... il y a des priorités, quand même !

— Puisque je vous le dis...

— Alors c'est parfait ! On se retrouve à la fin de la journée. À mon bureau ? Ou préférez-vous que je me rende à votre poste ?

— Surtout pas ! Je ne supporte pas l'ambiance des postes de police, aussi incongru que ça puisse paraître.

— Je pense que je vous comprends.

— Mais pour ce qui est de votre bureau, je ne sais pas si c'est une meilleure idée. J'ai eu l'impression d'y avoir causé tout un émoi, hier, et puis à ce stade de l'enquête, la discrétion s'impose.

— Réglons la question de façon agréable : dînons ensemble !

Julie Juillet sourit et accepte ; elle sourit par convenance, mais aussi parce qu'elle est venue dans cette école pour lancer un hameçon et qu'elle sent la ligne se tendre. Réussira-t-elle à sortir le poisson ou tombera-t-elle à l'eau ?

Chantal Mignonnet est belle et sa voix expliquerait son prénom, si les prénoms étaient attribués autrement que par la pure fantaisie des parents. *Télé24heures* est une chaîne mineure qui fait dans le sensationnel pour rallier les téléspectateurs de fin de soirée. Chantal s'occupe de l'actualité judiciaire. Dans le milieu, on la surnomme : « La Vénus du crime ».

— Tu t'organises pour que j'aie le *scoop*, hein, c'est promis ?

— Comme d'habitude, Chantal, répond Julie Juillet. Dans la mesure où je peux !

— Tu peux toujours.

— Alors ne t'en fais pas !

Chantal examine les soutiens-gorge de Julie et les rejette un par un.

— C'est bien ce que je pensais. C'est important, la poitrine, et à nos âges, il faut lui donner du soutien. Heureusement que j'y ai pensé... Tiens, essaie ça : c'est un balconnet. Tu vas voir que ça remonte bien des choses, à commencer par le moral ! Il s'ajuste.

— Je suis grosse.

— Mais non... Tu pourrais en perdre un peu, peut-être, mais les rondeurs reviennent à la mode.

— Ça fait dix ans qu'on essaie d'y croire.

— C'est pour l'enquête, tout ça? Tu suis une piste?

— Non.

— Alors c'est quoi, l'idée de te faire toute belle, hein? Tu ne vas pas me dire qu'enfin, enfin! tu as l'œil sur un homme?

— Si c'était le cas, tu sais bien que je ne te le dirais pas! Des plans pour que tu me le voles!

— Mets-en! que j'essaierais de te le voler! Hé! Un homme qui ferait craquer Julie Juillet, quel oiseau rare!

— Tu exagères.

— Pas du tout. De toute façon, si tu suivais une piste, tu ne me le confierais pas non plus.

— Exact. Tu me connais bien.

— Je te connais, je te connais... oui, mais je ne te connais pas.

— Décide!

Chantal tend un chemisier pourpre, classique.

— C'est dans tes couleurs, le pourpre. Ça fait un peu sérieux, mais mystérieux en même temps, et si c'est pour te faire déshabiller, le chemisier, c'est l'idéal! T'as qu'à laisser le premier bouton ouvert pour alléger, ou pour montrer le chemin. T'as sûrement une chaînette. Essaie-le.

Julie Juillet obéit.

— Alors, tu me connais, oui ou non? insiste-t-elle en passant le chemisier.

— On a eu seize ans ensemble, mettons. Mais si j'avais un reportage à faire sur le lieutenant Julie Juillet, j'aurais bien peur de ne pas trouver de fil conducteur.

— Et sur Carma Vida?

— Pire encore! De toute manière, tu ne veux pas. Note que ça, je le comprends. Détective et auteure de b.d. 3X, ça ne va pas tellement ensemble.

— 3X!

— Et encore, si ça se pouvait, j'en mettrais quatre!

— Pas fine!

— Eh bien quoi? Ne me dis pas que tu n'es pas consciente de... des... enfin de ce que tes petits chefs-d'œuvre font aux hommes!

— Pourquoi petits? Et pourquoi aux hommes?

— Enfin, Julie...

— Non, écoute, moi, je fais ce que j'ai à faire.

— Quand même...

— Sérieux! Je t'assure que si personne n'achetait mes albums, que si pas un éditeur ne les voulait, je les ferais quand même!

— N'empêche que tu les publies, sous un pseudonyme, mais tu les publies quand même.

— Ce n'est pas moi qui les publie, c'est mon éditeur.

— Avec cette jupe longue, ce sera super... Ne joue pas sur les mots. Ce n'est pas toi qui publies, mais tu es d'accord...

— Une folle, sainte-poche! Je me gênerais! Enfin toi-même, quand tu te présentes à la télé, toute *sexy*, là, hein! Ne me dis pas que tu ne sais pas qu'il y a des tas d'hommes qui fantasment sur ton image!

— Bon... bon! Te fâche pas! On parle pour parler!

— Mais je ne me fâche pas! C'est seulement que toi, tu vends ton image, et moi, je vends des images. Tu n'as pas envie de t'habiller comme une Iranienne et moi, je n'ai pas envie de dessiner *Candie*! Je fais Carma Vida parce que... parce que... je ne sais pas pourquoi, mais je la fais sincèrement, je travaille fort et je n'ai pas honte du résultat. Un beau jour, je me suis dit que c'était bête de la garder dans mes tiroirs et je l'ai envoyée à *L'Écho des platanes*, et ils ont sauté dessus ! Et ça marche ! Grâce à Carma Vida, je peux me permettre d'être flic à temps partiel. Tant mieux ! Ça donne du travail à quelqu'un d'autre. J'aime ça en plus ! Et puis si on a le droit de faire rire ou pleurer, pourquoi on n'aurait pas le droit de faire bander, hein ? Ou mouiller ! parce que j'ai quelques lectrices aussi, tu sauras.

— Excuse-moi. Je ne voulais pas t'accuser de quoi que ce soit, je disais ça comme ça.

— Ne t'excuse pas. Je sais bien ce que tu penses : voilà une fille qui passe sa semaine à pourchasser les prédateurs sexuels et qui, la fin de semaine, dessine des trucs cochons pour les exciter.

— Note qu'il y aurait comme une logique capitaliste là-dedans !

— Hé !

— Vu de l'extérieur, je veux dire.

— Mais on fait toutes ça !

— Toutes ?

— Toutes les femmes, enfin presque. Il n'y a qu'à regarder ce qui se vend, les produits de beauté, les dessous chics... si les femmes ne voulaient pas attirer les hommes, il n'y aurait pas de marché ! Et si les hommes n'étaient pas attirés par tous ces trucs, il n'y aurait pas de marché non plus ! T'es une super reporter, Chantal, mais admets que tu enrobes un peu ton talent, hein !

— Oui, bon, j'admets, mais tu ne m'as pas appelée pour former une table ronde sur les perceptions sexuelles...

— Pardon ! C'est toi qui as lancé le sujet, alors c'est à moi de conclure : le cul...

— Le cul?

— C'est bon.

— C'est bon...

— Mais...

— Mais?

— Si tu ne peux pas en avoir, comment dire, normalement, eh bien tu t'en passes! Cela s'applique à l'argent, au pouvoir, à n'importe quoi! C'est ce que certains hommes ne peuvent pas comprendre, et voilà pourquoi nous avons des problèmes.

— Pas sûre que t'aurais eu *A-plus* en socio avec cette théorie...

— Ce n'est pas une théorie. C'est une constatation. Vois-tu, dans le sexe, l'offre des femmes est plus faible que la demande des hommes.

— Économiste, maintenant!

— Économie, sociologie, psychologie, si tu veux, mais le fait est que la très grande majorité des lecteurs de Carma Vida, ce sont des hommes, et que les prédateurs sexuels, ce sont aussi majoritairement, c'est le moins qu'on puisse dire, des hommes.

— Alors? Qu'est-ce qu'on fait?

— Sûrement pas s'habiller avec des poches de patates! Et ne souris pas! Je sais très bien que je m'habille «comme la chienne à Jacques»! Je ne suis pas douée et je m'en fous! C'est pour ça que j'ai besoin de toi pour m'arranger, parce que ce soir, moi, je suis le prédateur.

— Julie... Julie Juillet! Quand je pense que c'est toi qui me demandes ça! À moi qui t'ai présenté je ne sais plus combien de garçons, puis de jeunes hommes très convenables!

— Oh! Des laissés pour compte, des boutonneux!

— Quoi, des boutonneux ? Il y a des boutonneux magnifiques !

— Je suis dédaigneuse. Tu n'avais qu'à les garder pour toi !

— Injuste ! Tu es injuste ! Sache que je t'ai organisé des rencontres avec des garçons que je me serais volontiers offerts ! Mais tu restais dans ton coin, fermée comme une tortue !

— C'est vrai.

— Tout de même ! Alors, c'est quoi, le problème ?

— Il y a un problème ?

— Enfin, Julie, c'est pas normal ! Tu approches quarante ans et tu n'as jamais eu d'homme dans ta vie.

— Qu'est-ce que tu en sais ?

— Peut-être rien, mais s'il y en a eu, tu les as bien cachés ! Tu sais qu'à un moment donné je me suis demandé, et je n'étais pas la seule, si tu n'étais pas lesbienne ?

— Et qu'est-ce qui te dit que je ne le suis pas ?

— L'expérience, ma chère ! Dans mon milieu, ça ne manque pas, les lesbiennes ! Tu le serais que je le saurais !

— Je te ferais des avances, peut-être ?

— Pas à une vieille copine comme moi, mais les lesbiennes, même quand elles n'ont pas d'intentions, je les remarque tout de suite : elles ont une manière de te regarder...

— C'est vrai que je ne suis pas lesbienne, mais j'y ai déjà pensé.

— Je sais.

— Comment tu sais ?

— Tu ne te rappelles pas une certaine Martine ?

— Sainte-poche ! Elle t'a raconté ! Non, mais c'est incroyable ! De quel droit ?

— Doucement l'indignation! J'ai fait la même chose que toi avec elle, sauf que moi, j'ai toujours aimé bavarder, après la chose.

— C'est maintenant que tu me le dis...

— Admets, ma chère Julie, que tu n'es guère portée sur la confidence. Et puis ce n'est pas très original, comme expérience.

— Tu as aimé?

— Délicieux souvenir!

— Tu l'as refait?

— Quelques fois.

— Pourquoi n'as-tu pas continué?

— C'est une simple question de goût. Je dis que j'ai trouvé ça délicieux, mais le gros du délice venait de la curiosité, de l'interdit. Et puis à quinze ans, disons, on veut savoir quel effet ça fait, le corps d'un autre; garçon ou fille, c'est presque secondaire. Mais, moi, ça n'a pas été bien long avant que je me rende compte que c'est le corps de l'homme qui m'allume. Et ce pénis! C'est chaud, vivant, tellement bien fait quand on y pense!

— Et tu jouis tout le temps?

— Ça peut arriver qu'il y ait des ratés, mais c'est rare. Je n'ai jamais enduré longtemps un homme qui n'était pas fiable de ce côté-là. Mais voilà une drôle de question! Toi, tu jouis comment?

Julie Juillet se regarde dans la glace. La transformation achève. Elle n'est plus tout à fait sûre que c'est bien elle qu'elle voit, ce qui explique qu'elle réponde ouvertement à Chantal :

— Peu.

— Peu? Combien peu?

— Vraiment pas beaucoup.

— Pas beaucoup ou pas souvent?

— Pas beaucoup et pas souvent.

— Ma pauvre chérie! Mais c'est comme ça depuis combien de temps?

— Depuis toujours, depuis la première fois.

— Oh Julie!

Chantal met la dernière touche à la coiffure; elle ralentit le mouvement du peigne. Elle se sent portée à passer ses bras autour du cou de son amie mais n'ose pas, pour ne pas défaire son travail, peut-être aussi parce qu'elle ne saurait pas quoi faire ensuite. Elle a apporté sa trousse à maquillage.

— Pas trop, hein!

— Fais-moi confiance, Julie. Il faudra un microscope pour découvrir que tu es maquillée. Je ne sais pas pour qui tu veux être si belle, mais j'espère que ça va marcher! On n'a pas le droit de ne pas jouir, Julie! On approche de l'an 2000!

— Quel rapport?

— Chut! Ne parle pas quand je travaille. Le rapport, c'est qu'il y a des tas de professionnels qui se fendent en quatre pour offrir leurs services! Je gage que t'en n'as jamais consulté.

Julie Juillet fait non de la tête.

— Tu ne peux vraiment pas te passer de tes lunettes, hein?

Julie Juillet fait encore non de la tête.

— C'est pas si grave, des lunettes, mais celles-là, pour un match de squash, je ne dis pas... t'en n'as pas d'autres? Bon, on va s'arranger avec... Mais c'est trop bête, Julie. Pas plus tard que demain matin, je t'apporte une liste de ce qu'on trouve de mieux comme thérapeutes. Quand je pense, ma plus vieille amie, peut-être ma meilleure, mais je ne fais pas de classement, qui ne jouit pas ! Depuis la première fois. Note que, la première fois, on sait bien que pour tout le monde c'est *low profile* plus souvent qu'autrement. C'est arrivé à quel âge, au fait, ta première fois ? demande Chantal en reculant d'un pas pour juger de l'ensemble.

— J'avais neuf ans.

Julie Juillet regarde dans la glace cette femme qui vient de dire : « J'avais neuf ans. » Chantal reste bouche bée, le bâtonnet de rouge brandi entre le pouce et l'index.

CHAPITRE VI

—Quelle métamorphose! Parole! Je vous ai vue rentrer et je ne vous ai pas reconnue!

En effet, il a fallu que Julie Juillet traverse la courte salle du restaurant *Du côté du Sechuan* et se rende à la table de Félix Mendelssohn pour que celui-ci remarque enfin qu'elle était arrivée, ou plutôt qu'elle était enfin arrivée, car elle est en retard d'une bonne demi-heure. Ce retard est volontaire, mais elle lui fait croire qu'elle a perdu du temps à chercher un restaurant français, *Du côté de chez Swann*, qui n'existe pas, avant de comprendre qu'elle avait mal entendu, au téléphone, quand il lui avait confirmé le rendez-vous et suggéré ce restaurant chinois de la *fashionable* rue Hillsight.

Il la trouve bien bonne, d'ailleurs, tandis qu'il débarrasse la détective de son manteau, non pas la fringue élimée qu'elle porte d'habitude, mais un raglan tout neuf couleur cendre avec des reflets de braise, que Chantal lui a fait acheter dans une boutique où elle a ses entrées et où l'on a effectué les retouches sans attendre.

Félix Mendelssohn s'assoit à son tour.

— Vous êtes remarquablement élégante, vraiment.

— Merci. Vous savez, dans le métier de policier, on peut être appelé n'importe où, alors la jupe serrée et les talons hauts, ce n'est pas tellement commode, mais ce soir, ça devrait être tranquille.

— Souhaitons-le. Vous prenez un apéritif ou vous êtes en service?

— Bonne question! répond la détective en clignant de l'œil. Vous avez choisi un endroit si agréable...

Le restaurant est en effet décoré avec un goût impeccable : pas de moulures style pagode, pas de potiches à motif de dragon; la Chine est évoquée plutôt qu'imitée, par la laque noire des chaises à haut dossier ovale, par les lampes en papier de riz délicatement fleuries, par les stores à larges lamelles qui rappellent à Julie Juillet les jonques de ses livres d'enfance. Elle commande un muscat. Félix Mendelssohn réplique, en restant dans la note, par un porto. La partie est bien engagée.

— Je ne me souviens pas d'avoir fait enquête dans des conditions aussi plaisantes, dit-elle tandis qu'un impassible Chinois pose sur la table, en les tenant par le pied, les verres dont le cristal (sans doute faux) fait danser la robe des vins.

Félix Mendelssohn observe Julie Juillet en buvant du bout des lèvres. Quelque chose d'elle lui échappe. Il l'avait, la veille, cataloguée dans les femmes garçons, vaguement «granole», pas particulièrement brillante. Il lui faut maintenant refaire son opinion. Elle n'est pas vraiment plus belle, mais autant elle lui apparaissait terne, autant son visage s'emplit maintenant de nuances, tantôt d'une mutine gaieté, tantôt d'une tranquille sensualité. Il n'y a vraiment que les lunettes qui maintiennent le lien entre ses deux images de la même femme. En lui proposant de la rencontrer dans ce restaurant, il pensait la mettre un peu mal à l'aise, la plonger dans un milieu qui ne lui serait pas naturel. C'est raté : c'est plutôt lui qui se retrouve décontenancé.

— Je vous fais une proposition, monsieur Mendelssohn : on passe tout de suite à travers ce qui concerne l'enquête et, après, on oublie tout ça et on mange. D'accord?

— C'est vous qui décidez, lieutenant. J'ai la soirée entière.

Il se sent soulagé, mais se retient à temps de le laisser paraître. À la façon dont elle entend régler les choses, il en déduit que ce n'est pas lui qui est en cause. Et d'ailleurs pourquoi serait-il en cause ? Il est innocent. Ah non ! Même pas innocent, puisque pas accusé ! Il n'a rien à voir dans cette affaire, voilà ! Il est ici pour son travail. Il est en train de faire des heures supplémentaires, et tant mieux si c'est agréable !

— Je voudrais que vous me parliez d'Alain Gauthier.

— Alain Gauthier ! Ne me dites pas que vous le soupçonnez...

— Pour le moment, c'est en effet le suspect numéro un.

— Vous n'êtes pas sérieuse ?

Félix Mendelssohn pose son verre. Il est franchement troublé.

— Alain Gauthier... C'est à peine croyable. Il travaille au Conseil depuis... ma foi, presque aussi longtemps que moi !

— Il était à couteaux tirés avec Cécile Matzef et il n'a pas d'alibi ! Jeudi soir dernier, il est allé au cinéma, tout seul, au centre-ville. C'est embêtant. À part la promenade au fond des bois, il n'y a à peu près rien de pire que le cinéma comme alibi.

— Mais Gauthier, si je ne m'abuse, est père de famille...

— Justement ! Il serait allé au cinéma parce que le ménage est en crise et que lui et son épouse s'organisent pour être le moins possible ensemble à la maison, ce qui fait que, si on pouvait établir exactement le moment de la mort de Deborah Goldberg, on découvrirait sans doute qu'il n'a pas davantage d'alibi.

— Comme vous y allez! On peut voir le rapport entre lui et Cécile Matzef, mais pour ce qui est de... de l'autre?

«Il a encore trébuché sur son nom, note mentalement Julie Juillet. C'est lui, ma fille! Tu peux foncer!»

— Ça, je n'en sais rien, mais si on peut l'inculper pour le meurtre de Cécile Matzef, on devrait arriver à faire la lumière sur toute l'affaire.

— Ce serait terrible.

— Est-ce qu'Alain Gauthier a eu des problèmes dans le passé?

— De quel genre de problèmes voulez-vous parler?

— N'importe quoi... Conflit de personnalités, comportement non professionnel, alcoolisme, harcèlement sexuel...

— Si vous m'aviez prévenu, j'aurais consulté son dossier.

— Je compte sur vous pour me le faire parvenir demain matin, discrètement. Mais je voulais recueillir vos impressions à chaud : ce sont souvent les plus significatives. Alors, de mémoire, il en a eu, des problèmes?

— Oui. Son dossier est assez chargé, mais je ne pense pas qu'il ait jamais été sanctionné. C'est le genre de professeur qui ne peut, on dirait, s'empêcher d'aller à la limite. Aussi étrange que cela puisse paraître, c'est Cécile Matzef elle-même qui l'a recruté pour le *Petit Chemin*! On le lui avait fortement déconseillé, mais elle aussi n'en faisait qu'à sa tête. On savait bien que cette association n'apporterait que des problèmes.

— Pourquoi a-t-on laissé les choses se conclure?

— Le Conseil a pour politique d'essayer d'accommoder les gens. Elle le voulait, lui-même avait accepté, et son directeur d'alors n'avait pas d'objection (probablement bien content de s'en débarrasser), alors plutôt que de créer trois mécontents, Mme de Castelneau, à qui revenait la décision, a jugé bon de ne pas mettre de bâtons dans les roues... et je vous dirai que n'importe quel administrateur du Conseil aurait agi de même.

— Il y a quelque chose qui m'échappe dans la façon dont vous fonctionnez dans ce Conseil. D'habitude, les administrateurs prennent leurs décisions en fonction des résultats à obtenir, et non pour faire plaisir aux gens concernés !

— Cela peut sembler bizarre vu de l'extérieur, mais notre organisme est comme une grande famille.

— Je vois. Quoi qu'il en soit, j'ai bien peur qu'un membre de la famille ne se retrouve bientôt en sérieuses difficultés.

— Je n'arrive pas à le croire. Ce serait une publicité épouvantablement négative.

— Toute une commande pour un nouveau directeur général !

— À qui le dites-vous ! Mais on n'en est pas encore là ! Vous semblez déjà convaincue que c'est lui ; pourtant, il est tout à fait possible qu'il soit bêtement allé au cinéma.

— Le problème, c'est que le meurtre a été commis le jeudi.

— Et alors ?

— Alors, Gauthier a déclaré être allé voir *L'Écrabouilleur*, avec « Harold Van quelque chose », au cinéma des *Galeries Bourassa* – déjà, il m'a semblé que ce n'était pas tellement son genre de film, mais passons. Or c'est le jeudi qu'on change la programmation et *L'Écrabouilleur* a justement quitté l'affiche ce jeudi ! M. Gauthier a probablement préparé son alibi en consultant les journaux du samedi précédent. C'est bête, comme erreur, mais on n'a pas affaire à un pro...

— Je n'arrive toujours pas à le croire !

L'étonnement de Félix Mendelssohn est absolument sincère, Julie Juillet n'en doute pas. Jamais il n'aurait pu imaginer que les choses se passeraient aussi facilement ! Mais qu'est-ce que Gauthier a donc bien pu faire ce fameux jeudi ? Et puis pourquoi le défendrait-il, au fait ? Il n'a qu'à se laisser convaincre que c'est Gauthier, le coupable, ce qui disculpe tous les autres. « Le *surf* ! Toujours le *surf* ! » Mais il ne pensait jamais que la vague serait si belle !

— Et vous l'avez arrêté ?

— Pas encore. D'abord, on voulait vous prévenir.

— Je ne savais pas que la police était aussi, comment dire, prévenante !

— Ah ! mais c'est qu'il s'agit d'un milieu bien particulier ; il y a des jeunes d'impliqués. Et puis je ne voulais pas qu'on le cueille chez lui, surtout que ça ne va pas bien dans la famille.

— Ce souci vous honore.

— Mais c'est tout naturel. Et pour le moment, il n'est pas dangereux. Il se sent surveillé et quels que soient ses mobiles, je suis sûre qu'il ne tentera rien. Et n'oublions pas qu'il demeure innocent jusqu'à preuve du contraire. Il a peut-être des choses à cacher qui n'ont rien à voir avec les meurtres.

— Comme quoi ?

— Je ne sais pas, moi : peut-être bien qu'il va au bordel ou dans une piquerie !

— Oh !

— Mon cher monsieur Mendelssohn, si vous faisiez mon métier, vous ne vous surprendriez plus de rien.

— Je vous crois : dans le mien aussi, d'ailleurs, on en voit des vertes et des pas mûres. Vous-même, lieutenant, permettez-moi de vous dire que vous êtes pour le moins surprenante !

— Si vous voulez changer de sujet, je n'ai pas d'objection, mais il faudra cesser de m'appeler lieutenant ! dit Julie Juillet avec un sourire en coin.

« C'est pas vrai ! Elle me fait de l'œil ! pense Félix Mendelssohn. En plus, je me taperais le détective ! Et pourquoi pas ? J'agirais comme ça dans des conditions normales. Or, JE SUIS dans des conditions normales ! »

— Ça dépend... Est-ce que vous avez autre chose à me dire ou à me demander ?

— Pas vraiment.

— Eh bien ! Ce n'était pas si long !

— Je l'admets. Je voulais surtout rester discrète. D'ailleurs, je ne veux pas vous imposer ma compagnie. Si vous désirez partir, soyez tranquille, je ne m'en formaliserai pas !

— Ah ! Mais c'est que j'ai faim !

— Ça ne vous dérange pas de manger avec un flic ? demande Julie Juillet en échappant un petit rire.

Elle pense à son gag préféré de Gotlib, son idole en matière de bandes dessinées. L'inspecteur à pipe cherche un extraterrestre. On lui amène un type avec trois yeux, six doigts, des antennes et le reste. On procède à l'interrogatoire, fort civilement. L'inspecteur ne voit rien d'insolite. Il met fin à l'interrogatoire en serrant la main du suspect : « C'est vous ! s'exclame l'inspecteur tout d'un coup. – Comment l'avez-vous deviné ? – Seul un extraterrestre accepterait de serrer la main d'un flic ! »

— Je ne vois pas où il y aurait un problème ! Et puis, il n'y a que moi dans ce restaurant qui sache que cette

charmante femme fait partie des forces de l'ordre!
D'ailleurs moi-même, j'ai peine à y croire!

— Flatteur!

— Oui, je suis flatteur, mais sincère.

— Cela ne s'oppose-t-il pas?

— Non. Pourquoi donc? Quand quelque chose nous
plaît, pourquoi se priver de le dire? Il y a tant d'horreurs
dans la vie que lorsqu'on rencontre la grâce, il faut chanter
sa louange!

Julie Juillet aimerait rougir, cela ajouterait à la vérité
du tableau, mais faute de le pouvoir, elle penche modeste-
ment la tête. Elle feint de se ressaisir.

— J'ai l'impression que la faim vous porte à exagérer.

— Alors mangeons! Nous verrons bien, lieutenant.

— Si vous continuez à m'appeler lieutenant, le charme
va se briser et je vais me retrouver avec une casquette sur
la tête et des bottines aux pieds.

— C'est vrai. Surtout que Julie est mon prénom
préféré...

— Holà, capitaine!

— Capitaine?

— C'est une expression, pour signifier à quelqu'un
qu'il en met un peu trop.

— Vraiment! Je la note, celle-là. Vous avez de ces
expressions, ici! Adorables! Celle-là provient sûrement tout
droit du dix-septième siècle, quand les colons traversaient
en bateau.

— Je crains que ce ne soit beaucoup plus récent!

— Qu'importe. Mais je n'en mets pas, comme vous
dites: je vous assure que Julie est mon prénom préféré;
c'est simple, classique, et en même temps... comment dire...

— Charnel.

— Exactement! Comme on dirait d'un vin qu'il caresse la bouche. Julie Juillet! Cela sonne merveilleusement bien. Vos parents ont eu un goût exquis.

— Ils ne sont que partiellement responsables. Juillet n'est pas mon nom de famille.

— Vraiment!

— Puisque je vous le dis... Dès que j'ai commencé à gagner un salaire, mes toutes premières économies ont été consacrées à changer de nom.

— Ça alors! Vous êtes bien la femme la plus mystérieuse que j'aie rencontrée! Vous n'aimiez pas votre nom de naissance?

— C'est plutôt que je voulais couper les ponts.

— C'était quoi, votre premier nom?

— Justement, je les ai coupés, les ponts!

— Excusez-moi.

— Ce n'est pas grave, mais si nous voulons passer une belle soirée, il faut me prendre comme je suis. Déjà, que nous dînions ensemble, au beau milieu d'une enquête, vous savez, ce n'est guère conforme au code de déontologie...

— Cela ne vous gêne pas?

— Je suis habituée à faire à ma tête, et mes supérieurs me connaissent. S'ils veulent des résultats, ils savent qu'ils doivent me laisser les coudées franches. Mais si nous accordions un peu d'attention à ce menu.

Julie Juillet se décide vite pour *La Mariée dans ses trois robes*. Elle n'a aucune idée de ce que c'est, mais elle trouve le nom exquis et étrangement approprié aux circonstances. Félix Mendelssohn commande un *Mayi Shangshu*.

— Vous vous y connaissez en cuisine chinoise?

— Assez.

— Et qu'est-ce que ça donnerait, ce mets, en français?

— «Fourmis sur des arbres».

— Quelle horreur! Vous n'allez pas manger des fourmis devant moi?

— Rassurez-vous. Il s'agit d'une recette de porc haché.

— Ouf! mais je croyais que vous étiez Juif...

— Je le suis, mais comme vous diriez chez les catholiques, à gros grains, très gros, même!

— Vous ne pratiquez pas?

— Juste ce qu'il faut pour garder le contact avec la communauté. Je vais vous avouer quelque chose, lieutenant...

— Hé!

— Pardon! Julie! D'ailleurs, je préfère avouer à Julie plutôt qu'au lieutenant! Je ne suis pas du tout porté sur les grands principes. Tout le monde sait qu'être Juif, à travers l'histoire, a été une condition épouvantable le plus souvent, mais pour moi, cela s'est avéré plutôt commode. Je devrais avoir honte, mais, j'ai beau m'y efforcer, je n'y arrive pas! Ce doit être à cause de mes parents, qui ne m'ont pas fait circoncire...

— Mais je croyais que c'était obligatoire!

— Ma famille, depuis mes arrière-grands-parents au moins, ne fréquentait guère le monde juif. C'est l'Holocauste qui a provoqué un rapprochement, puis une série de migrations, mais ils sont restés très libres d'esprit, et à cause de l'Holocauste, justement, auquel mes parents ont échappé de justesse, mon père a refusé de respecter la tradition de la circoncision, qui rend l'identification un peu trop facile.

— Intéressant...

— C'est un des avantages d'avoir une famille, ça meuble une conversation.

La Mariée dans ses trois robes s'avère un plat délicieux. Ce sont trois boules de larges nouilles blanches farcies de viande et nappées de sauces différentes. Julie Juillet s'applique à terminer son assiette et y arrive sans trop d'effort, avec l'aide d'un sauternes plus que convenable, choisi par lui ; une femme qui mange avec appétit paraît toujours plus abordable, aux yeux des hommes, plus sensuelle aussi, sans doute, et elle est convaincue que Félix Mendelssohn commence tranquillement à fantasmer.

— Je ne croyais pas que les femmes comme vous existaient ailleurs que dans les films.

— Allons donc ! Vous en avez tant connu, j'en suis sûre, que vous savez certainement que toutes les femmes sont des phénomènes.

— Mais vous les dépassez toutes ! D'abord je rencontre Julie Juillet, une détective... disons décontractée, puis Carma Vida, une auteure de bandes dessinées pornographiques, et en voilà une autre dont j'ignore même le nom. J'espère qu'il n'y en a pas une quatrième.

— Mais si ! Et une cinquième, et une sixième, je ne les compte plus ! Mais permettez-moi de vous reprendre, Félix : je ne dessine pas des bandes pornographiques ; je fais de l'érotisme.

— J'ai toujours eu de la difficulté à bien comprendre la différence ! Où tracez-vous la ligne entre pornographie et érotisme ?

— C'est facile, l'érotisme, c'est de l'art, la porno, non.

— Je veux bien, mais alors, quand cela commence-t-il à être de l'art et quand cela cesse-t-il ?

« Après les quasi-confidences sur la famille, rien de tel qu'un grand sujet ! Ça va tout seul ! » pense Félix

Mendelssohn, trop centré sur lui-même pour s'imaginer que Julie Juillet pense la même chose.

— Vous avez sûrement déjà vu du matériel pornographique, des films, par exemple...

— Ça m'est arrivé, mais...

— De grâce, ne vous justifiez pas : j'en ai regardé, moi aussi, et je ne vous cache pas que ça m'a fait quelque chose. L'important, c'est d'en revenir. Et que voyez-vous dans ces films ?

— Vous le savez bien : tout ce qu'on peut imaginer, tout ce qui est faisable.

— Exact ! Et parce que l'on voit tout, on finit pas penser que le fait de tout montrer, c'est automatiquement de la porno.

— Et vous n'êtes pas d'accord...

— Pas du tout. Avez-vous remarqué que dans la plupart des scènes de baise porno, même conventionnelles, l'homme finit toujours par éjaculer à l'extérieur de sa, de son ou de ses partenaires ? sur les fesses, les seins, dans la figure ?

— Je n'ai pas fait d'études exhaustives, mais maintenant que vous le dites, oui, en effet.

— Et c'est souvent parce que la fille le demande, n'est-ce pas ?

Félix Mendelssohn ne peut réprimer un petit rire gêné.

— C'est vous, l'experte. Alors si vous le dites...

— Ne faites pas l'innocent, allez...

«Oh! La phrase à double sens!» songe Julie Juillet. Elle continue...

— Tout le monde sait cela, voyons! Maintenant, mon cher Félix, remémorez-vous un instant vos expériences personnelles, que je présume riches et nombreuses.

— Pas tant que ça, tout de même.

— Allons donc! Un homme de belle apparence comme vous, célibataire et bien placé, et qui aime les femmes...

— Vous me voyez comme un coureur?

— Je ne sais pas ce qu'est un coureur. Et moi, je serais quoi, hein? Je ne fais pas ce genre de catégorisation, soyez à l'aise. Tant qu'on est adulte et consentant, qu'on aime plus ou moins l'autre sexe, ou le sien, ou les deux, je considère qu'on aurait bien tort de se priver!

Julie Juillet prend une gorgée de vin un peu plus longue, histoire de laisser croire à son interlocuteur que l'alcool la libère des quelques inhibitions qui auraient pu lui rester.

— D'ailleurs, je ne vous le cache pas, Félix, vous me plaisez bien. Vous êtes assez intelligent pour l'avoir déduit, car si vous ne me plaisiez pas, je n'aurais jamais accepté de vous rencontrer dans un restaurant, et moins encore de m'engager dans ce genre de discussion.

— Vous alors! On peut dire que vous n'avez pas peur des mots. Il y en a qui considéreraient ça comme une proposition...

Julie Juillet termine son verre, la bouteille est déjà vide, en feignant de s'étouffer un brin et agite vigoureusement le doigt en signe de dénégation.

— Pas encore! Revenons à vos expériences personnelles: je n'aime pas laisser un développement en plan. Pourquoi parlions-nous donc de vos expériences personnelles?

— Mais nous n'en avons pas encore parlé! C'était, je crois, par rapport au fait que, dans les films pornographiques, les gars éjaculent toujours à l'extérieur...

— C'est bien cela. Je voulais voir si vous me suiviez.

— Vous auriez dû faire un prof!

— Peut-être. Donc, dites-moi, est-ce que vous en avez connu beaucoup, des filles qui interrompent le coït au moment suprême pour exiger que vous lâchiez votre substance dans leur nombril, par exemple?

— Euh... non!

— Évidemment! Alors pourquoi font-elles toujours ça dans les films?

— Dites-le-moi!

— Parce que ce que le consommateur de pornographie veut voir, ce sont des gens qui baisent pour vrai! Il faut voir le sperme couler, sinon on pourrait penser qu'ils font semblant, qu'il y a des trucages, bref, que ce n'est que du cinéma!

— Bien sûr! Et alors?

— Alors, ce n'est pas du cinéma! C'est même de l'anticinéma! Pensez-y! C'est incroyable les acrobaties qu'ils s'imposent, les pauvres, oui, les pauvres, pour montrer les moindres détails, de manière qu'il n'y ait aucun doute possible. S'ils pouvaient fourrer une caméra dans l'utérus de la fille, sainte-poche, ils le feraient!

— Sainte-poche! rigole Félix Mendelssohn. Je ne l'avais jamais entendu, celui-là!

— Je n'en ai pas l'exclusivité, mais ce n'est pas très répandu. Voyez-vous où je trace la ligne?

— Je pense que je comprends où vous voulez en venir.

— Moi, au départ, je dessine. Donc, Carma Vida n'existe pas, elle n'est qu'un assemblage de coups de crayons. Bien sûr que je dessine des scènes explicites, mais vous avez sans doute remarqué que, si j'ai le souci du détail, je ne m'y attarde pas. Il faudrait être drôlement confus pour s'imaginer que Carma Vida est une vraie femme qui baise pour vrai. Carma Vida est un fantasme! Un fantasme que j'ai créé et que mes lecteurs recréent dans leur psyché. C'est une représentation, comprenez-vous ? Et la représentation, c'est de l'art !

— Dommage que vous n'ayez pas eu l'occasion d'expliquer cela à nos comités de parents.

— Ça ne servirait à rien d'essayer : ces gens-là ont peur de leur ombre, cette part obscure d'eux-mêmes qui les suit partout, sauf dans la noirceur totale. Et puis ils ont raison : mes albums n'ont rien à faire dans les écoles.

— Mais beaucoup de vos lecteurs sont des adolescents.

— Je le sais bien, mais ils aiment me lire en cachette : il ne faudrait surtout pas leur enlever ce plaisir. C'est compliqué, le sexe : il y a toujours ce jeu de va-et-vient entre le secret et le révélé, entre la cachette et l'exposition, entre la pudeur et le désir de voir, entre le réel et l'imaginaire.

« Le réel et l'imaginaire ! pourquoi a-t-elle dit cela ? » se demande Félix Mendelssohn. Il y était, justement, dans l'imaginaire. Il l'écoutait parler, il la regardait, il était un homme en face d'une femme, il la sentait près, et prête, il en avait le goût, comme il a le goût de toutes les femmes qui ne sont pas repoussantes. Il n'est pas un séducteur, il est un consommateur. Il ne se vante jamais de ses conquêtes et cela l'a bien servi. Pourquoi fallait-il qu'elle lui rappelle que le réel existe ?

— J'ai dit quelque chose qui vous gêne ? demande Julie Juillet.

— Non, mais non, pas du tout. Vous prenez du dessert ?

— Des fruits, si possible.

— Ce l'est sans aucun doute. Du thé ?

— Je prendrais plutôt un petit digestif. Grand Marnier ou, mieux, une poire, s'ils en ont de la bonne. Avec des fruits, c'est divin !

— Je ne sais pas pour vous, mais moi, il faut que je conduise. Ce n'est vraiment pas le moment de me faire arrêter pour conduite en état d'ébriété.

— Ne vous préoccupez pas de ça, j'ai ma carte ; et officiellement je suis toujours sur une enquête.

— On vous laisserait passer un barrage ?

— Évidemment ! Pour autant, bien sûr, que je ne conduise pas de façon dangereuse. Je pourrais être sur le point d'attraper mon homme.

— Mais moi, je n'ai pas de carte !

— Aucune importance, puisque je conduirai. Vous avez quoi, comme voiture ?

— Saab.

— Chouette ! Je n'ai jamais conduit de Saab encore. C'est cher, ça, non ?

— Bof ! Pas tant que ça... et puis je suis célibataire ; il faut bien que je dépense mon argent. Mais, excusez-moi, j'ai besoin d'un éclaircissement : cela ne me gêne pas que vous vouliez conduire ma voiture, mais pour aller où ?

— Chez moi ! Vous n'allez quand même pas me laisser rentrer toute seule en taxi !

— Vous n'avez pas de voiture ?

— Si, mais pas avec moi. Ces jours-ci, j'ai une voiture de service avec un collègue pour me conduire, mais je n'allais quand même pas dîner au restaurant en bonne compagnie avec une cerise qui m'attend à la porte, hein !

— Une cerise... ?

Julie Juillet évoque un gyrophare en faisant tourner son index.

— C'est comme ça qu'on surnomme les voitures de police, quand on ne veut pas être méchant...

— Je vois ! Amusant. Mais il faudra bien que je rentre.

— Bien sûr, mais vous aurez eu le temps d'éliminer l'alcool.

— Vous habitez où?

— En banlieue, pas trop loin.

Félix Mendelssohn essaie de réfléchir. La situation est tellement invraisemblable. Il commence à ressentir de la fatigue. Voilà maintenant une semaine qu'il marche sur une corde raide tendue entre deux mondes. Il a beau être un équilibriste professionnel, la stabilité du plancher des vaches l'attire comme tout le monde. Et voilà cette femme hallucinante qui arrive sur la même corde, on dirait, et se met à sautiller, à faire des pirouettes. Il a commandé les digestifs. Lui a pris un cognac. Il en boit une gorgée assez longue et vive pour lui décaper la tuyauterie et survolter le moteur.

Allons, qu'est-ce que c'est que cette histoire de corde raide? Il a de nouveau les semelles bien platement collées à la réalité. Il n'y a aucun conflit entre le réel et l'imaginaire une fois qu'on a déterminé ce qui appartient à un monde et ce qui appartient à l'autre.

— Ne vous en faites pas, je ne vous mangerai pas, dit Julie Juillet, la voix pleine de malice, ou alors, juste un petit peu...

Elle conclut avec un demi-clin d'œil en tendant le bras au bout duquel la poire Williams houle dangereusement. Félix Mendelssohn la regarde : elle a le nez trop rond pour sa longueur, les yeux trop petits pour les orbites, les cheveux trop mous pour leur abondance, les joues trop fortes pour le menton et les lèvres trop fines pour l'ensemble, mais la chair du cou semble bien dodue, le sillon mammaire, dont il n'entrevoit que deux centimètres, suggère une poitrine qui n'a pas perdu toute sa fermeté en gagnant de l'ampleur.

Il aime bien les physiques confortables, sur lesquels il peut déployer sa vigueur sans crainte de briser quelque chose. Jamais une femme ne lui a fait d'aussi explicites avances… sauf la Castelneau, bien sûr, qu'il a repoussée (il y a quand même des limites !). Devant quoi se trouve-t-il au juste ? Une gaffe à ne pas commettre ou une occasion à ne pas rater ?

Il classe définitivement Julie Juillet dans le réel : elle n'est rien d'autre qu'une «fliquesse» dévoyée et une dessinatrice cochonne que le hasard a eu le bon goût de placer sur sa route, rien d'autre que le hasard, et les meurtres de Cécile Matzef et Deborah Goldberg, il les repousse dans un autre réel, n'importe lequel pourvu que ce ne soit pas le sien.

— Vous êtes…

— Je suis ! coupe Julie Juillet tandis que leurs verres se cognent.

Il leur faut ensuite moins d'une heure pour boire un autre digestif, du thé au jasmin, savourant par intervalles des *lychees* et autres baies turgescentes, dont les formes et les textures appellent des commentaires riches en savoureux sous-entendus, puis pour payer chacun son addition, ainsi que Julie Juillet l'exige.

La Saab est garée à trois rues du restaurant, devant un parcomètre qui vient de passer au rouge.

— Vous n'allez pas me coller une contravention ? plaisante Félix Mendelssohn.

— Pour violation ? répond Julie Juillet sur le même ton.

Il lui ouvre la portière du passager et s'apprête à revenir du côté du conducteur, mais Julie Juillet ne l'a pas suivi.

— C'est vrai! dit-il, c'est vous qui conduisez. Je n'ai pas l'habitude. Vous êtes sûre d'être en état? Attention, hein! Ce n'est pas une voiture de police que vous conduisez.

— Ne vous en faites pas... D'ailleurs, je n'ai pas conduit de voiture de police depuis au moins quinze ans...

— Ah bon!

— Ouais... En haut, ils ne veulent plus que je «touche à un char» depuis l'accident...

— L'accident!

— Oui... complètement bousillé la voiture... Où est la marche arrière?

— Euh... Poussez à droite, vers le bas. Je peux conduire, vous savez, je me sens très bien.

— Pas question : c'est justement quand on se sent très bien que c'est le plus dangereux.

Heureusement, l'espace ne manque pas pour sortir, mais la transmission hoquette comme si elle allait vomir son huile et ses engrenages.

— Et vous, vous vous sentez comment? continue Félix Mendelssohn en agrippant l'appui-bras.

— Oh! je ne suis pas encore vraiment saoule! Mais ne vous en faites pas, que je vous dis! Ce n'était pas ma faute, cet accident : comment voulez-vous contrôler une voiture qui entre à cent cinquante kilomètres à l'heure dans un carré de laitues?

— Dans un carré de laitues?

— Oui, mon cher! En plus, j'avais la clôture du jardin communautaire dans le pare-brise. La voiture seulement, ce n'aurait pas été si grave ; mais il y a eu les dommages aux cultures, et la remise démolie... et, ce qui a coûté le plus cher, les deux petits vieux qui sarclaient à genoux...

— Vous plaisantez!

— Absolument.

— Ouf! Vous avez bien failli m'avoir!

— Pour vrai, je n'ai jamais eu que des petits accrochages, parce que j'ai tendance à me perdre dans mes pensées, mais je vous jure que je vais faire très attention ce soir, et puis vous êtes là...

Au feu rouge, elle prend dans son sac à main – en réalité, celui de Chantal – une boîte de bonbons à la menthe et s'en fourre trois dans la bouche, après en avoir offert à son covoitureur, qui en a pris un seul.

— Au cas où on rencontrerait un barrage, dit-elle en chuintant, je dois quand même protéger un peu mon image.

Et il y a fatalement un barrage sur le pont des Iroquois, preuve qu'il ne faut jamais évoquer à haute voix un malheur appréhendé! Un agent, avec une lampe rouge, fait signe à la Saab de se ranger dans une courte file dont les conducteurs attendent qu'on leur présente le fameux ballon. Julie Juillet ne tient aucun compte de l'ordre et se rend jusqu'à l'homme qui persiste à exiger, avec des sémaphores colériques, qu'elle prenne sa place. Arrivée à sa hauteur, Julie Juillet, ne trouvant pas le bouton de lève-glace, ouvre la portière. On entend l'agent vociférer :

— Êtes-vous aveugles ou quoi? Je vous ai demandé de...

Il se calme instantanément en reconnaissant la carte de police, qu'il examine un moment à la lumière de sa lampe.

— Excusez-moi, lieutenant, mais ce n'est pas une voiture de fonction.

— Je le sais bien, sainte-poche! C'est la voiture de monsieur!

— C'est votre voiture? fait-il à l'intention de Félix Mendelssohn.

— Puisqu'elle vous le dit!

— Pourquoi ne conduisez-vous pas?

— Est-ce que je suis obligé de répondre? demande Félix Mendelssohn à sa compagne.

— Pas du tout, mais vous pouvez.

— Le lieutenant Juillet est une amie, répond-il après un instant de réflexion, tout fier de sa trouvaille.

— Ah bon!

— Écoutez, cher collègue, je sais très bien que vous faites votre travail, mais je suis sur une enquête et ça presse!

— Ben... vous êtes sur une enquête ou avec un ami?

— Les deux, si vous voulez. Prenez mon numéro, sainte-poche, et vous vérifierez plus tard, si vous y tenez!

— Bon, bon! Fâchez-vous pas! Allez-y. C'est pas l'ouvrage qui manque!

— À la prochaine, dit simplement Julie Juillet, en repartant d'un coup sec qui donne des sueurs froides au propriétaire de la Saab.

Le policier la regarde s'éloigner un moment, puis s'approche de sa moto, prend le microphone et lance un appel cabalistique. Le contact dûment établi, il parle à un interlocuteur inaudible :

— C'est beau! Ils sont passés. (...) Ça semblait A1. (...) Saab «drabe» EBT 969. (...) On continue le barrage? (...) Ouais, tant qu'à faire...

Et il raccroche pour reprendre son poste. L'état d'ébriété, un mardi soir, ce n'est pas tellement payant, mais ce n'est pas lui qui décide.

— Je connais bien des gens qui aimeraient avoir une petite carte comme celle-là ! dit Félix Mendelssohn.

— J'imagine, mais elle est plus difficile à obtenir qu'une Visa !

— C'est encore loin ?

— Dix minutes. Détendez-vous ; je suis en pleine possession de mes moyens.

Félix Mendelssohn ajuste sa position. Le fait d'être assis de ce côté de la voiture lui est totalement inhabituel, mais ce n'est qu'un détail en regard de tout ce que cette situation comporte d'invraisemblable. Il pourrait mettre de la musique ; il y a dans la boîte à gants quelques cassettes contenant des compilations de son cru qui ont amadoué des belles autrement plus rétives que celle qui conduit, mais même le dernier succès de Céline Dion pourrait avoir un effet destructeur sur la concentration de la conductrice ; il n'ose pas se pencher pour regarder l'indicateur, mais il est certain qu'elle dépasse largement la vitesse permise.

— Ça obéit, ces bagnoles ! s'exclame justement Julie Juillet après un bref sifflement d'admiration.

Elle n'apprécie guère la vitesse, pourtant, mais elle tient à maintenir sa proie sous tension.

— Vous supportez bien l'alcool !

— Oui, je ne sais pas pourquoi, mais ça me fait beaucoup moins d'effet qu'à la plupart des gens, en tout cas j'en ai l'impression.

Pour être honnête, elle devrait ajouter que ses poires, dont elle avait tant vanté la parfaite limpidité, étaient en fait de l'eau ! Philo s'était occupé de prendre quelques arrangements avec le personnel du restaurant. En ce qui a trait au sauternes, il est assez loin pour ne plus l'incommoder. N'empêche qu'elle négocie la boucle de sortie de l'autoroute beaucoup plus serrée qu'elle ne le voulait et que les pneus hurlent. Quand la voiture se stabilise, Félix Mendelssohn a les yeux fermés et se jure de reprendre au plus tôt la pratique assidue de sa religion ancestrale, juste au cas...! Enfin, la Saab s'immobilise dans l'allée du *bungalow* de Julie Juillet, à moins de dix centimètres du pare-chocs de sa vieille Honda.

— C'est votre voiture?

— Ouais! Elle n'est pas neuve, mais elle est fidèle. Et si je l'accroche, ce ne sera jamais grave...

— En effet! dit Félix Mendelssohn en examinant sa voiture à lui, de peur qu'un léger impact ne lui ait échappé.

— Vous entrez, bien sûr, au moins pour un bon café.

Cette phrase rituelle se veut rassurante, et elle l'est.

— C'est bien, chez vous! dit Félix Mendelssohn une fois débarrassé de son trench.

Julie Juillet sait qu'il n'en pense rien. Sa maison est bien, oui, en ce sens qu'elle lui convient parfaitement, mais il n'y a vraiment pas de quoi faire des compliments.

— Oh! les jolis petits lapins! dit-il en essayant une caresse du bout du doigt, mais Carma et Vida, quelque peu effrayées, lui refusent toute familiarité.

— Vous aimez les animaux?

— Je les adore, mais avec le genre de vie que je mène, il n'est pas question d'en garder. Par contre, j'ai un aquarium!

Elle donne une poignée de graines à ses lapines et leur minaude quelque tendresse, avant de jeter sur la cage une couverture noire qui les plonge instantanément dans la nuit. Félix Mendelssohn passe en revue les murs qui sont exclusivement décorés d'agrandissements de dessins, des visages et des corps, vêtus ou nus, terriblement esseulés dans la lumière blafarde du papier et des murs blancs (tout est blanc chez Carma Vida).

— Carma Vida vit entourée de ses personnages, explique-t-elle.

— Je vois! Nous sommes donc chez Carma Vida! Et où habite le lieutenant Julie Juillet?

— Je l'ignore! En tout cas, elle n'entre jamais ici. C'est une sorte d'itinérante. Elle doit bien avoir un bureau dans un poste de police, mais elle n'y va jamais. Elle vit dans sa tête, dans ses enquêtes. Mais assoyez-vous donc!

Félix Mendelssohn hésite : les fauteuils-sacs ont des airs de ventouse.

— Ça vous arrive de fumer? demande Carma Vida en lui tendant un ballon de cognac qu'elle n'a pas jugé utile de lui offrir au préalable.

— Plus depuis dix-sept ans. Mais vous ne fumez pas non plus!

— Julie Juillet ne fume pas; Carma Vida fume quand elle le veut.

— Allez-y si ça vous tente : ça ne me dérange pas du tout.

C'est faux. Il lui déplaît de goûter un fond de tabac dans la bouche d'une femme. Cela ne lui coupe pas ses moyens, mais ternit un peu le plaisir.

— Je vous le proposais, c'est tout; je n'y tiens pas. Mais enlevez donc ce veston et défaites-moi cette cravate... On vous attend de bonne heure au bureau, demain?

— Je n'ai aucun rendez-vous dans l'avant-midi, mais par les temps qui courent, mieux vaut être visible.

— Alors faisons comme si ce bureau n'existait pas!

— Je peux utiliser votre salle de bain? demande-t-il sans ôter son veston mais en relâchant son nœud de cravate.

— Je vous en prie : juste ici, à votre gauche.

Félix Mendelssohn referme et, par réflexe, verrouille la porte. Après avoir accroché son veston, il baisse son pantalon et s'installe sur la cuvette. Tandis que sa vessie se vide, il jette un coup d'œil dans son caleçon gris. Il a l'air bien propre ; depuis quelque temps, il a une fâcheuse tendance à perdre des gouttelettes d'urine et il se répète qu'il devrait en parler à son médecin, surtout qu'il se sent mal à l'aise à l'idée de se présenter devant une éventuelle partenaire avec un sous-vêtement taché et odorant. Il a toujours été, malgré ses ardeurs, extrêmement précautionneux et ne craint pas, ou alors si peu, d'avoir contracté une M.T.S. : c'est la prostate qui le terrifie !

Peut-être bien que, quand tout cela sera fini, il épousera Sonia pour vrai et lui fera un ou deux petits ; il paraît qu'il n'y a rien comme les mômes pour vous asseoir bien à fond dans la réalité ! Pour le moment, il impute ses petites contrariétés physiques au stress : on dirait que depuis que la course à la succession est lancée, et c'était bien avant que le vieux « Fitz » ne tombe malade, il a pris la mauvaise habitude de pisser à la sauvette.

Il respire lentement, essaie de se détendre les viscères. De toute façon, il n'a pas trop mangé, ça devrait aller. Il se masse vigoureusement le ventre en dessous du nombril ; s'il restait du liquide, cela sortirait.

Il se lève et tire la chasse d'eau sans remonter son pantalon. La salle de bain de Carma Vida est normalement équipée, mais on y trouve moins de choses que ce à quoi on pourrait s'attendre chez une célibataire dans son genre.

Un petit coin pour le maquillage, pas grand-chose, des aspirines et deux ou trois autres médicaments anodins ainsi que des cotons-tiges dans la pharmacie, des rouleaux de papier hygiénique sous le lavabo, des essuie-tout, pas de serviettes hygiéniques ni de tampons... Dans le coin, un gros panier d'osier. Félix Mendelssohn soulève le couvercle : bien ! il est à demi plein de serviettes de toilette utilisées.

À gauche de la porte, sur les étagères encastrées dans le mur, sont négligemment rangées des serviettes et des débarbouillettes propres. Il choisit une débarbouillette au fond et s'en sert pour se rafraîchir le visage, sans savon, qui risquerait de lui laisser la peau sèche. Il se regarde dans la glace. Pas trop mal. Un peu cernés, les yeux, mais cela fait sérieux. Depuis deux ans, il se répète, devant tous les miroirs qui passent, que son visage mûrit bien. Mais il mûrit toujours ! Il se glisse les doigts dans les cheveux : pas de gris encore, chanceux ! Il se frotte les joues : la barbe gratte, mais il ne va quand même pas lui demander si elle a un rasoir à lui prêter ! Il ne semble pas qu'elle en ait, par ailleurs. Elle doit garder son poil ; elle en a sûrement aux aisselles. Il préfère les femmes lisses ; dans le temps, il avait convaincu Sonia de se raser le mont de Vénus à moins d'un centimètre de la peau. S'il l'épouse, il obtiendra qu'elle se fasse glabre comme un œuf !

Cette perspective l'excite et son sexe se gonfle. Il en profite pour le prendre en main et le triturer, le faire grossir jusqu'à ce qu'il puisse commencer le geste de la masturbation. Il pense maintenant que Julie... Carma... bref qu'elle l'attend, et il s'applique à fantasmer. En quelques secondes, la température de son corps monte ; il s'arrête, fait couler de l'eau chaude, savonne la débarbouillette et enveloppe

son pénis qui a coulé ses premières gouttes de liquide sémi-
nal ou ses dernières d'urine. Il se laisse ramollir. Ce processus a pour but de prévenir une éjaculation hâtive ;
d'habitude, cela donne des résultats, comme si son sexe,
excité en vain, hésitait avant de se laisser prendre au jeu une
deuxième fois. Il continue en se lavant tout le bas du corps ;
chez lui, il a un bidet et il ne comprend pas pourquoi on
n'en a pas fait un équipement standard dans ce pays tellement maniaque d'hygiène. Il tord à mort la débarbouillette
et l'enfouit profondément dans le panier d'osier, il en prend
une autre, plutôt qu'une serviette, pour se sécher avant de
remonter son pantalon, et l'enfouit elle aussi dans le panier.

Il garde toujours une brosse à dents pliable dans la
poche intérieure de son veston et un minuscule tube de
dentifrice au bicarbonate de soude, lequel a l'avantage de
laisser une haleine fraîche mais neutre. Il se brosse
méticuleusement. Cela fait, il remet son veston et jette un
dernier coup d'œil autour, s'assurant qu'aucune trace de
ses ablutions ne paraît. Il est satisfait, mais il préférera
toujours amener les femmes chez lui.

À peine la porte est-elle ouverte qu'il se met à pleuvoir
des notes de piano dans toute la maison, pluie hésitante
ondoyée par un vent qui se cherche nonchalamment.

— Vous aimez cette musique ? demande Carma Vida
du fond de la grande pièce vers laquelle il revient comme
s'il passait de l'autre côté d'un miroir.

Elle s'est changée. Elle porte maintenant une aube
blanche boutonnée en avant sur toute la longueur qui lui
donne l'air d'une communiante du renouveau liturgique.

Elle tient un ballon de cognac à la main – du vrai, cette fois! –, comme une autre tiendrait un lampion, debout devant sa table à dessin.

Félix Mendelssohn écoute encore un peu avant de répondre à la question; maintenant les notes pleuvent à gros grains clairsemés. Ce pourrait être le soleil, aussi, qui se cache entre des hémérocalles agitées par la brise, mais quand son regard croise la grande fenêtre, il se rend compte qu'il pleut vraiment, une pluie que toute la journée a annoncée sans qu'il y prête attention.

— Tiens, il pleut! fait-il.

— J'ai remarqué. Il fallait s'y attendre.

— Cette musique va très bien avec la pluie.

— C'est la pluie qui va bien avec la musique.

— Si vous voulez... Qu'est-ce que c'est?

Il prend son ballon de cognac qu'il a laissé par terre, près du fauteuil dans lequel il ne s'était pas assis, et boit une gorgée pour se redonner un peu de la contenance que sa remarque insignifiante sur la pluie lui a fait perdre. Les grains de musique tombent maintenant un à un.

— C'est Satie.

— Mais bien sûr! Je devrais en écouter plus souvent, c'est très agréable.

Revoilà le spécialiste des relations publiques! Il n'a jamais écouté de Satie de sa vie et c'est tout juste si le nom lui dit quelque chose : on joue rarement l'auteur des *Gymnopédies* dans les harmonies scolaires.

— Approchez, Félix. Je vais vous montrer quelque chose qu'à peu près personne n'a vu.

Il s'approche de la table à dessin, baisse les yeux. Ce qu'il voit est fascinant. Sur une immense feuille, une dizaine de croquis reprennent la tête, le buste et les bras de Carma Vida, le personnage, penché sur des corps d'homme tronqués, c'est-à-dire dont on ne voit littéralement que le tronc, ce qui leur donne l'allure de pièces de viande en attente d'être débitées. D'un croquis à l'autre, seuls quelques détails varient, l'angle, la dimension du sexe, son degré de pénétration dans la bouche, l'étalement de la chevelure qui s'infiltre dans l'ouverture des cuisses inachevées et, surtout, l'expression du visage de l'héroïne, expression d'un plaisir que vient dénoncer celle de l'application.

— Est-ce qu'elle aime ce qu'elle fait? demande Félix Mendelssohn.

— C'est une excellente question. Vous touchez là le mystère qui fait son charme : est-ce qu'elle aime ça? Oui, je suppose, mais encore, est-ce qu'elle aime ça pour le plaisir de l'acte ou pour celui de manipuler son sujet, de l'avoir à sa merci, de le faire jouir pour mieux le perdre?

— Et la réponse?

— Je vous avoue que ce qui me permet de bien rendre l'ambiguïté de cette femme, c'est que je ne connais pas cette réponse. Et si je ne la connais pas, elle ne la connaît pas non plus! Mais elle est encore bien jeune. Je voudrais lui permettre de vieillir, ce qui serait exceptionnel pour un personnage de bande dessinée...

Elle glisse la feuille en dessous pour en faire apparaître une autre. Sur celle-ci, Carma Vida chevauche, la tête en arrière, les seins projetés, les reins cambrés, les fesses relevées de manière à laisser voir une section du pénis aux veines gonflées, qui lui donne l'air d'une grosse racine creusant la vie dans un monde à l'envers, et encore des corps tronqués, plus gras que sur la première feuille.

— De tous ces croquis, aucun ne se retrouvera dans un album, il me faudra en faire beaucoup d'autres avant d'arriver à un résultat satisfaisant.

— Je trouve que c'est déjà fort impressionnant! dit spontanément, et sincèrement, Félix Mendelssohn qui commence à s'échauffer.

— Versez-nous encore un peu de cognac, s'il vous plaît.

La bouteille est sur une table basse. En se penchant pour la prendre, il peut à loisir contempler Carma Vida, l'auteure, de dos. L'aube qu'elle porte cache tout, sauf les fesses et le sillon qu'elles forment dans la blancheur virginale du tissu. Il résiste à l'envie de les caresser tout de suite, il raffole des fesses.

Elle ne lui tend pas son verre; il doit s'approcher; le glouglou du précieux élixir s'ajoute un instant à la musique; la bouteille est conçue pour ralentir l'écoulement du liquide; Carma Vida semble entièrement absorbée par ses dessins; comme elle sent bon! («Une goutte frottée derrière chaque oreille, a dit Chantal, une autre entre les seins, pas plus, et tu t'essuies le doigt dans les poils pubiens! Il va craquer. Marilyn Munroe recommandait d'en mettre partout où une femme peut être embrassée, mais le problème alors, c'est qu'il faudrait en mettre vraiment partout!)

— Votre parfum est affolant. Qu'est-ce que c'est?

— Secret...

— Secret?

— C'est un secret.

En réalité, elle n'en sait rien, elle a oublié de demander à Chantal. La feuille qu'elle regarde maintenant ne montre que le nez et les lèvres, quelquefois aussi les yeux et un début de chevelure.

— Je commence toujours comme ça : les corps suivent. Quand j'ai trouvé mon histoire, il ne reste plus qu'à ajouter les décors. Mais regardez-bien : ce dessin va vous étonner plus encore !

Carma Vida glisse la feuille et Félix Mendelssohn manque de s'étouffer : c'est lui ! C'est sa tête, là, en noir sur blanc, qui remplit toute la surface, si bien rendue qu'il pourrait la coller sur une carte d'identité ! Son cœur donne de grands coups ! Il cligne des yeux ! L'espace d'un instant, il est plongé dans la plus totale confusion.

— Quand avez-vous fait ça ?

— Hier soir.

— De mémoire ?

— Mais oui !

— Incroyable !

— Mais non ! C'est une question d'habitude, et d'inspiration. Vous m'inspirez, Félix.

Ce disant, elle avance son verre et le cogne délicatement contre le sien, pour l'inviter à faire comme elle et le vider.

— Maintenant, dites-moi, est-ce que je devrai me contenter de dessiner votre visage ou acceptez-vous que je vous montre ma chambre ?

— Je n'ai pas de carte de police, moi ! Je ne saurais rentrer dans cet état.

— On peut appeler un taxi...

— Je préfère me laisser conduire par vous, dit-il avec un clin d'œil. C'est dangereux, mais excitant !

— Vous n'avez rien à craindre de moi, voyons !

Elle sourit, pose son verre, s'approche un peu plus, lui caresse la joue.

— Ne vous ai-je pas demandé d'enlever ce veston ? dit-elle tendrement en le lui ramenant sur les épaules, se collant pour qu'il sente ses seins contre sa poitrine et pour que son parfum l'enlace aussi complètement que celui de la rose enlace le bourdon.

Elle jette le veston sur un fauteuil, lui prend la main et l'attire vers la chambre. La musique continue, se répète. La lumière de la chambre est déjà à l'intensité souhaitable. Elle le pousse sur le lit. Il se laisse faire, résigné à ne prendre aucune initiative. Il repose sur le dos. Elle s'étend à son côté, gardant appui sur un coude.

De sa main gauche, elle lui caresse la poitrine et descend bien vite au pantalon et, s'attardant un instant sur le sexe comme pour en vérifier l'érection, elle se glisse à ses pieds. Soulevant alternativement chaque mollet de sa main ouverte, elle lui retire ses souliers, qui n'ont pas de lacets – c'est plus commode. C'est entre la chute de l'un et celle de l'autre qu'il remarque les miroirs pleine grandeur qui recouvrent les portes coulissantes du placard. Il y voit Carma Vida de dos, ramenée en boule à ses pieds, toute en blanches rondeurs, et se réjouit à l'idée de pouvoir ainsi l'observer à la dérobée tout au long de sa fervente soumission.

Mais déjà elle remonte, repasse sur son sexe, un peu plus lentement, juste assez pour modifier le rythme de sa respiration. Elle retire ses lunettes et les laisse tomber sur la moquette. Elle lui caresse la joue, monte un peu sur lui, et tandis qu'elle défait à gestes précis les boutons de sa chemise, elle lui mordille les lèvres ou les lèche, et ce n'est qu'une fois défait le dernier bouton, qu'elle a dû tirer hors du pantalon, que sa langue s'enfonce dans sa bouche et que sa main se glisse simultanément jusqu'au pubis où ses doigts sans ongles s'en vont masser la racine de son sexe qui hurlerait, s'il le pouvait, son besoin d'être libéré.

Telle n'est pas encore la volonté de Carma Vida. La main ressort. La tête glisse sur la poitrine, vient taquiner les mamelons. Félix Mendelssohn est peu poilu. Elle continue de descendre et quand sa tête arrive au bas du ventre, tout son corps se soulève et elle s'accroupit sur ses jambes à lui, et mordille son organe à travers le tissu tout en défaisant la boucle de sa ceinture.

Il observe par le biais des miroirs un spectacle affolant dont il est la vedette. Carma Vida ouvre la braguette, se redresse et entreprend de baisser le pantalon. Le caleçon apparaît avec une silhouette alpine, elle le retire, il sent la bande élastique remonter sa verge, s'accrocher au gland, et s'enfuir d'un petit saut rugueux qui lui arrache un frisson, il a la sensation d'un élan tectonique et libérateur et il contemple dans le miroir sa virilité dressée comme une tour de Pise charnue et coiffée de son pittoresque bonnet – son sexe est constitué de telle manière que l'érection n'est pas perpendiculaire mais remonte ostensiblement vers le nombril. Carma Vida achève de le débarrasser du pantalon, ce qui l'amène au pied du lit. Durant un moment, il contemple son propre corps étendu, nu, seul dans le miroir avec son mât oblique et temporairement inutilisé : la vision est supportable.

Elle revient par l'autre côté. Elle prend un moment pour bien examiner le pénis, et il la voit le regardant, et une délicieuse anxiété l'envahit quant à ses intentions. Elle s'approche et se met à le renifler, le frottant de haut en bas avec son nez et enfin, jugeant le morceau comestible, elle ouvre la bouche et fait courir ses lèvres et ses dents le long de la tige, qu'elle maintient en place avec la paume de sa main. Il ferme les yeux pour résister à son désir brûlant de se jeter sur elle, il les ouvre pour se regarder dans le miroir.

Ce n'est qu'après de longues secondes que sa langue commence à explorer le rebord du gland, puis les parois, et tout son corps se cambre quand il sent la pointe de la langue qui cherche à s'enfoncer dans le méat ; elle l'apaise aussitôt en lui caressant fermement le ventre. Il ne sait plus s'il jouit, souffre, s'il a envie de hurler ou de rire, s'il est exalté ou terrifié.

Juste comme il n'en peut plus, cela s'arrête et il se sent enfoncer dans le refuge humide, tiède et onctueux de la bouche. Il rouvre les yeux, retourne au miroir : son sexe est à moitié, aux deux tiers enfoncé dans la tête de Carma Vida qui dodeline, roule et tangue, et chaque mouvement ajoute un degré à la tension d'un arc invisible.

Elle se relève brusquement et il devient tout d'un coup un petit garçon à qui on a retiré son plaisir. Elle ne veut pas qu'il éjacule avant le moment choisi. Il reste soumis. Elle relève son aube et passe une jambe par-dessus son ventre. Elle recule sur son bassin, en prenant tout le temps de laisser une trace humide qu'il ressent chaude et fraîche à la fois, jusqu'à ce qu'elle reconnaisse, à travers le tissu, le pénis dans le sillon de ses fesses.

Ainsi dominante, elle défait successivement chacun des boutons de son aube, au sein de laquelle apparaissent progressivement les formes de sa chair dans un clair-obscur palpitant. Elle arrête de se déboutonner à la hauteur du nombril, et dans un ballet de bras qui lui donne des allures de Shiva, elle se défait de son vêtement, et juste avant que sa nudité ne se révèle, il sent glisser le tissu qui séparait le dos de sa verge de la peau de Carma Vida, et ce nouveau contact est délicieux.

Elle se penche, place ses mains de chaque côté de sa tête qui se tourne vers le miroir pour voir ses seins s'allonger, mais elle lui obstrue la vue en l'embrassant, puis elle s'étire jusqu'à ce que ses seins arrivent à sa figure. Quand la pointe d'un mamelon glisse sur son visage et touche sa bouche, il ne se retient plus et lui enlace la taille, la fait rouler sur le côté, la dévore de lèvres et de langue, caresse son dos, ses fesses, sa vulve humide comme une source chaude dans la mousse, car Julie Juillet s'est assurée d'une lubrification préalable.

— Tout doux! susurre-t-elle quand la verge glisse entre les cuisses vers le fouillis onctueux des lèvres vaginales. Tout doux! Il reste une chose...

Il n'a pas besoin d'explications. Il accepte de se remettre sur le dos tandis qu'elle prend sur la table de nuit, dans un sachet déjà ouvert, un condom qu'elle vient vite dérouler sur la verge. Elle s'inquiète. Le pénis lui semble tout d'un coup un peu moins dur. Félix Mendelssohn s'inquiète aussi. Elle ne perd pas de temps et monte sur lui, place l'organe et se l'introduit dans le vagin.

Elle bouge le bassin en fredonnant un chant de jouissance, se penche, offre à nouveau ses seins, et lui, il la caresse, l'embrasse, mais les choses n'avancent pas. L'anxiété le gagne. Il tourne les yeux vers le miroir à la recherche d'un stimulus, mais le tableau de leurs peaux dansant comme des vagues n'y peut rien, le condom a modifié la perspective, la réalité a déplacé son phare, cette femme qui s'agite sur lui est redevenue le lieutenant Julie Juillet, ou peut-être même quelqu'un d'autre qu'il ne connaît pas...

Elle pense que la position ne lui convient pas. Elle manœuvre de manière à se retrouver dessous. Il se sent plus à l'aise. Il déploie ses forces, les yeux fermés, l'haleine dans le creux de son épaule, il reprend l'initiative, descend la main à l'intérieur de sa cuisse, sans cesser son va-et-vient, soulève l'articulation du genou, ramène la jambe vers le haut du corps.

Ainsi écartelée, elle souffre d'étirements, mais son vagin s'étend et elle découvre un espace intérieur qu'elle ne se connaissait pas. Il accentue le mouvement jusqu'à la limite de la brutalité. «Mais viens, viens donc!» pense-t-elle en se retenant de lâcher des petits cris de douleur. Il ralentit. Elle ne veut pas le perdre. Voilà qu'il s'arrête, reprend son souffle. Elle le sent diminuer.

— C'est bon! lui murmure-t-elle à l'oreille. J'aime ça quand c'est long...

La remarque le gonfle, et pas seulement d'orgueil : pour une fois qu'il fait attendre une femme.

— Tourne-toi.

Elle obéit, se place la face contre un oreiller et offre à cet homme dont elle ne peut plus suivre les gestes que par le biais imprécis du miroir, à cet homme qu'elle sait être un tueur de femmes, toute cette région de son anatomie qu'elle-même connaît si mal. C'est une position d'abandon total. Il pourrait en profiter pour la frapper, essayer de la tuer, mais elle se rassure : elle a confiance dans sa défensive.

Félix Mendelssohn a toujours trouvé que vu sous cet angle, un corps de femme évoque un instrument à cordes, un violoncelle dans le cas présent. Il aime contempler les fesses bien rondes, se voir s'y enfoncer encore et encore jusqu'à ce que jaillisse l'odeur, cette odeur unique. Et il y va, non sans jeter un regard au miroir qui lui renvoie l'image de sa toute-puissance. Son sexe a repris de la force. Il y parviendra; les yeux fixés sur le postérieur de Julie Juillet, il s'amuse comme un enfant sur un cheval à bascule...

Mais tout d'un coup, une douleur surgit à la base de son crâne, comme un subit éclat de lumière : les fesses! Il voit d'autres fesses! Il voit les fesses de Cécile Matzef!

Elle entend son cri, mais ce n'est pas ce cri qu'elle attendait. Elle va le perdre à nouveau.

— Encore! crie-t-elle, encore!

«Oui! pense-t-il! Encore, salope!» Il se met à mépriser Julie Juillet, Carma Vida, Cécile Matzef, Deborah Goldberg, Sonia, toutes et chacune des femmes du monde qui sont sa propre faiblesse, il les méprise par le mépris même, inavoué, qu'il a de lui-même, de ses mensonges, de son incapacité d'être simplement heureux, de vivre une vraie vie!

Elle sent qu'il se reprend et pour ne pas l'échapper une fois de plus, elle essaie de pousser, comme les filles des films pornos, des hurlements de chatte, des feulements de fauve, des grognements de chienne, n'importe quoi! Et tout d'un coup, elle sent qu'il atteint un paroxysme de volume et une dureté qui l'effraie, il la touche très profondément, lui fait mal!

— Aïe!

Il s'arrête sec. Elle entend le début d'un râle, mais une sorte de volcan fait éruption dans ses entrailles, sa vue se brouille, sa respiration se casse, tout en elle se désarticule, s'affaisse, elle pense qu'elle va mourir!

Mais non! L'air revient. Elle entend de nouveau Félix Mendelssohn qui court comme elle après son souffle. Il se laisse glisser hors d'elle et la dernière caresse du sexe gluant en rétraction, le poids du condom chargé de sa précieuse substance glissant sur son clitoris, relance un moment l'onde de choc.

Les deux se laissent tomber sur le côté.

«Oh! SAINTE-POCHE! T'ES CONNE, JULIE JUILLET, T'ES CONNE!»

Honteuse, furieuse, confuse, épuisée, mais étrangement bien, il s'en faut de peu qu'elle ne se laisse rouler pour retrouver le contact de cette peau. «MAIS QU'EST-CE QUI T'ARRIVE, SAINTE-POCHE?» Sur le dos, elle inspire et expire en regardant le plafond sublime en son vide, entendant distinctement chaque battement de son cœur. Elle entend aussi des cloches et se dit que c'est trop, que ce n'est pas possible, quand même! Elle réalise, non sans soulagement, que ce qu'elle entend en fait bel et bien, c'est le piano d'Érik Satie, imperturbable, qui reprend son premier nocturne, encore une fois... laquelle fois?

«T'ES CONNE, JULIE JUILLET! T'AS JOUI! T'AS JOUI, MAIS C'EST VRAIMENT PAS LE MOMENT, SAINTE-POCHE DE SAINTE-POCHE!»

Elle ferme les yeux, maîtrise sa respiration. «IL LE FAUT, JULIE JUILLET, IL LE FAUT!»

Elle s'assoit sur le bord du lit, cherche et retrouve son aube et, après un moment passé à la remettre péniblement à l'endroit, elle la revêt.

— C'était bien? fait la voix encore haletante de Félix Mendelssohn.

La question tombe à point : bête à souhait, elle remet les pendules à l'heure.

— C'était parfait, répond-elle, mais ne bougez pas, s'il vous plaît.

Le sachet à sandwich qu'elle a prévu est à sa place. Elle le prend, se retourne vers Félix Mendelssohn. L'organe, qui, un moment plus tôt, se confondait avec l'axe de rotation de la Terre, a perdu toute sa morgue, il repose entre les cuisses, encore enveloppé dans la membrane translucide.

— Laissez-moi vous débarrasser.

Il croyait que, dans l'ardeur de la copulation, ils étaient passés au tutoiement; il comprend que quelque chose ne va pas.

Elle retire soigneusement le condom dont l'anneau est déjà remonté au milieu de la verge. L'autre extrémité pend, lourde de sperme. Elle place le condom dans le sachet et ferme celui-ci en repassant deux fois sur la fermeture à pression. Elle observe un moment le fruit dérisoire de leurs ébats en essayant de bien rassembler ses pensées pour dire ce qu'il faut.

— Qu'est-ce qui ne va pas? demande Félix Mendelssohn qui s'inquiète de plus en plus.

— Tout va parfaitement bien! Rhabillez-vous, je vous en prie.

— Vous n'allez pas me mettre à la porte, tout de même? interroge-t-il en ricanant pour montrer qu'il n'envisage pas sérieusement cette perspective.

— Oh non! Mais rhabillez-vous, ce sera mieux.

Il ne comprend rien, mais il ne va pas rester nu par obstination. Il retrouve ses vêtements et les enfile de mauvais gré.

Quand elle devine, car elle ne le regarde pas, qu'il a terminé, elle se lève et allume le plafonnier. La clarté est cinglante. Félix Mendelssohn se lève à son tour, déterminé à recevoir une explication.

— Non, restez assis, Félix.

— Mais...

— Croyez-moi, il vaut mieux que vous restiez assis.

Normalement, l'orgueil exigerait qu'il se dresse plus encore, mais il est fatigué. Il se laisse retomber sur le lit.

— Eh bien voilà, je suis assis! Allez-vous me dire ce qui ne va pas?

— Je vais vous le dire dans un instant... et vous allez tout comprendre, mais avant, il faut que je vous prévienne.

— De quoi? Vous n'allez pas me faire des histoires, tout de même? C'est vous qui m'avez invité, hein!

— Bien sûr. Justement, vous êtes venu de votre plein gré, comme pourront en témoigner les policiers qui nous ont interceptés au barrage.

— Quoi? Témoigner pourquoi? Je ne vous suis vraiment pas!

— Vous allez comprendre. Je vous préviens seulement que les moments qui viennent vont être pénibles à vivre pour vous, mais il ne servirait absolument à rien de vous énerver. Ce sera pénible pour moi aussi d'ailleurs, ajoute-t-elle en jetant un regard empreint de tristesse sur un point quelconque du lit.

Il est assis; elle est debout, dans son aube, tenant des deux mains, contre son ventre, le sachet transparent avec le condom dedans. Ce n'est pas l'image que l'on se fait normalement d'un officier de police, et pourtant il apparaît à Félix Mendelssohn, de façon on ne peut plus évidente, que c'est sans contredit le lieutenant Julie Juillet qui lui parle ainsi et sans qu'il sache comment, il se rend compte, avec une brutalité qui lui monte aux joues, qu'il est pris.

— Ça va sans doute vous paraître euh... difficile à croire, dans les circonstances, mais je tiens surtout à vous dire que je ne veux pas vous faire de mal, en tout cas pas plus que ce qui est inévitable.

Le sperme! Elle tient son sperme! C'était donc ça, le piège! Sa gorge se noue, son cœur se défonce! Faudra-t-il qu'il la tue, elle aussi?

Julie Juillet lit la rage sur son visage.

— Restez calme, Félix, dit-elle de la même voix monocorde qu'elle utilisait tantôt pour lui demander de se dévêtir. Vous ne pouvez rien faire. D'abord, la police sait que nous avons dîné ensemble, puis que nous avons emprunté le pont dans votre voiture il y a... elle consulte le radio-réveil du coin de l'œil... moins de deux heures.

Il a de plus en plus mal à la tête; ce n'est pas une douleur à proprement parler, c'est comme un gonflement, une pression formidable sur l'intérieur de la boîte crânienne, un assourdissement qui donne aux choses une allure irréelle. Il reconnaît cette sensation : c'est celle qu'il a éprouvée juste avant de tuer Deborah Goldberg et Cécile Matzef. C'est la peur! Le mur dans son dos! Le mur inamovible de la réalité!

Julie Juillet perçoit parfaitement l'état de son amant d'un soir.

— Restez calme, Félix, je vous en prie. Tout geste déraisonnable que vous poseriez désormais ne ferait qu'empirer votre situation.

Ces dernières paroles font effet. Elle sent qu'il cherche à retrouver ses esprits. Elle profite de l'accalmie pour donner le coup suprême.

— Je dois aussi vous dire que j'ai prévu la possibilité qu'au delà de toute raison, vous vous attaquiez physiquement à moi, aussi ai-je pris une précaution adéquate. Ne bougez pas.

Julie Juillet s'approche du miroir de la garde-robe, sur lequel le film de leurs ébats, si frais encore dans leur

mémoire, est passé dans l'exact instant de leur accomplisse-
ment pour ne plus jamais revenir; on n'a jamais besoin
d'effacer un miroir et pourtant, ces images sont parfois
ineffaçables. Félix Mendelssohn regarde et se voit assis sur
le lit; il voit son propre désarroi sur son visage marqué par
l'émotion; il voit la moitié de Julie Juillet, debout, qui de
la main, dans le murmure des coulisses, fait disparaître son
double, puis lui-même, absorbé lentement par la bordure
verticale qui s'élargit, comme s'il glissait dans un autre
monde, derrière. Mais juste sur la ligne mobile de la
disparition de son image, de celle du lit, de la chambre, de
tout le décor, une autre apparaît, d'abord une zone bleue
qui s'allonge, le bras d'une chemise, une épaulette, un col,
un visage sombre, penché, un corps curieusement arqué,
l'autre bras, un revolver dans son étui...

— Ouf! s'exclame Philo en achevant de déplier son
corps pour s'extraire de sa cachette, je n'en pouvais plus!

Malgré un mince jour laissé entre la porte et le
chambranle, l'air dans le placard suffisait à peine à ce grand
corps.

— Je n'aurais jamais pensé que trente-trois minutes
pouvaient paraître si longues! ajoute-t-il, et il ne plaisante
pas.

C'était exactement ce qu'avait duré la scène torride
dont il avait été témoin sans la voir, trente-trois ridicules
minutes et vingt et une secondes entre l'entrée dans la
chambre et l'ouverture du placard, chronomètre en main.
Il a l'air froissé, au propre comme au figuré, et Julie a un
pincement au cœur : et si, en plus, elle avait abusé de son
ami, et s'il allait lui en vouloir? Elle se reprend et reporte
ses facultés affaiblies sur Félix Mendelssohn.

Ce dernier, bouche bée, regarde Philo, immense comme un génie et aussi inattendu que s'il avait jailli instantanément d'un bouteille de Coke !

— Je vous présente l'agent Philoclès Villefranche, qui a accepté le rôle ingrat de témoin et de protecteur.

Julie Juillet remet le sachet incriminant à Philo qui le range tout de suite dans un nouveau sachet, plus grand et muni d'une étiquette déjà remplie. Félix Mendelssohn sort de son hébétude, porte les mains à son visage et prend de profondes respirations.

— Vous ne pouvez pas m'arrêter, dit-il après plusieurs secondes de cet exercice. Rien ne me relie aux meurtres sur lesquels vous enquêtez.

— Mais la question n'est pas là. Mon but est de trouver le coupable ; pour ce qui est de l'arrêter, c'est une autre affaire. Or vous êtes le coupable, Félix, vous le savez mieux que moi. Dès demain matin, nos laboratoires auront établi que le sperme contenu dans ce sachet provient du même homme que celui qu'on a trouvé sur le corps des victimes.

— Et même si c'était le cas : les résultats de ces analyses ne sont pas sûrs à cent pour cent et ont déjà été rejetés comme preuve, vous le savez très bien !

— Je vois que vous vous êtes renseigné ; ce que vous dites est vrai lorsque l'on doit procéder avec des échantillons réduits, un cheveu ou un morceau de peau, par exemple, mais vous, vous vous êtes montré étrangement généreux, et nous disposons maintenant d'une bonne quantité de sperme frais et aussi pur qu'on puisse le souhaiter. C'est dire que nous pouvons répéter les analyses presque à l'infini et, dans ce cas, les probabilités d'erreur deviennent pour ainsi dire nulles.

Félix Mendelssohn l'a bien écoutée. De toute façon, depuis qu'il a compris le plan de Julie Juillet, il sait qu'il ne s'en sortira pas, que la réalité vient de le rattraper pour de bon; comme un boxeur qu'un direct a vidé de ses forces, il essaie d'envoyer encore des coups, mais souhaite au fond que la cloche sonne au plus tôt.

— Je vais me battre, dit-il. Je vais contester la façon dont vous avez procédé; vous n'aviez pas le droit de faire ça.

— Je conviens que vous auriez plus de chances de succès en empruntant cette voie, dit Julie qui se déplace dans la pièce, les mains jointes comme un moine. Je ne vous cache pas d'ailleurs qu'à l'exception de mon ami Philo, aucun des policiers impliqués dans l'opération n'est au fait des détails. Mes supérieurs ont une grande confiance en moi... Je ne vous cache pas non plus que cette histoire risque de me placer dans une situation fâcheuse, mais j'ai une vision bien à moi de ce métier, un métier dont, vous le savez, je n'ai pas absolument besoin pour vivre. La seule pensée d'un assassin qui se promène en liberté m'empêche de jouir de la vie, et c'est pourquoi je prends tous les moyens pour conclure le plus vite possible. Cela dit, pensez-y un instant : quand bien même vous contesteriez la manière dont ces preuves ont été obtenues, quand bien même un juge les rejetterait, elles n'en seront pas moins réelles ! Un des frères de Deborah Goldberg a offert une prime de cent mille dollars – américains ! – à qui permettra de vous arrêter ! Je n'y ai pas droit, rassurez-vous, mais imaginez comme on s'acharnera sur vous ! Inexorablement, on finira par vous inculper de nouveau. Et vous-même, Félix, comment pourriez-vous vivre, dans le cas où on vous rendrait votre liberté ? Pensez à votre famille, à vos amis, à votre milieu de travail! Dans la meilleure des hypothèses, ils douteraient de vous! Mais quel doute!

Le dos de Félix Mendelssohn ressemble maintenant à la moitié d'une voûte romane. Toujours assis au bord du lit, les yeux au plancher – en fait, il y est tout entier, au plancher –, il respire à peine, rêve qu'il rêve, qu'il va se réveiller.

— Je vous ai dit que je ne voulais pas vous faire plus de mal que nécessaire, Félix, continue Julie Juillet...

— Mais comment pouvez-vous être tellement certaine que c'est moi? l'interrompt-il brusquement. Pourquoi est-ce que j'aurais fait ça, hein?

— Pourquoi l'avez-vous fait? reprend Julie Juillet, dont la voix reste calme comme celle d'un psychiatre parlant à son patient. Je n'en sais rien, mais je compte que vous me le disiez.

— Ha! C'est ça, vous pouvez toujours y compter!

— Pour ce qui est de savoir comment j'ai acquis la certitude que vous êtes le coupable, continue la détective en ignorant délibérément la dernière réplique, c'est un mélange de logique et d'intuition. La part de la logique, c'est que ces assassinats ne pouvaient être attribués à un psychopathe, ensuite que cette photo avec votre visage encerclé ne pouvait être l'effet du hasard, et aussi que vous étiez à peu près certain d'obtenir une très importante promotion, donc que vous aviez quelque chose à perdre. La part de l'intuition, c'est que vous êtes le type d'homme à commettre un crime et ça, je l'ai senti. C'est un don que j'ai acquis, à très fort prix, alors je m'en sers. Au fond d'ailleurs, je ne risquais pas grand-chose; si je m'étais trompée, Félix, vous n'auriez jamais accepté de venir chez moi, ni même de me rencontrer au restaurant. Mais c'était plus fort que vous, et c'est ce «plus fort que vous» que je perçois.

— Je ne crois pas à la perception extrasensorielle, persifle Félix Mendelssohn. On n'est pas dans une bande dessinée !

— Oh non ! C'est une perception sensorielle, croyez-moi, très sensorielle !

Le ton de Julie Juillet s'est fait très grave. Félix Mendelssohn la fixe silencieusement, décontenancé, et Philo fait de même. Elle se tait encore quelques secondes, puis succombe au silence et dit :

— J'ai perdu ma virginité à neuf ans, Félix, dans les bras d'un homme qui avait trois fois cet âge, qui savait très bien ce qu'il faisait... mais c'était plus fort que lui. C'est enregistré pour toujours. Ça vient de loin, et ça vient de loin pour vous aussi, n'est-ce pas ?

Félix Mendelssohn devient tout rouge ; son front se mouille de sueur. Philo a la gorge serrée et plisse les yeux pour les empêcher de couler.

— Mais n'allez pas croire que je cherche à me venger, poursuit Julie Juillet. Je ne crois pas aux vengeances, ni aux châtiments, du moins aux châtiments imposés par les autres. Vous êtes pris, Félix : vous le savez depuis notre première rencontre, et vous le saviez avant, avant peut-être même de commettre le premier meurtre, que vous alliez vous faire prendre, même si vous ne vous l'avouiez pas. En vérité, vous vouliez être pris !

Il ne rougit plus, ne transpire plus ; il regarde, l'écoute, et quelque chose de bon descend en lui, quelque chose qu'il a peut-être connu il y a très longtemps : s'il avait le cœur à chercher le mot juste, il dirait que c'est l'apaisement. Son mal de tête diminue. Elle a raison : il a toujours voulu être pris, puisqu'il n'avait pas le courage d'avouer.

— Mais bien sûr! continue-t-elle. Si vous n'aviez pas voulu être pris, pourquoi auriez-vous signé vos crimes avec tout ce sperme? Ce n'était pas nécessaire, vous auriez pu trouver autre chose, lacérer les victimes, par exemple.

— Oh! fait Félix Mendelssohn en guise de protestation.

— Voilà! Vous n'êtes pas si méchant, Félix, vous êtes faible.

— Faible... fait-il en hochant la tête.

— En tout cas, faible par rapport aux forces qui vous agitent, dit Julie Juillet comme pour adoucir son jugement. Vous n'êtes pas le seul, vous savez, malheureusement, nous vivons dans un monde qui n'accepte pas encore la faiblesse, qui ne veut pas la voir, qui invente des carapaces, mais il y a des points où ça craque, vous êtes un de ceux-là.

Après un moment de silence pendant lequel il semble méditer ces paroles, Félix Mendelssohn prend une profonde respiration et demande :

— Quelle est la suite? Qu'est-ce que vous allez faire de moi?

— À ce stade-ci, vous n'avez plus le choix : il va vous falloir être fort. J'entends par là assumer la réalité. Je peux avoir en mains les résultats des analyses dès demain, si je me dépêche. Je peux aussi prendre mon temps. Je vous l'ai dit, le châtiment ne m'intéresse pas. Je vais vous faire une proposition.

— Bien aimable!

— D'abord, vous allez produire une confession complète, dans laquelle vous expliquerez en détail le comment et le pourquoi. Je vous dicterai les premières lignes et pour le reste, ce sera *ad lib*.

— Vous manquez de bonnes histoires?

— Pas pour le moment, mais je ne vous dis pas que je n'y trouverai pas une inspiration un de ces jours. Non, en vérité, c'est que j'aime comprendre, voilà tout. Vous pourrez prendre tout le temps que vous voudrez. Nous avons tout ce qu'il faut pour enregistrer cette condession sur vidéo, mais vous pouvez tout aussi bien l'écrire, je vous laisse le choix.

— Et après?

— Après, vous serez libre, libre de vos mouvements, s'entend. Libre aussi de décider comment terminer cette histoire. Vous pouvez vous livrer à la police au moment qui vous conviendra dans un délai de... disons cinq jours. Il y a d'autres solutions, mais je ne vois que celle-là qui soit vraiment recommandable. Je ne vous demande qu'une chose : c'est de m'avertir au préalable, par le biais d'une journaliste dont je vous donnerai les coordonnées. Cela fait, qu'importe ce que vous direz pour expliquer vos crimes, pour autant que cela ne nuise à personne d'innocent, la confession que je vous demande ne sera jamais dévoilée.

— C'est la méthode romaine. Vous me donnez un poignard et me promettez de ne pas embêter la famille!

— Oui, c'est un peu ça, mais je ne vous demande pas de vous suicider : je vous offre seulement la possibilité d'éviter l'opprobre de l'arrestation et d'un long procès; en vous livrant, vous bénéficierez d'une certaine indulgence.

— Pourquoi faites-vous ça? Parce que vous avez honte de m'avoir mené en bateau toute la soirée?

— Non. Pourquoi aurais-je honte? Pour avoir payé de ma personne?

— Payé! C'était donc si éprouvant?

— Vous savez bien ce que je veux dire. Je le fais pour la raison dont je vous ai parlé tantôt, que je ne crois pas aux châtiments, et surtout parce que c'est possible, tout simplement, et pour d'autres raisons aussi, que je préfère garder pour moi.

Félix Mendelssohn regarde tour à tour Julie Juillet puis Philo, qui se maintient dans une impassibilité admirable.

— Je suppose que je n'ai pas le choix, sinon entre le bûcher et la hache, comme au Moyen-Âge, fait-il, résigné, en se levant.

Il est pitoyable à voir dans ses vêtements défraîchis. On dirait qu'il a vieilli de dix ans, de vingt ; il a le regard de ceux qui ont vécu et aux yeux de Julie Juillet, paradoxalement, il semble plus beau.

— Le choix, dit-elle, vous l'avez eu à d'autres moments.

— Oui, répond-il. Allons-y.

— Est-ce qu'on installe la caméra ?

— Non, je ne pourrais pas, et puis j'aurais l'impression de parler encore pour la galerie... J'aime mieux faire ça tout seul.

— L'agent Villefranche va vous installer dans la cuisine. Moi, je m'habille et je vous suis. Je vais préparer du café ; vous prendrez le temps qu'il faudra. Nous allons nous efforcer d'être aussi discrets que possible.

— Si vous aviez quelques aspirines, aussi...

Félix Mendelssohn se lève. Il fait deux pas, s'arrête, réfléchit, se retourne, les sourcils en point d'interrogation :

— Mais alors, l'histoire de Gauthier et de son faux alibi, c'était un mensonge ?

— De bout en bout.

Il fixe Julie Juillet et par petites toux, comme un tortillard qui démarre, il se met à rire.

— Qu'est-ce qu'il y a de drôle ?

Il agite sa main devant son visage comme si cela pouvait chasser le rire. Il fait «non» de la tête, puis se ravise et dit :

— Un mensonge! Je me suis fait avoir par un «énaurme» mensonge, moi, un artiste de la «menterie»!

Félix Mendelssohn s'assit devant une pile de feuilles lignées. Il avait remis sa cravate et son veston, s'était passé la main dans les cheveux, mais un coup d'œil dans le miroir lui avait fait comprendre que ces gestes rituels ne pouvaient rien contre l'affaissement de ses traits, et que sa belle tête de chanteur de charme méditerranéen appartenait désormais à son passé. Julie Juillet avait préparé le maximum de café et l'assassin en but quelques gorgées, et sourit du bout des lèvres à la vue de la tasse d'enfant, à deux anses, ornée d'une ronde de petits lapins bruns à la queue en boule blanche.

— Encore des lapins... C'est une passion! marmonnat-il.

— Je ne m'en cache pas.

Elle lui proposa aussi des cigarettes.

— Au point où j'en suis...

La première bouffée l'étourdit, la seconde provoqua une vague nausée, la troisième passa déjà mieux.

— Pas croyable! Des années d'abstinence et en quelques secondes, ça n'y paraît plus!

— On commence?

— Par quoi?

— Par ce que je vais vous dicter, puis allez-y *ad lib*, comme je vous ai dit.

Moi, Félix Mendelssohn, domicilié au 1427, rue Mulroney (...), actuellement responsable des relations publiques au Conseil des académies non confessionnelles, en pleine possession de mes facultés mentales et en toute liberté, en présence des témoins soussignés, je reconnais être le seul responsable des meurtres de Cécile Matzef et Deborah Goldberg.

Félix Mendelssohn hésita avant d'écrire ces premières lignes et Julie Juillet retint sa respiration, craignant qu'il ne fît marche arrière. Elle le vit se mordiller les lèvres, joindre ses mains comme si l'une essayait de terrasser l'autre, fermer les yeux, les ouvrir, la regarder avec une expression de supplicié, hocher la tête en soupirant, et finalement prendre le stylo, se mettre à l'œuvre d'abord lentement, puis avec une ferveur tranquille, sans s'interrompre, sinon pour une gorgée de café ou une cigarette, et son visage, loin d'exprimer la souffrance, s'imprégna d'une grave beauté.

Par où commencer? Peut-être dois-je d'abord vous dire que je me sens bien tout d'un coup, aussi étonnant que cela puisse paraître pour un homme en train de tomber de si haut, sans rien pour amortir sa chute... si ce n'est votre amabilité, lieutenant Julie Juillet, qui, au lieu de m'incarcérer sans ménagement, comme je le mérite, me laissez le temps de réfléchir. Je me sens bien malgré les remords; oui, que cela soit dit une fois pour toutes, je regrette mes actes. Si je ne les regrettais pas il y a deux heures à peine, c'est que je n'en avais pas pleinement conscience. Maintenant, les faits sont là, dans leur brutalité; je ne peux pas les oublier, ni les changer, même pas les embellir ainsi que j'ai toujours procédé. Je n'ai plus rien à gagner ni à perdre, je n'ai plus de raison de jouer la comédie, de présenter mon petit numéro.

La réalité est là, unique, incontournable, comme je dis si souvent dans mes discours (disais...). Incontournable : quelle farce quand on sait à quel point tout ce monde dans lequel j'ai évolué s'applique justement à contourner.

Viendra bien le jour où il sera, comme moi, confronté à sa duplicité. J'aurais peut-être dû m'intéresser davantage à la religion. Il est vrai que mes parents ne m'y ont guère habitué. Et puisqu'on en est aux aveux, je suis, comme eux, athée. Je n'en ai jamais parlé, comme eux. Juif dans un milieu juif, ce n'est pas recommandable d'être athée. Le milieu n'en saura rien, d'ailleurs : cela lui ferait peut-être plus de peine que d'apprendre que j'ai tué deux femmes.

J'ai tué deux femmes... Vous devriez me forcer à le copier cinq cents fois, comme on l'impose encore aux mauvais élèves, ou cinq mille, jusqu'à ce que je n'aie plus du tout de ces petites rechutes comme celle que je viens juste d'avoir, qui me poussent à jeter cela derrière mon dos : moi, tué deux femmes ! J'ai dû rêver, voyons !

Pourtant, ces mains ont tiré si fort sur la corde de nylon pour tuer Deborah Goldberg qu'en rentrant j'ai dû me tremper les doigts dans de la glace. Le lendemain, j'avais encore mal.

On a les mains plus tendres que le cœur, dans la bureaucratie !

Permettez que je lâche un peu de ce fiel que je ravale depuis tant d'années ? Ce n'est pas pour me disculper, j'ai profité de ce système, plus que bien d'autres, même.

Croirez-vous que j'ai pris rendez-vous avec un acupuncteur chinois spécialiste de l'arthrite ? Il fallait bien attribuer une cause naturelle à cette douleur. Il n'y a qu'une façon de faire un bon vendeur, madame : c'est de croire en son produit. C'est la même chose dans les relations publiques : il faut croire en ses mensonges.

J'ai tué deux femmes. La première s'appelait Deborah

Goldberg. *Elle était Juive, comme moi, plus que moi, sûrement, parce que mon cas est assez spécial, et puis ça n'a rien à voir au fond, sinon par le fait que nous avons déjà été voisins, que nous nous connaissions sans vraiment nous connaître.*

Pourquoi l'ai-je tuée ?

Parce qu'elle était réelle. Je sais, ça demande des explications. Je vais y venir.

Comment l'ai-je tuée ?

Je l'ai tuée dans le stationnement souterrain du Complexe Métropolitain, en l'étranglant avec une cordelette de nylon bleue, vous savez, du type qu'on utilise pour attacher les gros paquets dans les magasins. Nous venions de dîner, souper, si vous préférez, au restaurant. Elle était passablement ivre, ce qui aura, je le souhaite, atténué sa souffrance. Je lui ai ouvert la portière de ma voiture, elle s'est assise. J'ai dit que je devais ramasser quelque chose qui était tombé du siège arrière. Il n'y avait personne, pour notre plus grand malheur à tous. J'avais stationné à l'étage le plus bas, pour ne pas être vu, et pourtant je n'avais pas vraiment planifié, je vous assure, mais je savais que la corde était là, comme d'habitude, avec quelques autres babioles qui peuvent toujours servir, dans l'une des pochettes aménagées au dos des sièges.

C'est allé très vite. J'ai pris la corde, la lui ai passée sous le menton, le temps qu'elle fasse un bref «Eh!», et j'ai tiré de toutes mes forces, en resserrant la corde sur l'appui-tête, jusqu'à ce qu'elle ne bouge plus pendant un bon moment. Je ne saurais dire avec exactitude combien de temps a duré l'agonie; j'avais les yeux fermés et je m'efforçais d'être sourd aux sons affreux qui s'échappaient de sa gorge, qui n'avaient rien d'humain, qui faisaient plutôt penser à un renvoi qu'on dégage.

Elle ne s'est pas débattue. Sans doute a-t-elle essayé d'arracher la corde, mais celle-ci s'était enfoncée dans la chair.

*Il n'y avait toujours personne en vue. J'ai fait une boucle avec
la corde pour empêcher le corps de tomber vers l'avant et
j'ai pris ma place derrière le volant.*

*Alors j'ai vu sa langue toute sortie, comme bleue. J'ai
pensé la réintroduire dans sa bouche, mais je n'en ai pas eu
le cœur. J'avais eu dans l'idée de la garder assise; je me suis
ravisé. Je suis ressorti de la voiture, j'ai ouvert la portière,
incliné le dossier au maximum, puis je l'ai poussée en arrière,
ce qui n'a pas été facile, même si elle était plutôt menue.
Ensuite, je l'ai tassée entre les sièges pour qu'elle soit le moins
visible possible, et j'ai pris la couverture dans le coffre arrière.*

*Jamais je n'ai pensé que quelqu'un aurait pu nous
surprendre. Non! Comme je refermais le coffre, j'ai entendu
des voix à l'autre bout du stationnement : un homme et une
femme venaient vers une voiture qui se trouvait à quelques
emplacements au-delà de la mienne. J'ai pris soin de ne pas
m'énerver et j'ai eu tout juste le temps de placer la couverture
avant qu'ils soient en position de voir quelque chose. Je me
suis remis au volant comme si de rien n'était. À la sortie du
stationnement, le préposé n'a rien vu.*

*J'ai pris le pont des Iroquois et j'ai roulé pendant plus
d'une heure sur l'autoroute. C'est en chemin que j'ai décidé
d'abandonner le corps à Potter's Falls. Je connais le coin pour
y avoir déjà loué un chalet. Les chemins non pavés étaient à
peine praticables. Je ne suis pas allé très loin. Au premier coin
sans lumière, je me suis arrêté. Quand j'ai tiré le corps hors
de la voiture, la jupe s'est relevée... C'est épouvantable, je
ne peux pas raconter ça...*

*Café et tabac, deux poisons qui ont leur utilité... Vous
allez me mépriser, mais je vous prie de ne pas faire de
commentaires quand vous lirez ces lignes, puisque je suppose
que vous le ferez en ma présence... par contre, j'aimerais*

mieux que votre collègue s'abstienne de prendre connaissance de ma turpitude avant que je sois hors de sa portée...

Vous me mépriserez à juste titre d'ailleurs, mais Deborah Goldberg avait des fesses de jeune femme. Elle portait un collant sur un slip bordé de dentelle, et cette vision a provoqué chez moi un début d'érection; j'ai eu envie d'elle! C'est dégoûtant, n'est-ce pas? monstrueux? N'importe quel adjectif qui vous convient me convient aussi, mais c'est comme ça, c'est moi, c'est comme vous l'avez dit, plus fort que moi, je l'aurais sautée! Mais c'était un cadavre... J'ai quand même des limites! Puis l'idée de maquiller ce meurtre en crime sexuel m'est venue, comme la solution d'une équation! J'ai dénudé le bas de son corps... et, oui, je me suis masturbé sur elle.

Ça y est, j'ai recommencé à fumer pour de bon. Votre collègue a l'air de méchante humeur; c'est peut-être la fumée qui le dérange. Vous semblez avoir pleine confiance en lui; j'espère qu'il n'est pas du genre Rambo...

Il faut bien que je revienne à mon sujet : je me suis masturbé (est-ce que le mot est vraiment laid ou le paraît-il par un effet de morale judéo-chrétienne?). Cela n'a pas été long. Je suis un monstre, sans doute... Pourtant non! C'est comme si les événements que je viens de décrire étaient en fait sans rapport entre eux, comme si je m'étais convaincu de n'avoir tué personne, comme si ces fesses étaient là par hasard, pour mon bon plaisir. Comprenez-vous?

Ensuite, je l'ai tirée hors de la voiture et je l'ai jetée telle quelle dans le fossé. Je suis rentré, passé minuit, dans la capitale. J'avais gardé son sac à main et sur l'autoroute, par intervalles, quand il n'y avait personne derrière, je jetais une partie de son contenu par la fenêtre et, finalement, le sac lui-même.

J'ai trouvé une station-service ouverte pour faire le plein et surtout laver la voiture afin d'enlever les traces de boue, *me débarrasser de la corde. Le lendemain, je suis rentré à l'heure habituelle au bureau et je me suis éclipsé à dix heures pour aller passer l'aspirateur dans une autre station-service.*

Quand j'ai été certain qu'il n'y avait plus aucune trace d'elle dans la voiture, j'ai passé un autre genre d'aspirateur, dans ma tête celui-là. J'ai essayé de penser froidement, et le fait était que Cécile Matzef ne devait pas rester en vie.

Mais vous voulez savoir pourquoi, c'est vrai. J'arrive si bien à cacher certaines choses au fond de ma tête qu'il faut que je fasse un effort pour les retrouver! Parce qu'elle était réelle, l'ai-je dit? Ce n'est pas très clair, j'admets.

Disons que tout ça, c'est une histoire de femmes. Pas nécessairement de ces deux femmes-là, de toutes les femmes, et de moi. Je sais bien que j'ai la réputation d'être un homme à femmes, et elle est drôlement justifiée; d'ailleurs vous le saviez déjà et vous en avez habilement profité. Pourquoi? Je n'en sais rien. Il est dans la nature des choses que l'homme désire la femme, mais l'être humain n'arrive pas au monde comme pré-ajusté en usine.

Mon cas est assez simple : depuis que j'en ai l'âge, je bande, comment dire, à tout venant! Pour autant que le venant soit une venante, bien qu'encore une fois... peut-être que si j'avais rencontré mon homme... S'agit-il d'un défaut de fabrication ou est-ce que je suis à la recherche inconsciente d'un sein maternel qui m'aurait manqué? Je l'ignore. Je suppose que j'aurais pu me faire soigner, mais, voyez-vous, le besoin démesuré de sexe – de femmes, surtout – est un vice qui, contrairement à d'autres comme l'alcool ou le jeu, ne précipite pas son porteur dans une déchéance rapide; c'est même un vice que bien des hommes, sûrement, m'ont envié, ignorants qu'ils sont des multiples inconvénients puisque, comme tout vice, celui-là se nourrit de l'insatisfaction perpétuelle. Par chance, j'ai une belle gueule (en tout cas, je l'avais jusqu'à cette nuit)! Je ne me vante pas, je ne fais que répéter ce qu'on m'a dit.

Je me demande ce que je serais devenu si j'avais été laid. Il aurait fallu que je me marie, ou que je paie – mais j'ai payé quand même –, ou que je m'inflige des douches glacées. Peut-être me serais-je jeté dans le travail pour faire diversion et serais-je devenu un grand homme, un millionnaire ou un artiste, un président! Peut-être aurais-je violé et me serais-je retrouvé en prison pour l'être à mon tour, et qui sait si je n'aurais pas aimé cela? (J'en doute...)

Homme à femmes! On ne croit pas si bien dire. Elles m'ont fait et m'ont défait. Si je ne bois jamais trop, c'est de peur de rater une occasion; si j'ai cessé de fumer, c'est parce que les non-fumeuses ne tolèrent plus les fumeurs (alors que les fumeuses n'exigent rien, sinon qu'on ne leur rebatte pas les oreilles avec le cancer du poumon); si je mange modérément, c'est pour garder la ligne séduisante – de plus en plus difficile! – et si j'ai un peu d'ambition, c'est parce que le pouvoir est le seul leurre auquel certaines femmes mordent.

C'est fatigant... tout ça... et je suis fatigué, je m'en rends compte! Il y a quelque temps que je me sens las, d'ailleurs, et pourtant, cher lieutenant, je n'ai pas pu vous résister. En passant, je vous ai menti, à propos de Carma Vida : je l'ai beaucoup lue, parce qu'en plus de courir les jupons, figurez-vous que je dois parfois me satisfaire moi-même! Je me rassure en me disant qu'il doit y avoir une logique derrière tout ça, qu'en cas de famine, ou d'épidémie, ou de catastrophe nucléaire, quand plus un homme n'aurait de goût pour la bagatelle au point de menacer la survie de l'espèce, eh bien! il resterait toujours un brave Félix quelque part pour s'occuper d'ensemencer les femelles encore en état de servir!

Je fais des digressions, je sais, mais vous avez dit que vous me laisseriez tout le temps, et ce temps-là est tout le temps qu'il me reste, alors j'en prends!

Vous ne vous plaignez pas, vous êtes là, silencieuse, impassible; que j'aimerais connaître vos pensées comme vous allez connaître les miennes! C'est étrange, j'ai l'impression que vous êtes moins en paix que je le suis.

Venons-en quand même aux faits. J'avais dix-huit ans et ma famille avait été invitée à une fête, une circoncision, sans doute. On m'a présenté à un vieux bonhomme vaguement apparenté, qui parlait le smoked meat, *comme je disais dans le temps pour me moquer des Juifs anglophones. Il s'est mis à faire mon éloge, même s'il me voyait pour la première fois – mais puisque j'étais Juif! – et il a conclu en disant:* «We need young men like you, who can teach in Parisian French*!» We, *c'était le C.A.N.C., et le Parisian French, c'était en somme le français avec toute espèce d'accent sauf celui de l'Amérique du Nord. Vous savez que les Juifs ont un sens très poussé de la communauté, et cela se comprend, et je n'ai rien contre, bien sûr, mais disons que je me suis toujours senti un peu profiteur par rapport à eux... Je les aime bien, mais j'ai toujours été... décroché, oui, c'est à peu près le bon mot.*

Ma mère avait dû le mettre au fait de mes intentions, pourtant bien vagues, de m'orienter vers le monde de l'éducation (c'était bien son genre), et j'ai su dès lors qu'une place m'y attendait. Cela faisait mon affaire, car ma vie sexuelle déjà bien en selle était fortement entravée par le fait que j'habitais chez mes parents! Une possibilité d'emploi

---

* Nous avons besoin de jeunes hommes comme vous, qui peuvent enseigner dans le français parisien.

rapide signifiait l'autonomie financière, une voiture (indispensable!) et un appartement.

Trois ans plus tard, je me suis retrouvé devant trente enfants dans leur treizième année. Les filles étaient à croquer vives et même les garçons me troublaient. La peau des enfants a quelque chose qui attire tout le monde, même les vieilles tantes «biodégradées» (ce mot est de moi; il m'arrive d'avoir des flashs). Les enfants, oui, et aussi les chiots, les chatons, les bébés phoques, tout ce qui est doux, lisse, frais, jeune... vous comprenez, n'est-ce pas, vous qui aimez tant les lapins! Le petit dernier de la famille n'en finit plus de distribuer des «bisous». Pour la plupart des adultes, c'est un plaisir anodin qu'ils ne prennent que s'il leur est offert, mais pour ceux qui sont comme moi, c'est un combat de chaque instant contre le vice. Car je me connaissais déjà: j'avais goûté à ce fruit défendu – mais ce n'était pas moi, je me disais, c'était quelqu'un d'autre aujourd'hui disparu.

Je me suis longtemps demandé si je n'étais pas qu'un pédophile non pratiquant, refoulé. Je crois qu'il y en a bien plus qu'on ne le pense, chez les hommes. Regardez le commerce sexuel: qu'est-ce qui se vend le mieux? La jeunesse, toujours. Évidemment, de là à faire des choses avec des enfants, il y a une marge. C'est une question de contrôle, ou de circonstances. Oui, j'ai fait ça, mais j'étais bien jeune. Est-ce une excuse? Je ne sais pas. Je paie la facture pourtant, maintenant. En tout cas, c'est assez pour comprendre comment on peut en arriver là. Si je n'avais pas eu tant de facilité avec les femmes, j'aurais peut-être ma photo affichée dans les écoles à l'heure actuelle.

Quoi qu'il en soit, je me suis tenu aussi loin que possible des enfants: je me suis composé un personnage de glace, sec et tranchant, pour leur passer l'envie de se coller à moi comme ils le faisaient parfois avec des collègues. Les enfants ont eu peur. C'était parfait : ils ne bougeaient pas, moi non plus. J'expliquais, je donnais les exercices, il ne se passait rien. Les mères de ces enfants étaient plus âgées que moi, mais elles avaient souvent conservé un certain charme ; pas question non plus de les toucher : j'étais plus froid encore avec elles. Ainsi me suis-je attiré les compliments de mes supérieurs qui se réjouissaient de n'entendre jamais parler de moi et, grâce aussi aux appuis qui m'avaient valu mon emploi, j'ai été, après seulement trois années, libéré de cet enfer de tentation, pour accéder au monde infiniment moins menaçant de l'administration.

À titre de directeur adjoint, j'étais encore en contact avec les enfants, mais s'ils m'avaient craint comme instituteur, ils vivaient désormais dans la terreur de me trouver sur leur chemin. J'avais pour supérieure immédiate une femme de quinze ans mon aînée qui ne tarissait pas d'éloges à mon endroit et qui, sous sa carrure de fonction, cachait des formes encore identifiables et un appétit plus qu'honorable... que j'honorais sans mesquinerie, vous vous en doutez bien, parfois directement sur le bois lisse de son bureau et au son du bruissement caractéristique d'une école primaire en pleine activité. Il y a de jeunes turbulents qui s'attendaient à être fouettés à mort – car le châtiment par la courroie faisait partie de mes tâches – et qui ne devineront jamais à quelles olympiques séances de jambes en l'air ils doivent d'avoir été renvoyés en classe après tout juste une gentille remontrance, au grand désarroi sans doute des professeurs exaspérés qui ne pouvaient plus les endurer, mais comme les profs me craignaient autant que les élèves, ils écopaient. Je me disais qu'ils étaient là pour ça, après tout.

Quand ma directrice a été promue, elle m'a entraîné dans son sillon (qui prenait de la ride) grâce à un poste de conseiller *pédagogique. Cette fois, la libération était totale, la vraie vie pouvait commencer. J'étais fier de moi, non pas tant d'avoir gravi les premiers échelons à une vitesse qui allait à l'encontre même des politiques du C.A.N.C. – des politiques qui servent à justifier bien davantage l'inaction que son contraire –, mais fier d'avoir survécu à la promiscuité juvénile sans m'être le moindrement compromis. Étonnant, ne trouvez-vous pas? Alors que tous croyaient que je m'efforçais de bien accomplir ma tâche, je ne faisais que m'appliquer à dresser entre les jeunes et moi des barrières infranchissables!*

Conseiller pédagogique, une fonction qui ne m'intéressait pas le moins du monde avant qu'elle me soit offerte, c'était le job idéal pour un individu de mon espèce! Imaginez! J'allais d'une école à l'autre, rencontrant à la douzaine de jeunes institutrices désespérées qui ne demandaient qu'à verser leurs larmes amères au creux de mon épaule accueillante et suavement parfumée! La nécessité de me rendre sur le terrain m'a permis d'ailleurs de prendre quelque distance avec mon ex-directrice, et d'en rencontrer d'autres qui, n'ayant pas encore fait le saut, ne dédaignaient pas de... se faire sauter! par ce jeune et fringant loup qu'elles percevaient, oh! combien justement!, comme une valeur montante.

Excusez-moi d'en rire! Je devrais pleurer, mais c'est comme si je racontais l'histoire d'un autre, et tant qu'il ne tuera pas, cet autre, son histoire sera risible! J'ai été, bien sûr, en butte à la mesquinerie de quelques mâles jaloux, mais je devenais habile au jeu du louvoiement – jeune loup, ai-je dit! – et de la séduction, et j'ai appris soit à les manipuler, soit à les écarter. Je fonctionnais comme vous, chère Carma Vida, je dessinais des images, mais au lieu de le faire sur du papier, je le faisais sur ma propre personne, et sur celle des autres. Comment séduire une femme? Amenez-la à croire qu'elle est un peu plus belle qu'elle ne l'est réellement. Vous pouvez procéder de la même manière avec un homme, mais il va en perdre la tête et ne vous lâchera plus. Et chaque fois que vous rencontrez un supérieur hiérarchique, montrez bien haut que vous trouvez qu'il effectue un travail formidable, que sa boîte est la meilleure du pays, que les critiques ne voient que les mauvais côtés, soyez positif jusqu'à en vomir, et l'on vous trouvera brillant, dynamique, prometteur, rafraîchissant, et surtout l'on vous aimera!

Qui est-ce qui parle ainsi? C'est moi? Il faut que je sente très vivement la proximité de ma fin pour que sorte tout ce vinaigre. J'ai tant menti, Seigneur! À moi d'abord, car si on ne croit pas à ses propres mensonges, les autres y croiront encore moins. Tenez: quelle est la phrase que j'ai prononcée le plus souvent tout au long de mon ascension? Devinez. Vous ne le pouvez pas, bien sûr. «N'oublions jamais que tout ce que nous faisons, nous le faisons exclusivement pour l'élève!» Vous vous rendez compte! C'était ma marotte, moi qui ne me suis jamais le moindrement intéressé aux jeunes, sinon pour peupler mes plus noirs fantasmes!

Je ne pense pas que je vous choque. Vous vouliez savoir, et bien sachez! De toute façon, vous m'aviez deviné. Ce que je ne comprends pas, c'est que vous ne soyez pas plus vindicative à mon égard, après ce que vous avez subi dans votre enfance. Pourquoi vous m'approvisionnez en cigarettes, alors que vous devriez avoir envie de me brûler... La cigarette du condamné, je présume! Mais c'est à moi de m'expliquer, puisque c'est moi qui suis coupable.

On est toujours puni par où l'on a péché. C'est dans la Bible. Périra par le glaive qui tue par le glaive. On n'échappe pas à sa nature, à ses faiblesses, à ses vices, quand on y a cédé une fois. En tout cas, j'aimerais que ce soit vrai. Prenez Hitler, qui a martyrisé les millions de personnes qu'on sait, sans compter les morts par acte de guerre : il s'en est tiré avec une balle dans la bouche. Mort instantanée. Il n'a pas payé cher, je trouve... mais nous n'y étions pas. Et Pol Pot, lui, mort dans son lit! C'est à se demander pourquoi on se priverait, vous ne trouvez pas? Mais j'ai mis tant d'énergie à «foutailler» qu'il ne m'en est pas restée pour la philosophie. En tout cas, mon histoire à moi, elle serait bien à sa place dans un livre de morale, dernier chapitre. N'oubliez pas que je suis toujours en train d'expliquer pourquoi j'ai tué deux femmes, moi qui ne suis guère violent de nature, je vous jure. C'est que, l'ai-je dit, comme la plupart de ceux qui me ressemblent, j'aime plus encore les femmes quand elles sont jeunes.

J'aurais filé sans encombre sur la voie royale jusqu'au poste de directeur général si, par un matin quelconque de février, n'étaient entrées dans mon bureau une jeune fille de seize ans nommée Nancy Thibault accompagnée de sa mère. Elles m'étaient envoyées par la Castelneau. Ah! la vieille vache! Elle l'aurait fait exprès que ça ne me surprendrait pas du tout! Elle n'est évidemment pas assez intelligente ni imaginative pour avoir envisagé tout ce qui allait découler de cette rencontre, mais je suis sûr, oui, qu'elle était bien consciente de jeter une pelure de banane sur mon chemin, en souhaitant que le hasard me fasse glisser dessus. Elle me déteste depuis mon entrée dans la grande bâtisse, enfin un peu après, quand elle a fini par comprendre. Elle était évidemment plus jeune alors, mais pas plus attirante. Il fallait que je la fuie aux pauses-café et aux lunchs. Elle essayait de m'enrôler dans toutes sortes de comités qu'elle mettait sur pied. Celle-là, je vous l'assure, elle n'a pas gravi les échelons par son charme, mais par pure obstination. C'est le genre de pot de colle à qui on accordait des promotions pour s'en débarrasser. Cette méthode aussi donne des résultats, les ronds-de-cuir détestent tellement être dérangés, mais vous atteignez plus vite la limite, parce que vous ne vous faites pas aimer. Quoi qu'il en soit, je veux bien être boulimique du sexe, et si je préfère toujours un bon gâteau opéra signé par un maître pâtissier, je dévore tout autant sans me faire prier les petits gâteaux des distributrices. Mais j'ai quand même mes critères! Et la Castelneau se situe en dehors d'eux. Ce n'est pas tant qu'elle soit laide, c'est qu'elle est moche. Je n'y toucherais pas même après six mois d'abstinence dans la nuit polaire de l'Antarctique! Dommage pour elle, mais tous les hommes présentables de la bâtisse pensent comme moi, et les autres aussi sans doute. Elle me déteste surtout parce que, en plus de lever le nez sur son entrejambe, je lui ai damé le pion dans la course aux promotions. La région dont elle a la responsabilité, c'est «a pain in the ass», une «douleur au cul» pour le Conseil, alors elle risque d'y rester bien longtemps... risquait plutôt, puisque je viens de sortir de la course.

Vous connaissez, je crois, l'histoire de Nancy Thibault. Entre elle et Cécile Matzef, c'était une guerre à finir. Il fallait qu'une des deux têtes tombe et, naturellement, personne ne voulait trancher. Mon rôle était de calmer la fille, la mère surtout, et de les amener gentiment à laisser tomber les procédures contre la promesse de trouver une place dans une autre école, plus tranquille. La routine, quoi.

Sauf que la fille m'est tombée dans l'œil. Des traits fins, des yeux pleins de promesses, une peau blanche comme du lait concentré, et de bonnes petites boules qui feraient pousser des mains à un manchot! Et sa mère était à l'avenant! La jeunesse est irrésistible, mais la maturité sécrète ses propres sucs délicieusement enivrants. J'avais les deux devant moi et je n'ai pu m'empêcher de m'imaginer les enfilant l'une et *l'autre à tour de rôle, tandis que la mère m'expliquait combien sa situation monoparentale était délicate, et que sa fille avait son caractère, mais que... De toute façon, j'étais trop bandé pour écouter son histoire et elle aurait dit n'importe quoi que je lui aurais donné raison; j'étais déjà déterminé à jouer le bon papa, à les prendre sous mon aile. C'était la chose à ne pas faire. Je me disais que je trouverais bien le moyen d'adoucir Cécile Matzef juste assez pour gagner du temps, et qu'une fois directeur général, je lui donnerais une promotion insignifiante, gérante de la photocopie ou quelque chose du genre. Je la connaissais mal, ou bien je me surestimais, emporté par mon délire libidineux.*

Cécile Matzef refusa de céder d'un iota. Pour reprendre la petite, elle exigeait que celle-ci fasse trente-deux heures de retenue, en prenant sur les samedis au besoin. Ça peut sembler incroyable, mais c'est rigoureusement vrai!

J'ai eu beau déployer tous mes talents, elle était impossible à amadouer. Elle fermait la porte au moindre compromis, refusait qu'on lui donne raison par en dessous si sa victoire n'était pas proclamée avec tambours et trompettes, c'était une question de principes, et elle en voulait déjà au Conseil entier, et elle était prête à mener «la mère de toutes les batailles». C'était une sorte de missionnaire, voyez-vous, une passionnée dans son genre, probablement impossible à satisfaire au lit, et qui avait viré de bord. Elle était lesbienne, le saviez-vous? Je crois que oui. Moi, ça ne m'a pas étonné quand je l'ai appris. Elle en voulait surtout aux hommes, c'est sûr, alors le beau Brummell de service, ce n'était pas exactement ce qu'il fallait lui envoyer. Mais au fond, n'importe qui aurait échoué: elle cherchait la bataille et cette affaire lui fournissait un bon cheval.

De mon côté, je m'étais engagé auprès de Nancy et de

sa mère. Cette dernière, totalement disponible pour une nouvelle relation, me téléphonait souvent et je ne refusais jamais ses appels. J'avais même réussi à l'attirer au restaurant, un midi, pour discuter – la fille avait un amoureux, mais c'était un détail insignifiant –, en somme, l'affaire était bien partie, que dis-je, c'était du gâteau ! Une fois le problème avec Cécile Matzef réglé, il ne me resterait qu'à consommer le festin. En plus, quand le vieux Fitz a été hospitalisé, qui est-ce qui l'a remplacé par intérim ?

Ma première directrice ! Elle a passé l'âge de se taper les petits nouveaux, mais elle a gardé pour moi des sentiments... du genre maternel. Nous avons donc, phénomène aussi rare chez nous que la vie sur Mars, décidé de régler définitivement la question. Nous avons expédié à Cécile Matzef une lettre contenant des consignes très claires : elle devait non seulement permettre à Nancy Thibault de reprendre ses études normalement, mais éviter toute forme de harcèlement et, dans le cas où le comportement de la petite ferait problème, laisser un collègue, Vic Damiano en l'occurrence, s'occuper de corriger la situation.

Sa réponse est arrivée par télécopieur dans l'heure suivant la réception de la lettre, avec copie conforme au syndicat, au ministère de l'Éducation et à trois animateurs de lignes ouvertes. C'était rendu trop loin. Il ne s'agissait plus d'éviter les dérangements, mais d'évaluer les solutions qui en provoqueraient le moins. Il arrivait la pire des choses; comme on dit dans notre milieu : «Shit has hit the fan *! »

Or, il est apparu évident à tout le monde qu'en mutant Cécile Matzef à un poste subalterne, on s'exposait sans doute à beaucoup de bruit et de fureur, mais que cela aurait une

---

* La merde a frappé le ventilateur.

fin, puisqu'il s'agissait d'un droit de gérance; tandis que si on la gardait en place, cette tempête une fois passée, une autre se formerait avant longtemps, et l'on se retrouverait tôt ou tard dans la situation que l'on aurait cherché à éviter, c'est-à-dire dans une pluie de merde qui finirait par empuantir tout le monde.

J'ai donc téléphoné à Cécile Matzef pour lui annoncer qu'elle devait s'apprêter à quitter le Petit Chemin avant la fin de l'année à moins, toute dernière ouverture, qu'elle ne rentre dans le rang immédiatement, lui expliquant que la convention collective ne s'appliquait pas aux postes de gestion et qu'elle n'avait aucune chance d'avoir gain de cause. «Ah bon! m'a-t-elle répondu. Vous saurez, monsieur Mendelssohn, que j'ai d'autres cordes à mon arc!»

Comme je lui disais que je ne voyais pas très bien ce qu'elle pourrait faire de plus, elle a ajouté que je n'allais pas tarder à le savoir et que cela m'intéresserait au premier chef. Je n'ai pas fait trop de cas de ses menaces car j'avais de plus en plus l'impression qu'elle travaillait du chapeau. D'ailleurs, Nancy avait réintégré l'école et gardait les fesses bien serrées (hum!) vu que je lui avais promis que la «vieille folle», comme elle disait, ferait éventuellement sa valise : on n'entendait plus de bruit!

Les choses sont restées au point mort pendant deux semaines puis, lundi de la semaine dernière, vers dix heures et demie, j'ai reçu le pire coup de téléphone de ma vie : Deborah Goldberg!

D'abord, j'ai refusé de prendre l'appel parce que le nom ne me disait rien, mais elle a insisté auprès de Sonia en faisant valoir que nous étions des amis d'enfance, et qu'elle connaissait très bien Cécile Matzef. Je ne me souvenais pas d'une amie d'enfance que j'aurais eu envie de revoir, mais *l'association avec Cécile Matzef m'a terrifié. Ayant finalement accepté de lui parler, j'ai commencé par prétendre qu'elle faisait erreur, que je n'avais connu aucune Deborah Goldberg, et elle a concédé qu'en effet, je ne connaissais probablement pas son nom de famille, mais elle m'a ensuite donné l'adresse exacte où nous demeurions durant mon adolescence, en me précisant qu'elle-même vivait dans cette rue, ce qui n'avait rien de bien compromettant jusque-là.*

Mais j'ai réalisé que ce que je n'osais pas appréhender était en train d'arriver quand elle m'a parlé des petits poissons dans ma chambre, quand elle m'a parlé de mon beau vélo rouge. Je ne pouvais plus nier : elle existait pour vrai, cette petite fille que j'avais rangée au plus profond de ma mémoire – mais si profond qu'on la creuse, je le sais maintenant, la mémoire ne débouche pas, il n'y a pas de renvoi, pas de champ d'épuration.

Cette petite fille, pour dire les choses gentiment, avait été ma première conquête ; elle a subi le même sort que vous, Julie – vous permettez que je vous appelle Julie, pour le temps qu'il nous reste à passer ensemble ? – enfin, presque le même sort, car je ne l'ai pas déflorée. Je ne réclame aucune indulgence pour autant, c'était par manque d'expérience, et même parce que j'ai un problème d'éjaculation, pas précoce, mais disons rapide, d'habitude...

Ce n'est pas pertinent de le dire, mais je vois une belle ironie dans le fait que ma dernière baise aura été parmi mes meilleures ! J'en ai connu, pourtant, des plus... tout ce que vous voudrez, mais vous, vous m'avez arraché un petit quelque chose de bien collé au fond. Dommage que nous ne nous soyons pas rencontrés deux semaines plus tôt, quand tout n'était pas consommé, mais justement, pour que nous nous rencontrions, il fallait que tout soit consommé !

Deborah Goldberg voulait me parler ailleurs qu'au téléphone. Je ne suis pas Perry Mason, mais j'ai tout de suite pensé au chantage. Mon histoire avec elle remontait cependant bien loin, à une époque où j'étais moi-même mineur; je supposais que j'avais peu à craindre de la justice, mais vous concevez comme moi le tort qu'aurait pu me causer la moindre révélation, même démentie : quel os pour une chienne affamée comme la Castelneau! (Savez-vous que ça fait du bien d'être grossier!)

En y pensant encore, cependant, je dois dire que ce n'est pas tant la crainte du chantage qui me troublait que la réalité. Je joue, moi, je fais du théâtre, et quand on fait du mal, au théâtre, ce n'est pas soi-même qui agit, c'est un autre! C'est comme ça que je vivais... à peu près.

Je n'étais pas en état de concevoir de plans précis, mais j'ai probablement tout de suite songé à la tuer. De là à le faire, il y avait cependant un monde. Je ne pense pas que je serais passé à l'acte si les circonstances ne s'étaient montrées extraordinairement favorables. J'imagine que des milliers de personnes songent chaque jour à tuer quelqu'un, mais c'est un geste tellement énorme que cela reste au niveau des fantasmes... Et c'est heureux ainsi!

J'ai donné rendez-vous à Deborah Goldberg au restaurant tournant, au dernier étage du Complexe Métropolitain. C'est un endroit où il y a toujours quelques touristes et des voyageurs d'affaires, où je ne vais que rarement, surtout pas avec une femme – cela manque tellement de subtilité que c'en est de mauvais goût; d'ailleurs, le buffet est très quelconque. Mais je voulais un lieu où l'on ne me voyait à peu près jamais. Je l'ai attendue à l'entrée; je ne pensais pas la reconnaître, mais je ne voulais pas laisser mon nom au maître d'hôtel ni tomber sur une connaissance, auquel cas on serait allés ailleurs.

Il est possible qu'un employé se souvienne de nous. Si vous aviez publié la photo de Deborah Goldberg, on vous aurait peut-être mis sur une piste, bien que nous ayons été extrêmement discrets, étant donné la délicatesse de notre situation, et de toute manière, comment auriez-vous fait le rapport avec moi ? Mais c'est après que j'ai réféchi à tout ça.

Elle est arrivée à l'heure et je l'ai reconnue ! À ses yeux bridés, derrière les lunettes, qui semblaient n'avoir jamais cessé de sourire (il faut dire que depuis le matin, je dessinais dans ma mémoire le portrait de la petite fille). J'avais du ciment dans l'estomac. Je me sentais exactement comme si, trente ans plus tôt, ma mère avait fait irruption dans ma chambre, nous surprenant alors que, avec des petites grimaces de dégoût amusé, elle me léchait le gland, je me sentais comme si je n'avais pas vécu depuis, et c'était bien le cas, au fond.

Elle m'a souri ! M'a tendu la main, que j'ai prise et qui m'a paru chaude ! Elle m'a salué en anglais – tout s'est passé dans cette langue – et m'a conjuré tout de suite de me détendre, puisqu'elle n'avait aucune intention de me causer des ennuis !

J'attendais un spectre : j'avais une femme devant moi. Plutôt bien de sa personne, délicate mais structurée, avec les marques de l'âge sur le visage, forcément, mais qu'on aurait cru appliquées sur un fond éternellement juvénile. C'était, comment dire, surréaliste ! Le passé en filigrane dans le présent, la confusion de deux mondes... et cette impression ne m'a pas quitté avant que mes doigts ne se relâchent devant l'évidence, transmise par l'inertie de la corde, qu'elle était bien morte...

Sitôt à table, elle a clarifié la situation. Elle était l'amie de cœur, et elle l'a affirmé sans la moindre impudeur, de Cécile Matzef. Un jour, elle s'était ouverte à elle au sujet de l'épisode de sa vie dont je fais partie. Comme ça arrive parfois parce qu'on ne réalise jamais à quel point ce monde est petit, *elle avait même révélé mon nom, histoire de montrer à quel point le souvenir était précis. Ce nom, bien que célèbre, n'étant guère courant, Cécile Matzef a fait le rapprochement et lui a montré un jour cette revue que vous avez découverte, et qui a confirmé que c'était bien moi. Mais Debbie croyait qu'il fallait se libérer du passé, et les choses en sont restées là.*

Or voilà que son amie de cœur était menacée, par l'intermédiaire de ma personne, d'être privée de ce à quoi elle tenait le plus au monde. Cécile Matzef avait passé le week-end avec elle, à la convaincre de lui permettre de se servir de son histoire pour me forcer à lui donner raison. Ce n'était qu'un juste retour des choses, disait-elle, les hommes comme moi ne méritant pas de bénéficier des règles morales, d'éthique, ou de toute chose du genre destinées à protéger les honnêtes gens. Je suis tout à fait de cet avis, en passant, mais je me suis bien gardé de le dire.

Elle avait refusé. Son amie ne le savait pas encore, mais la nuit lui avait inspiré de ne pas s'embarquer dans ce bateau. Les arguments pratiques n'étaient pas en cause : Cécile Matzef les avaient démontés un par un. Non, son refus, tenez-vous bien! n'avait qu'une seule raison : elle était amoureuse de moi; en ce temps-là, évidemment, pas maintenant!

«I was in love with you *!» Vous vous rendez compte? Pas moi! Je ne me rendais pas compte, ni avant ni maintenant. Elle m'a demandé si, de mon côté, je l'avais aimée un petit peu, et j'ai dit oui, et, ma foi, c'est vrai. Ce n'est pas possible, vous me direz, on ne peut pas aimer quelqu'un et lui faire du mal en même temps! Non, vous ne me direz pas cela, pas vous, parce que vous savez mieux que personne que c'est possible, n'est-ce pas?

---

* J'étais amoureuse de vous.

Lui ai-je vraiment fait tant de mal ?

Pas physiquement. Mais je ne me cherche plus d'échappatoire, ce que j'ai fait avec elle, c'était exclusivement pour mon plaisir, il n'y avait rien pour elle, là-dedans, mais en même temps... Bon, aimer, c'est peut-être fort... une sorte de tendresse, en tout cas, certainement... Si j'avais senti une souffrance, je pense que je me serais arrêté. Je ne me suis pas arrêté, pourtant, quand il a fallu tirer sur la corde...

Mais elle, je me demande ce qu'elle aimait dans cet adolescent ingrat ! (Paradoxalement, j'avais une gueule bien ordinaire durant ma croissance.) C'était l'amour qu'elle aimait, sans doute ! Mais si jeune et à ce point-là ? Oui. Elle en manquait, elle en manquait terriblement, et c'est elle qui a dit ceci : « Ce n'était pas de ma faute ! » Ce n'était probablement la faute de personne : son besoin d'amour était trop grand pour ce qu'on pouvait lui fournir dans sa famille, et elle devait s'approvisionner ailleurs. Elle employait ce genre de termes, je vous assure. Elle parlait aussi de la destinée : elle croyait en la réincarnation. Peut-être avait-elle manqué d'amour dans une autre vie : elle faisait du chanelling et me suggérait d'en faire autant.

Elle buvait beaucoup, mais son ivresse ne se manifestait pas autrement que par de petits rires cristallins, si bien que je me suis demandé à un moment si je n'étais pas la victime d'une émission de caméra cachée, d'un tour de fort mauvais goût, qu'on allait bientôt me révéler qu'on s'était bien amusé à mes dépens, que rien de tout cela n'était vrai, comme je le savais depuis toujours ! Que non ! Quand elle s'arrêtait de parler pour manger, le silence qui tombait entre nous était d'un réalisme tangible, massif.

Elle ne savait pas comment Cécile allait réagir à son refus. Elle l'aimait profondément, parce qu'elle était entière, incapable d'hypocrisie, de double jeu, de compromis donc. Elle espérait la ramener à la raison, mais Cécile défendait son école comme une bête défend ses petits, incapable de faire la distinction entre elle-même et ce qui n'était finalement qu'un travail. Phénomène de fusion, disait-elle. Elle travaillait fort, Deborah, pour amener son amie à prendre de la distance, mais en même temps, c'est ce trait de caractère qui la lui rendait si aimable. Comment se partager en restant entière?

Elle avait voulu me rencontrer pour deux raisons : d'abord pour me voir, tout simplement, pour voir ce qu'était devenu ce garçon du voisinage qui jouait avec elle des jeux dont elle savait bien qu'ils étaient interdits. «Don't tell your mother **! »* *Elle ne l'avait jamais dit à sa mère, qui, de toute manière, était toujours occupée. Je ne me souvenais pas comment ce jeu coupable s'était arrêté : elle m'a appris que sa famille avait déménagé dans l'année. Tout cela s'était passé en un été. Dès septembre, à cause du temps, de l'école, les rencontres avaient cessé. Je lui avais manqué. Elle s'était sentie abandonnée. Elle voyait vraiment un ami en moi, quelqu'un qui allait rester dans sa vie. Voyez que je lui avais fait du mal, au bout du compte... Elle avait six ans, sa première rentrée scolaire. Elle a lentement compris ce qui s'était vraiment passé, qu'elle n'avait été rien d'autre pour moi qu'un jouet.*

Je n'ai presque rien dit de la soirée. Je me sentais salaud, surtout quand elle me parlait de la culpabilité (je lui avais passé la mienne, en quelque sorte! Comme on transmet une maladie!) qu'elle a longtemps traînée, dont elle s'était lavée en quittant sa famille pour un périple hallucinogène à travers l'Amérique et à travers son esprit, dont elle était revenue avec la certitude de ne jamais pouvoir vraiment aimer un homme.

---

* Ne dis rien à ta mère!

Et elle répétait régulièrement qu'elle ne m'en voulait pas! Curieux, mais je pense que c'est ce qui m'incommodait le plus; il me semble que si elle m'avait accusé d'avoir ruiné sa vie, d'avoir fait d'elle une lesbienne (elle m'a grondé : «Oh! You're so old fashioned *!»*), si elle avait dit m'en vouloir depuis toujours et jouir de pouvoir enfin goûter la vengeance, j'aurais pu lui demander pardon, réclamer son indulgence, plaider mon jeune âge, le fait que je sois une sorte d'infirme affectif, un malade, offrir une réparation quelconque... Mais elle me renvoyait face à moi-même, en refusant d'accuser ou de juger, me laissait seul avec mon péché – employons ce mot, car si le péché existe, c'en était un vrai de vrai. Elle avait son souvenir, elle s'en occupait : à moi de m'occuper du mien, elle n'allait pas m'en décharger. C'est pour cela que je l'ai tuée, pour éviter, encore une fois, de faire face.*

L'autre raison pour laquelle elle avait provoqué notre rencontre, c'était pour plaider la cause de Cécile. Elle répéta qu'il n'était pas question de chantage, mais elle me priait de considérer tout le travail de construction que son amie avait abattu. Elle comprenait bien qu'elle s'était, comme vous diriez, «peinturée dans le coin»*, mais il ne fallait pas oublier qu'on trouverait difficilement une personne aussi dévouée. Elle demandait du temps. Elle se sentait capable de l'amener à se montrer moins intransigeante; elle cherchait à la mettre en contact avec des entités (ne me demandez pas ce que c'est au juste!) susceptibles de l'aider... Je lui ai répondu que j'allais essayer, que je n'étais cependant qu'un rouage. Elle a dit que mon aura lui inspirait confiance, et que je n'entendrais plus jamais parler d'elle, en tout cas pas de sa propre initiative.*

Elle avait bu presque tout le vin, dont elle avait fait

---

* Oh! Vous êtes donc vieux jeu!

297

plusieurs fois l'éloge. Elle avait abandonné définitivement toutes les drogues depuis longtemps, mais s'autorisait toujours à s'enivrer modérément de temps à autre, même si cela influençait négativement l'équilibre de ses chacras. Elle n'avait pas sa voiture ! Elle ne la prenait jamais en ville, moins encore quand elle prévoyait boire.

Je lui ai naturellement offert de la ramener. J'ai insisté pour tout payer. Je m'étais muni de billets afin de ne pas utiliser une carte de crédit. Je ne sais toujours pas si j'avais vraiment projeté de la tuer, mais une chose est certaine, je ne voulais laisser aucune trace.

C'est dans l'ascenseur que j'ai avancé d'un pas mental définitif sur le chemin du meurtre. Nous étions seuls. Vous savez ce qu'on ressent quand un ascenseur descend trop vite ? Avec le même genre de force, sa présence m'est devenue insupportable. Je ne pouvais pas admettre sa réalité. Même si je ne devais jamais la revoir, son existence se serait toujours imposée à mon esprit, je n'aurais jamais pu oublier que mon vice avait un corps, une âme, et vivait dans la même ville que moi. Plus jamais je n'aurais cru que cela n'avait été qu'un rêve. Jamais...

Le processus s'est enclenché. La portière ouverte, la petite phrase à propos de la banquette arrière, l'autre portière, la cordelette bien roulée qui se défait toute seule... que des gestes insignifiants en eux-mêmes. Seul le dernier compte, mais il suit les autres. Les yeux fermés, devenir une sorte de machine...

Je m'attendais à ce que sa disparition soit rapportée beaucoup plus vite. Cécile Matzef aurait pu l'appeler, se rendre compte, alerter les autorités. Elle ne l'a pas fait, ou alors n'a pas tiré les conclusions qui s'imposaient.

Dans l'après-midi de mardi, j'ai téléphoné à Cécile Matzef au Petit Chemin, à partir d'une cabine. Quelle journée !

Quelle semaine! Je m'étais engagé dans un sentier sans savoir où j'allais, et je me retrouvais comme un automate sur une route balisée par un autre automate, et tous ces automates n'étaient que moi. Je ne pourrais reprocher à personne de me détester, puisque je me déteste moi-même; mais qui suis-je? Celui qui me déteste ou bien celui que je déteste? En tout cas, il n'y a qu'une seule tête sur le billot: c'est la mienne, à cette heure, et c'est pourquoi je persiste à me sentir bien. Mais vous ne voulez pas trancher, vous non plus, vous ne voulez pas tirer sur la goupille qui retient le couperet. C'est moi qui dois le faire, n'est-ce pas? Vous ne croyez pas au châtiment des autres: comme vous avez raison! Vous pouvez bien me passer cigarette sur cigarette, ce n'est pas de la complaisance, c'est de la torture, mais une torture que j'accepte. À moi le sale boulot! Vous feriez un formidable professeur, Julie Juillet, si seulement vous n'enseigniez pas à un mort! Car je suis mort. Je suis, enfin, tout de même, mais mort! Vous avez prononcé le verdict, vous m'imposez de mener le procès et d'exécuter la sentence. Et dire qu'on a baisé ensemble!

Baiser! Savez-vous que je me suis souvent demandé pourquoi ce mot signifiait à la fois faire l'amour et se faire avoir? J'avais une petite idée, quand même, lorsque j'exécutais mon numéro pour une femme, mais il y a un degré supérieur de la chose que je viens juste de percevoir... Ironie, encore!

Eh bien voilà, j'ai tué aussi Cécile Matzef. Elle avait écrit je ne sais combien de lettres pour démontrer à quel point le stationnement de « son » école était dangereux et pour étayer sa démonstration, elle avait présenté des photos, ce qui revient à dire qu'elle m'a elle-même fourni toute la documentation utile pour planifier son assassinat. Je lui ai menti, cela m'était tellement facile, en lui disant que nous étions à revoir tout le dossier, en insistant sur la délicatesse de l'affaire, et donc sur la discrétion qui devait entourer notre rencontre. Je devais me présenter jeudi, en fin d'après-midi, au Petit Chemin. Je l'ai rappelée pour lui annoncer que j'avais un empêchement, et lui demander si elle accepterait de m'attendre jusqu'en début de soirée si je l'invitais au restaurant. Elle était de fort mauvaise humeur : Nancy Thibault venait justement de l'envoyer promener une nouvelle fois.

Vers sept heures, j'étais caché dans le stationnement. Avec mon cellulaire, j'ai téléphoné à nouveau, pour m'excuser de ne pouvoir remplir mon engagement. Qu'est-ce que j'ai reçu comme engueulade! Moïse n'a pas fait une colère comme ça en descendant du Sinaï, j'en suis sûr, mais cela n'avait plus la moindre importance. J'attendais qu'elle sorte. Il n'y avait que sa voiture dans le stationnement : facile à reconnaître, on devinait encore, sous une couche de mauvaise peinture, l'inscription : « Cécile la pute! » J'avoue que cela m'a conforté dans ma détermination d'aller jusqu'au bout. Cela faisait d'elle une victime moins innocente. Toujours le même jeu, vous remarquez? Je devenais un peu moins assassin et un peu plus justicier. Croire en ses mensonges! Jusqu'à la toute fin! Mais c'est là qu'on se fait avoir : la fin n'est pas celle qu'on imaginait!

Le sperme! Le maudit sperme! Combien j'en ai produit? dans ma vie... absurde, je ne trouve pas d'autre mot. Ça se compte comment? En litres? On en est si fier, de nos éjaculations les plus médiocres, qu'on les coche comme des victoires quelque part dans nos rêves, dans mes rêves, mes fantasmes! – de quel droit parlerais-je pour les autres? C'est pourtant si peu de chose! Ça se perd si facilement! Dans les draps, dans les poubelles, dans les sanitaires...

Vous avez raison, encore, Julie Juillet! Ce sperme, c'était une signature, un appel : attrapez-moi, arrêtez-moi! Le *sentiment que j'allais trop loin, la nécessité d'être puni! Je suis un salaud, mais je n'étais pas capable de me le dire franchement. Excusez-moi! Pardonnez-moi quelqu'un! Je ne l'ai pas voulu, mais j'ai laissé faire. Et je suis Juif, n'oublions pas, au moins officiellement : ça n'arrange rien! Ah! si j'étais, je ne sais pas, Américain par exemple, on pourrait toujours s'arranger avec. Un salaud américain, ça peut au moins donner un bon film... Ou musulman encore; tous les musulmans passent pour des brutes, depuis la guerre du Golfe, et tous les Arabes passent pour des musulmans, mais c'est encore nouveau, ici, comme préjugé... enfin, n'importe quoi, mais être salaud et Juif, c'est invivable, on n'a pas le droit!*

Ce serait pire encore si j'étais Noir, me dirait votre collègue qui me semble de plus en plus sombre.

Où en étais-je? Ah oui, au sperme. J'avais produit ma petite dose dans un condom. Notez que c'était logique : il fallait leur trouver un mobile, à ces meurtres! La belle ironie, encore et encore! En croyant leur inventer un mobile, c'était le mobile authentique, profond, que je révélais! Mais je ne pouvais pas savoir que c'était vous, Julie Juillet, maîtresse ès sexe, qui alliez vous occuper de mon affaire. L'idée ne m'avait même jamais effleuré qu'une personne comme vous puisse exister.

Elle s'est approchée de sa voiture d'un pas furieux, je vous jure! Je suis sûr qu'au moment de sa mort, elle n'avait que ma tête dans la sienne, qu'elle s'imaginait ma crucifixion, par chantage interposé. Elle ne m'a pas fait attendre trop longtemps, sinon j'aurais peut-être déguerpi. Noire, la nuit, sale, le quartier, lourde, la clé anglaise! Je m'attendais à ce qu'elle tombe au premier coup. Non : il a fallu répéter. La strangulation est plus facile (pour votre édification personnelle). On tire, on s'agrippe, on tient, on attend... Mais frapper! Il faut puiser dans le fond, haïr, être méchant. Le premier coup se donne assez bien : il était prévu, répété mentalement. Mais les autres! Elle crie! Elle ne veut pas mourir! Il faut l'achever, vous comprenez? Mais meurs donc! Crève! Et tu te mets à la détester juste parce qu'elle ne veut pas mourir, comme on déteste toute chose qui nous résiste! Dans la vie courante, on peut toujours renoncer et chercher d'autres moyens, mais dans le meurtre, il n'y a pas de reprise! Il ne s'agit même pas de bien faire le travail, il s'agit de le finir! Alors on frappe encore, on pousse, on écrase, jusqu'à ce que ça ne bouge plus, et on en rajoute pour...

Je me reprends. Ça va aller... Vous avez cru que je me sentais mal, et il y avait un peu de ça, vous vous êtes levée prestement (et moi qui vous croyais perdue dans votre monde intérieur), m'avez offert du café, du cognac même. Permettez que je vous le dise, vous êtes une vraie femme, lieutenant Julie Juillet! Mais peut-être n'apprécierez-vous pas ce compliment...

Revenons dans le stationnement du Petit Chemin. Après, le temps de vérifier s'il n'y avait toujours personne... Chanceux! C'était la bonne heure : trop tard pour les travailleurs, trop tôt pour les prostituées. J'ai tiré fébrilement sur les vêtements. J'avais le condom dans ma poche, plein, et je l'ai enfilé à l'envers sur deux doigts de la main droite, je portais des gants, et j'ai fait ce que j'avais à faire, et je vous assure que je n'y ai trouvé aucun plaisir. J'ai jeté le condom dans les broussailles. Je m'apprêtais à fuir par la voie ferrée quand j'ai pensé à la serviette qu'elle avait lancée sur la banquette arrière juste avant que je bondisse pour la frapper. Je l'ai ouverte. J'ai vu qu'elle contenait le dossier Thibault, j'ai pensé le prendre, mais je l'ai rejeté quand j'ai mis la main sur son agenda personnel. Je suis parti avec après avoir replacé la serviette. J'ai marché le long de la vieille voie ferrée, traversé les rues transversales en m'assu-rant de ne pas être vu. J'ai jeté la clé dans un puisard. Jugeant que j'étais rendu assez loin et avant d'arriver dans une zone *plus habitée, je suis revenu dans la rue de l'Alberta, où ma voiture attendait.*

Chez moi, j'ai ouvert l'agenda. La page du jour était marquée par un petit trombone rose. J'ai vu mon nom. Je n'ai rien lu. J'ai pris les ciseaux et, en regardant à peine, j'ai découpé toutes les pages en lanières. C'était un agenda grand format, illustré de reproductions de maîtres. La couverture rigide m'a donné du mal. J'ai mis tout ça dans un plat à salade, j'ai allumé une chandelle puis, dans la salle de bain, j'ai brûlé, un ou deux à la fois, en tirant régulièrement la chasse d'eau, tous ces bouts de papier, en me répétant jusqu'à ne plus savoir pourquoi que rien ne s'était passé.

Je m'arrête ici. Je pense que j'ai tout dit. Je suis fatigué. J'ai mal au cœur. Trop de café, de tabac aussi, sans doute.

Julie Juillet posa les feuilles sur la table. Elle les lirait attentivement après avoir dormi. Elle s'était contentée de les parcourir afin de s'assurer que Félix Mendelssohn n'avait pas eu l'idée de la rouler.

— C'est bien ce que je voulais, dit-elle.

— Je peux partir?

— Comme convenu... Vous avez cinq jours.

— Cinq jours... C'est trop!

Félix Mendelssohn prit son manteau et sortit d'un pas de condamné. Par la fenêtre, Julie Juillet et Philo le regardèrent monter dans sa voiture, reculer dans l'allée et disparaître dans la nuit qui s'achevait pour tout le pays, moins lui.

— Tu es sûre de ton coup? demanda Philo. S'il sautait dans le premier avion...

— J'aurais un problème. Mais il ne fuira pas. Il a fui toute sa vie et il vient de se rendre compte que ça ne sert à rien.

— Qu'est-ce qu'il va faire?

— Ça, c'est une autre question. Pour le moment, rentrer chez lui et réfléchir.

— C'est que je vais faire aussi.

Cette dernière phrase écorcha le cœur de Julie, à cause du ton, parce qu'elle ne l'attendait pas, parce qu'il y avait quelque chose de cassant dedans, l'arrière-goût métallique de la rupture... et c'était vrai que son ami était sombre !

Philo disparut à son tour. Elle le regarda partir, toutes lumières éteintes, pour qu'il ne la vît pas, debout à la fenêtre, encore, seule et vide, dans sa nuit à elle.

CHAPITRE VIII

Julie Juillet ne faisait rien depuis trois jours, enfin presque. Elle fumait comme jamais depuis le temps fort de sa crise d'adolescence, crise commencée à neuf ans et terminée à un âge qui lui était encore inconnu, buvait comme une gouttière, mangeait juste assez pour ne pas s'évanouir, dessinait à peine, et mal. Ce régime aurait pu avoir l'avantage de lui faire perdre du poids, mais elle ne bougeait presque pas. Elle était bien sortie quelques fois dans le jardin, quand le soleil faisait mine de revêtir son costume de mai, mai qui revendiquait bien timidement sa place dans l'ordre implacable du calendrier ; elle avait arraché quelques tiges sans vie, dégagé le sol autour des pivoines, qui ne semblaient pas avoir encore réalisé que le temps de l'hibernation était révolu, mais était rentrée toujours sans avoir rien entrepris de suffisant pour lui accaparer l'esprit. Elle se consolait en pensant qu'elle n'était pas la seule. Toute la banlieue gardait une gueule d'automne, avec les foulards de jute encore enroulés au cou des thuyas. Sale temps pour les nudistes !

Elle savait pourtant que son humeur n'avait rien à voir avec le refus du temps d'obéir aux lois de la translation planétaire. Elle était un canard qui trouvait sa nourriture sous l'eau, indifférent aux phénomènes de surface. Or, c'était l'eau, justement, qui était troublée. Cette enquête, qui attendait toujours sa conclusion, – et par ailleurs, pouvait-on vraiment parler d'enquête? – avait brassé les sédiments et elle nageait depuis dans des eaux dont elle ne voyait pas le fond.

Philo n'avait pas repassé sa porte depuis la nuit où elle avait pris Félix Mendelssohn dans ses filets. Son ami avait exprimé de multiples réticences avant d'accepter le rôle qu'elle avait conçu pour lui, et elle avait senti, quand ils s'étaient salués, le même malaise que lorsqu'elle l'avait délivré de la garde-robe, malaise qui allait peut-être se dissiper, peut-être pas; elle n'y pouvait rien puisque leur relation était totalement dépourvue d'attaches, en principe. Officiellement, Philo travaillait toujours avec elle, ce qui lui permettait de consacrer la totalité de ses énergies à poursuivre Amélyne à travers tous les réseaux de communication imaginables, aux frais de l'État.

Elle n'avait jamais employé de méthodes orthodoxes dans ses enquêtes, mais c'était la première fois, et la dernière, se jurait-elle, qu'elle plongeait ainsi. Ce serait même volontiers sa dernière enquête, point, si seulement Carma Vida rapportait un peu plus. Elle était fatiguée, sous-alimentée, intoxiquée de tabac et d'alcool, et les cinq jours séparant la découverte du corps de Cécile Matzef des aveux de son meurtrier lui apparaissaient comme un rêve fantasmatique. Elle dormait mal et se réveillait souvent en sueur, poursuivie par la verge devenue énorme d'un Félix Mendelssohn déchaîné, qui trouvait finalement le chemin de ses entrailles et la pénétrait jusqu'à l'estomac, jusqu'à la tuer, et elle ne pouvait pas le chasser de son ventre à cause de cette noire jouissance qui lui siphonnait les viscères comme une sangsue. Elle comprenait parfaitement comment cet homme était parvenu à transformer en rêve les pans de son passé dont il voulait se défaire. Pour peu, elle-même y serait arrivée, aurait fini par penser que ce cauchemar récurrent était non pas une séquelle de la réalité, mais la seule et unique réalité, une réalité adaptable, transformable même, car avec quelques exercices mentaux rudimentaires, on peut se débarrasser d'un cauchemar.

Elle aurait pu, mais elle ne voulait pas. Elle ne voulait pas nier le fait qu'elle s'était sentie appelée, d'abord. Elle ne l'avait dit à personne, mais ce saut de haute voltige qu'elle avait effectué pour piéger son homme, elle s'en était sentie capable parce qu'il répondait à un appel, l'appel exprimé par ce quelque chose dans les yeux de Félix Mendelssohn, ce quelque chose qu'elle avait reconnu à trente années de distance. Elle savait comment transformer la réalité en rêve, mais n'en avait pas la force, ou la faiblesse, ou seulement le désir, et au contraire la réalité de son souvenir restait toujours aussi cuisante.

Elle avait neuf ans, éternellement neuf ans, quelque part en elle. Elle était précoce ; elle avait déjà des petits seins, dont elle se serait contentée toute sa vie, d'ailleurs, des hanches et de rares poils pubiens. Elle dévorait des bandes dessinées et dessinait déjà, imitant maladroitement les courbes de Yoko Tsuno ou de Supergirl. Sa famille habitait un duplex en briques blanches dans le nord de la capitale. Son père était comptable, sa mère était contente, et elle avait des frères et des sœurs qui se contentaient de tout cela.

L'été, ils s'entassaient dans une grosse Chrysler, trois en avant, quatre en arrière, et prenaient la route des champs de maïs jusqu'à la ferme dont sa mère s'était sauvée en se mariant. Elle était belle, la ferme, et sa mère aussi, probablement, mais curieusement elle répétait sans cesse que cinq jours par année, c'était amplement suffisant et elle embrassait son linoléum luisant et sa cuisinière chromée sitôt rentrée en ville.

Il y avait deux maisons sur la ferme : la nouvelle et l'ancienne, plus petite, en clin de bois avec un toit en tôle rouge, où vivait, tout seul, l'oncle Réal, qu'on appelait simplement Mononc'Réal. C'était dans la maison de Mononc'Réal que la famille dormait : papa, maman et les filles, dont Julie (pas encore Juillet) était l'aînée, dans les petites chambres de l'étage, Mononc'Réal dans sa chambre du bas, et les garçons un peu partout.

Ils passaient les quelques jours à s'émerveiller devant les multiples animaux, à cueillir des framboises sauvages et à patauger dans le ruisseau, à faire des tours de tracteur quand il y avait du foin à faucher. Le père accompagnait les hommes dans leurs travaux et déclarait à chaque souper que c'était ça, la vraie vie ! Sa mère restait à la maison avec la sienne, cuisinait et se berçait sur la galerie, criait après eux quand ils faisaient trop de vacarme. « Laisse-les donc jouer... », disait la grand-mère attendrie. Ils jouaient donc, grisés par cette quasi-indifférence à leur égard qui donnait son vrai sens au mot vacances.

L'été de ses neuf ans, à peine descendue de voiture, alors qu'elle embrassait ses grands-parents dans le soleil bleu de juillet, Mononc'Réal avait eu pour elle un regard qui ne lui avait pas échappé, qui n'avait pas échappé à sa mère non plus, elle en était toujours certaine, à cause de la façon dont celle-ci lui avait pris la main pour l'entraîner vers le coffre de la voiture où les bagages attendaient d'être déchargés : c'était un geste autoritaire, hors contexte, qui ne pouvait s'expliquer autrement que par ce regard. Quel regard ?

Mais déjà un regard, c'était quelque chose, car Mononc'Réal, pour autant qu'elle s'en souvînt, ne l'avait jamais regardée avant! En fait, il ne regardait à peu près personne, parlait peu, travaillait tout le temps, mangeait, dormait, et semblait supporter la présence des visiteurs comme un élément de plus dans l'immuable succession des saisons. Quel âge avait-il? Plus ou moins celui de sa mère. Il était grand, du moins pour les enfants, efflanqué mais musclé. Il sentait fort l'étable et avait toujours au moins un brin de paille accroché à sa chemise à carreaux. Il avait de grands yeux noirs qui s'envolaient comme des corbeaux dès qu'on s'approchait, et c'étaient ces yeux qui s'étaient posés sur elle, ouverts comme des becs. C'était comme si elle s'était mise à exister tout d'un coup! Et sa mère l'avait tirée hors champ. Et sa mère n'avait pas lâché prise. C'était Julie par ci, Julie par là, ce n'étaient plus des vacances!

Les yeux de corbeau ne la lâchaient pas davantage. Chaque fois que l'occasion se présentait, ils se posaient sur elle. Julie savait pourquoi. Non, elle ne le savait pas vraiment, elle s'en doutait. Elle voyait bien, dans les dessins qu'elle contemplait inlassablement, les courbes que l'on faisait aux héroïnes. Que dire d'Archie qui tombait pratiquement dans les pommes quand il croisait une fille *sexy*! Elle n'était pas stupide.

Elle savait cependant peu de choses : elle savait, en tout cas on le disait, que les garçons avaient quelque chose entre les jambes qu'on appelait une graine, mais qui ressemblait paradoxalement à une saucisse, et que cela raidissait, durcissait et grossissait; elle savait aussi, en tout cas ils le disaient, que les garçons avaient des « gosses », sorte de petites boules en nombre difficile à évaluer puisqu'elle entendait parfois un copain s'écrier qu'il s'en était «pété une» en se tordant de douleur, les mains entre les jambes, mais ne s'en portait pas plus mal cinq minutes plus tard; elle savait forcément qu'elle ne possédait rien de tout cela, qu'elle avait à la place un trou par lequel elle faisait son pipi et par lequel, en tout cas on le disait, terrifiant mystère, entraient des petites bêtes et sortaient des bébés; elle savait que son père et sa mère, comme tous les pères et toutes les mères du monde, en tout cas on le disait, avaient fait ensemble des choses que l'on évoquait par toutes sortes de remarques codées, chuchotées dans des sourires équivoques; elle savait enfin, en tout cas on le disait, qu'il y avait des vicieux, que le corps des femmes était l'objet du vice et qu'il fallait faire attention à quelque chose, mais à quoi? cela, on ne le disait pas. Elle était ni plus ni moins ignorante que la moyenne des fillettes de son milieu et de son époque, et traitait ces informations, à mesure qu'elles lui parvenaient, avec un mélange d'incrédulité et de curiosité, jusqu'à ce que les regards de Mononc'Réal leur conférassent leurs véritables dimensions.

La grange abritait un clapier. Mononc'Réal élevait des lapins. Il les vendait à l'automne. On disait qu'il en tuait parfois pour les manger, mais les enfants préféraient ne pas croire cette histoire et les adultes n'insistaient pas pour les convaincre, car les lapins étaient, de loin, leurs animaux préférés.

Malgré la vigilance de sa mère, vigilance, il faut le dire, atténuée par le fait que cette dernière n'était pas maîtresse des lieux, Julie s'était retrouvée seule dans la grange, à regarder les lapins.

Mononc'Réal était arrivé derrière elle.

«Tu veux-tu en prendre un?» lui avait-il demandé.

Déjà, cette attention, cette phrase, cette offre était un événement, un véritable changement de statut. Prendre les lapins était une activité dont les enfants ne se lassaient jamais, mais qui se faisait toujours en groupe (d'autres enfants, cousins, cousines, venaient des fermes voisines se joindre à eux), sous la supervision de la grand-mère. Un lapereau pour Julie toute seule! Et pourquoi pas deux? Mononc'Réal en sortit cinq, qui tenaient chacun en entier au creux de sa main rude.

«Mets-les entre tes jambes pour qu'ils se sauvent pas! (Il prononçait "hent'té'hambes".) C'est doux, hein!»

Il les prenait et les ramenait "hent'sé'hambes", effleurant ses cuisses nues.

«On va leur faire un petit enclos», proposa-t-il, plaçant ses jambes à lui en v, et l'attirant dans la même position. Cela formait effectivement un petit enclos, mais ce n'était pas pour les lapins...

Dès ce moment, elle ressentit très fortement la nécessité de partir. Mais comment? Comment dire «je m'en vais!» sans par le fait même accuser? Accuser de quoi? Et c'était son oncle. Et il y avait les lapereaux tout chauds qui la caressaient. Et il y avait la curiosité. Elle savait qu'il ne s'occupait pas d'elle pour rien, mais pour quoi?

Elle se sentait déjà coupable d'être encore là quand un lapereau se blottit sous le pantalon de Mononc'Réal. Il le retira, il revint.

«C'est drôle, hein!»

Elle ne trouvait pas cela drôle, mais étrange.

«Tu sais pourquoi? C'est parce que c'est chaud. Ça a besoin de chaleur.

— Ah!

— Touche, tu vas voir comme c'est chaud!»

Elle regardait le tissu grossier, tendu, obscur dans la paille claire. « Aie pas peur, touche ! »

Il lui avait pris la main et l'avait amenée avec juste ce qu'il fallait de fermeté. C'était chaud, en effet, et dur.

« Veux-tu voir comment se font les lapins ? »

Avant de réaliser que ce n'étaient plus des lapins, qu'il voulait lui montrer, il s'était penché vers elle et tirait sur son short.

« La lapine... est faite comme toi... »

Le short glissa comme dans un souffle, avec sa petite culotte.

« Y-t'pouss des belles petites pommettes ! » constata-t-il en la tripotant.

Et tout d'un coup, elle eut devant elle, pour de vrai, cet animal aussi mystérieux que les dragons ou les serpents de mer. C'était plus gros, plus dur, plus étonnant que ce que son jeune âge lui avait donné le temps d'imaginer. Il l'avait encore invitée à toucher, et elle l'avait fait, sachant qu'elle ne devait pas, mais plus capable de détacher ses yeux de ce monstre sans griffes ni dents qui la fixait d'un œil fermé, unique et humide, se disant qu'elle allait s'enfuir à l'instant, juste après. Mais Mononc'Réal n'avait pas le raffinement d'un Félix Mendelssohn. Son corps se dressa, fort et puissant comme un géant, et chassant de la main les lapereaux, il la coucha en usant sans brutalité de sa force. Elle ne savait pas quoi faire, elle ne savait pas ce qu'il allait faire, elle s'en doutait mais ne croyait pas que c'était possible, elle sentait l'odeur de l'étable l'envelopper, elle entendait un souffle creux et affolant, elle avait des mots, des sons, des cris qui s'accumulaient dans le fond de sa gorge et restaient là, et...

La douleur, la déchirure, l'écrasement, comme si son ventre allait s'ouvrir, la terreur, la mort! dans des hoquets furieux qui n'étaient pas les siens!

«Ta vie de femme vient de commencer!» lui dirait sa mère avec un air sincèrement désolé.

Julie avait remonté ses vêtements et s'était enfuie, trop tard, en courant et en pleurant. Elle avait couru derrière la grange, couru à gauche et à droite, bifurquant dès qu'elle entendait des voix, terrorisée à l'idée de rencontrer qui que ce soit.

Elle s'était cachée dans un bosquet, et avait continué de pleurer longtemps. Ses frères, mandatés par sa mère, l'avaient trouvée. Elle les avait chassés. Sa mère était venue, avait écarté les branches en demandant ce qui n'allait pas, avait regardé entre les jambes de Julie et prononcé cette phrase.

«Ta vie de femme vient de commencer!» Elle ne croyait pas si bien dire. Julie avait suivi le regard de sa mère et, dans un sanglot, avait pour la première fois constaté que son short, entre ses jambes, était rouge de sang.

Sa mère l'avait ramenée après lui avoir passé son tablier autour de la taille. Dans la maison, elle avait parlé un moment avec la grand-mère, qui avait jeté un regard à Julie et soupiré: «Déjà! C'est donc bien jeune!» Sa mère l'avait ensuite amenée dans la salle de bain, lui avait donné des vêtements propres et un linge blanc plié en triangle isocèle, en lui expliquant comment le placer. Puis, lui tournant le dos, penchée au-dessus du lavabo, tandis qu'elle lavait les shorts souillés et que Julie se changeait, elle lui avait expliqué qu'elle allait devoir subir ces saignements une fois par mois, que c'était parce que son ventre fabriquait des sortes de petits œufs qui devenaient des bébés quand un papa et une maman s'aimaient, que c'était bien embarrassant, mais que c'était le moyen que le bon Dieu avait choisi et que... Elle n'entra pas dans les détails. Elle ajouta qu'elle devait désormais faire bien attention à sa façon de se comporter avec les garçons, c'est-à-dire les tenir à distance. Julie écouta. Elle fut quelque peu rassurée : le drame se transformait en banalité.

Se pouvait-il que sa mère n'eût pas soupçonné la véritable cause de ce saignement, qu'elle n'eût rien remarqué de bizarre en lavant les vêtements? Était-ce qu'elle ne voulait rien voir? Ces questions étaient restées sans réponses, mais pouvaient-elles le rester toujours?

Une semaine plus tard, la famille était revenue dans la capitale et Julie saignait toujours, parfois moins, parfois plus, avec des filets de pus doré. Sa mère s'inquiéta, posa sa main sur son front et constata qu'il était anormalement chaud. Elle fit venir le docteur.

Vu la région à examiner, il demanda à tout le monde, y compris la mère, de quitter la chambre que Julie partageait avec ses sœurs. C'était un bon docteur, chauve, avec des lunettes, des moustaches et de grosses mains douces. Il l'examina lentement, en poussant des « Ho! » de consternation. Puis il lui fit des choses avec de gros cotons-tiges en la prévenant que ça allait « chauffer ». Elle sentit en effet un feu s'allumer en bas de son ventre, mais elle ne se plaignit pas trop, car elle avait déjà très mal.

« Je vais te donner des médicaments à prendre et tu vas guérir bien vite, ma petite Julie, dit le docteur en s'essuyant les mains avec une serviette qu'il avait prise dans sa valise noire. Mais il va falloir que je parle à ta mère... » ajouta-t-il d'un ton où la gêne le disputait à l'embarras.

« Pourquoi donc tu m'as rien dit! » demandait sa mère en pleurant, dix minutes plus tard.

« Pourquoi tu m'as rien demandé ? » lui répliquait Julie trente ans plus tard.

Puis elle voulut savoir qui avait fait ça.

« C'est Mononc'Réal, dans la grange. »

Sa mère devint blanche et ses yeux, durs comme jamais Julie n'aurait pu les imaginer.

« Je l'savais, je l'savais donc ! » répétait sa mère en tapant du poing dans la paume de sa main.

« Mais qu'est-ce que tu faisais, toute seule avec lui dans la grange ?

— J'étais allée voir les lapins.

— Les lapins... ! s'exclama-t-elle, comme si ces animaux incarnaient la fatalité. Mais tu voyais bien ! Pourquoi t'es pas sortie de la grange ? Pourquoi tu t'es pas sauvée ? »

Julie regarda un long moment sa mère bien plus furieuse que compatissante et finalement répondit :

« Je l'sais pas ! » avant de se mettre à pleurer pour un temps qui lui sembla infini.

Sa mère s'adoucit.

« C'est ça, pleure, ça va te faire du bien. T'es pas la première à qui ça arrive, allez, tu peux me croire ; on s'en sort... ça passe. Il faut offrir ça au Bon Jésus qui a souffert sur sa croix. »

Eh bien non ! Elle n'avait offert sa souffrance ni à Dieu ni à personne, elle l'avait gardée pour elle, et rien n'était passé, à cause des dernières paroles de sa mère :

« Surtout, tu ne parles de ça à personne, tu m'entends, à personne, et surtout pas à ton père ! Si personne le sait, c'est comme s'il était rien arrivé ! »

Du coup, la petite Julie cessa de pleurer. Elle se sentit bannie, bannie de la famille, du monde, et d'elle-même. Sa mère venait d'achever le mal en lui imposant un secret, un secret d'adulte. Finie, l'enfance ; elle était désormais adulte, et seule.

À partir de cette année-là, pour les vacances, on loua un chalet dans une autre campagne.

Parce qu'elle était forte, Julie fit face : elle n'écouta plus jamais ce que lui disait sa mère, ne lui manifesta plus jamais d'affection, ni à son père (« Des problèmes de femme... » lui avait-on simplement dit pour expliquer la visite du docteur), ni même à ses frères et sœurs, pour que ce soit bien clair dans sa tête et dans celle des autres. Elle avait grandi toute seule, en épluchant les encyclopédies médicales afin de ne plus jamais être dupe de rien, et en dessinant, pour remplir sa vie. À dix-sept ans, elle s'était inscrite à l'Institut de police, ce qu'il l'avait amenée à s'exiler en province. À vingt et un ans, elle avait choisi le nom de Juillet.

Elle n'avait pas assisté aux funérailles de sa mère, ne pouvait être certaine que son père vivait encore et attendait toujours ses premières vraies menstruations.

CHAPITRE IX

— Écoute donc, Julie, ça fait trois jours qu'on est complètement sans nouvelles de toi! morigénait Pouliot au bout du fil en se retenant de gueuler.

— Ce n'est pas vrai! Je vous ai appelé chaque jour!

— Oui, pour prendre tes messages! Mais là, le téléphone ne dérougit pas! Ç'a l'air que *Télé24heures* a mis la main sur quelque chose! Es-tu au courant? Je veux bien tasser les journalistes, mais ça commence à chauffer! Au moins si tu venais au bureau de temps en temps...

— Justement, je suis contente que vous m'ayez appelée! coupa Julie Juillet qui s'inquiétait toujours un peu de se voir mentir aussi allégrement. Je suis en route pour le poste avec le quelque chose en question! Vous allez en avoir, des nouvelles, et des vraies!

— On t'attend, d'abord!

— Pas besoin de m'attendre... Dans cinq minutes, si vous trouvez une télé au plus coupant et regardez *Télé24heures*, vous allez tout savoir! Je vous laisse. Je n'aime pas parler en conduisant. À tout de suite!

Elle replia le cellulaire. Elle était assise sur une chaise en toile, dans un studio de *Télé24heures*. Elle l'appréciait, finalement, ce petit appareil, ne fût-ce que pour communiquer sans révéler l'endroit où elle se trouvait. Elle allait le garder, seulement pour les appels de police.

Le temps ne s'arrangeait pas et elle avait dormi tard. Il était presque onze heures quand le téléphone, le vrai, avait sonné ; dans la fenêtre d'affichage, elle avait reconnu un des numéros de son amie Chantal.

— Tu as réussi ! Encore !

Aussitôt mise au courant des détails, Julie Juillet avait sauté, au risque de l'achever, dans sa voiture et s'était dirigée à toute vitesse vers la maison de *Télé24heures*. Elle avait constaté les faits et aussitôt donné le feu vert à Chantal. Celle-ci était au maquillage quand l'appel de Pouliot lui était parvenu.

En attendant, elle composa le numéro de Philo. Il avait bien le droit, après tout, d'apprendre la nouvelle avant tout le monde, et puis cela lui donnerait l'occasion de rompre le silence qui était tombé entre eux et qu'elle ne savait trop comment interpréter (tout en se disant que c'est une entreprise bien malaisée que d'essayer d'interpréter un silence !). Ils n'échangèrent que quelques mots, mais ce fut suffisant pour la rassurer : il avait retrouvé son ton habituel. Il savait déjà : depuis une demi-heure, un message écrit défilait au bas de l'écran de *Télé24heures*, conjurant les téléspectateurs de ne pas rater l'édition de treize heures du téléjournal et annonçant des développements majeurs dans l'affaire des deux meurtres sadiques, ce qui expliquait les rafales d'appels qui déferlaient sur Pouliot.

Philo n'avait pas éteint son téléviseur depuis trente-six heures pour d'autres raisons : les rumeurs de retour du Président déchu étaient devenues si précises qu'on ne pouvait plus les tenir pour de simples rumeurs.

Chantal avait pris place dans le fauteuil de droite, entre une table aux formes futuristes et une vitrine montrant une vue photographiée du cœur de la capitale. Un technicien jouait dans les boutons supérieurs de son chemisier dans les teintes de pêche pour y loger un micro. Elle était superbe dans la sobre tenue qu'elle avait choisie en fonction du sujet.

L'idée, comme elle l'avait expliquée à Julie, était toujours d'accrocher le téléspectateur en balade sur les ondes. Les téléviseurs modernes diminuent automatiquement le volume sonore quand on change de poste, ce qui fait que l'on va d'une image à l'autre sans rien entendre : impossible, donc, d'être attiré par un contenu, il faut travailler le contenant. Quand un homme aperçoit une belle fille, comme dans une soirée, comme dans une foule, il s'interrompt un instant et tourne la tête. Aujourd'hui, cependant, l'artifice n'était pas nécessaire.

Bruno Lebrun, l'annonceur à tout faire, s'assit lourdement dans l'autre fauteuil. Comme il était toujours habillé de la même manière, l'installation du micro prit cinq secondes. Il salua sa collègue avec une certaine fébrilité dans le ton et un regard fouineur. Le bulletin de treize heures, sur semaine, dans un poste mineur, ce n'est pas un sommet dans une carrière, mais ce jour-là il allait jouir d'une visibilité exceptionnelle. L'indice musical se fit bientôt entendre et, pour dramatiser, on en amputa les dernières secondes.

— Bonjour, chers téléspectateurs et chères téléspectatrices ! fit-il de sa voix de café crème trop crémeux et trop sucré qu'il utilisait pour la télévision.

Déjà, le régisseur lui faisait signe d'accélérer.

— Eh bien ! passons sans tarder à la nouvelle de l'heure, exclusive à *Télé24heures*.

Il tourna la tête et l'image de Chantal apparut dans les multiples moniteurs, dans des milliers de foyers et au poste central de la police. La journaliste faisait semblant de mettre de l'ordre dans ses papiers comme si elle venait tout juste de s'asseoir.

— Bonjour, Chantal Mignonnet.

— Bonjour, Bruno.

— Il semble, Chantal, que le coupable des horribles meurtres de la semaine dernière se soit enfin dévoilé.

— En effet, Bruno. Rappelons pour le bénéfice des téléspectateurs qui ne suivent pas régulièrement la chronique judiciaire, sur nos ondes en fin de soirée, que nous parlons ici des meurtres de Cécile Matzef et Deborah Goldberg, dont les corps ont été retrouvés partiellement dénudés et maculés...

Chantal se tourna subrepticement vers la caméra et Bruno Lebrun passa hors champ. Elle donna tous les détails de l'affaire tandis que des photos se succédaient derrière elle.

— ... et rien n'avait filtré à ce jour de l'enquête menée par le lieutenant Julie Juillet, bien connue dans le milieu pour son expertise en matière de crimes à caractère sexuel. Or, voilà que ce matin, à dix heures trente-deux précises, comme en fait foi le tampon de la réceptionniste, un homme qui pourrait bien être le coupable lui-même, s'est présenté à *Télé24heures*, porteur d'une enveloppe qui m'était personnellement adressée, pour disparaître aussitôt.

«Cette enveloppe de type courrier, que l'on voit maintenant à l'écran, était adressée à la main, au stylo bleu, et cachetée. Grâce à la rapidité d'action qui nous caractérise, j'ai pu la lire presque aussitôt. Elle contenait deux feuillets manuscrits, de la même écriture que l'adresse, une écriture soignée et bien droite. Nous ne pouvons malheureusement pas vous montrer cette lettre pour le moment, ni vous révéler l'identité de l'auteur tant que la police n'aura pas procédé à des vérifications essentielles, car il pourrait toujours s'agir de l'œuvre d'un mauvais plaisant, et nous devons veiller à ne pas compromettre des réputations. Nous pouvons cependant d'ores et déjà révéler que l'auteur prétend avoir commis ces crimes dans un état de délire psychotique provoqué par un stress excessif, lui-même causé par des conflits de travail...»

Chantal occupa la totalité de l'écran pendant presque trois minutes, ce qui s'approchait d'un record. Elle parlait par phrases complètes, sans hésitation, en fixant l'œil de la caméra comme s'il appartenait à un être intelligent et sensible, sur un ton mesuré à l'échelle hertzienne, exprimant l'émotion par d'imperceptibles variations dans l'arc du sourcil. «Sainte-poche qu'elle est bonne!» se pâmait Julie Juillet.

— Eh bien! dit pour conclure Bruno Lebrun qui commençait ainsi toutes ses interventions, espérons que s'il s'agit bien du coupable, la police lui mettra la main au collet au plus tôt.

— C'est ce que nous souhaitons tous, Bruno.

— En tout cas, Chantal Mignonnet, vous demeurez avec nous pour nous faire part de tout nouveau développement...

— Bien sûr, Bruno.

— Eh bien! passons maintenant à la scène internationale où, là aussi, il se passe des choses très importantes. Nous venons en effet tout juste d'apprendre que le Président en exil...

À la seconde même, Félix Mendelssohn appuya sur un bouton de sa télécommande. Le téléviseur se mit à bégayer des images incohérentes. Il l'arrêta sur du vert. Une golfeuse au dos voûté balançait doucement les fesses. Elle frappa. La balle roula en douceur sur le gazon, sembla courber sa trajectoire, revint finalement vers la coupe et disparut. Elle leva les bras au ciel. Elle avait une jolie poitrine. Il éteignit. Il n'y aurait pas de golf pour lui cette année. Il n'y en aurait plus jamais. Ce n'est pas ce qui lui manquerait le plus, il jouait pour se montrer.

Il avait réglé ses affaires. Sa lettre s'était rendue à bon port. Il ne devait pas rester plus longtemps chez lui. Il prit sa serviette comme s'il allait au bureau, sauf qu'il y avait quelque chose dedans et cela pesait. Il balaya d'un dernier regard cet intérieur qu'il avait mis des années à peaufiner. Il jeta une dernière pincée de nourriture à ses poissons tropicaux. L'aquarium tout en hauteur, encastré, servait de cloison à l'entrée. Une fortune! Mais c'était la première chose que l'on apercevait en entrant et aucune femme n'avait pu s'empêcher de passer de l'autre côté; tout le monde marque une pause devant un aquarium. Cela relançait la conversation et il répondait aux questions comme un passionné de pisciculture. Les femmes aiment que les hommes leur apprennent des choses, allez savoir pourquoi! Il n'avait jamais réussi à s'intéresser pour la peine aux poissons depuis son premier aquarium, cadeau de sa mère. Tout le reste était à l'avenant: les tableaux qu'il ne regardait pas, les livres qu'il ne lisait pas... Ce n'était pas un intérieur, c'était un décor de cinéma!

Il sortit sans le moindre serrement de cœur. Il descendit au garage par l'escalier, comme il le faisait presque toujours pour garder la forme, mais la forme n'avait maintenant plus d'importance: il ne voulait pas courir le risque de tomber sur des policiers venus le cueillir.

La lourde porte du garage se referma derrière la Saab.
Les nuages s'écartaient et de gros rayons tombaient sur les
immeubles. Il conduisit avec mille précautions et aperçut
bientôt les popotins de néon mauve qui se tortillaient sur
l'enseigne énorme du *Plurasex*. Il ne s'arrêta pas. Il connaissait bien les environs et tourna à droite, ralentit, vira
dans une rue délabrée, sûr de trouver ce qu'il cherchait.

Il en vit une première qui sortit la langue en le voyant,
mais elle n'avait pas l'air propre. La seconde souleva sa jupe :
elle avait le bas du corps très bien dessiné, mais il craignait
les Noires et n'avait pas la tête à discuter avec ce qui lui restait
de conscience. La troisième se brassa une poitrine à fournir
une laiterie, mais le reste sentait le suri à travers les vitres.
La quatrième, dans les circonstances, était inespérée.

Elle ressemblait un peu à Nancy Thibault. Elle avait
les cheveux teints en mauve avec des mèches noires, par
contre, mais c'était la même coiffure vaguement « cléo »,
et la peau en paraissait encore plus blanche. Le noir autour
des yeux et le rouge sur les lèvres contrastaient tellement
que c'était comme si elle n'avait pas de visage, et c'était
peut-être pour contrer cet effet qu'elle portait un anneau
dans la narine gauche, une mode qui le dégoûtait plutôt,
mais ce n'était pas le moment de se montrer intransigeant.
Et, surtout, elle portait une veste de cuir noir trop grande
qui lui arrivait en haut des cuisses et on aurait pu penser
qu'elle était nue dessous. Elle ne fit rien, se contenta de le
regarder en continuant de mâcher sa gomme avec une
moue plus blasée qu'aguichante.

Il lui fit signe de venir. Elle approcha, se pencha à la
vitre qui baissait toute seule. Elle regarda la voiture et
l'examina lui-même un court instant.

— Qu'est-ce que tu veux? lui demanda-t-elle, apparemment aussi rassurée qu'elle pouvait espérer l'être.

— Tout!

Elle le fixa encore un moment avant de répondre. Elle avait de l'expérience. Elle sentait qu'elle en tenait un bon. Elle tourna la tête et regarda au bout de la rue. Il suivit son regard. Il allait vers un homme adossé à un lampadaire, en t-shirt, lunettes de soleil, biceps tatoués, qui griffonnait quelque chose sur un bout de papier, sans doute le numéro de plaque de la Saab. Elle revint à Félix M...

— Capote?

— Si tu y tiens, mais tu peux être tranquille, je n'ai rien.

— Facile à dire... Pas de capote, c'est cent pour une demi-heure, tout compris, mais rien qui fait mal.

— C'est beau...

— ... puis pour le trou du cul, c'est plus...

— ... non, ça, ça ne m'intéresse pas...

— Parfait! *Let's go!*

C'était cher, pour une fille sur le trottoir. Elle avait du flair et du culot. Elle monta.

— As-tu ta place? lui demanda-t-elle une fois assise.

— Dans l'auto. Relaxe. Je ne suis vraiment pas dangereux.

Il l'avait regardée en lui disant cela et elle l'avait cru.

— Je peux-tu fumer?

— Tant que tu veux.

Pour confirmer, il prit un paquet dans sa poche et le lui tendit.

— *Cool!* fit-elle en guise de remerciement, mais sans relever les coins de ses lèvres rabattues.

Elle fuma sans jeter sa gomme jusqu'à ce qu'ils arrivent au *Complexe Métropolitain.* Il paya le prix du stationnement et la voiture s'enfonça dans le ventre de la cité. La dernière fois qu'il était descendu ainsi, il était remonté avec un cadavre. Il eut envie de lui demander son âge, mais il n'en fit rien : elle aurait sans doute répondu vingt et un, vingt-deux pour faire bonne mesure, mais il était sûr qu'elle n'en avait pas dix-huit. Il descendit jusqu'au fond, dans la dernière section qui était fermée par des cônes vermillon dont il ne tint pas compte. Il stationna à reculons, dans un coin, de manière à ne pas être surpris par des importuns. C'était un désert massif : du béton en haut, du béton en bas, du béton à côté, du béton pour les colonnes rondes, du béton glauque dans une lumière artificielle qui ne faisait nulle ombre. Il comprit pourquoi c'était dans ce lieu qu'il avait fait en autodidacte son apprentissage du meurtre. Là où il n'y a pas d'ombre, il n'y a pas de conscience !

— Icitte ? fit-elle dans son patois.

— Oui. C'est pas tellement romantique, mais c'est tranquille.

— Moé, ça me fait rien, mais c'est marqué « surveillance par caméra », à l'entrée !

Il resta interdit un moment. C'était pourtant vrai ! Et il ne put s'empêcher de rire. Son meurtre était peut-être enregistré sur vidéo ! Quel assassin pourri ! Il aurait pu se faire coincer juste à la sortie !

— Qu'est-ce qu'il y a de drôle ?

— Rien ! rien du tout ! C'est juste que... le système ne fonctionne pas, je t'assure : je viens ici régulièrement.

— OK ! On commence ?

Il leva l'index pour lui demander d'attendre un instant.

— C'est toi qui payes! fit-elle en soulignant son indifférence d'une vigoureuse chiquée.

Il prit la serviette sur la banquette arrière et l'ouvrit de manière qu'elle ne vît pas le contenu. Il en sortit une bouteille de scotch à moitié pleine. Il en but une longue gorgée à même le goulot. L'œsophage radieux, il lui en offrit.

— Ç'a l'air bon! dit-elle en s'attardant un instant sur l'esthétique de la bouteille, qui faisait effectivement très «vieille fine».

— Ce l'est! Je t'en prie, jette ta gomme!

«Et comment, que c'est bon! pensa-t-il en la regardant boire, un Lagavulin seize ans d'âge, du bonheur liquide! Elle n'était peut-être même pas au monde quand ce scotch a été distillé. Cinquante dollars pour la liqueur, cent pour la fille! Mais la fille se vide plus lentement...» Il s'interdit de penser plus loin. Le scotch et le cynisme ne faisaient pas bon ménage chez lui. Elle but encore.

— Faut en profiter quand ça passe, hein! expliqua-t-elle.

Il craignit d'être obligé de l'arrêter, mais elle lui rendit la bouteille avec le goulot taché de rouge, ce qui le dégoûta un peu. Quelle importance? Pas bête, la fille! Elle connaissait sa dose et la journée qu'elle avait à faire. Il était content de son choix.

— Tu te décides? Le temps passe! dit-elle en lui faisant un clin d'œil, bonus suscité par l'effet de seize années de maturation en fût de chêne.

Il lui montra comment reculer le siège et incliner le dossier. Allongée, elle lui semblait offerte comme dans un écrin. Il détacha les boutons de sa veste et dévoila ainsi une poitrine attendrissante à souhait, blanche, et encore ronde malgré sa position, avec des mamelons roses qui se dressèrent dès qu'il les effleura de ses doigts. La poitrine d'une enfant mais le visage d'une femme, avec ses yeux creusés. Ici et là, des ecchymoses plus ou moins fraîches. Séquelles de mauvais coups reçus ou de mauvaises piqûres?

— C'est quoi ça? demanda-t-il?

— Eh! J'ai déjà un intervenant de milieu qui me lâche pas les baskets, p'is c'est en masse!

Elle n'avait qu'un slip sous sa veste et se le laissa enlever. La région génitale était aussi celle d'une femme. L'intérieur des cuisses était rougi, irrité, et sentait la crème de soins.

— Puis? demanda-t-elle finalement parce qu'elle en avait assez de se faire examiner, même si c'était de l'argent facilement gagné.

Comme expulsé d'un rêve, il se laissa tomber dans son siège.

— Tu es très belle. Viens, ordonna-t-il simplement.

Pas besoin d'explications. Elle se redressa, défit sa ceinture et sortit sa verge dont l'érection manquait pour le moins de conviction. Elle dégagea le gland et se paya à son tour un examen complet.

— Tu n'as rien à craindre!

Il était bien propre en effet; malgré la fin inéluctable, le besoin d'hygiène persistait en lui comme une seconde nature. Il eut tout de même l'idée de prendre la bouteille qui traînait sur le plancher et, le pouce sur le goulot, de s'asperger généreusement le membre jusqu'à ce que la liqueur lui dégouline sur les bourses. L'effet de cette douche fut stupéfiant; il était incapable de déterminer si c'était brûlant ou glacé.

Sitôt la bouteille rebouchée et reléguée sur la moquette, elle commença à le sucer comme si elle avait appris à faire ça dans un livre, un peu plus lascive de par le parfum fumé du scotch aux riches accents de tourbe. Il avait l'impression de connaître une sensation nouvelle, non pas tant à cause de la technique expérimentée, mais parce que son sexe gélatineux obéissait aimablement aux délicieuses inflexions imposées par la bouche. Il soulevait les cheveux mauves de la fille pour bien l'observer. Malgré que, sans aucun doute, elle ne prît pas le moindre plaisir à cette dégustation tarifée, le fait que cela ne pouvait s'effectuer sans un écartèlement maximal des mâchoires et, pudeur incongrue! sans fermer les yeux, donnait l'impression d'une gloutonnerie morbide, et son anneau dans la narine, vu dans ce contexte, ne le dégoûtait plus, bien au contraire!

Peut-être pour reprendre son souffle, elle le sortait périodiquement de sa bouche, léchait le gland et, l'enserrant entre son pouce et son index, elle y allait de brèves séquences de malaxage méthodique. Cela faisait sourdre quelque tension dans la racine de sa virilité, mais cette tension ne montait jamais bien haut. Cette absence de réponse ne suscitait chez lui aucune angoisse. Il regardait ses joues si blanches qu'elles faisaient paraître son organe brun, ses yeux plus noirs encore quand ils étaient clos, ses lèvres rouges comme du sang, et il trouvait qu'elle ressemblait à la mort. Il se sentait déjà dans un au-delà et ne pouvait penser sans dérision à ces innombrables éjaculations qu'il avait tenues, toutes et chacune, pour des sommets de sa vie.

Elle se lassa devant l'évidence que cet exercice n'arriverait jamais à provoquer la décharge qui signifierait la fin de son labeur. Elle aurait tout aussi bien pu y passer la demi-heure complète, mais c'était comme si, même à un niveau si bas, l'ouvrière humaine avait besoin d'entrevoir une finalité quelconque à son travail. Elle demandait tacitement de nouvelles consignes. Un autre client l'eût insultée, frappée peut-être, n'aurait pas supporté cette infime prise en charge.

— Tourne-toi, lui dit-il comme s'il se rendait à ses arguments.

La glace étant toujours descendue, elle prit appui sur la portière et, en relevant la veste qui le masquait, il put contempler son postérieur. Les fesses étaient bien rondes et dures, mais la partie obscure faisait penser à une chaussée défoncée par les passages répétés des poids lourds.

Il trouva tant bien que mal une position stable entre les sièges et la pénétra en compensant avec la main son manque de rigidité. Cette position avait d'habitude le pouvoir de le galvaniser, mais il ne ressentit aucun effet, ou alors si peu. Peut-être en aurait-il été autrement s'il avait reconnu l'odeur intime de la femme, mais celle de la crème de soins les avait toutes lavées. Il s'efforça de pratiquer la danse du mâle en rut en observant son sexe qui manquait de s'échapper à chaque retrait, qui ressemblait à un colimaçon en train de nettoyer l'entrée de sa maison. Il essaya de se revitaliser en se penchant sur son dos et en lui prenant par en dessous un sein dans sa main gauche, la droite se tenant agrippée à l'appui-tête, mais malgré la sensation exquise de tenir cette masse duveteuse de chair tendre dont la fine fleur lui titillait la paume, le regain ne vint pas. Il avait peine à y croire. Ce corps de jeune femme le laissait froid.

Libéré! Se pouvait-il qu'il fût libéré, enfin? Aurait-il pu poursuivre une vie normale? Marcher dans la rue sans tourner la tête à chaque silhouette racée? Rester seul le soir sans se morfondre, sans courir à couilles rabattues chez les danseuses? Faire autre chose? Découvrir de la vie tout ce qu'il avait laissé lui échapper?

Il se retira et reprit place derrière le volant en remontant son pantalon.

— Ça voulait pas, hein! dit-elle en remettant sa culotte, afin de se disculper et de prévenir toute hésitation qu'il aurait pu avoir à lui payer son dû.

— C'était parfait!

— Ah bon! fit-elle, ne sachant trop s'il ironisait ou s'il était vraiment aussi imprévisible qu'il en avait l'air.

— L'argent est dans ma serviette. Prends-la.

Elle se retourna et regarda sur le siège arrière en hésitant.

— Prends-la, que je te dis!

Elle se tourna et la prit pour la lui donner.

— Ouvre! fit-il en la repoussant de la main.

Elle actionna les deux fermoirs dorés qui firent entendre leur claquement caractéristique. Elle souleva le rabat...

— Oh!

Elle resta un moment interdite. La serviette était pleine de billets, de gros billets.

— Eh! T'es pas peureux! s'exclama-t-elle en pinçant un billet de cent entre le pouce et l'index.

— Non non! fit-il en la voyant faire, prends la serviette et va-t'en.

— Hein!

Elle regarda autour d'elle comme si elle s'attendait à voir surgir la police, les agents du fisc ou son souteneur en personne.

— Allez! Va! C'est à toi! insista-t-il. Et prends donc la bouteille avec!

Il la déposa dans la serviette.

Elle lui jeta un regard entre la fureur et la terreur.

— C'est quoi, la *joke*?

— Il n'y en a pas. C'est six mille trois cent soixante dollars pour toi.

— Six mille...

Elle regarda encore les billets avec des yeux éperdus puis se ressaisit...

— C'est pas des vrais...

— Ils sortent de la banque!

Elle regarda encore autour, cherchant toujours le piège, et dit :

— Mais...

Mais elle ne sut pas quoi dire. Elle se mit tout d'un coup à y croire. Elle était tombée sur un fou, un fou merveilleux, ou bien c'était un rêve, ou bien il y avait une bombe dedans, ou un micro. Elle glissa sa main sous les billets et ne trouva rien.

— Prends-les tandis qu'ils passent! dit-il. Ç'aurait pu tomber sur une autre. Dépêche-toi avant que je change d'idée.

Elle se trouvait stupide d'hésiter, mais, en même temps, c'était trop beau pour être vrai.

— Mais pourquoi?

— Bof! C'est trop long à raconter et pas tellement inté-ressant. Et puis merde! Va-t'en! cria-t-il pour conclure.

Elle sursauta. Elle le connaissait depuis moins d'une heure et elle s'imaginait déjà qu'il ne criait jamais.

Elle referma la serviette, enfonça les fermoirs, ouvrit la portière et s'éloigna d'un pas de lapin effarouché dans la nuit claire du béton, avec six mille trois cent soixante dollars au bout du bras, de vrais et bons dollars blancs comme neige : il les avait retirés le matin même de son compte-chèques. Toutes ses affaires étaient réglées.

Quand elle eut disparu, il démarra et entreprit l'ascension hélicoïdale vers la sortie.

Le soleil l'attendait en jouant de ses feux dans la fébrilité de la vie urbaine. Il eut le goût d'essayer une nouvelle vie, de trouver une terrasse pour prendre un verre en lisant le journal sans regarder les passantes, même de rentrer au bureau et de lâcher un «Quelle magnifique journée!» à Sonia qui devait bien se demander où il était passé, à Sonia qui soupesait le vrai et le faux dans les propositions qu'il lui avait faites quelques jours plus tôt, qui aurait tout un choc sous peu mais qui s'en remettrait car, malgré, et peut-être à cause de ses allures de pantoufles en fibres synthétiques, elle était mieux bâtie que la plupart des gens pour durer.

Mais tel n'était pas le programme qu'il s'était tracé et dont il venait de compléter la première partie. Il prit la direction du pont de la Reine-Mère et traversa la rivière sur la chaussée grillagée qui faisait chanter les pneus au rythme du cliquetis des joints. Ce n'était pas du tout le genre de voie pour profiter des qualités sportives de la Saab, ni pour flâner en touriste. Les voitures circulaient à la file indienne et il fallait se concentrer sur celle qui précédait. Il en profita pour détacher sa ceinture.

La conduite devint plus amusante à la sortie du pont où un entrelacement de boucles l'amena sur l'autoroute riveraine. Il poussa son moteur au régime maximal avant de passer en quatrième, puis en cinquième. C'était la première fois qu'il faisait hurler ainsi sa machine et peut-être y avait-il un rapport avec l'essoufflement subit de son ardeur sexuelle. Il doubla tout ce qui se trouvait sur la route comme un parfait mufle et atteignit bientôt l'entrée du pont des Iroquois, dont l'arc élégant s'élançait au-dessus des eaux. Il négocia bruyamment la courbe d'entrée et s'engagea sur le tablier en coupant sauvagement la circulation pour prendre place tout de suite dans la voie d'extrême gauche.

À cent soixante kilomètres à l'heure, il se retrouvait aux dix secondes collé au pare-chocs d'un usager, à qui il en laissait trois pour s'écarter avant de le couper par la droite.

Il apercevait à la sortie du pont quand il entendit une sirène. Un motard l'avait pris en chasse. Parfait! Il n'y avait maintenant plus que deux voies bordées de parapets en béton dont l'un donnait sur le sens inverse et l'autre surplombait la ville. Quand la conduite lui en laissait le loisir, le motard lui intimait du bras l'ordre de s'engager dans les sorties qui se succédaient à une vitesse folle; il aurait bien voulu passer devant la Saab et la forcer à ralentir, mais c'était trop serré.

Félix Mendelssohn connaissait chaque courbe comme le fond de sa poche et par cœur le paysage de cette ville dans laquelle il était arrivé à l'âge de treize ans, sans bien comprendre pourquoi il avait fallu quitter les sables chauds d'Afrique du Nord, cette ville dans laquelle il n'avait jamais vraiment vécu et qu'il s'apprêtait à voir disparaître. Sur les hauteurs verdoyantes, bien à l'écart des gratte-ciel et des lointains quartiers ouvriers qu'on devinait aux clochers qui les hérissaient, il aperçut le dernier étage du siège social du C.A.N.C. Il ne put s'y attarder, car le motard était maintenant suivi d'une voiture de police qui hurlait de concert; de toute façon, il savait qu'il l'aurait sous peu bien en face.

Il arrivait à l'échangeur de l'ouest, le plus grand, le plus haut et le plus complexe du pays. Celui, surtout, qu'on n'avait jamais achevé et qu'il voyait si bien de son bureau. Il fallait être aveugle ou stupide pour s'engager dans la sortie. D'énormes panneaux rouges interdisaient bien à l'avance de passer à droite, d'autres, amovibles, orange, munis de réflecteurs chevauchaient la ligne brisée, des barrières en obstruaient l'entrée, mais rien de cela ne suffisait pour arrêter un véhicule en marche. Il envoya en l'air toute cette panoplie, serrant le volant afin de garder le contrôle dans les chocs multipliés. Puis il n'eut plus devant lui que la chaussée déserte qui grimpait en se courbant à peine dans le vide du ciel, avec au bout quatre gros blocs de ciment, derrière lesquels apparaissait encore le dernier étage du C.A.N.C., où il aurait pu repérer la fenêtre de son bureau, mais les blocs de ciment se ruaient à sa rencontre.

Il avait imaginé l'avant de la Saab blanche s'enfonçant tandis que l'arrière se soulevait. Il s'était vu projeté à travers le pare-brise, mais par un caprice de la voiture, n'en être pas entièrement éjecté, tournoyer dans les airs, les bras en V comme pour s'accrocher au vide, ou pour retenir son sang giclant dans le soleil.

Son pied droit changea brusquement de pédale et enfonça le frein. La Saab cria comme si on la brûlait vive, dérapa et glissa pour aller, de son flanc droit, percuter violemment les blocs de ciment. Félix Mendelssohn traversa l'habitacle sous l'impact et sa tête alla fracasser la glace latérale qui se désagrégea instantanément. Et ce fut un silence noir.

Il n'entendit pas les policiers freiner à leur tour, les portières claquer, les sirènes agoniser.

La lumière revint, blanche et fuyante, sublime, emportée comme lui dans un bourdonnement hallucinatoire, et lentement réapparut, dans son regard fixe, le dessin géométrique du siège social du *Conseil des académies non confessionnelles*, et ces mots commencèrent à se répéter dans sa tête, comme un vieux disque de vinyle accroché, *Conseil des...*

— Vous m'entendez? M'entendez-vous? criait une voix de femme.

Félix Mendelssohn tourna la tête. La policière avait ouvert la portière du chauffeur, intacte.

— Ne bougez pas. Il n'y a plus aucun danger. L'ambulance s'en vient.

Félix Mendelssohn ne répondit rien. Il constata qu'il était couvert de sang, mais il ne ressentait pas de douleur, sinon à la tête, confusément. Ses jambes étaient repliées en position fœtale. Il essaya de se redresser.

— Non non! Ne bougez pas! On va vous sortir de là comme il faut. Ne risquez pas d'aggraver vos blessures.

La voix de la jeune femme avait une douce autorité, mais il essaya quand même de bouger. Son corps n'obéissait pas.

— Restez calme! continuait la policière qui tenait à éviter que le silence ne se réinstalle pour de bon. Ce ne sera pas long. Il n'y a plus de danger. Vous auriez pu vous tuer, vous savez?

Il la regarda. Elle était brune et ses yeux verts restaient posés sur lui avec une sorte de bonté.

— Vous auriez pu vous tuer, vraiment! répéta-t-elle.

— J'aurais pu, trouva-t-il la force d'articuler, mais ç'aurait été trop facile...

CHAPITRE X

Brigitte Simard gagnait sa vie en enseignant l'éducation physique dans une école primaire de banlieue – qui n'avait aucun rapport avec le C.A.N.C. Elle se sentait un peu désemparée depuis les quelques semaines qu'elle vivait seule, ayant congédié son dernier amour. À trente ans passés, elle se demandait si elle allait un jour trouver le bonheur tranquille auquel elle aspirait. C'était pourtant une femme désirable à tout point de vue. Cheveux presque blonds, beaux yeux bruns effilés, nez mutin, lèvres de gourmet, elle avait en plus gardé de la pratique de la natation une grâce fluide dans la démarche, qui faisait tourner les têtes malgré qu'elle s'habillât toujours sobrement.

C'était peut-être son problème, au fond, d'être trop attirante. À dix-huit ans, elle avait été séduite par un homme qui en avait presque cinquante. La relation avait duré deux bonnes années et, comme évidemment il était nanti, elle avait été gâtée, mais elle était trop intelligente pour ne pas comprendre bientôt les insuffisances d'une telle relation quant à son développement personnel. Ensuite, elle avait butiné. Les hommes venaient à elle plus aisément encore du fait qu'elle jouissait d'une modeste notoriété. Elle avait fait partie d'une équipe olympique de relais quatre nages qui avait presque gagné la médaille de bronze, ce qui lui valait, charme et facilité d'expression aidant, d'être invitée à *Télé24heures* pour commenter les compétitions de natation, car la seconde mamelle de cette chaîne était le sport, la première étant, comme on sait, le crime.

Les femmes attirantes ont ce défaut, dont elles se passeraient sans doute volontiers, d'amener les hommes à mentir sur eux-mêmes. Après des moments plus ou moins longs d'exaltation, ses amants finissaient toujours un beau matin par oublier de mettre leur masque en se levant, et elle restait déçue. Le dernier était différent, enfin : c'était un être sensible dans lequel on lisait comme dans un livre, mais il était dépressif et elle ne se sentait pas la force de le remonter sa vie durant.

La fin de l'année scolaire arrivait, elle était épuisée et elle n'avait aucune idée de ce qu'elle allait faire de ses grandes vacances. Elle était dans cet état où l'on espère qu'un événement fortuit se produise, ne serait-ce que pour agiter un peu une eau trop calme, comme celle de sa baignoire, parfumée à l'huile de monoï, dans laquelle elle se prélassait quand on sonna à sa porte.

Elle se tira de sa langueur en pensant : «Si ce sont des Témoins de Jéhovah, il se pourrait que je sois impolie!» Elle passa un peignoir après s'être sommairement séchée. Elle habitait un modeste quatre-pièces dans une conciergerie. Elle appuya sur le bouton commandant la porte de l'immeuble et regarda par le judas pour voir qui montait l'escalier.

Elle fut à la fois rassurée et intriguée : c'était une femme seule, plutôt forte, avec des lunettes rondes et un sac en bandoulière en travers d'un imperméable défraîchi. Il lui semblait la connaître, mais elle n'arrivait pas à la replacer. Elle décida de décrocher la chaîne de sécurité et d'ouvrir.

— Bonjour, Brigitte, dit la femme, je vous... te dérange... j'aurais dû appeler... je...

Elle bredouillait en agitant les mains comme si elle se cherchait une sortie dans le vide.

— Ju... Julie? fit Brigitte en clignant des yeux.

— Je m'excuse... dit la visiteuse, les joues toutes roses, déjà prête à rebrousser chemin.

— Mais non... Je ne faisais rien, entre donc! bafouilla Brigitte qui ne réalisait pas encore ce qui arrivait.

Elle s'écarta et lui fit signe de passer. Il ne lui vint pas à l'idée d'embrasser sa sœur même si elle l'avait complètement perdue de vue depuis, quoi, vingt ans? soit depuis que Julie avait quitté la maison. Et même avant. Elle se souvenait de sa sœur aînée comme d'une sorte de pensionnaire totalement indifférente à la famille, qui avait quitté le foyer dès qu'elle avait pu, ce qui n'avait pas attristé les autres enfants, puisqu'elle libérait une chambre, mais beaucoup les parents, la mère en particulier, qui ne s'en était jamais tout à fait remise.

N'eût été un incident mémorable, Julie serait définitivement devenue une étrangère aux yeux de Brigitte : quand celle-ci avait treize ans, des garnements qui sévissaient sur le chemin de l'école s'étaient mis en tête de la harceler, soit en lui montrant leurs attributs, soit en essayant de tripoter les siens, quand ils ne faisaient pas les deux en même temps. Elle n'en parlait à personne ; un jour, sa grande sœur l'avait croisée juste au bon moment. Les petits machos s'étaient tenus tranquilles, mais Julie possédait déjà son flair ainsi que son don de faire parler, et Brigitte s'était soulagée. «Fais-moi confiance, petite sœur, ça va cesser!»

Les jours suivants, elle s'était organisée pour l'accompagner à l'aller et au retour de l'école. Elles finirent bien par se retrouver devant les indésirables qui, voyant qu'il y avait encore du renfort, se contentèrent de remarques verbales sûrement infectes, même si les sœurs n'en percevaient pas le sens exact vu qu'elles étaient formulées dans un anglais de la rue.

Julie se dirigea aussitôt d'un pas martial vers le plus grand de la bande, à qui elle concédait deux ou trois centimètres, et qui eut la mauvaise idée de l'affronter. À peine avait-il haussé le menton qu'un coup de genou dans les amourettes le lui ramenait au niveau du nombril puis, sans qu'il eût le temps de dire « Aoutch ! », une main le soulevait par les cheveux et un poing étonnant de fermeté lui écrasait le nez, lequel se mit à saigner comme un robinet.

« Si jamais quelqu'un, n'importe qui, embête ma sœur, c'est toi qui vas payer, et ce que tu viens de recevoir, tu vas trouver que c'était juste une bonne *joke* ! »

Le dernier mot était sans doute le seul qu'il connaissait, mais le sens du message dut lui apparaître limpide, car toute forme de sévices cessa, de sa part comme de celle des autres, qui s'étaient contentés du rôle de spectateurs.

Il fallait à Brigitte remonter très loin dans sa petite enfance pour trouver d'autres souvenirs dans lesquels elle ressentait vraiment que Julie était sa sœur.

— Tu sais, dit cette dernière pour parler de quelque chose, j'ai suivi tes exploits, et je t'écoute quand je peux, à la télé... J'ai une amie à *Télé24heures*, c'est comme ça que j'ai eu ton adresse... C'est joli, chez toi !

Elle le pensait. Brigitte collectionnait les masques et il y en avait plusieurs sur les murs, de toutes sortes, en papier mâché aussi bien qu'en ébène (imitation d'ébène, disons). Les meubles d'osier se mariaient bien avec cette ambiance plutôt exotique.

— Merci, mais assieds-toi. Tu veux une tisane ?

— Je veux bien. Mais je peux revenir, hein! Je vois que tu prenais un bain.

— Pas question. Je n'en suis pas à un bain près. Laisse-moi une seconde pour m'habiller, c'est tout.

Brigitte disparut dans la chambre. Julie resta seule et eut envie de s'enfuir.

— Et puis, j'y pense! s'exclama Brigitte en revenant dans le séjour revêtue d'un chemisier en soie couleur de perle sur un jean délavé aux genoux fendus et ornés d'effiloches. Au diable la tisane! Ma sœur qui ressuscite! Ça vaut bien d'ouvrir une bouteille de vin, si ce n'est pas contre ta religion, évidemment.

— Je n'ai pas de religion. Mais je me sens intruse...

— Je vois bien : tu n'as pas enlevé ton imperméable. Allez, accroche ça près de la porte. Tu n'as rien contre le vin blanc en particulier? Moi, le rouge me donne mal à la tête.

— C'est parfait.

Brigitte apporta vite une bouteille de frascati qui suintait et des verres à pied, puis repartit aussitôt chercher des sacs de croustilles. Julie s'était rassise. Elle portait un jean aussi, et un chemisier crème, mais même si elles étaient habillées plus ou moins pareillement, les deux sœurs ne se ressemblaient pas du tout. Brigitte avait le visage anguleux du côté maternel, tandis que Julie avait la bouille rondelette de son père.

— Ça alors, disait Brigitte en versant le vin, pour une surprise, c'en est toute une! Tu sais qu'on se demandait si tu n'étais pas morte! On a essayé de te retrouver à la mort de maman (elle fit malgré elle une pause chagrin), mais ça n'a rien donné. Je veux dire : on a vraiment essayé! On a engagé un détective privé, enfin, pas vraiment un détective, mais une compagnie qui fait des recherches, c'est Robert qui s'en est occupé (c'était l'aîné). Mais où donc étais-tu, en Afrique, en Asie?

Brigitte parlait avec une certaine fébrilité, comme si elle craignait que sa sœur ne se volatilisât à nouveau, et puis elle avait grand besoin de se laisser dévier dans une autre vie.

— Je n'ai pour ainsi dire pas quitté la capitale.

— Ah bon! Pas très fort, les détectives privés!

— Il faut dire que j'ai changé de nom.

— Sans blague! Tu ne t'appelles plus Julie Simard?

— Non, Julie Juillet.

— Julie Juillet... répéta Brigitte songeuse. Ça me dit quelque chose.

— Je suis dans la police.

— Dans la police! Eh bien! au fond, ce n'est pas surprenant. Tu te rappelles comment tu avais amoché le gars qui m'achalait?

— Je me le rappelle très bien!

— L'ironie, c'est que je suis sortie quelquefois avec lui, euh... quelques années après; tu venais de partir de la maison.

— Vraiment! Tu t'étais pas mal dégourdie...

— Il s'était mis à la natation, lui aussi, au crawl. Il s'était bien assagi, je te l'assure. Christos Papadopoulos, qu'il s'appelait. J'étais dans ma période ethnique. S'il avait fallu que son père apprenne comment il avait déjà agi avec les filles, il aurait mangé toute une volée. Mais dis donc, Julie Juillet... la police, mais oui! Ça me revient! Est-ce que c'est toi dont on a parlé dans cette affaire, tu sais, le tueur de femmes qui s'est quasiment tué dans un accident...

— Oui. C'est bien moi.

— Pas croyable. Ma sœur... Il faudra que tu me racontes un de ces jours... Mais comment ça se fait? On n'a jamais publié ta photo dans le journal?

— Jamais de photos, dit Julie avant de croquer un *chips* et de boire une goutte de vin. Il est bon, ton vin... Mais la police, ce n'est que la moitié de ma vie. Je fais aussi des bandes dessinées, et je tiens à l'anonymat.

— Ah oui? Tu collabores à des revues?

— Non, je fais des albums.

— C'est vrai que tu dessinais déjà à la maison, mais tu ne nous montrais jamais rien. Ça m'intéresse, la bande dessinée; j'enseigne, tu sais.

— Oui, mais je ne pense pas que ce soit tellement du niveau de tes élèves. Tu connais Carma Vida?

— Ouais! Ne me dis pas que c'est toi qui fais les dessins!

— Les dessins, le scénario, les dialogues, tout!

— Ça alors! Excuse-moi, mais il faut que je me pince!

Elle le fit, et pour atténuer la douleur peut-être, elle but.

— Tu as raison, ce n'est pas du tout le genre de matériel que j'utiliserais en classe, quoique, à bien y penser, en éducation physique... continua-t-elle, pince-sans-rire. Note que ce n'est pas un jugement de valeur; c'est du très bel ouvrage que tu fais. Si on va un peu au-delà du caractère... cochon, disons, sans vouloir te blesser, on trouve une sensualité sophistiquée, et un humour très fin dans les dialogues.

— Ma foi, tu les as regardées de près.

— Oui. Tu sais, dans l'éducation, il y a des tas de fonctionnaires qui doivent justifier leur salaire, alors ils nous organisent des ateliers et une fois, j'en ai choisi un sur la b.d.

en me disant que c'était là que j'avais le moins de risques de m'embêter. Pour une fois, ça m'a apporté quelque chose...

Les deux sœurs conversèrent un long moment, comme des navigateurs refusant chacun de prendre la barre, préférant dériver au gré des vents en espérant qu'apparaisse l'île sur laquelle ils attendaient de prendre pied. Le niveau de la bouteille diminua et le moment vint d'en ouvrir une autre, quand Brigitte se sentit assez sûre d'elle pour poser la question qui la rongeait :

— Mais qu'est-ce qui t'a poussée à rompre tout d'un coup ce long silence? Tu as vu Jésus ou quoi?

Julie eut un rire bref.

— Il y a un peu de ça. Ce serait assez long à raconter et je n'en ai pas envie, mais disons que ma dernière enquête m'a bouleversée.

— Il y a de quoi! À la façon dont ça s'est terminé...

— Ce n'est pas tellement ça; à vrai dire, je m'attendais à une sortie du genre.

— J'ouvre une autre bouteille, d'accord? Et je nous prépare un petit repas.

— Non, je ne veux pas, c'est déjà trop...

— Rien de compliqué, ne t'en fais pas! Du pain, du fromage, j'ai du poulet froid, des tomates, allez, pas de manières!

Elles passèrent dans la cuisine.

— C'est peut-être l'âge, tout simplement, poursuivit Julie. Il y a peut-être un moment dans la vie où on dessille les yeux en dedans, où la perception des choses change, où on a envie d'ouvrir des portes qu'on pensait avoir fermées à jamais, parce qu'on était sûr qu'elles ne donnaient sur rien. C'est peut-être un passage nécessaire si on ne veut pas mourir fou!

— Je comprends. Il faudra peut-être que je passe par là un jour, moi aussi ; pourtant, j'ai l'impression de n'avoir jamais fermé de porte !

— Peut-être bien que toi, il faudra justement que tu en fermes quelques-unes ; personne n'est pareil.

— Tu ne t'es jamais mariée, Julie ?

— Qui te dit que je ne le suis pas ?

— Ça se voit.

— Ah bon !

— ... mais ce n'est pas péjoratif, hein !

— J'espère bien, mais tu as raison : j'ai toujours vécu seule.

— Des liaisons ?

— Quelques-unes... des amitiés.

— Avec des hommes ? si je peux me permettre la question !

— Oh oui ! Avec des hommes !

— Et ces portes que tu veux rouvrir ?

— Bien, c'est toi, d'abord, ma petite sœur. Au fond, si je suis venue vers toi, c'est parce que tu étais accessible, mais disons que le hasard a bien fait les choses : c'est toi que j'aurais choisie naturellement.

— Tu te rends compte de ce que tu as manqué pendant tout ce temps, j'espère ! taquina Brigitte, à qui le vin montait aux joues.

— Et comment, sainte-poche ! rétorqua Julie avec un clin d'œil. Mais si je suis devenue... comme j'étais, ce n'était pas que je vous trouvais désagréables, pas du tout, c'est que quelque chose m'a poussée dehors, même si je devais rester physiquement dans la maison...

— Je sais...

— Comment, tu sais ? Tu sais quoi ?

Brigitte avait fini de dresser la table. Elle s'assit, prit un morceau de pain décongelé.

— Sers-toi.

— Mais qu'est-ce que tu sais?

— Bien... le plus gros, à propos de Mononc'Réal.

— Sainte-poche de sainte-poche de sainte-poche! Mais comment?

— C'est maman. Tu l'as su, quand elle est morte?

— Oui, fit Julie, non sans un brin de honte.

— Mais as-tu su comment?

— Non.

— Alors je te raconte : un jour, elle est tombée pendant qu'elle travaillait dans le jardin, sans qu'on sache trop pourquoi, une faiblesse... Jusque-là, elle allait très bien, en tout cas il semblait. Elle est restée avec une douleur au ventre. On l'a amenée à l'hôpital, et là, ç'a été le choc! Cancer de l'intestin! Il fallait l'opérer au plus tôt. Ils l'ont ouverte et, un plus grand choc encore, ils ont constaté qu'il n'y avait plus rien à faire et ils l'ont refermée; on lui donnait trois mois à vivre, elle en a fait un de plus. Elle aurait bien voulu te voir.

Julie était incapable d'avaler quoi que ce soit.

— Comme je t'ai dit, on t'a fait chercher, mais tu avais drôlement bien organisé ta disparition.

— En vérité, vos détectives n'ont pas si mal travaillé; j'ai été contactée à un moment donné, mais je leur ai répondu qu'ils se trompaient et que je ne voulais plus être importunée. Aujourd'hui, je ne réagirais pas de la même manière... Pas croyable comme j'ai pu m'endurcir, comme si j'avais de la corne sur le cœur, mais je ne pouvais pas m'en sortir autrement.

— Ce qui est fait est fait, n'est-ce pas? C'est à moi que maman a parlé, à moi seulement.

— Et elle t'a parlé de quoi ?

— Elle m'a raconté que tu avais changé complètement après avoir été agressée, simplement, que c'était pour ça aussi que nous n'étions jamais retournés à la ferme ancestrale, pas même au Jour de l'an. C'est vrai, cette agression ?

— Oui, c'est vrai. Agression... Comprenons-nous bien, il ne m'a pas battue, mais il ne s'est pas retenu de profiter de moi, et il m'a fait mal ; une fille de neuf ans, c'est pas prêt à recevoir un homme, si tu vois ce que je veux dire. Mais c'est pas la chose en soi qui m'a fait vous tourner le dos ; j'aurais pu en venir à bout, et j'ai réussi, en un sens, finalement. Le gros mal, c'est quand maman m'a conjurée de ne jamais en parler. Cette douleur-là est encore dans ma tête, presque aussi présente que le goût du vin qu'on boit, tu comprends ? C'était comme si elle m'avait dit que je n'existais plus. Je sais bien maintenant que ce n'est probablement pas ce qu'elle voulait, mais en me disant de continuer comme s'il n'était rien arrivé, elle me demandait, elle exigeait que j'efface une partie de moi-même, donc, je ne pouvais plus être une personne entière. Pourquoi pas me couper les jambes, tant qu'à faire ? Et le clitoris, tiens ! Je l'ai détestée, je l'avoue. Tout d'un coup, j'étais moins importante que l'image de la famille, que sa cohésion, je ne sais trop. Alors j'ai préféré vivre seule plutôt que dans une famille qui me coupait en morceaux. Je ne pensais pas dans ces mots-là, bien sûr, j'ai mis du temps à comprendre ma réaction, mais elle n'a jamais changé, elle est restée la même, jusqu'à maintenant...

— Il fallait que tu sois drôlement forte !

— Bof ! Je ne sais pas. Obstinée, en tout cas.

— Maman n'avait pas cette force.

— Je sais...

— Mais... tu ne sais pas tout.

— Elle t'a appris autre chose ?

Brigitte prit quelques secondes pour réfléchir et jugea qu'il n'y avait pas d'autres solutions que de dire les choses simplement, directement et immédiatement :

— Le fond de l'histoire, c'est qu'elle te demandait de te plier comme elle s'était elle-même pliée à je ne sais trop quelle règle...

— Je ne te suis pas... Tu ne veux pas dire que...

— Il lui est arrivé la même chose.

— La même chose ?

— Oui, ou à peu près, et avec la même personne : son frère, Mononc'Réal !

— Oh ! Sainte-poche-de-merde...

« Mononc'Réal » habitait toujours la ferme ancestrale, bien qu'après la mort des vieux il eût vendu le *bungalow* et une partie importante des terres, continuant d'occuper la petite maison blanche au toit rouge, avec une femme que, selon les détails donnés par Brigitte qui les tenait de Robert, l'on ne voyait jamais. Il semblait qu'il l'eût ramenée d'une escapade en ville. Une rumeur publique voulait qu'il lui interdît de sortir parce qu'il la battait régulièrement ; une autre attribuait le mystère à une laideur épouvantable et une troisième la disait malade. La réalité se partageait à peu près également entre les trois hypothèses, mais cela, Julie ne pouvait pas le savoir.

« Mononc'Réal » avait réduit ses apparitions publiques au strict minimum. Il se rendait au village au plus une fois par semaine, dans une Ford « muséologique », pour acheter quelques victuailles et refaire sa provision de bière. Autrement, il sortait en vitesse de la maison pour passer dans la grange afin de soigner les lapins ; il les vendait vivants, sans marchander, à des intermédiaires qui passaient. Ou, encore, on l'apercevait très tôt le matin dans son potager – surtout consacré aux pommes de terre –, ou bien sur un tracteur décharné pour cultiver les quelques champs qu'il avait gardés afin de nourrir son élevage. Il faut dire que personne ne recherchait sa compagnie, à cause de ses manières repoussantes et de quelques histoires louches dont Julie ne doutait pas qu'elles fussent fondées.

Elle examinait la maison, qui avait un peu changé : d'abord, elle était maintenant séparée du *bungalow* par une haie charnue, et puis elle souffrait d'un délabrement qui illustrait avec justesse l'idée que Julie se faisait de son vieil oncle. La policière savait qu'elle ne pourrait rester là bien longtemps sans attirer l'attention des autres fermiers, ces entrepreneurs gardant toujours un œil sur leurs machines. Heureusement, elle reconnut bientôt son oncle qui sortait et franchissait d'un pas pressé la centaine de mètres qui s'étendaient entre la grange et la maison. Elle crut voir un rideau bouger derrière une fenêtre au châssis écaillé, mais à part cette vision fugitive, rien ne donnait à penser qu'il y eût du vivant à l'intérieur.

Il était entré dans la grange en laissant la porte ouverte derrière lui. Julie engagea sa Honda dans l'allée en demi-cercle qui passait devant celle-ci avant de rejoindre la maison ; toutes les tôles de sa voiture, qui avaient déjà tant de mal à tenir ensemble, grinçaient aux nombreux cratères de boue qu'il fallait franchir. Elle s'arrêta devant la grange. Le matin sentait encore la rosée et la campagne revêtait le vert tendre de ses premiers ébats. Elle dégusta cet air de qualité par quelques bonnes respirations et pénétra dans le monde obscur du bâtiment, qui sentait la paille humide et les excréments séchés.

Ses yeux mirent quelques secondes à s'ajuster et elle eut bientôt une vue nette, laquelle, à son bref soulagement, ne lui rappela rien. Quelque chose avait dû changer : il y avait plus de cages, en tout cas, empilées les unes sur les autres comme des copropriétés. Son oncle, à qui cette voiture inconnue n'avait pas échappé, l'attendait debout au fond, dans un bleu de travail par-dessus un col roulé décati, avec une tuque miteuse sur la tête, et avec à la main un pistolet... d'arrosage relié à un boyau noir. L'âge avait fait son œuvre, mais l'homme restait aisément reconnaissable, droit et osseux, avec ses yeux de corbeaux en haut du nez, lequel ressemblait de plus en plus à un bec. Julie crut ressentir à nouveau la douleur en bas de son ventre, mais elle resta froide.

— C'est pour des lapins ? demanda-t-il d'une voix graveleuse.

— Non. C'est vous que je suis venue voir.

— Ben, tu « m'voés » ! rétorqua-t-il après un regard hostile. Qu'est-ce c'est que tu m'veux ?

Sans attendre de réponse, il s'approcha des cages et fit couler de l'eau dans l'abreuvoir de la plus haute.

— Vous ne me reconnaissez pas ?

— Non ! répondit-il sèchement sans prendre la peine de la regarder de nouveau et en continuant à remplir les abreuvoirs.

— C'est vrai que j'étais bien petite, la dernière fois qu'on s'est vus, Mononc'Réal !

Cette fois, il réagit et se tourna vers elle, la fixa quelques secondes.

— T'es qui, toé ?

— Je suis Julie, votre nièce, la fille de votre sœur. Vous n'avez pas oublié la petite Julie, quand même ; vous vous rappelez, quand je venais ici même, dans la grange, et que vous me montriez vos lapins ?

Elle le sentit devenir nerveux.

— P'têt'ben... Mais ça fait longtemps en maudit.

— Oui, mais pas tant que ça, au fond. Vous rappelez-vous ? La dernière fois, je me suis sauvée en courant.

— Pas ma faute si t'avais peur des lapins.

Ses gestes se précipitaient. Il fit même déborder un abreuvoir.

— Oh ! Mononc'Réal, vous savez bien que je n'avais pas peur des lapins, ni d'aucune bête connue... Mais vous m'en aviez montré une nouvelle...

Il cessa d'arroser, se tourna brusquement et fit un pas vers elle en pointant son grand bras qui tremblait vers la sortie.

— Ça va faire, hein ! Je me rappelle de rien pis j'ai de l'ouvrage, moé. J'su's che'nous, ici d'dans, pis j'ai pas d'affaire avec toé pis... pis d'écouter tes niaiseries, fa'que si tu veux pas de lapins, « scramme » !

— Mais comme vous avez changé, Mononc'Réal ! Vous n'étiez pas si pressé, autrefois. Vous preniez le temps de vous asseoir.

Il écoutait, les yeux ronds, le souffle saccadé.

— Vous m'avez fait coucher, même !

— T'es folle, ma fille, complètement folle ! C'est rien que des affaires que t'as vues dans ta tête.

— Que non !

— Que oui que non, j'm'en sacre ! Je r'tourne à'maison pis si t'as pas sacré ton camp dans cinq minutes, j'appelle la police, c'tu clair ?

C'était clair, mais il hésitait à avancer parce que Julie lui bloquait le chemin.

— Laisse-moé passer, sacrament, parce que ça va aller mal!

Il fit un pas menaçant, mais Julie, qui avait gardé la main dans sa poche, en sortit le revolver qu'elle n'avait pas encore rendu.

— Elle est déjà ici, la police, dit-elle en brandissant l'arme à deux mains.

— Sacrament! cria l'oncle terrorisé. Fais attention! T'as pas le droit de faire ça! On va s'calmer pis s'parler comme du monde, hein?

— Je parle comme du monde depuis le début. Je n'ai pas le droit, c'est vrai; sans doute préférez-vous que je vous intente un procès!

— Un procès pour quoi, criss!

— Le temps passé n'empêche rien, vous le savez, vous devez bien écouter la télévision, non? Reculez... Encore un peu... Tournez-vous.

Il se retrouvait face à une poutre de soutien.

— Passez vos bras autour de cette poutre, allez! Comme si c'était une femme que vous enlaciez...

— Fais attention, sacrament, ça part tout seul, ces affaires-là!

— C'est vrai! Faites ce que je vous dis et je le remets dans ma poche.

Les revolvers ne partaient plus tout seul depuis qu'on leur avait amputé l'oreille du chien, à la suite d'un incident tragique, mais ce n'était pas le moment de donner ce genre de précision.

— Fermez les yeux! ordonna-t-elle en lui collant le canon de son arme sous une omoplate.

Il obéit. Il sentit quelque chose de dur sur son poignet.

— Hé!

— Pas un geste! Les yeux fermés! intima Julie en faisant, avec son pouce, tourner le barillet pour laisser croire qu'elle armait son revolver, qui n'était même pas chargé.

Il sentit son autre poignet agrippé et quand il rouvrit les yeux, il était menotté. Il ne pouvait plus se libérer à moins d'arracher la poutre.

— Et voilà! dit-elle en rangeant l'arme. On se sent mieux, n'est-ce pas?

— Mais que c'est que tu vas faire? C'est...

— Bonne question! coupa Julie. En tout cas, ne gaspillez pas votre salive, je n'ai pas tellement envie de parler, de toute manière. Il faut que je réfléchisse.

Il n'osa plus dire un mot. Julie se mit à arpenter la grange. Il la suivait de ses yeux effarés en passant la tête de gauche à droite de la poutre. Les cages des lapins étaient bien mieux entretenues que l'ensemble de la grange; le sol de ciment était jonché de paille à travers laquelle on entrevoyait des crottes toutes rondes. La nourriture était entreposée dans des barils d'acier. Des outils rouillés traînaient un peu partout. Julie s'arrêta et ramassa une hache au fer chargé de coins et au manche enrobé de ruban noir. Elle la soupesa en regardant son oncle.

— Oh! s'exclama ce dernier. À quoi tu penses, là? Calme-toé. Écoute, j'ai de l'argent, pas mal d'argent caché. J'vas te donner qu'est-ce tu veux...

Julie fit non de la tête. Elle leva la hache, s'approcha des cages et d'un coup fort bien appliqué, défonça un premier grillage. Elle attrapa une mère et la déposa sur le sol, fit suivre les petits et passa à une autre cage.

Une vingtaine de minutes plus tard, le sol grouillait de boulettes poilues déconcertées et excitées à la fois par l'espace nouveau qui s'ouvrait à elles. Toutes les cages avaient été ouvertes et rendues temporairement inutilisables, sauf celle des mâles, qui étaient plus loin, car ceux-ci auraient pu perturber les femelles au point de les amener à tuer, sinon à dévorer leurs petits ; en tout cas, c'est ce que Julie avait entendu dire et elle ne tenait pas à le vérifier pour le moment.

— Je vais vous quitter, vous quitter pour toujours ! dit-elle à son oncle qui s'était laissé glisser le long de la poutre et qui, le front contre celle-ci, maudissait tous les saints du ciel en pleurnichant. Courage ! continua-t-elle, vous devriez en rattraper une bonne part, mais au moins ils auront eu une chance de déguerpir. Évidemment, il faudra que quelqu'un vous délivre. Votre conjointe finira bien par sortir pour voir ce qui vous arrive. Je ne suis pas méchante : vous savez, on ne doit jamais avoir la clé des menottes sur nous, mais je me suis arrangée.

Elle sortit la clé de sa poche comme un magicien et la lui brandit sous le nez.

— Suivez-la bien des yeux et n'oubliez pas où elle va tomber, sinon vous pourriez rester ici plus longtemps que nécessaire.

Et elle lança la clé à quelques mètres plus loin, dans la paille. Elle se dirigea ensuite vers la porte, puis se retourna sur le seuil :

— Tout d'un coup elle décidait de ne pas vous délivrer, votre conjointe ! Hé ! fit-elle en haussant les épaules avant de disparaître.

CHAPITRE XI

Isabelle de Castelneau resplendissait. Cela faisait quasiment plaisir à voir, mais Julie Juillet connaissait trop bien les circonstances sordides de son ascension au sommet du C.A.N.C. pour se réjouir avec elle de la réouverture du *Petit Chemin*. Elle n'était d'ailleurs venue à l'inauguration que par amitié pour Philo qui avait été invité à prononcer quelques mots. Il avait accepté par devoir et l'avait tout de suite amèrement regretté. Il avait horreur de parler en public et avait la certitude qu'il allait se rendre ridicule.

« Sois naturel, lui avait conseillé Julie, au téléphone. Ne dis que l'essentiel et puis laisse venir les questions.

— Et s'il n'y en a pas, de questions?

— Je vais t'en poser une, moi, une facile du genre : avez-vous peur de vous ennuyer de l'hiver?

— Alors tu y seras?

— Promis. »

Elle n'avait pas eu à sortir sa question.

Six semaines après sa mort, le grand vœu de Cécile Matzef s'était enfin réalisé : l'école *Le Petit Chemin* emménageait dans de nouveaux locaux, plus spacieux, plus modernes et mieux situés. Afin, avait-on argué, de recommencer en septembre dans un esprit tout neuf, les changements avaient été effectués en un temps record avant la fin de l'année scolaire.

355

Vic Damiano était le nouveau responsable et il était assis dans la première rangée, en costume gris clair et cravate fleurie, imperturbable comme un parrain de la mafia durant un procès. Immédiatement à sa droite, Thérèse Aubusson se blottissait presque contre lui, aussi ahurie qu'elle pouvait l'être dans sa longue jupe noire, et Julie Juillet s'inquiétait de ressentir vivement encore l'envie de lui administrer des baffes à répétition, alors qu'elle se croyait mûre enfin pour découvrir la paix intérieure. À la gauche de Damiano, Jose-Maria Valdemosa, l'œil penché, rêvait d'aller réchauffer son karma au soleil de Minorque. Alain Gauthier, qui avait appris deux jours plus tôt une mutation qu'il n'avait pas sollicitée, soignait chez lui son dépit travesti en grippe thoracique.

Une trentaine d'élèves seulement s'étaient présentés pour la cérémonie, les autres ayant profité de cette pause dans leurs études pour se replonger dans des activités d'une gratification plus immédiate.

Ils avaient poliment écouté Philo, avec intérêt même, car la majorité était noire et, malgré tous leurs déboires personnels, ils avaient été touchés par ce qu'on appelait un peu vite la « restauration de la démocratie » dans un pays qui leur était encore proche. L'idée d'inviter le policier à dire quelques mots venait d'ailleurs d'Alain Gauthier, mais personne ne le mentionna. Il avait vu un reportage à la télé sur ce groupe d'agents et d'agentes noirs qui s'étaient portés volontaires pour aller là-bas jeter les bases d'une police plus fiable que celle de la dictature. Le projet n'était pas sans danger ni sans noblesse : on déplorait encore des assassinats nocturnes, des lynchages au « père Lebrun ».

Philo avait une motivation supplémentaire, dont il parla juste assez pour mouiller quelques regards : il était toujours sans nouvelle d'Amélyne. C'était désespérant, mais on l'avait encouragé en lui disant que de nombreuses personnes attendaient pour sortir de la clandestinité que l'ordre soit vraiment rétabli. Il expliqua que s'il était aujourd'hui en mesure d'apporter son aide à la reconstruction, c'était qu'il avait persisté à terminer ses études, d'abord ses études secondaires, même si, à quinze ou seize ans, il ne savait pas très bien où cela le mènerait.

Il fut d'une exemplaire brièveté et demanda s'il y avait des questions. Une main se leva : un garçon voulait savoir s'il était payé, combien, par qui, et aurait accaparé l'après-midi avec des futilités si Vic Damiano ne l'avait réduit au silence d'un regard courroucé. Une jeune fille demanda s'il avait peur, et il répondit qu'il éprouvait une certaine peur, en effet, superbement indifférent aux sourires moqueurs que cet aveu mettait sur la bouche de quelques faux durs. Enfin un garçon pensa le provoquer en lui demandant comment il se faisait qu'il était Noir mais parlait comme un Blanc. «J'ai dû boire trop de lait quand j'étais petit!» répondit Philo, réplique qui mit tout le monde de bonne humeur et lui permit de se retirer à sa place avec les honneurs, soulagé et plutôt fier de sa prestation.

Ensuite, Vic Damiano fit baisser les yeux à tout le monde en assurant que le *Petit Chemin*, sous sa direction, allait continuer de travailler avec la rigueur et le dévouement que Cécile Matzef avait laissés en héritage.

Finalement, la Castelneau se leva. Elle fut plus longue, commençant par jurer de son attachement indéfectible à l'école à titre d'ex-directrice de la région est (elle n'avait pas encore été remplacée, ce qui faisait au moins l'économie d'un discours); elle poursuivit avec des souvenirs d'enseignante et raconta une anecdote : pendant sa première année, fraîchement arrivée d'Europe, elle avait trouvé sur son bureau un étui à crayons sur lequel était gravé le nom de Paul Anka ; ne trouvant pas ce nom sur la liste des élèves, elle avait demandé si quelqu'un, dans la classe, connaissait le dénommé Paul Anka et voulait bien lui rendre son étui sitôt le cours terminé. Cette bourde avait, à l'époque, déclenché l'hilarité générale ; sa narration provoqua des gloussements polis. Elle parla ensuite de l'espoir que représentait la jeunesse pour l'avenir du monde et laissa couler de sa bouche un flot de lieux communs qu'elle termina en récitant un de ces poèmes motivateurs qui parlait du gagnant qui fait partie de la solution, non du problème, qui est comme ci et pas comme ça, etc.

(Cette litanie de maximes, bonnes à fourrer dans des biscuits chinois, qu'on pouvait acheter dans tous les magasins de babioles, – un exemplaire était d'ailleurs affiché au poste de police – était en passe de supplanter, au palmarès du matériel de remplissage de discours, le célébrissime «Tu seras un homme, mon fils...» de Rudyard Kipling, lequel au moins, pensait Julie Juillet, laissait une chance à tout le monde, tandis qu'il n'y a dans la plupart des courses qu'un seul gagnant, et souvent pas du tout dans celle de la vie. La Castelneau avait gagné, mais elle n'allait sûrement pas revenir sur son chemin afin de s'assurer que, dans son enthousiasme de gagnante, elle n'avait pas piétiné quelques perdants laborieux.)

Elle finit par se taire. On servit de la pizza coupée en carrés et des «trous de beignes» que les jeunes ingérèrent en un «tournelangue». Philo but un jus de fruits, Julie Juillet un café, puis, après une demi-douzaine de poignées de mains vite expédiées, ils se retrouvèrent dans la rue.

On voyait le ciel bleu comme à travers une vitre sale et il soufflait un vent abrasif. *Le Petit Chemin* avait quitté un quartier pestilentiel pour s'établir dans un désert de verre turquoise et de béton rosé, enguirlandé de voies surélevées qui vrombissaient sans arrêt, bref, le genre de lieu qui vous fait courir à votre voiture pour vous y enfoncer comme dans un scaphandre.

— Ce n'est sûrement pas le petit carré de pizza que tu as réussi à soutirer à la meute qui t'aura coupé l'appétit, hein! dit Julie Juillet.

— En effet, j'ai encore un peu de place...

— Pour des ravioli? Je ne vais quand même pas te laisser partir sans te régaler une dernière fois... Je t'invite.

— Autrefois, on disait aux femmes qu'il fallait prendre un homme par le ventre; il y avait un fond de vérité là-dedans. J'accepte!

— Là, tu me fais plaisir.

— Je sais, et le pire, c'est qu'on va devoir prendre ta voiture : j'ai vendu la mienne.

Depuis l'enquête, ils ne s'étaient jamais parlé qu'au téléphone. Julie était occupée à rebâtir des ponts avec un certain passé et Philo, à liquider le présent pour se lancer dans un avenir aléatoire.

— C'est bien seulement par respect de la loi que j'attache ma ceinture, dit-il en prenant place. J'ai l'impression qu'en cas d'impact, c'est mon corps qui entraînerait dans les airs ce qui reste de cette ferraille...

— Dis ce que tu voudras, n'empêche qu'elle a démarré au quart de tour tout l'hiver, au nez et à la barbe de bien des voitures de l'année!

— En tout cas, on n'a pas besoin d'ouvrir les fenêtres, l'air entre de partout.

— Tu exagères !

Il fallut quand même ouvrir les fenêtres car il y avait, comme toujours, des travaux et la circulation bloquait régulièrement. Ils en profitaient pour échanger des banalités, comme si rien de spécial n'était sur le point de se produire, comme s'ils fuyaient l'émotion qui les attendait au détour.

Ils eurent une exquise impression de fraîcheur en descendant chez Julie.

C'était la première fois, et probablement la dernière, que Philo se présentait chez elle en uniforme.

— Tu ne vas pas rester comme ça ! dit-elle.

— J'ai bien peur de ne pas avoir le choix !

— Je vais te prêter quelque chose !

— Holà ! Avec toi, chère Julie, j'ai fait des choses dont j'espère que ma pauvre mère ne saura jamais rien, mais tu ne feras pas de moi un travesti !

— Ne t'en fais pas, même dans une b.d., je n'arriverais pas à faire une femme de toi ! Mais regarde, continua-t-elle en lui montrant une aube, c'est unisexe, ça !

Philo résista, mais cinq minutes plus tard il était assis derrière, sur le patio, dans l'aube immaculée qui laissait voir ses mollets et plissait un peu sur les épaules ; avec son crâne rasé et ses pieds nus, il avait l'air d'un disciple de la transcendance immanente, mais il était à l'aise et dégustait un jus de fruits glacé, rassuré par le fait que le jardin de Julie était étanche aux regards intrus. Julie, habillée de la même façon, faisait ses dévotions à ses lapines, qui avaient emménagé dans leurs quartier estivaux, à savoir un enclos d'un mètre sur trois, à même le gazon, couvert, dans lequel elles pouvaient se dégourdir bien à l'abri des prédateurs – il paraissait que les faucons étaient de retour dans la région !

— On va manger dehors, d'accord ?

— C'est toi l'hôtesse.

— Je te laisse seul, le temps de préparer le repas.

— Tu ne veux pas que je t'aide ?

— Ça va aller !

— Tu ne veux pas me donner ta recette avant que je parte ?

Julie, qui s'était versé un verre de vin, en but une gorgée et baissa les yeux, avant de dire :

— Il faut bien que je me garde quelque chose.

— Oh ! tu sais, ce n'est pas tellement la recette, c'est l'ambiance ; tout est bon quand on mange ensemble. Tu vas me manquer...

— Allons donc ! Aussitôt là-bas, tu vas être aspiré par le nouveau pays, par la mission, et par tes recherches, et tu vas finir par la retrouver... Non, c'est toi qui vas me manquer.

— Mais il y a d'autres hommes...

Elle ne dit pas ce qu'elle pensait, qu'il n'y aurait jamais d'autre homme dans sa vie ; elle ne le dit pas parce qu'elle trouvait que c'était ridicule à dire, parce que, en parlant, elle se voyait parler, comme quand elle faisait l'amour, elle se voyait aimant, parce qu'il y avait encore et toujours deux personnes en elle, parce qu'à l'âge de neuf ans elle avait été fractionnée. Elle arriverait peut-être à se refaire, en s'occupant de sa petite sœur, par exemple, mais de là à aimer un homme...

— C'est notre soirée d'adieu, Philo, tu t'en rends compte ?

— Bien sûr.

Ils mangèrent à l'intérieur, finalement, comme ils l'avaient toujours fait, lentement, en silence, lui beaucoup, elle, à peine.

— Je peux te demander quelque chose, pour notre soirée d'adieu? dit-elle après le repas.

— Julie... répondit-il simplement comme si la réponse était évidente.

— J'aimerais que tu viennes dans la chambre une dernière fois; je voudrais que tu me fasses l'amour pour vrai, jusqu'au bout, toi!

— Tu es sûre de ce que tu me demandes là?

— Oui. Je sais bien que je ne suis pas la femme de ta vie, mais tu dois bien m'aimer un peu, assez...

— Plus que tu ne crois, Julie. Si tu te sens vraiment prête, moi, je ne demande pas mieux.

«Prête, pas prête, j'y vais!» chantonna en dedans une fillette heureuse.

Philo sut quoi faire. Il lui prit la main et lui embrassa les doigts. Il se leva et l'attira doucement contre lui, la serra tendrement, embrassa son front puis ses lèvres et, toujours par la main, l'amena dans la chambre. Dans leurs aubes blanches, ils avaient l'air d'époux du nouvel-âge.

Il n'alluma pas : les dernières braises du jour faisaient assez de lumière au travers des stores baissés. Il la fit s'étendre sur le lit et s'étendit à ses côtés. Il l'embrassa longuement; ils n'avaient jamais encore goûté leurs langues et Julie découvrait déjà une jouissance dans cette onctueuse invasion, perpétrée sans la moindre résistance, sans la moindre force, sans la moindre douleur; elle voulait imprimer cette saveur dans sa mémoire, comme chacune des sensations qui allaient suivre, et pour ne rien perdre, elle fermait les yeux.

Ils se dénudèrent en un courant d'air. Il l'attira contre lui et en même temps que sa langue se réinsérait dans sa bouche, elle sentit son sexe, qui ne pouvait plus passer inaperçu, pousser contre le bas de son ventre, elle souleva la jambe et il l'appuya sur l'intérieur de sa cuisse où il se plut à s'attarder, chaud et tranquille, solide, tandis que ses bras la serraient de tout son long. Son amant avait une telle envergure qu'en un mouvement il la caressait de la tête aux chevilles, en pressant les reins de telle manière que leurs ventres s'embrassaient avec la même complicité que leurs bouches. Puis il se souleva et elle s'allongea naturellement. Il laissa ses lèvres patiner sur la chair de son cou et elle mit la main sur sa tête pour garder sa bouche dans le creux délicieux; il caressa ses seins, descendit sur son ventre et posa sa main ouverte sur sa chatte qu'il flatta comme elle-même flattait ses petits lapins tout ronds et tout chauds; elle était humide, elle avait soif. Le grand corps se souleva et mua l'espace en une nuit de chair vive. Elle s'accrocha à son torse comme si elle craignait de sombrer au fond du lit, car elle pressentait la dérive, et elle enfouit son visage dans le fond de son épaule pour y retenir la jouissance naissante, et frissonna quand elle sentit le gland glisser dans ses chairs, trouver bien vite son chemin, et pénétrer, très lentement, en courtes avancées, suivies de reculs, dans la voie qui s'ouvrait, et s'ouvrait, et s'ouvrait, et elle, elle écartait les jambes à mesure, toujours un peu plus qu'elle ne croyait pouvoir le faire, et ce corps énorme trouvait son équilibre sur elle, entre ses jambes, en elle, avec une légèreté déconcertante, et il ne l'emplissait même pas à moitié que sa respiration cassa, qu'elle poussa un premier ha! qu'elle enfonça ses lèvres dans son cou, se retenant de mordre dans cette chair ferme, sucrée et odorante, et c'est alors seulement qu'il se permit d'aller un peu plus vite, et elle eut l'impression que son ventre était sans fond, recelait des aires de jouissance dont elle n'avait jamais eu idée, et il se mit à danser en elle, comme s'il voulait la remplir de sa propre joie, et elle jouissait de le sentir heureux, et elle jouissait de son plaisir à lui, et elle le serrait, sentait son visage rire de joie dans son étreinte, et elle ne put s'empêcher de rire aussi, et son rire s'échappa en un cri de sa poitrine affolée, et d'autres cris fusèrent encore, et chacun de ses cris l'incitait, lui, à danser plus vite, encore plus vite, encore un peu plus, et tout d'un coup il s'arrêta : ce fut une longue poussée immobile, puissante, une étreinte totale, comme s'il voulait s'engouffrer tout entier en elle, passer outre à leur dualité, fusionner, et à peine eut-elle le temps d'appréhender une douleur qu'un délicieux séisme déferla dans ses entrailles, et qu'un baume chaud se répandit en elle et soulagea son corps et son cœur de tous les maux du monde, tandis qu'ils laissaient les râles s'échapper de leur gorge et se mêler sans contrainte.

« JULIE ! JULIE ! » appelait une voix quelque part, une voix qui n'était ni la sienne ni celle de Philo. « JULIE ! JULIE ! » Elle ne répondait pas. « LAISSE, LAISSE ! JULIE EST AILLEURS ! JULIE NE RÉPOND PLUS ! JULIE NE S'ENTEND PLUS ! JULIE EST MORTE ! JULIE VIT ! JULIE TOMBE ! JULIE JOUIT ! JULIE EST AMOUREUSE ! JULIE S'AIME ! JE T'AIME ! TU M'AIMES ! JE M'AIME ! »

Ils restèrent l'un contre l'autre. Plus tard, ils se glissèrent sous les draps. Un amour si bien fait n'avait pas besoin d'être refait ; ils dormirent.

Le lendemain, ils étaient debout à sept heures, Philo avait tant de choses à faire. Il prit le temps de manger des céréales. Elle lui appela un taxi.

— J'ai un cadeau pour toi, lui dit-elle, et c'étaient à peu près les premières paroles qu'ils prononçaient depuis leur réveil.

— Un cadeau? Pourquoi un cadeau?

— C'est l'usage; quand un ami s'en va, on lui fait un cadeau. Tiens!

— Une carte?

— Une carte de guichet automatique. On doit bien pouvoir en trouver au moins un là-bas! Et voici le n.i.p., ajouta-t-elle en lui remettant une enveloppe de la même grosseur que la carte.

— Mais...?

— Il y a vingt-cinq mille dollars américains dans le compte; tu leur trouveras sûrement un usage; tu peux te payer la traite, bien sûr, mais ce n'est pas tellement ton genre, hein!

— Vingt-cinq mille! Julie, tu ne peux pas me donner une telle somme! Tu as gagné le prix Nobel ou quoi?

— C'est une partie de la récompense, pour la capture de l'assassin, tu te souviens, le frère de Debbie Goldberg?

— Mais on n'a pas le droit de toucher de récompense!

— Nous, non, mais Chantal, si! C'est une fille très correcte, mon amie! Et tu as amplement mérité ta part.

— Eh bien, dis donc! Mais c'est trop : c'est toi qui as tout fait!

— T'inquiète pas; j'ai gardé ce qu'il me fallait. Ton taxi arrive.

— Tu es quelqu'une, Julie Juillet!

— Allez, va-t'en, dit-elle en le poussant presque dehors.

Comme il atteignait la chaussée, elle cria :

— Ne m'écris pas! (...) Mais fais-moi signe si tu reviens!

Elle le regarda se plier pour entrer dans le taxi ; il fallait qu'il parte et elle était contente pour lui, mais inquiète. Elle était contente pour elle aussi, elle se sentait bien et pour la première fois se dit qu'elle n'était peut-être pas condamnée à regarder à perpétuité partir les hommes les uns après les autres...

Elle traversa dans la cour arrière. Carma la noire et Vida la blanche sautillaient de bonheur. Elle prit la brosse dans la boîte à épingles à linge. Elle ouvrit la cage et s'assit. Elles vinrent à elle. Elle les plaça entre ses jambes, dans le creux blanc de son aube, et entreprit de leur lisser les poils en douceur.

Elle pensa à Félix Mendelssohn qui sortirait bientôt de l'hôpital pour entrer en prison. Elle ne comprenait encore cela que très confusément, mais elle devait à cet « ennemi public » d'avoir perdu de la haine.

Elle pensa à Philo. Il lui manquait déjà. Elle lui devait plus encore : il l'avait fait s'aimer.

« SAINTE-POCHE D'HOMMES ! »

Pour leur gracieuse contribution à la mise au point de la version
finale d'*Enquête sur la mort d'une vierge folle*, merci à
**Yves Beauchemin, Pascal Corriveau, Daniel Lachapelle,
Jef Lamothe, Sarah Lévy** et **Marie-Josée Normandin.**

Pour le créole, merci à **Raynold Mathieu.**

Note: l'auteur étant par ailleurs enseignant, certains éléments
contextuels ou anecdotiques sembleront peut-être familiers à
certains lecteurs; ces derniers auraient tort d'en déduire que
cette histoire est autre chose qu'une pure fiction.

CE PREMIER TIRAGE A ÉTÉ ACHEVÉ D'IMPRIMER
EN AVRIL 1997, SUR LES PRESSES DES IMPRIMERIES QUÉBECOR
À BEAUCEVILLE (QUÉBEC)